EX LIBRIS

FJB

KAI MEYER

DER PAKT DER BÜCHER

ROMAN

FJB

MIX
Papier aus verantwortungsvollen Quellen
FSC® C083411

Erschienen bei FISCHER FJB

Dieses Werk wurde vermittelt durch die
Michael Meller Literary Agency GmbH, München

Satz: Dörlemann Satz, Lemförde
Druck und Bindung: CPI books GmbH, Leck
Printed in Germany
ISBN 978-3-8414-4006-8

ERSTER TEIL

Wiedersehen auf einer Brücke im Nebel · Das Flaschenpostbuch · Mister Sharpin knackt Nüsse · Im Pfandhaus der Lieblingsbücher · Blutvergießen im Hotel Savoy · Der Flammenbaum des Feuerschluckers · Egyptienne

1

In der Straße der Buchhandlungen, einer schmalen Schlucht aus Schaufenstern, hinter denen die Wunder aller Welten auf Entdecker warteten, drang der Duft von Papier bei Tag und Nacht unter den Türen hervor.

Wenn die Händler am Cecil Court morgens ihre Eingänge entriegelten und die Schilder hinter den Scheiben auf *Geöffnet* drehten, dann erwachte mit den verschlafenen Gestalten – müde vom Lesen nach Ladenschluss – ein Universum der gedruckten Worte, der Erfindungen und Entdeckungen, der feinen und der rauen Sprache. Dann wurden Fenster aufgerissen mit Ausblicken auf die Länder der Literatur. Aus ihnen winkten die Heldinnen und Helden aller Erzählungen, der großen und der geringen, der groben und der geistreichen.

Lange nachdem die Nachtwächter ihre Runden beendet hatten, öffneten die Buchhändler sogar im Winter kurz die Türen, nicht um frische Luft hereinzulassen, sondern um die Straße mit Buchduft zu fluten. So kämpften sie gegen den Gestank des Molochs London an, gegen den Atem dieses uralten Ungetüms, fochten gegen den Giftnebel der Hinterhoffabriken, den Odem von Tierkot und Abwasser. Jeden Morgen warfen sie sich von neuem in diese Schlacht, legten eine Duftspur für die Suchenden und die Feingeistigen und boten dem Gewöhnlichen und der Langeweile die Stirn. Dann lockten sie die Londoner in Labyrinthe aus Buchregalen, in Höhlen aus

Lederrücken und Pappeinbänden, in das fabelhafte Reich der Geschichten.

Anderswo in der Stadt strömten dann längst die Arbeiter in ihre Höllen aus Schloten und Zahnrädern, wanderten Armeen von Angestellten in enge Büros, nach ihrem Frühstück an schmuddeligen Straßenständen: eine Tasse Kaffee oder Tee für einen Penny, dazu zwei dünne Scheiben Brot.

Während das Gesinde der Reichen auf den Märkten um Fleisch und Gemüse feilschte und an Londons Gerichten das Geschrei anhob, ging man es am Cecil Court gemächlich an. Man kehrte Pfade in den braunen Schneematsch oder legte Sackleinen aus, um den Weg zu den Ladentüren zu erleichtern. Man schürte das Feuer in den Öfen und fluchte über die vereisten Wasserpumpen in den Kellern. Man trug Holz aus dem Hof in die Hinterzimmer, sortierte Liegengebliebenes, blätterte in frisch gedruckten oder liebgewonnenen alten Büchern.

Die Gasse der Buchhandlungen – eine von zweien, die es in London gab, und von der anderen werden wir später hören – war eine Insel der Ruhe inmitten des Gezeters der Großstadt. Gewiss, auch hier wurde gearbeitet, wurden Kisten mit Folianten geschleppt, wurde gemurrt und geflucht über schmerzende Rücken und nachlassendes Augenlicht. Dann und wann gab es Streit, unvermeidlich, wenn zwanzig Läden eng beieinander die gleiche Ware anboten. Doch spätestens am Ende des Tages war der gröbste Zwist beigelegt. Dann traf man sich im einzigen Pub der Straße, über dessen Tür das Bild eines Schinkens hing mit der Aufschrift *The Ham*.

Frühmorgens jedoch grüßte man erst einmal die Bücher und einander, fror gemeinsam im trüben Licht der Gaslaternen, ehe endlich die Sonne aufging und den schwefelgelben Dunst der Schornsteine schummerig erleuchtete. Wenn es schneite, waren die Schneeflocken grau vom Rauch der Kohlefeuer, und an manchen Tagen fielen schwarze Batzen aus den Wolken, als blätterte die Farbe der Nacht vom Himmel. Auch der Cecil Court, wo man reines Papier und Sauberkeit schätzte, war davor nicht gefeit, und manche Buchhändler reichten ihren Kunden Überzüge für die Schuhe, wenn sie den Laden betreten wollten.

Auch am Morgen des dritten Dezember 1880 wurden gegen halb sieben die Lampen in den ersten Läden entzündet. Viele der Häuser hatten zur Straße hin Erkerfenster, und der Schein im Inneren erhellte die Bände in den Auslagen und warf eckige Schatten auf das Pflaster. Die Geschäfte, deren Besitzer stets als Erste auf den Beinen waren, trugen Namen wie *Gargantua & Pantagruel* und *Temple of Serapis* und *Prospero's Isle*.

Eine Gestalt in einem langen Mantel wanderte an den Fenstern vorüber, vom Licht in den Schatten, vom Schatten ins Licht. Weil niemand sonst so früh die Gasse durchquerte, sah keiner das Gesicht unter dem Hut, der tief in die Stirn gezogen war. Die Kälte hatte über Nacht den Schneematsch gefrieren lassen, die Kruste brach und knirschte unter jedem Schritt des vermummten Besuchers.

Vor einem der Läden, in dem selten vor acht ein Licht brannte, blieb der Fremde stehen. In der Ferne erklangen das Hufgeklapper der Kutschpferde, die Rufe der Zeitungsjungen, die Glocken zahlloser Kirchtürme und das Gurren der Tauben auf den Dächern. Zwischen den gebeugten Fassaden am Cecil Court war all das nur ein Raunen und Rauschen wie ein tiefes

Einatmen, wie ein Luftholen der Bücher, während sie sich für die Kunden in Positur brachten und ihre Umschläge ins beste Licht rückten.

Inmitten dieses Rumorens aus den angrenzenden Straßen und dem Schweigen der Gasse stand die Gestalt vor dem zweigeschossigen Gebäude mit der Hausnummer 14, atmete in ihren schwarzen Seidenschal und betrachtete den Laden im Erdgeschoss.

Liber Mundi stand in goldenen Buchstaben an der Fassade, ein großer, polierter Schriftzug, der sich über das Schaufenster und den Eingang spannte. Die Bücher in der Auslage lagen dichtgedrängt im Dunklen, auch im ersten Stock war es ruhig. Hinter zwei winzigen Giebelfenstern schien eine Kerze zu flackern, doch bei genauem Hinsehen entpuppte sich der Schein als Spiegelung vom Haus gegenüber.

Alle drei Bewohner des *Liber Mundi* schliefen noch: Mercy Amberdale in ihrem Zimmer über dem Laden, Tempest und Philander eine Etage höher unter dem Dach. Sie waren nie die ersten Buchhändler am Cecil Court, die aus ihren Betten krochen, auch wenn der Laden stets pünktlich um acht Uhr öffnete. Während anderswo bereits Porridge und Stew gekocht wurden, blieb es im *Liber Mundi* still, und so bemerkte keiner der drei, wie sich die Gestalt auf dem verharschten Schnee dem Eingang näherte und auf halbem Weg unter ihren Mantel griff. Sie schien kurz zu zögern, dann beugte sie sich vor und schob langsam einen Umschlag unter der Tür hindurch, bis er im Laden verschwunden war.

Der Vermummte hielt inne, als wäre er nicht sicher, das Richtige getan zu haben. Schließlich erhob er sich, machte zwei Schritte rückwärts und wandte sich um, nicht ohne einen letzten Blick zu den Fenstern im ersten Stock zu werfen. Dort blieb alles dunkel.

Wieder knirschte der vereiste Morast unter seinen Schritten, anderswo gingen Lampen an. Der Cecil Court erwachte Haus für Haus. Neue Helligkeit fiel auf die Straße, nun wieder menschenleer wie in tiefster Nacht. Wären da nicht die Fußabdrücke gewesen, die zur Tür des *Liber Mundi* führten und wieder von dort fort, hätte man meinen können, ein Gespenst hätte die Straße heimgesucht, ein Geist aus der Vergangenheit.

2

Am nächsten Abend eilte Mercy Amberdale allein am Ufer der Themse entlang. Sie trug einen Mantel, der zu dünn war für die Winternacht, und eine Mütze mit Fellklappen über den Ohren, die man auf dem Kopf eines Bootsmanns erwartet hätte, aber keinesfalls auf dem einer jungen Frau. Rote Strähnen ringelten sich darunter hervor, während Atemwolken vor ihrem Gesicht aufstiegen. Ihre Hände steckten in einem Muff aus Fell, darin verbarg sie ihr Seelenbuch und ein rechteckiges Stück Karton mit der Aufschrift *Nimmermarkt.*

Das *Liber Mundi* hatte geöffnet bis um zehn Uhr abends, so wie alle Läden am Cecil Court, und nun war es noch eine Stunde später. Eine Verabredung um diese Zeit war jenseits aller guten Sitten, aber Sittsamkeit und Anstand einer unverheirateten Dame waren Mercys letzte Sorgen. Um diese Zeit waren Schurken aller Art unterwegs, angefangen von Rudelkopfs Schlägerbanden, die in Soho das Sagen hatten, bis hin zu den Handlangern der Madame Xu, der Königin von Chinatown – ganz abgesehen von all jenen, die sich nur äußerlich den Anschein von Menschen gaben und hinter höflichen Umgangsformen und feinem Zwirn krankhafte Triebe verbargen.

Mercy folgte dem schmalen Weg entlang des Ufers. Rechts von ihr lag der Fluss, links die Fassaden hoher Speicherhäuser. Ein gutes Stück entfernt schimmerten über dem Wasser die Gaslaternen der London Bridge mit ihren steinernen Bögen.

Zwei Betrunkene pfiffen Mercy nach, taumelten jedoch weiter in die andere Richtung.

Eine einzelne Laterne stand etwa hundert Yards von der Brücke entfernt, darunter kauerte im Schnee eine schmale Gestalt mit Hut. Auf ihrer rechten Schulter saß eine Taube mit nur einem Flügel. Mercy trat bis auf wenige Schritte an die alte Frau heran und wollte das Wort an sie richten. Da ruckte ihr Kopf nach oben, genau wie der des Vogels. Gaslicht fiel auf gerötete Augen und einen zahnlosen Mund. Die Frau murmelte ein paar Beschimpfungen, dann ließ sie das Kinn wieder auf die Brust sinken. Nur die Taube ließ Mercy nicht mehr aus den Augen und gurrte leise.

Kurz überlegte Mercy, der Fremden ihre Hilfe anzubieten, sie wenigstens zu einem geschützten Hauseingang zu führen, aber die Frau winkte sie weiter wie ein Wachmann vor dem Palast der Königin. Mercy steckte ihr Seelenbuch in die Manteltasche und ließ den Muff vor ihrem Bauch baumeln. In beiden Händen hielt sie jetzt nur noch den beschrifteten Streifen Karton. *Nimmermarkt* war ein deutsches Wort, hatte ihr der Besserwisser erklärt, aber keines, das er kannte. Es tauchte in keinem der zahllosen Bücher auf, aus denen er seine Kenntnisse bezog.

In dem Umschlag, den sie auf dem Boden hinter der Tür des *Liber Mundi* gefunden hatte, hatte neben dem Pappstreifen ein Brief gesteckt. Darin standen dieser Ort und diese Uhrzeit, außerdem eine kurze Anleitung, was sie zu tun hatte, sobald sie hier eintraf. Unterwegs hatte Mercy auf Verfolger geachtet, jedoch keine entdeckt. Die Obdachlose am Laternenpfahl war der einzige Mensch weit und breit.

Die Uhren schlugen elf, als sie das Stück Karton vor der Brust zwischen beiden Handflächen presste, für ein paar Sekunden die Augen schloss und dann wieder öffnete.

Die Laterne, die Frau und die Taube waren noch da, aber einige Yards weiter war nichts mehr so wie vor wenigen Sekunden. Dort erhob sich jetzt ein steinerner Torturm, drei Stockwerke hoch, mit einem Kranz aus Zinnen. Das mächtige Bogentor darin stand offen und führte unter dem Turm hindurch auf eine Brücke, die vor Augenblicken nicht dagewesen war. Mercy sah nach links und vergewisserte sich, dass die London Bridge noch an Ort und Stelle war. Sie erschien ihr nun verschwommener, als wäre der Nebel dichter geworden und die Welt dahinter fadenscheinig. Die zweite Brücke, die vor ihr aus dem Nichts aufgetaucht war, schien dagegen fast überwirklich.

Die Frau blieb reglos am Fuß der Laterne sitzen, offenbar hatte sie die Veränderung nicht wahrgenommen. Selbst wenn sie aufgeblickt hätte, wären der Turm und die Brücke für sie unsichtbar geblieben. Sie besaß keine Einladung, der Weg hinüber stand einzig Mercy offen.

Weil es am Tor keine Wachen gab, trat sie entschlossen unter den hohen Bogen und wurde sogleich von Düsternis verschlungen. Vage erkannte sie leere Halterungen für Fackeln an den Wänden. Jenseits des Turms standen Gaslaternen auf den gemauerten Geländern der Steinbrücke, auch sie waren nicht entzündet worden. Nur die Lichter der Stadt auf Mercys Seite der Themse spendeten Helligkeit, brachten den Nebel zum Glühen und schälten die Umrisse der Brücke aus der Nacht. Das gegenüberliegende Südufer war in Schwärze versunken, so als wären dort auf einen Schlag sämtliche Lampen erloschen. Da drüben lag jetzt nicht mehr London – nicht für Mercy, wenn sie diese Brücke benutzte –, sondern ein Ort, der allein Bibliomanten offenstand.

Nimmermarkt war eines der bibliomantischen Refugien, von denen ihr Valentine manchmal erzählt hatte. Nie hatte sie eines mit eigenen Augen gesehen oder gar betreten, und sie war nicht sicher, ob die Stunde vor Mitternacht ein guter Zeitpunkt dafür war.

Ich erwarte Sie auf der Brücke, hatte in dem Brief gestanden, und als sie aus dem Tortunnel trat, wurde in der Ferne ein einzelnes Licht entzündet, weit vorn, auf halbem Weg über dem Fluss. *Kommen Sie allein. Ich möchte Ihnen einen Vorschlag machen.*

Sie hatte das Schreiben durch das Schlüssellochglas betrachtet, um die Absichten des Verfassers zu prüfen, hatte aber feststellen müssen, dass die bibliomantische Lupe ihr lediglich die Intention von Buchautoren verriet, nicht die von Briefschreibern.

Weil es hier keine Fuhrwerke und Fußgänger gab, war die Schneedecke auf der Brücke fast unberührt. Vereiste Hauben krönten die dunklen Gaslaternen.

Das einsame Licht in einiger Entfernung entpuppte sich als Öllampe mit hohem Glaskolben. Sie war auf dem linken Brückengeländer abgestellt worden. Daneben lehnte ein Mann mit Zylinder, Schal und bodenlangem Mantel, seine Hände steckten tief in den Taschen.

»Schön, dass Sie kommen konnten«, sagte Cedric de Astarac, als sie bis auf fünf Schritt an ihn herangetreten war. Er löste sich vom steinernen Geländer, ging aber nicht auf sie zu. Sein langes schwarzes Haar fiel über den Pelzkragen seines Mantels, sie konnte sein Gesicht nur erahnen. Einmal mehr irritierte sie, wie perfekt sein Englisch war. Nicht die Spur eines französischen Akzents.

»Guten Abend, Cedric.«

»Guten Abend, Mercy. Verzeihen Sie, dass ich keinen weniger zugigen Treffpunkt ausgewählt habe.«

»Sie werden sich etwas dabei gedacht haben.«

Während der fünf Monate, die seit ihrer letzten Begegnung verstrichen waren, hatte sie sich mehr als einmal beim Gedanken an ihn ertappt; oft hatte sie sich gefragt, wie ernst er sie damals eigentlich genommen hatte. Beide waren sie Bibliomanten, sie eine Buchhändlerin, er ein Agent der Adamitischen Akademie. Er hatte herausgefunden, dass Mercy Amberdale nicht der Name war, der ihr bei der Geburt gegeben worden war. Er wusste um ihre wahre Identität als letzte Tochter des untergegangenen Hauses Antiqua. Als Renegatenjäger wäre es seine Aufgabe gewesen, sie zu liquidieren. Stattdessen hatte er ihr das Schlüssellochglas überreicht und war wieder untergetaucht, wie es wohl die schlechte Angewohnheit aller Agenten war.

»Was macht die Jagd auf Abtrünnige?«, fragte sie.

»Nicht mehr mein Metier. Ich habe darum gebeten, mich auf eine andere Aufgabe konzentrieren zu dürfen.«

Die Frage war weniger, ob sie ihm glauben konnte, als vielmehr, ob sie das wollte. Sie wusste zu wenig über die Adamitische Akademie und ihre wahre Macht – und über ihn so gut wie gar nichts. Vielleicht war sein Name wirklich Cedric de Astarac, womöglich war er sogar ein leibhaftiger Marquis. Denkbar auch, dass er nicht einmal Franzose war.

»Und diese andere Aufgabe heißt noch immer Alexandre Absolon?«

Er nickte, und dabei legte sich der Schein der Lampe über seine Züge. Er sah nicht mehr so angeschlagen aus wie bei ihrem letzten Treffen am Cecil Court, trotzdem erschrak sie. Etwas war mit ihm geschehen, und die Wunden, die er davongetragen hatte, schienen diesmal nicht nur äußerlich zu sein. Er sah älter aus und sehr erschöpft.

»Sie haben Ihren Erzfeind also noch nicht gefangen.«

»Er macht es mir nicht leicht.«

Sie lächelte. »Alles andere wäre enttäuschend, nicht wahr?«

Er neigte den Kopf ein wenig, als frage er sich, ob sie ihn verspotten wollte. Ein eisiger Wind wirbelte Eiskristalle vom Brückengeländer und trieb sie über den Schnee. »Kommen Sie, gehen wir ein paar Schritte.«

Er machte eine einladende Handbewegung zum anderen Ende der Brücke. Dort war nichts als Dunkelheit. Hätten sie von hier aus nicht bereits die Lichter des Refugiums erkennen müssen? Aber sie wusste zu wenig über Portale und Übergänge, um sich ernsthaft zu wundern.

Bibliomantische Refugien waren Welten neben der Wirklichkeit, erschaffen mit Hilfe der Buchmagie. Einige von ihnen, so hieß es, hatten bereits zu Zeiten der ehrwürdigen Phaedra Herculanea, der Urmutter aller Bibliomantik, existiert. Die meisten aber waren erst später entstanden. Die Häuser der Adamitischen Akademie, die Herrscher der bibliomantischen Welt, unterhielten eine Gruppe von Refugienschmieden, die

Tag und Nacht daran arbeitete, neue Refugien zu entwerfen. Mercys Ziehvater Valentine hatte ihr von einigen dieser Orte erzählt – vor allem von Unika, dem Sitz der Hochschulen –, aber auch er hatte nie einen davon betreten. London sei groß und wunderbar genug, hatte er gesagt, und zugleich denkbar schrecklich. Und welcher Ort könnte bibliomantischer sein als der Cecil Court, das Paradies der Büchernarren?

»Ich weiß so gut wie nichts über ein Refugium namens Nimmermarkt«, sagte sie, als sie zu Cedric aufschloss. Sie war nicht einmal sicher, ob sie den Namen richtig aussprach.

»Das sollte Sie nicht wundern. Kaum jemand weiß, was mit Nimmermarkt geschehen ist.«

Während sie langsam über die Brücke stapften, die Kragen hochgeschlagen und die Schals bis zum Mund gezogen, versuchte Mercy, am anderen Ende etwas auszumachen. Da war eine klobige schwarze Form, vermutlich ein zweiter Torturm wie jener in ihrem Rücken. Dahinter wogte Finsternis.

»Nimmermarkt existiert nicht mehr«, sagte Cedric. »Erinnern Sie sich, dass ich Ihnen einmal erzählt habe, dass Alexandre Absolon ein ganzes Refugium ins Chaos gestürzt hat? Das dort vorne ist alles, was davon übrig ist.«

Je weiter sie gingen, desto deutlicher meinte sie Stimmen zu hören, ein Heulen und Wehklagen, das ebenso gut vom Winterwind in den Mauerfugen stammen mochte.

»Nimmermarkt war eines der hohen Refugien, eines der ersten überhaupt, die von den Häusern des Scharlachsaals erschaffen wurden. Deshalb der deutsche Name, obwohl das Portal dorthin in London liegt.«

Der Scharlachsaal hatte die bibliomantische Welt vor der

Akademie regiert. Von den fünf deutschen Familien, die ihn einst gegründet hatten, existierten nur noch drei: Die Häuser Antiqua und Rosenkreutz waren verraten und ausgelöscht worden. Die Cantos, Himmels und von Lohenmuts hatten sich zur Adamitischen Akademie zusammengetan und beherrschten seither die Refugien mit ihren Milizen. Hier in London und anderswo zogen sie die Fäden im Hintergrund, eine geheime Gesellschaft mächtiger Bibliomanten, die durch ihre Ambassadoren und Agenten Einfluss nahm auf das Weltgeschehen.

»Was ist passiert?« Mercy fühlte sich immer unwohler, je näher sie dem dunklen Wabern am Ende der Brücke kamen. »Warum hat Absolon ein ganzes Refugium zerstört?«

»Das ist eine lange Geschichte. Ich glaube, niemand ist in der Lage, ihn wirklich zu verstehen. Selbst ich nicht. Und ich folge seinen Spuren schon seit Jahren.«

Mein Erzfeind, hatte Cedric ihn einmal genannt, *meine Nemesis*, und Mercy hatte über so viel Dramatik schmunzeln müssen. Seitdem hatte sie jedoch eine Menge eigene Erfahrungen mit Hass und Feindschaft machen müssen und glaubte, ihn besser zu verstehen.

»Fest steht«, sagte er, »dass Absolon in Nimmermarkt etwas entfesselt hat. Er selbst nennt es das *Nötige Übel.* Es ist eine Art Irrsinn, der das Refugium befallen hat, und es scheint, als hätte Absolon die Wirkung unterschätzt. Tausende haben den Preis dafür zahlen müssen. Ich bin sicher, er arbeitet noch heute daran, das Nötige Übel zu verfeinern und voll und ganz unter seine Kontrolle zu bringen. Falls ihm das gelingt, wird er es sehr viel gezielter einsetzen. Dann gnade uns Gott.«

»Das Nötige Übel«, wiederholte sie leise und horchte wieder auf das Jammern, das über die Brücke heranwehte. Cedrics Jagd auf Absolon war in der Tat weit mehr als eine »unschöne Geschichte von Rache und Gegenrache«, wie er es einmal ausgedrückt hatte.

»Es wird viele Jahrzehnte dauern«, sagte Cedric, »bis dieser Ort wieder bewohnbar ist und zu einem neuen Refugium gestaltet werden kann. Wir beide werden das nicht mehr erleben.«

Sie blieb stehen und hielt ihn am Arm zurück. »Warum erzählen Sie mir davon?«

»Weil Sie verstehen sollen, warum ich vor fünf Monaten einfach verschwunden bin.«

»Sie sind mir keine Rechenschaft schuldig.«

»Absolon ist nicht der Anlass, warum ich Sie heute Abend hergebeten habe, Mercy. Aber er ist der Grund für Ihr Misstrauen, und das möchte ich ausräumen, bevor ich Sie um einen Gefallen bitte.«

Natürlich hatte sie nicht angenommen, dass er sie einfach nur wiedersehen wollte. Nicht ernsthaft. Sie versuchte, sich ihre Enttäuschung nicht anmerken zu lassen.

»Ihnen ist kalt«, sagte er.

»Es ist Winter.«

»Drehen wir um.«

»Wie Sie möchten.« In Wahrheit war sie erleichtert, keinen Schritt weiter in die Richtung des verlorenen Refugiums machen zu müssen.

»Mit dem Passierschein gab es keine Probleme?«, fragte er.

»Ich bin ja hier.«

»Es ist nur ein Stück Karton. Manchmal braucht man mehrere Versuche, bis sich das Portal öffnet. Und Sie haben noch nie einen benutzt, nicht wahr?«

»Sie haben schon wieder in meinen Akten rumgeschnüffelt.«

Er schüttelte den Kopf. »Ich habe nur nichts vergessen, was mit Ihnen zu tun hat.«

»Das klingt ein bisschen unheimlich.«

»Verzeihen Sie.« Zum ersten Mal wirkte er verunsichert, und das erfüllte sie trotz der Kälte und des fernen Wehklagens mit einer gewissen Genugtuung.

Eine Weile stapften sie stumm nebeneinanderher durch den Schnee und näherten sich wieder der Öllampe in der Mitte der Brücke.

»Einen Gefallen soll ich Ihnen also tun«, sagte Mercy schließlich.

»Ja. Und Sie bekommen etwas dafür.«

»Sie hätten einfach fragen können. Ich bin kein Esel, den man mit einer Karotte lockt.«

»Warten Sie, gleich haben wir wieder genug Licht.«

Cedric beschleunigte seine Schritte und trat an die Öllampe. Sie war mehrere Fingerbreit im Schnee auf der Brüstung versunken. Im Hintergrund zogen gelbliche Schwaden über den Fluss.

»Das hier wird Sie interessieren.« Er griff unter seinen Mantel und zog einen Gegenstand hervor, der in Papier eingeschlagen war.

Mercy spürte die bibliomantische Aura bereits, ehe sie ihn entgegennahm. Sie wechselte einen weiteren Blick mit Cedric, bevor sie das Papier abstreifte. Darunter kam eine Flasche zum

Vorschein, aus bräunlichem Glas und ohne Etikett. Mercy hob sie mit bebender Hand vor die Öllampe, bis sie im Gegenlicht erkennen konnte, was sie längst ahnte. Im Inneren steckten mehrere Bögen gerollten Papiers.

»Das ist doch nicht –«, begann sie und brach ab, weil sie sehr genau spürte, worum es sich handelte.

»Madame Xus Kapitel des Flaschenpostbuchs«, sagte Cedric. »Das letzte Kapitel, das Ihrem Auftraggeber Phileas Sedgwick noch fehlt, um das Buch zu vervollständigen. Wenn ich richtig informiert bin, hat er Sie gebeten, es ihm zu besorgen. So wie vorher schon die meisten anderen Kapitel, die sich in seinem Besitz befinden.«

»Ich würde es nicht *gebeten* nennen.«

»Er hat Sie unter Druck gesetzt, ich weiß. Bei Ihrem ersten Versuch, es zu beschaffen, gab es ein« – er zögerte – »ein Unglück.«

»Xu hat Tempests Bruder getötet«, flüsterte sie. »Einen Freund.« Grover war mehr gewesen als das, und sie war sicher, dass Cedric auch das längst wusste.

»Trotzdem hat Commissioner Sedgwick Sie überzeugt, es ein weiteres Mal zu versuchen«, sagte Cedric. »Im Gegenzug hat er ein paar Dinge vertuscht, die Ihnen hätten gefährlich werden können.«

Sie drehte die Flasche in den Händen. »Wer hat das Ding aus Xus Hauptquartier geholt? Sie?«

»Jemand hat ein Gespräch mit ihr geführt. Schließlich hat sie es freiwillig ausgehändigt. So läuft das, wenn sich die Akademie etwas in den Kopf setzt.«

Es verschlug Mercy den Atem, dass die Drei Häuser einflussreich genug waren, um selbst die zweitmächtigste Frau Londons einzuschüchtern. Wahrscheinlich gehorchte ihnen sogar die Königin. Und wenn nicht Victoria, dann doch gewiss ihre Berater und Speichellecker.

»Ich will damit nichts zu tun haben.«

»Kommen Sie schon. Sedgwick liegt Ihnen seit Monaten in den Ohren, dass Sie ihm die Flasche endlich beschaffen sollen. Sie haben ihn wieder und wieder vertröstet.«

»Beschatten Sie mich etwa?«

Er schüttelte den Kopf. »Nein. Ehrenwort. Allerdings hat manch einer großes Interesse an Sedgwick und dem, was er da glaubt, still und heimlich tun zu können. Ihnen mag er ja wie eine mächtige Graue Eminenz erscheinen, aber, glauben Sie mir, die Männer und Frauen, mit denen er sich angelegt hat, sind um ein Vielfaches einflussreicher als er.«

»Wieder die Akademie.«

»Eines der Drei Häuser beobachtet sehr genau, was Sedgwick tut.«

»Heißt das, Sie geben mir das Kapitel im Auftrag der –«

»Ich bin ein Agent, Mercy. Und eigentlich bin ich mit Absolon beschäftigt. Aber das Haus Lohenmut weiß, dass wir beide uns kennen und dass Sie vielleicht auf mich hören, wenn ich Sie bitte, ein Aufgabe zu erledigen.«

Sie hielt ihm die Flasche jetzt am ausgestreckten Arm entgegen. »Warum zum Teufel sollte ich Ihnen vertrauen?«

Er sagte nicht *Weil ich Ihr Geheimnis bewahrt habe*, aber sie konnte ihm ansehen, dass ihm genau diese Worte durch den Kopf gingen. Es war richtig, er hatte ihr Leben gerettet, als er für sich behalten hatte, dass sie eine Nachfahrin des Hauses

Antiqua war. *Falls* er es für sich behalten hatte. Mit einem Mal war sie da nicht mehr so sicher.

»Haus Lohenmut, hm?«, fragte sie kühl. »Zahlen die Ihren Lohn?«

»Wir Agenten arbeiten für die Akademie und damit für alle Drei Häuser. Aber aus dem Haus Lohenmut stammen traditionell die meisten meiner Vorgesetzten.«

Sie schnaubte verächtlich. »Hier, behalten Sie das Ding.« Als er die Flasche nicht entgegennahm, ließ sie sie vor ihm in den Schnee fallen, drehte sich um und wollte gehen. Das hätte schiefgehen können, aber das war ihr egal.

Er packte sie von hinten an der Schulter. Ihre Finger glitten in die Manteltasche mit ihrem Seelenbuch.

»Warten Sie.« Er zog seine Hand zurück, ehe sie ihn dazu auffordern konnte. »Hören Sie mir bitte erst zu.«

»Ich hab kein Interesse an Ihren Agentenspielchen, Cedric.« Sie wandte sich um und blickte ihm fest in die Augen. »Wir beide allein auf einer Brücke im Nebel, dieses Gerede von Absolons schaurigem Treiben, ein bisschen Weltuntergangsstimmung ... Glauben Sie wirklich, dass es so einfach ist, mich vor Ihren Karren zu spannen?«

Er bückte sich und hob die Flasche mit dem Kapitel des Flaschenpostbuches auf. »Absolon hat nichts damit zu tun. Von ihm habe ich Ihnen erzählt, weil ich ... weil ich wollte, dass Sie wissen, was ich tue. Warum ich mich nicht mehr gemeldet habe.«

»Nur weil Sie mich verschont haben, verpflichtet Sie das nicht zu regelmäßigen Anstandsbesuchen.« Sie wollte ihn verletzen, weil er ihr das Gefühl gegeben hatte, dass es hier um sie beide ginge. Bis er diese verteufelte Flasche ins Spiel gebracht hatte.

»Hören Sie sich einfach alles an, was ich zu sagen habe.« Er sah nicht besonders betroffen aus, was sie noch zorniger machte. »Die von Lohenmuts haben früher ähnliche Versuche angestellt wie Sedgwick, aber sie sind nie so weit gekommen wie er. Wenn er das letzte Kapitel in Händen hält, wird er der Erste sein, dem es gelungen ist, die Teile des Buchs wieder zusammenzufügen.«

»Wenn es den von Lohenmuts um das Buch geht, warum nehmen sie ihm die übrigen Kapitel nicht einfach ab und bringen das Ganze selbst zu Ende?«

»Weil Sedgwick seit langem Studien betreibt, um den Inhalt des Buches zu verstehen. Es ist in einem geheimen Code verfasst, der sich nur mit Hilfe aller Kapitel vollständig entschlüsseln lässt. Sedgwick muss bereits weit gekommen sein, ihm dürften nur noch ein paar Details fehlen, und diese Seiten werden sie ihm liefern. Mag sein, dass er innerhalb von ein, zwei Tagen bereit ist, das Buch einzusetzen. Die von Lohenmuts würden wahrscheinlich Jahre brauchen, um an diesen Punkt zu kommen.«

»Also lassen sie ihn tun, was immer er da auch tut, und schlagen erst zu, sobald er am Ziel ist. Er erledigt die Arbeit, und sie ernten Ruhm und Ehre.«

»Es ist ein wenig komplizierter, aber ja – im Kern ist es wohl das, was sie vorhaben.«

»Und ich soll tun, als wüsste ich von nichts, soll ihm das Kapitel geben – und dann? Nach Hause gehen und die ganze Sache vergessen?«

Tatsächlich war das ein verlockender Gedanke. Ihr Versprechen, ihm Madame Xus Kapitel zu beschaffen, wäre eingelöst und ihr Pakt mit Sedgwick endgültig Geschichte. Sedgwick, so glaubte sie manchmal, war ein Teufel in Menschengestalt, ein Ungeheuer hinter der Maske des Londoner Polizeichefs, das über Leichen ging, um seine Ziele zu erreichen. Andererseits hatte er sie und Tempest davor bewahrt, wegen Mordes im Gefängnis zu landen. Sie mochte ihn nicht, hatte sogar Angst vor ihm, aber sie stand auch in seiner Schuld.

Cedric ahnte wohl, was ihr durch den Kopf ging. »Sie fühlen sich Sedgwick verpflichtet, und das ehrt Sie. Aber Sie sind nicht für das verantwortlich, was er hinter geschlossenen Türen treibt. Er erwartet von Ihnen Madame Xus Kapitel – und genau das werden Sie ihm bringen. Damit sind Sie ihn endlich los.«

»Ich erfülle mein Versprechen und lasse Sedgwick zugleich ins offene Messer laufen. Das meinen Sie doch, nicht wahr?«

»Wenn Sie es so dramatisch ausdrücken wollen.«

»Jemand hat das clever eingefädelt.«

»Das ist in etwa das, womit wir Agenten uns Tag für Tag herumschlagen müssen.«

»Ihre Berufswahl, nicht meine.«

Erneut reichte er ihr die Flasche mit den Seiten. »Geben Sie ihm das Buch und bitten Sie ihn, dabei sein zu dürfen, wenn er es zusammenfügt und benutzt. Sie müssen nichts tun, als ihn zu beobachten. Und danach Bericht erstatten über das, was Sie mit angesehen haben.«

»Ich soll den von Lohenmuts also auch noch erklären, wie man das verdammte Buch benutzt?«

»Wollen Sie denn nicht wissen, was Sedgwick überhaupt damit erreichen will?«

»Von mir aus kann er mit den Seiten sein Büro tapezieren.«

Sein Blick verriet Skepsis, aber in dieser Sache schätzte er sie falsch ein.

Zweieinhalb Jahre lang hatte sie seltene Bücher für reiche Sammler besorgt, oft unter den widrigsten Umständen, und sie war stets mit äußerster Diskretion vorgegangen. Natürlich war sie dann und wann neugierig gewesen, aber sie war auch gut darin, ihre Wissbegier im Zaum zu halten. Sie hatte Sedgwick während dieser Zeit fünf Kapitel des Flaschenpostbuchs beschafft, aus gut gesicherten Bibliotheken in England und Schottland, und dabei war sie kein einziges Mal in Versuchung geraten, eine der Flaschen zu öffnen und die losen Seiten darin zu untersuchen. Die Ware, die sie ihren Kunden brachte, ging sie nichts an.

»Ich weiß nicht viel über das Flaschenpostbuch«, sagte sie. »Ich hab auch nie vorgehabt, mich tiefer als nötig in diese Geschichte hineinziehen zu lassen, nur um ein paar Wissenslücken zu füllen.«

»Aber diese Geschichte kreist doch längst um Sie! Die Akademie kennt die Rolle, die Sie spielen. Und Sedgwick setzt Sie unter Druck –«

»Was Ihnen natürlich nicht im Traum einfallen würde.«

»Wir Agenten sind Soldaten. Wir befolgen Befehle. Ob uns das gefällt oder nicht.«

Sie schenkte ihm ein trauriges Lächeln und nickte langsam. »Ich kann Ihnen nicht helfen, Cedric. Nicht mit Sedgwicks Buch und erst recht nicht bei Ihren eigenen Problemen.«

»Meinen Problemen?«

»Ihren Zweifeln. Sehen Sie sich uns doch an! Eines Ihrer Probleme bin ich. Sie wollen das hier nicht tun und fühlen sich trotzdem dazu verpflichtet. Viel lieber würden Sie da draußen sein und weiter mit Absolon Katz und Maus spielen, als sich mit mir und diesem Mist herumzuschlagen.« Sie hatte seine Besessenheit von Absolon schon damals durchschaut, und dass dieses Gespräch ausgerechnet hier, unmittelbar vor dem zerstörten Refugium, stattfand, war nur ein weiteres Indiz dafür. Aus irgendeinem Grund wollte er, dass sie ihn verstand, wirklich begriff, was er tat. Und sie fragte sich, ob ihr das schmeicheln sollte oder ob er auch damit nur versuchte, sie zu manipulieren. Sie wurde einfach nicht schlau aus ihm.

»Ich dachte, dass ich Sie mag, Cedric. Vielleicht war das ein Fehler. Denn bei jedem anderen Menschen, den ich mag, fühlt sich das nicht so an wie bei Ihnen. Das hätte mir zu denken geben sollen, bevor ich Ihrer Einladung gefolgt bin.« Damit drehte sie sich um und ging.

»Mercy, bitte.«

Sie stapfte weiter, folgte ihren Spuren im Schnee und fand, dass sich der Wind auf ihren Wangen jetzt noch schneidender anfühlte.

»Mercy!«

Sie schloss die Augen, stieß eine Atemwolke aus und blieb stehen. Als sie über die Schulter blickte, war er unmittelbar hinter ihr. Die Flasche mit den Seiten hielt er noch immer in beiden Händen. Einen Augenblick lang war das Schweigen zwischen ihnen wie eine unsichtbare Wand.

»Sedgwick vertraut Ihnen«, sagte er schließlich. »Haben Sie sich einmal gefragt, warum das so ist?«

Sie achtete darauf, möglichst förmlich zu klingen. »Meine Arbeit für ihn war zufriedenstellend. Am Ende hat er mich einfach nur ausgenutzt.«

Er schüttelte den Kopf. »Wenn man Sedgwick über einen längeren Zeitraum beobachtet, weiß man, dass er niemanden an sich heranlässt. Nicht einmal die Menschen, mit denen er seit Jahren zusammenarbeitet. Abgesehen vielleicht von diesem Lakaien, diesem Sharpin, der ihm auf Schritt und Tritt folgt. Aber auch ihn benutzt er nur wie ein Werkzeug. Sie hingegen … Aus irgendwelchen Gründen zeigt er für Sie so etwas wie Zuneigung.«

»O ja«, rief sie spöttisch, »das wird es sein. Er *mag* mich.«

»Er sieht sich als Ihr Mentor, Ihr Beschützer. Vielleicht mehr als das.«

»Worauf wollen Sie hinaus?« Sie trat einen Schritt auf ihn zu, bis ihr Gesicht unmittelbar vor seinem war. »Sagen Sie das, weil ich meinen leiblichen Vater nicht kenne? Wollen Sie mir einreden, Sedgwick könnte mein Vater sein, weil Ihnen das gerade in den Kram passt? Das ist sogar unter Ihrem zweifelhaften Agentenniveau.«

»Ich bitte Sie nur, sein Vertrauen zu nutzen, um an ihn heranzukommen.« Er senkte seine Stimme. »Und ich will vermeiden, Ihnen drohen zu müssen.«

Wenn er ihr einen Schlag mit der Faust versetzt hätte, hätte sie das kaum härter treffen können. »Mir zu drohen?«

Zum ersten Mal wich er ihrem Blick aus, wenn auch nur kurz. »Jeden Tag werden in London ganze Straßenzüge abgerissen, um die Untergrundbahn auszubauen oder die alten, maroden Häuser durch neue zu ersetzen. Es passiert längst überall, bald auch in Soho und St Giles. Der Cecil Court wird irgendwann ebenfalls auf einem dieser Abrisspläne auftauchen. Das könnte in zehn oder fünfzehn Jahren sein – oder schon im nächsten Monat.«

Sie schnappte vor Entrüstung nach Luft. Vor allem aber aus maßloser Enttäuschung. »Großer Gott, Cedric …«

»Sie lassen mir keine Wahl.«

»Sie tun nur Ihre Pflicht, nicht wahr?« Ihre Stimme war rau geworden, und das lag nicht am Frost. »Nur Ihre Scheißpflicht!«

»In London geschieht kaum etwas, in dem die Akademie nicht ihre Finger hat. Und nicht nur hier. Es ist dasselbe in Paris, Berlin und weiß der Teufel wo. Wenn die Drei Häuser – oder eines davon – durchsetzen wollen, dass ein bestimmtes Viertel früher dem Erdboden gleichgemacht wird als geplant, dann kostet sie das« – jetzt schien er fast ein wenig verzweifelt – »es kostet sie *nichts*. Die haben ihre Ambassadoren überall. Und eigentlich haben sie gewollt, dass ich Ihnen sofort drohe, damit Sie gar nicht erst auf die Idee kommen, sich querzustellen. Ich dachte, ich könnte Sie überzeugen, aber nun sage ich es Ihnen, wie es ist: Die werden den Cecil Court abreißen, wenn Sie nicht tun, was sie verlangen. Und es gibt nichts, was ich dagegen machen könnte.«

Sie schüttelte den Kopf. »Muss ich Ihnen *wirklich* sagen, was Sie hätten machen können, Cedric? Sie hätten einen anderen schicken können. Irgendjemanden. Sie hätten es nicht selbst tun müssen. Aber die Wahrheit ist, dass Ihnen völlig gleichgültig ist, was ich über Sie denke.«

»Mercy, ich –«

»Geben Sie das her.« Sie riss ihm die Flasche aus den Händen und war für einen Moment in Versuchung, sie über die Brüstung in den Fluss zu werfen. Vielleicht gehörte sie dort ja hin, zurück ins Wasser, woher sie einst gekommen war.

Er musste dieselbe Befürchtung haben und schien bereit, sie aufzuhalten.

Doch dann öffnete Mercy nur ihre Tasche und steckte die Flasche hinein. »Sagen Sie denen, dass Sie Erfolg hatten. Sie haben das dumme Ding eingeschüchtert und dazu gebracht, den Befehl zu befolgen. Es ist alles genauso gelaufen wie geplant. Sie können sehr stolz auf sich sein, Cedric.«

Diesmal hörte sie seine Schritte im Schnee, als er ihr ein Stück weit folgte, doch dann blieb er stehen und ließ sie wortlos gehen. Sie war heilfroh darüber.

Schließlich trat sie in den Schatten des Torturms, dann in das Licht der einsamen Gaslaterne am Ufer. Die Frau mit der Taube saß noch immer dort und starrte sie an. Als Mercy sich umdrehte, waren der Turm und die Brücke bereits verschwunden, fortgeweht wie Nebelfetzen über der Themse.

Trotz der Alten kam es ihr vor, als wäre sie der einzige Mensch weit und breit. Sie spürte das Gewicht der Flasche, mehr noch den übrigen Ballast, den sie gern auf der Brücke zurückgelassen hätte, und machte sich auf den Heimweg.

3

Vor ihr klaffte ein roter Vorhang auseinander, als Mercy den ehrwürdigen Lesesaal des British Museums betrat. Er befand sich in einem mächtigen Kuppelbau, der vor gut zwei Jahrzehnten im Innenhof des Museums errichtet worden war. Entlang der Wand der kreisrunden Halle verliefen drei Etagen aus eisernen Bücherregalen, die beiden oberen befanden sich auf Galerien mit kunstvollen Balustraden. Darüber wölbte sich die gigantische Kuppel.

So früh am Morgen war Mercy eine der Ersten im Saal, draußen herrschte noch Dunkelheit. Die Lesetische waren sternförmig angeordnet, wuchtige Ungetüme aus Eiche und Metall mit grünem Bezug. In der Mitte eines jeden Tisches war ein Sichtschutz errichtet worden, der verhinderte, dass sich gegenübersitzende Leser bei der Lektüre störten.

Vor anderthalb Jahren hatte Mercy – selbstverständlich inoffiziell – über einen Mittelsmann zwei Aufträge des leitenden Bibliothekars angenommen. Kurz zuvor hatte der rumänische Botschafter in London ein seltenes Buch mit Liebesgedichten eines georgischen Poeten entliehen, um es, wie sich herausstellte, seiner jungen Ehefrau zum Geschenk zu machen. Als die Bibliothek das kostbare Exemplar zurückforderte, berief der Botschafter sich auf seinen Diplomatenstatus und lehnte die Rückgabe ab. Daraufhin war Mercy des Nachts in die Botschaft in Mayfair eingedrungen, hatte die Wachleute überlistet und den Band vom Nachttisch der Botschaftergattin entwendet.

Ihr zweiter Auftrag war um einiges kniffliger gewesen. Auf einem Bücherstapel auf der oberen Galerie des Lesesaals waren zwei mittelalterliche Codices zerfleddert worden, obwohl sich zum fraglichen Zeitpunkt niemand dort oben aufgehalten hatte. Nach ein paar ergebnislosen Befragungen war Mercy schließlich auf Reste von Vogelkot auf der nahen Balustrade gestoßen, außerdem auf eine schwarze Vogelfeder. Man hatte ihr erklärt, dass sich beim Lüften gelegentlich Vögel durch eines der großen Kuppelfenster in den Saal verirrten. Bevor sie von selbst den Weg nach draußen fanden, hinterließen sie manchmal ihren Schmutz auf den Geländern. So war Mercy den Tätern auf die Spur gekommen. Der silberne Buchschnitt der beiden Bände musste im Sonnenlicht gefunkelt haben, und so hatten Elstern mehrere Seiten herausgerissen und durch das offene Fenster davongetragen.

Drei Tage lang war sie auf den weitläufigen Dächern des Museums herumgeklettert, bis sie schließlich das Nest eines verdächtigen Vogelpaars entdeckt und die Seiten geborgen hatte, wenn auch in desolatem Zustand. Die Buchrestauratoren waren dennoch überglücklich gewesen, und zum Dank hatte Mercy einen privilegierten Leserausweis erhalten, mit dem es ihr erlaubt war, die Bibliothek zwei Stunden vor der offiziellen Öffnung zu betreten und am Abend länger zu bleiben.

Bis vor einem halben Jahr hatte sie den Ausweis kein einziges Mal benutzt. Erst seit sie sich mit Tempest und Philander die engen Räume über dem *Liber Mundi* teilte, kam sie gelegentlich her, um ungestört nachdenken zu können.

Da nur drei Dutzend Gelehrte, ein paar Adelige und Politiker, außerdem die Mitglieder des Königshauses einen solchen Ausweis besaßen, war sie früh morgens fast allein im Saal. Der diensthabende Bibliothekar wanderte auf der Suche nach einem Buch über die Galerien, sie hörte, wie seine Schritte über ihr näher kamen und sich wieder entfernten. Es war gerade mal kurz nach sieben. Seit der Begegnung mit Cedric hatte sie keinen Schlaf gefunden. Hellwach hatte sie in ihrem Bett gelegen und den Lichtschein angestarrt, den die Gaslaterne von der anderen Straßenseite unter die Zimmerdecke warf.

Schließlich war sie aufgestanden und durch Soho und St Giles nach Bloomsbury gewandert. Selbst entlang der verwinkelten Nebenstraßen, wo keine Kutschenräder den Schneematsch über die Gehwege verteilten, war es kaum mehr als eine Meile vom Cecil Court zum Museum. Trotzdem war sie nach ihrem Marsch durch eine harsche Masse aus Eis, Kohlenstaub und Pferdekot beschmutzt bis zu den Knien. Niemand störte sich daran, weil es jedem anderen Fußgänger im Winter ebenso erging.

Nachdem sie sich an ihrem Leseplatz in der Bibliothek vergewissert hatte, dass sie nicht beobachtet wurde, nahm sie die Flaschenpost aus ihrer Tasche und legte sie vor sich auf den Tisch. Nachdenklich rollte sie sie mit der Fingerspitze vor und zurück und erwischte sich bei der Frage, was wohl ihre Mutter täte, wenn man sie vor eine derartige Entscheidung stellte. Annabelle Antiqua hätte die Initiative ergriffen, und vermutlich wäre dabei jemand ums Leben gekommen.

Sie wusste nicht viel über ihre Mutter, und das wenige genügte, um sie zu verachten. Am schlimmsten aber war, dass

Mercy ihr keine Fragen über ihren Vater stellen konnte. War es wirklich Benjamin Cutter, wie jene Dokumente nahelegten, die Florence Oakenhurst ihr übergeben hatte? Ein drittklassiger Verfasser von Geschichten über Revolverhelden und Rothäute, der seit Jahren durch den amerikanischen Westen streifte? Ein Säufer, der sich mehr für Saloons und andere dubiose Etablissements im amerikanischen Grenzland interessierte als für eine Tochter, die er auf dem Papier zwar als Erbin eingesetzt, aber seit fast zwanzig Jahren nicht mehr gesehen hatte?

Sie verdrängte den Gedanken an ihn wie an die Gänsehaut, die sie von draußen mit hereingebracht hatte. Die Kälte konnte sie aussitzen, bald würde ihr ganz von selbst wieder wärmer werden, und sie hoffte, dass es ihr mit den Fragen nach ihrer Herkunft ähnlich erging. Vielleicht würden sie alle irgendwann keine Rolle mehr spielen, wären nur ein paar Fragezeichen mehr, wie sie sich im Laufe eines Lebens eben anhäuften.

Die Flasche kullerte mit einem hohlen Laut gegen den Sichtschutz zum Platz gegenüber. Mercy betrachtete die winzig beschrifteten Seiten, die im Inneren eingerollt und mit einem Stück Schnur umwickelt waren. Durch das dunkle Glas hätte sie selbst gewöhnlichen Text kaum entziffern können, und das galt erst recht für die codierte Geheimschrift. Sie griff in ihre Tasche und zog das Schlüssellochglas hervor, ein bibliomantisches Wunderwerk in Form einer schweren Lupe mit kunstvoll verziertem Rahmen. Blickte sie durch das Schlüssellochglas in ein aufgeschlagenes Buch, verriet es ihr die wahre Absicht des Verfassers.

Sie legte es auf die Flasche und schaute hindurch. Für gewöhnlich dauerte es nur wenige Augenblicke, bis sie die Empfindungen des Autors beim Schreiben wie ein eigenes Gefühl wahrnehmen konnte. Diesmal jedoch geschah nichts. Vielleicht lag es am Flaschenglas. Kurz spielte sie mit dem Gedanken, den versiegelten Korken zu öffnen und die Seiten herauszunehmen. Doch das hatte sie bei keinem der fünf anderen Kapitel des Flaschenpostbuches getan, die sie Sedgwick besorgt hatte, und es kam ihr falsch vor, jetzt damit zu beginnen. Zumal sie nicht wusste, ob sie durch das Schlüssellochglas angesichts des Geheimcodes überhaupt etwas erkennen würde. Dafür würde Sedgwick auf den ersten Blick bemerken, dass die Flasche geöffnet worden war. Sie wollte um jeden Preis verhindern, dass er ihr misstraute, um nicht Gefahr zu laufen, dass er Tempest und sie doch noch als Mörder von Edward Thorndyke verhaften ließ. Tempest hatte in Notwehr geschossen, um Mercy zu retten, aber das würde sich Monate später kaum noch beweisen lassen.

Sie schob das Schlüssellochglas zurück in ihre Tasche. Die Schritte des Bibliothekars auf der Galerie verrieten, dass er sich auf seiner Runde wieder ihrem Platz näherte, darum legte sie ein aufgeschlagenes Buch auf die Flasche. Als sie hochsah, nickte der Mann ihr von oben freundlich zu und ging weiter. Sobald er fort war, stellte sie die Flasche aufrecht, verschränkte die Hände davor auf der Tischplatte und stützte ihr Kinn darauf. Wie hypnotisiert betrachtete sie die Seiten hinter dem braunen Flaschenglas und fragte sich, welches Geheimnis sie bergen mochten, dass sowohl Sedgwick als auch den von Lohenmuts kein Preis zu hoch dafür war.

Sie selbst wusste kläglich wenig über das Flaschenpostbuch, nur das wenige, was der Besserwisser ihr erzählt hatte.

Demnach war es im 14., vielleicht auch im 16. Jahrhundert von einem Bibliomanten, Alchimisten und Philosophen namens Barrabas de Barrabas verfasst worden – offenkundig ein Pseudonym, das in keinem anderen Zusammenhang auftauchte. Barrabas, so hieß es, hatte versucht, ein Tor zwischen Fiktion und Wirklichkeit zu öffnen. Mit Hilfe seiner Anleitung sollte es einem Bibliomanten möglich sein, die Welt eines Buchs zu betreten – oder die Figuren aus einem Buch in die Realität herüberzuholen.

Für Mercy klang das nach einem Hirngespinst. In der Literatur fanden sich vereinzelte Berichte aus dritter und vierter Hand darüber, wie es Barrabas schließlich gelungen sei, die Grenze zu den Büchern zu zerreißen – ehe ihm die Gefahren bewusst geworden waren, die eine unkontrollierte Vermischung von Wahrem und Erfundenem mit sich brachte. Allerdings hatte er es nicht über sich gebracht, sein Lebenswerk zu vernichten und das einzige Exemplar seines Buchs zu verbrennen. Stattdessen hatte er die Kapitel auf acht Flaschen verteilt. Während einer Schiffsreise von Marseille nach Malta hatte er sie über Bord geworfen, in weitem Abstand voneinander, und war danach selbst nie wieder in Erscheinung getreten. Ob er sich zuletzt in die See gestürzt oder aber unter seinem wahren Namen weitergelebt hatte, war nicht überliefert. Die Flaschen waren im Laufe der Jahrhunderte wie durch ein Wunder wiederaufgetaucht und hatten ihre Wege in die Sammlungen exzentrischer Buchliebhaber gefunden. Zwei davon hatte Sedgwick selbst aufgestöbert, fünf weitere hatte Mercy ihm besorgt.

Und nun blickte sie auf das achte Kapitel, das einzige, das zur

Vervollständigung von Barrabas' Aufzeichnungen fehlte. Darin steckten jene Informationen, die Sedgwick benötigte, um den Geheimcode in seinen letzten Feinheiten zu entschlüsseln. Zuletzt hatte er Mercy immer nachdrücklicher aufgefordert, ihm das fehlende Kapitel zu bringen. Dass er nicht kurzerhand Polizisten beauftragt hatte, Xus Hauptquartier in Limehouse zu stürmen, war ein Beweis dafür, wie weitreichend der Einfluss der Chinesin war. Andererseits war es der Akademie gelungen, Xu zur Herausgabe des Kapitels zu *überreden*; das ließ erahnen, über welche Machtfülle die Drei Häuser geboten. Mercy wurde schlecht bei der Vorstellung, dass sie ins Visier dieser Leute geraten war, und dass alles von dieser unscheinbaren Flaschenpost abzuhängen schien, diesem trüben, verkrusteten Glasbalg, der auf wundersame Weise die Jahrhunderte überdauert hatte.

Wieder näherten sich die Schritte des Bibliothekars. Diesmal ließ sie die Flasche in ihrer Tasche verschwinden, stand auf und eilte zum Ausgang. Die Schritte hatten hinter ihr innegehalten, und sie wagte nicht, sich umzuschauen. Cedric hatte behauptet, sie nicht beschatten zu lassen – aber irgendjemand tat es wohl, sonst hätte die Adamitische Akademie nicht so viel über ihre Verbindung zu Phileas Sedgwick gewusst.

Sie eilte durch die hohen Gänge und Hallen, bis sie endlich die breite Freitreppe des Museums erreichte und wieder durchatmen konnte. Hinter ihr erhob sich die Fassade mit ihren weißen Säulen wie ein antiker Tempel.

»Schlecht geschlafen?«, fragte eine Männerstimme. »Sie sehen furchtbar aus. Aber es ist ja noch früh. Kann also nur besser werden.«

»Mister Sharpin.« Sie gab sich keine Mühe, ihre Abneigung zu verbergen.

»Miss Amberdale.«

Etwa fünf Schritt entfernt stand auf der obersten Stufe ein Ungetüm von einem Mann und knackte Nüsse zwischen Daumen und Zeigefinger; auf der Treppe lag bereits eine stattliche Menge leerer Schalen. Er trug einen langen, braunen Kutschermantel, aus dessen Stoff man mühelos Kleidung für zwei normal gebaute Menschen hätte schneidern können. Sein schwarzes Haar war von Grau durchzogen, ebenso der buschige Backenbart, seine Hände waren groß wie Heugabeln. Seit Jahren führte Sharpin die Zügel von Sedgwicks Droschke und erledigte jedwede Drecksarbeit für ihn.

»Der Commissioner schickt mich.«

»Was will er?« Ihre Finger lagen auf der Tasche mit dem Kapitel des Flaschenpostbuches. Sharpin war nur ein Handlanger und konnte die bibliomantische Aura der Seiten nicht spüren. Trotzdem war nicht auszuschließen, dass er etwas darüber wusste.

»Mister Sedgwick erwartet Sie um drei im Hotel Savoy. Wie üblich in der Lobby.«

»Ein bestimmter Anlass?«

»Ist wohl anzunehmen.«

»Herrgott, Sharpin, was genau hat er gesagt?«

Er blinzelte sie aus seinen schmalen Augen an, kam näher und blickte von oben auf sie nieder wie ein Raubvogel aus einer Baumkrone. »Könnte sein, dass Mister Sedgwick die Geduld verliert. Könnte sein, dass er sich fragt, warum Sie ihn so lange hinhalten.«

Es stimmte, dass sie die Beschaffung des letzten Kapitels immer wieder hinausgezögert hatte, und es war keine Überraschung, dass Sedgwick ihr das übelnahm.

Sie wich keinen Fingerbreit zurück. »Behalten Sie Ihre Vermutungen für sich, Sharpin. Bürsten Sie Pferde, oder kratzen Sie Dreck aus Hufen – tun Sie, was Sie eben so tun. Er hat Sie geschickt, um mir eine Nachricht zu überbringen. Wenn das also alles war …«

Sein rechter Mundwinkel hob sich zur Andeutung eines Lächelns, das sie erschaudern ließ. »Ich kenne solche wie Sie, Miss Amberdale. Weibsbilder, die sich für was Besseres halten und Herrschaften wie Mister Sedgwick an der Nase rumführen wollen. Bei ihm wird Ihnen das nicht gelingen. Irgendwann wird er mir befehlen, Sie auf weniger höfliche Weise an Ihre Abmachung zu erinnern.«

Sie wunderte sich nicht über seine plumpe Drohung, sondern nur darüber, dass Sedgwick ihn derart ins Vertrauen zog. Sie schwor sich, Sharpin niemals zu unterschätzen.

»Verfolgen Sie mich eigentlich?«, fragte sie. »Beobachten Sie, was ich so tue den ganzen Tag?«

»Nehmen Sie sich nicht zu wichtig, Miss Amberdale.«

»Woher wussten Sie dann, dass Sie mich hier finden würden?«

Er lachte leise. »Commissioner Sedgwick braucht mich nicht, um ihren Rockzipfeln nachzulaufen, Miss Amberdale. Er hat genügend Augen und Ohren auf den Straßen.« Mit einem Nicken deutete er auf den weiten Vorplatz des Museums, der so früh am Morgen nahezu menschenleer war. Sedgwicks Fuhrwerk stand draußen am schmiedeeisernen Tor zur Great

Russell Street. Erst als sie genauer hinsah, bemerkte sie den Bobby vor den Fassaden auf der anderen Straßenseite, einen der schwarz gekleideten Streifengänger der Polizei. Vor einigen Jahren hatten sie ihre Zylinder gegen schalenförmige Helme eintauschen müssen und waren seither schon von weitem zu erkennen.

»Ist das Ihr Ernst?«, fragte sie. »Sedgwick lässt mich von Polizisten überwachen?«

Sharpin schien amüsiert. »Vielleicht ist das so, Miss Amberdale. Vielleicht auch nicht. Achten Sie darauf, dass Sie eine gesetzestreue Bürgerin bleiben, und alles wird gut.«

Grinsend tippte er sich an die Hutkrempe und stieg die Treppe hinab.

»Um drei Uhr im Foyer des Savoy«, rief er, ohne sich umzusehen. »Kommen Sie nicht zu spät, sonst werden Sie noch in Handschellen hingeführt.«

Sein Gelächter hallte über den Platz. Eine Handvoll Gelehrte, die auf dem Weg zum Museum waren, starrten ihn naserümpfend an. Er nickte ihnen zu, trat durch das Tor und schwang sich auf den Kutschbock. Seine Größe und Körpermasse täuschten – wenn es nötig war, bewegte er sich geschmeidig wie eine Echse.

Mercy blieb auf der Treppe stehen, zog mit der Linken den Mantelkragen enger und fragte sich, wie viel kälter es wohl noch werden mochte.

4

»Weiß er, dass du das Kapitel hast?« Tempest setzte den Stapel mit Büchern ab, den sie kraft ihrer Bibliomantik quer durch den Laden hatte schweben lassen.

»Sedgwick?« Mercy zuckte mit den Schultern. »Ich hab keine Ahnung. Aber im Augenblick scheinen eine Menge Leute erstaunlich viel über mich zu wissen.«

»Und das macht dir Angst«, stellte Philander fest. Manchmal sprach er das Offensichtliche aus, als helfe ihm das beim Nachdenken. Er lehnte mit den Ellbogen auf dem Stehpult, das im *Liber Mundi* als Ladentheke diente. Hinter seinem rechten Ohr steckte ein Bleistift; das und der neue Gehrock ließen ihn fast wie einen echten Buchhändler aussehen. Nur das schulterlange blonde Haar wollte er sich partout nicht kürzen lassen.

»Nein«, entgegnete Mercy gereizt, »ich fühl mich geschmeichelt. Alle denken immer nur an mich. Ganz wunderbar! Herrje, natürlich hab ich eine Scheißangst, und das sollte jedem hier so gehen.« Sie hatte den beiden von dem Treffen mit Cedric erzählt und von dem, was dem Cecil Court bevorstand, wenn sie nicht kuschte. Sie zweifelte keinen Moment daran, dass die Akademie ihre Drohung wahrmachen würde.

»Willst du mit Arthur darüber reden?«, fragte Tempest. »Ich meine, nicht über die Details. Aber dass du was über Abrisspläne gehört hast.«

Mercy schüttelte den Kopf. »Wer hätte was davon, wenn die ganze Straße in Panik verfällt?«

Arthur Gilchrist war der gewählte Sprecher der Buchhändler vom Cecil Court. Schon seit vielen Jahren führte er die Verhandlungen mit dem Besitzer der Häuser, dem Earl of Salisbury, und ihm würde man als Erstem mitteilen, wenn der Abriss des Viertels beschlossene Sache wäre.

Vor dem Schaufenster des *Liber Mundi* herrschte trübgraues Tageslicht. Auf der anderen Seite der Straße dekorierte der alte Mister Barnstable die Bücher in seiner Auslage um, ein Schemen hinter den Eisblumen auf den Scheiben. Vor Jahren hatte Valentine die Fenster abgedichtet, und tatsächlich hielt das *Liber Mundi* die Ofenwärme besser als viele der anderen Läden, aber gegen den nächtlichen Frost war kaum anzukommen.

»Du hättest dich nicht allein mit Cedric treffen dürfen.« Tempest verschränkte die Arme vor der Brust. »Einem Agenten der Akademie kann man nicht trauen.« Ihr kurzes schwarzes Haar war ungekämmt und voller Spinnweben. Sie hatte wieder in den hintersten Ecken der Bücherkeller gestöbert. Dabei trug sie die bibliomantischen Seidenhandschuhe, die Valentine Mercy vermacht hatte und in denen ein Großteil seines Bücherwissens steckte. Wer sie überzog, kannte den Inhalt jedes Buchs, das er gelesen hatte.

»Er wollte es nun mal so«, sagte Mercy.

Philander nahm den Bleistift vom Ohr und klopfte sacht mit der Spitze auf das Pult. »Und was genau hat dich davon abgehalten, uns vorher davon zu erzählen?«

»Hättet ihr mich dann ohne endlose Diskussionen gehen lassen?«

Tempest sah sie wütend an. »Einer von uns hätte wenigstens bis zur Brücke mitgehen können.« Es war klar, wen sie meinte. Während sich Philanders bibliomantisches Talent auf die magere Magie der Penny Dreadfuls beschränkte, schien ihre eigene Bibliomantik immer stärker zu werden. Seit Tempest ein Seelenbuch besaß, ging sie von Tag zu Tag geschickter damit um. Bald würde Mercy ihr nichts mehr beibringen können. Philander war ungeheur stolz auf Tempest, und nie war auch nur eine Spur von Neid in seinem Blick, wenn er seiner Freundin dabei zusah, wie sie Büchertürme schweben oder Szenen ihrer Lieblingsromane wie Scherenschnitttheater über die Decke des *Liber Mundi* geistern ließ.

»Es hätte rein gar nichts geändert, wenn du am Ufer auf mich gewartet hättest«, sagte Mercy. »Und es ist ja nichts passiert. Immerhin hat das Ganze auch ein Gutes. Ich muss nicht noch mal zurück zu Madame Xu.«

Beinahe wäre ihre Freundschaft für immer zerbrochen, als Tempests älterer Bruder Grover vor zweieinhalb Jahren beim ersten Versuch, das Kapitel für Sedgwick zu stehlen, ums Leben gekommen war. Dass die drei sich wieder zusammengerauft hatten, war ein kostbares Gut, das Mercy nicht leichtfertig aufs Spiel setzen wollte. Aber noch viel weniger wollte sie das Risiko eingehen, dass Tempest oder Philander etwas zustieß. Es war schön zu sehen, wie liebevoll die beiden miteinander umgingen, erst recht, seit sie aus dem alten Kutschhaus in St Giles auf den Dachboden des *Liber Mundi* gezogen waren. Seither kümmerten sie sich zu dritt um den Laden und versuchten so gut es eben ging, über die Runden zu kommen. Finanziell war das nur möglich, weil Mercy zwischendurch Aufträge wie die

Elsternjagd auf den Dächern des British Museum annahm. Während Mercy Geld beschaffte, arbeitete Tempest am härtesten dafür, dass sich das *Liber Mundi* bald wieder selbst tragen und sie alle versorgen würde. Sich von ihrem Enthusiasmus im Umgang mit den Büchern nicht anstecken zu lassen, war fast unmöglich. Sogar den Besserwisser ertrug sie mit stoischer Gelassenheit.

Auch jetzt räusperte er sich mehrfach im Hinterzimmer, bis Mercy schließlich durch die offene Tür rief: »Was denn?«

»Nun, Mylady«, begann er in seinem gestelzten Butlerton, »wenn mich jemand zu diesem Aspekt befragen würde, dann würde ich konstatieren, dass es Ihnen nach wie vor schwerfällt, anderen Verantwortung zu übertragen. Sie waren zu lange auf sich allein gestellt und sind nun mit der Tatsache konfrontiert, dass sich ein Mann, der womöglich Ihr Vater ist, nicht für Sie interessiert, während ein anderer, der wohl eher nicht an Ihrer Zeugung beteiligt war, gewisse väterliche Anwandlungen Ihnen gegenüber hegt. Zugleich nutzt er Sie aus, was in gewissen familiären Strukturen nicht ungewöhnlich ist.«

Mercy starrte mit offenem Mund zur Hintertür, während Philander von einem Ohr zum anderen grinste. Tempest nickte zustimmend, und Mercy schwante, dass sie sich während ihrer Abwesenheit womöglich mit dem Besserwisser verbündet hatte.

»Was zum Teufel …«, murmelte sie, raffte ihren schlammigen Rocksaum, um die Bücher auf dem Boden nicht zu beschmutzen, und eilte ins Hinterzimmer.

Der Veterator hatte sich dort zu seiner vollen Größe aufgebaut – er reichte ihr knapp bis zur Hüfte –, ein zuckertütenförmiger Turm aus Buchseiten, die sich permanent umschichteten und an der Spitze ein knollennasiges Gesicht bildeten. Er besaß keine Hände, nur zwei Füße mit je drei runden Zehen, die an seinem unteren Rand hervorschauten und gerade nervös auf den Boden tippten; womöglich ahnte er, dass Mercy ihn zurück in seine Kladde schicken würde. Wenn es ihr gar zu wild wurde mit seiner Besserwisserei, legte sie auch mal einen Briefbeschwerer auf seinen Buchdeckel.

Im Türrahmen stemmte sie die Hände in die Seiten. »Was redest du da von Vätern und Familien und … und *Strukturen*?«

»Wie Sie wissen«, holte er weitschweifig aus, »habe ich Zugriff auf Zehntausende von Büchern, darunter auch Bände, die sich mit einer neuen Lehre namens Psychologie beschäftigen. Wenn Sie es wünschen, könnte ich aus den Schriften von Herbart und Wundt zitieren, die sich in ihrer Arbeit vorrangig um –«

»Veterator recedite!«, befahl Mercy.

»Ach, lass ihn doch«, sagte Philander feixend hinter ihrem Rücken. »Fing gerade an, interessant zu werden.«

Der Besserwisser zog beleidigt eine Schnute aus Papier, dann sank er in Sekundenschnelle in sich zusammen, als hätte sich die Erde unter ihm aufgetan. Die letzten Seiten legten sich wie von Geisterhand fein säuberlich übereinander, dann klappte der Ledereinband zu, der aufgeschlagen unter dem wunderlichen Körper des Besserwissers gelegen hatte. Mercy hob ihn auf und legte ihn in die erstbeste offene Schublade – davon gab es im Chaos des Hinterzimmers einige, was sich gut machte, wenn einem danach war, etwas zuzuknallen. Aus der Kladde drang ein leises Schimpfen, als sie in der alten Eichenkommode verschwand.

»Er wollte nur helfen«, sagte Philander.

»Immer ist er auf eurer Seite«, beschwerte sich Mercy.

Tempest erschien neben Philander im Türrahmen. »Weil wir ihn nicht in stinkigen Kommoden einsperren oder schmutzige Teller auf ihm stapeln.«

»Euch geht er auch nicht ständig auf die Nerven!«

»Was tun wir nun, wenn Cedric hier auftaucht?«, fragte Philander.

»Dann sagt ihr ihm, ich bin nicht da. Ausgewandert, von mir aus.«

»Vielleicht sollten wir doch den Besserwisser befragen.« Philander grinste. »Ich bin sicher, er könnte uns nicht nur über *väterliche* Gefühle einen gelehrten Vortrag halten.«

»Witzig«, sagte Mercy finster.

»Der Kerl arbeitet für die Akademie.« Tempest fand zurück zu ihrer Entrüstung – und zu ihrem sozialen Gewissen: »Er verkörpert die herrschende Klasse, Tyrannen und Unterdrücker. Aber irgendwann werden die Refugien ihre Ketten sprengen und –«

Das Glöckchen über der Eingangstür unterbrach sie. Tempest und Philander wandten sich um. Mercy blickte alarmiert über die Schultern der beiden hinweg in den Verkaufsraum.

Der Mann, der hereinkam, hätte kaum weniger Ähnlichkeit mit Cedric de Astarac haben können. Er war gedrungen, rundlich und hatte von der Kälte ein hochrotes Gesicht. Sein gewaltiger Schnauzbart war gezwirbelt und geölt, auf seinem Kopf saß eine Melone. Er klopfte sich sorgfältig den Schneematsch auf dem Fußabtreter ab und grüßte mit gestelzter Höflichkeit.

»Guten Tag, Sir«, sagte Tempest. »Wenn ich Ihnen helfen –«

»Wohl kaum«, unterbrach er sie näselnd. »Ich schaue mich um, wenn Sie gestatten.«

»Sehr gern. Falls Sie Fragen haben, sind wir für Sie da.«

Der Mann würdigte sie keines weiteren Blickes und begann mit skeptischem Blick einen Rundgang entlang der Regale.

Philander verzog verstohlen das Gesicht und fuhr damit fort, Papiere in die Fächer hinter dem Pult zu sortieren. Mercy blieb unschlüssig in der Tür zum Hinterzimmer stehen und kam sich in ihrem eigenen Geschäft reichlich überflüssig vor.

Derweil begab Tempest sich wieder zu ihrem Bücherturm. Statt ihn abermals schweben zu lassen, hob sie ihn mit beiden Händen vom Boden auf und bugsierte ihn aus dem Weg. Beinahe wäre der Mann trotzdem gegen sie gestoßen, doch Tempest machte einen eleganten Schlenker und suchte sich einen anderen Weg durch die Buchgebirge. Einen Moment lang beobachtete Mercy sie und dachte, wie sehr die Jahre auf der Straße das Mädchen abgehärtet hatten; wahrscheinlich gab es keine Unverschämtheit, die Tempest noch nicht gehört hatte.

Nach einigen Minuten wandte der Mann sich an Philander. »Junger Herr?«

»Was kann ich für Sie tun, Sir?«

»Sie sind der Inhaber, nehme ich an.«

»Nein, Sir.«

Mercy räusperte sich. »Das bin ich.«

Der Fremde runzelte die Stirn. »Dann ist es also wahr.«

Tempest warf ihr einen warnenden Blick zu.

»Was genau meinen Sie, Sir?«, fragte Mercy.

»Eine Buchhandlung, die von einer Frau geführt wird.«

»Ich bin des Lesens durchaus mächtig, falls Sie darauf hinauswollen.«

»Das will ich nicht in Abrede stellen.« Der Mann lächelte mit Gönnermiene. »Nur fürchte ich, ein Buch zu lesen, erfordert mehr als die Befähigung, Wörter zu entziffern.«

Philander holte tief Luft, griff dann aber doch nicht ein, weil er sie gut genug kannte und wusste, dass sie keine Hilfe benötigte.

Mercy machte zwei Schritte auf den Mann zu. Tempest schüttelte heftig den Kopf, um sie vor einer Dummheit zu bewahren. »Lesen erfordert Verstand, meinen Sie?«

»Vorstellungsvermögen.« Streitlustig blickte er ihr in die Augen. »Das Talent, mehr zu sehen als das, was auf der Seite steht. Die Fähigkeit zu Abstraktion.«

»Und das sind rein männliche Attribute?«

»Nichts für ungut, junge Dame, aber Vorstellungskraft hat diese Nation groß gemacht. Und es wird wohl einen Grund geben, warum es Männer waren, die dafür verantwortlich sind.«

»Die Königin wäre anderer Ansicht.«

»Die Königin hat sich seit dem Tod ihres Ehemanns aus der Öffentlichkeit zurückgezogen und überlässt das Regieren ihren Ministern.« Wieder lächelte er. »Sein Verlust hat sie schwer getroffen, ganz ohne Zweifel.«

Mercy wollte etwas entgegnen, als Tempest sich dazwischenschob. »Wir haben gerade ein paar seltene Exemplare hereinbekommen. Falls Sie einen Blick darauf werfen möchten, zeige ich sie Ihnen gern.«

»Ich denke, ich habe genug gesehen. Herzlichen Dank.« Er deutete eine steife Verbeugung an, dann ein Nicken in Philanders Richtung. »Der Herr, die Damen. Ich empfehle mich.« Damit verließ er erhobenen Hauptes den Laden, schloss sorgfältig die Tür hinter sich und stakste durch den Schlamm zu den Läden auf der anderen Straßenseite.

»Er könnte wenigstens ausrutschen und auf die Fresse fallen«, schimpfte Philander, als er zwischen Mercy und Tempest trat und dem Mann durch die Scheibe nachblickte.

Tempest hob die Schultern. »Er wollte ohnehin kein Buch kaufen.«

»Sondern?«, fragte Mercy.

»Uns angaffen. Vor seinen Freunden damit prahlen, dass er hier war: Ich hab sie gesehen, stellt euch nur vor. Und dieses erbärmliche Subjekt, das ihnen hörig ist. Dieser bedauernswerte Laufbursche und –« Sie quietschte auf, als Philander »Hey!« rief und sie in die Schulter knuffte. Unter Geschrei und Gejohle jagte er sie durch die Schneisen zwischen den Bücherstapeln, ehe sie ins Hinterzimmer abbog und lachend die Treppe hinaufpolterte.

Während Philander ihr nach oben folgte, imitierte er näselnd den Tonfall des Mannes: »Junge Dame! Es fehlt Ihnen an Verstand und Vorstellungskraft. Diese große Nation kann nur von wahren Männern geführt werden. Von harten Männern.« Wieder kreischte sie, als er sie im ersten Stock einholte. »Von erbarmungslosen Männern!«

Mercy rollte mit den Augen und blickte auf die Standuhr zwischen den Wandregalen. Dann rief sie durch die Tür des Hinterzimmers: »Ich bin um eins mit Florence verabredet! Sie hat mir Neuigkeiten über Cutter versprochen. Hört mich jemand? Hallo?«

Vo oben drangen Quietschen und die Geräusche einer Rangelei zu ihr herunter.

»Ich gehe jetzt!«

»Junge Dame!«, rief Philander erneut.

»Also – *jetzt!*«

»Von gnadenlosen Männern!«

Mercy zog seufzend ihren Mantel an, machte die Tür zweimal auf und zu, damit die Glocke länger anschlug, und trat aus der Wärme hinaus in den Winter.

5

»Mein Vater hat hier sein Lieblingsbuch verpfändet, und nun mache ich es halt genauso«, sagte Florence Oakenhurst und war offenkundig bemüht, ihrer Stimme eine gewisse Leichtigkeit zu verleihen. Mercy durchschaute sie sofort. Das hier war so schlimm wie ein Offenbarungseid.

Auf der gegenüberliegenden Seite der Panton Street, gleich um die Ecke vom Haymarket, befand sich ein schmales, unscheinbares Geschäft, hinter dessen Schaufenster man einen dunkelgrünen Vorhang zugezogen hatte. Die Tür sah selbst über die Straße hinweg bedenklich schief aus, das Ladenschild war verblasst und angerostet. *Pfandhaus der Favoriten* stand dort in Grau auf schmutzigem Grund.

»Und du bist sicher, dass du da drinnen Geld bekommst?«, fragte Mercy skeptisch. »Und sie dir nicht eins über den Schädel ziehen und sich dein Buch einfach nehmen?«

Florence drehte sich zum Schaufenster in ihrem Rücken um und betrachtete sich kritisch im Glas. »Ich sehe aus, als hätte ich nächtelang nicht geschlafen. Was der Wahrheit ziemlich nahe kommt.« Sie straffte ihren Oberkörper und richtete den Blick wieder auf den kleinen Laden gegenüber. »Kommen eine Blonde und eine Rothaarige zum Pfandleiher …«

Sie war einen halben Kopf größer als Mercy und hatte ihr zerzaustes Haar unter einen violetten Hut gestopft, doch so ganz ließen sich die widerspenstigen Strähnen nicht halten.

Ständig pustete sie sich eine aus ihrem Gesicht, das jedes Mal hinter einer dichten Atemwolke verschwand. Es stimmte – unter ihren Augen lagen dunkle Schattenringe, weil sie sich nicht nur die Tage, sondern auch die Nächte für die Oakenhurst Publishing Company um die Ohren schlug. Obwohl in ihrem Verlag regelmäßig ein Dutzend Penny-Dreadful-Titel erschienen, stand sie fast wöchentlich vor dem Bankrott.

Malahide, ihr erfolgreichster Autor, lebte nicht mehr, und obgleich sie selbstverfasste Geschichten als seine ausgab und seine alten Texte unter neuen Titeln nachdruckte, schienen die Leser den Betrug zu wittern. Benjamin Cutter, ihr zweitbestes Zugpferd, lieferte noch seine Wild-West-Abenteuer, die er unter Zuhilfenahme erheblicher Mengen Gin in Amerika verfasste, doch auch seine Manuskripte trudelten immer unregelmäßiger ein. Ihre anderen Autoren saßen derweil in Londoner Armenquartieren und schrieben sich die Finger wund, und auch Florence selbst veröffentlichte Geschichten unter einem halben Dutzend Pseudonymen. Trotzdem drohte Oakenhurst Publishing einmal mehr der Ruin, und dies hier war die letzte Chance, den Verlag für weitere sechs bis acht Wochen über Wasser zu halten.

»Wenn ich könnte, würde ich dir helfen«, sagte Mercy. »Aber solange das *Liber Mundi* kaum Geld abwirft, kriege ich gerade so die Miete zusammen.«

Florence setzte ihr strahlendstes Lächeln auf, packte Mercy an den Schultern und drückte ihr einen Kuss auf die Wange. »Ich würde von dir gar nichts nehmen wollen.« Verschmitzt hob sie einen Mundwinkel. »Außer, du merkst es nicht.« Triumphierend hob sie das Schlüssellochglas, das sie Mercy unbemerkt aus der Manteltasche geangelt hatte, ließ es kurz wie ein Pendel zwischen den Fingern baumeln und gab es ihr zurück.

Mercy wog das bibliomantische Wunderwerk kurz in der Hand und steckte es wieder ein. »Bin nicht ich hier die Diebin?«

»Schlechte Zeiten fördern schlechte Angewohnheiten.«

»Wenn es hart auf hart kommt, kann ich das Ding immer noch verkaufen. Als letzte Reserve.«

»Nur nicht Valentines Bücher«, sagte Florence verständnisvoll.

Mercy schüttelte den Kopf. Gewiss, sie war Buchhändlerin, und natürlich verkaufte sie die Bücher, mit denen Valentine bis zu seinem Tod das *Liber Mundi* bestückt hatte. Aber es war etwas anderes, jeden Tag ein paar davon an interessierte Leser abzugeben, als das gesamte Inventar auf einmal zu einem Verzweiflungspreis an einen konkurrierenden Buchhändler zu verhökern.

Niemand verstand das so gut wie Florence, die den Verlag von ihrem Vater geerbt hatte und so sehr daran hing wie Mercy am *Liber Mundi*. Nur war die Situation für Florence ungleich schwieriger, weil sie zudem die Arztkosten abbezahlte, die sich nach Thorndykes Angriff und den Wochen im Krankenhaus angesammelt hatten.

Ein Vierspänner rollte vorüber und ließ Schneematsch auf den Gehweg prasseln. Beide sprangen zurück und schrien dem Kutscher Beschimpfungen hinterher. Fluchend klopften sie sich ab, wechselten einen aufmunternden Blick und machten sich auf den Weg zum *Pfandhaus der Favoriten*.

Der Eingang war verschlossen, Florence bediente den Türklopfer.

»Vielleicht ist der Laden längst zu«, sagte Mercy in der Hoffnung, Florence doch noch von ihrer Entscheidung abbringen zu können. Tatsächlich aber spürte sie durch die Tür hindurch die starke Bibliomantik im Inneren, ein leichtes Kribbeln von ihren Zehen bis zu den Haarspitzen.

Ein Riegel wurde beiseitegeschoben, dann schwang die Tür einen Spaltbreit auf. Im ersten Moment entdeckte Mercy niemanden, dann schaute sie nach unten und erkannte das Gesicht einer kleinen, alten Frau, fleckig und zerfurcht wie ein antiker Ledereinband. Ihre Augen waren so schmal, dass sie fast geschlossen schienen, und ihr graues Haar war zu einem Zopf gebunden, der ihr über die Brust bis zur Hüfte fiel.

»Kaufen oder verkaufen?«, fragte sie mit krächzender Stimme.

»Verkaufen«, sagte Florence. »Guten Tag, mein Name ist –«

»Das sind keine guten Zeiten«, fiel die Frau ihr ins Wort. »Alle wollen nur verkaufen, kaum einer kaufen. Das drückt die Preise, ich sag's Ihnen gleich. Wollen Sie trotzdem reinkommen und mir zeigen, was Sie anzubieten haben?«

Mercy knuffte Florence in die Seite und schüttelte den Kopf.

Doch Florence sagte: »Auf jeden Fall.«

Die alte Frau stieß einen Laut aus, der ein Kichern sein mochte, dann trat sie zurück und ließ die beiden eintreten. Schwerer Buchgeruch umfing sie, ähnlich wie im *Liber Mundi*, aber durchtränkt mit einer Bibliomantik von solcher Intensität, dass Mercy instinktiv in der Manteltasche die Hand um ihr

Seelenbuch schloss. *Mother Damnables Geschenk an das junge Frauenzimmer* erbebte unter ihren Fingern.

Das Innere des Pfandhauses war ein langer Schlauch, kaum mehr als zwei Schritt breit und fünfzehn tief. An beiden Wänden reichten die Bücherregale bis zur Decke, dreimal mannshoch, und weil es links zudem eine lange Verkaufstheke gab wie in einem Gemischtwarenladen, blieb rechts davon nur ein schmaler Gang, in dem zwei Menschen kaum aneinander vorbei passten. Zudem versperrten zwei Leitern den Weg, die auf Rollen an den Regalen eingehakt waren und auf der gesamten Länge des Pfandhauses vor- und zurückgeschoben werden konnten. Die Atmosphäre war derart angereichert mit bibliomantischer Macht, dass Mercy bezweifelte, dass irgendwer eine Leiter benötigte; selbst mäßig begabte Bibliomanten mussten in dieser Umgebung ohne große Mühe schweben können.

Das Licht war bräunlich wie vergilbtes Papier, aber niemand, der hierherkam, brauchte in den Büchern zu lesen, um sich für eines zu entscheiden. Nicht der Inhalt war entscheidend bei der Wahl des Käufers.

»Dann lassen Sie mal sehen, was Sie für uns haben«, sagte die alte Frau, nachdem sie hinter ihren Tresen getreten war. Gerade mal Kopf und Schultern ragten darüber hervor. Sie ignorierte Mercy, musterte dafür aber Florence um so gründlicher. »Sagen Sie, meine Liebe, kennen wir uns?«

Florence verneinte. »Aber mein Vater war vor einigen Jahren bei Ihnen.«

Die Frau nickte zufrieden. »Das wird es sein. Wahrscheinlich ist sein Buch noch hier, und ich spüre die Verwandtschaft zwischen seiner Aura und der Ihren.«

Florence stellte entschlossen ihre schwere Handtasche auf die Theke und nahm als Erstes ihr Seelenbuch heraus, ein unscheinbarer Band über Gartenkunde. Als die Frau ihn an sich nehmen wollte, zog Florence ihn mit einem Kopfschütteln zurück. Dann hob sie drei weitere Bände hervor, alle mit braunem Lederrücken und goldener Titelprägung: Alexandre Dumas' *Der Graf von Monte Christo* in der englischen Erstausgabe von 1846.

»So, so«, murmelte die alte Frau, legte die drei Bücher nebeneinander und betrachtete sie.

»Das sind gesuchte und wertvolle Bände«, sagte Mercy, »auch wenn sie keine –«

Die kleinwüchsige Frau unterbrach sie, indem sie die linke Hand hob. Die rechte legte sie nacheinander auf jedes der drei Bücher, kniff ihre winzigen Augen zusammen und atmete tief ein und aus.

Mercy und Florence wechselten einen Blick.

»Beugen Sie sich bitte herüber.«

Als Florence gehorchte, presste die Frau ihr die Hand auf die Stirn. Schließlich nickte sie knapp. »Dies sind in der Tat Ihre Lieblingsbücher.«

»Mein Vater hat sie mir geschenkt, als ich klein war. Meine ersten eigenen Bücher. Er hat Dumas vergöttert, aber sein eigener Favorit war –«

»*Die schwarze Tulpe*«, unterbrach sie die Pfandleiherin.

»Dann erinnern Sie sich an ihn?«

»An sein Buch. Es steht in Sektion vier, zweite Reihe von oben, Position siebenunddreißig.«

»Sie haben es noch nicht verkauft?«

»Der Richtige dafür war noch nicht hier. Aber jemand wird sich finden.«

Im *Pfandhaus der Favoriten* gaben Bibliomanten ihr Lieblingsbuch in Zahlung – und zwar nur das eine, ganz besondere, das sie stärker beeindruckt hatte als irgendein anderes. Danach hatten sie vier Wochen Zeit, um das Buch auszulösen. Gelang ihnen das nicht, blieb es im Besitz des Pfandhauses und konnte von anderen Bibliomanten erstanden werden. Dabei war es unerschütterliche Bedingung, dass es sich um exakt jenes Exemplar handeln musste, in das man sich einst so vorbehaltlos verliebt hatte.

Lieblingsbüchern wohnte eine besondere Energie inne, nicht so stark wie die eines Seelenbuchs und doch von hoher Intensität. Das Lieblingsbuch eines anderen war ein beliebtes Hilfsmittel, um die eigene bibliomantische Macht zu verstärken – vorausgesetzt, man besaß die nötigen Finanzen, um eines zu erstehen. Denn eines war allen Bänden gemein, die in diesen Regalen aufgereiht standen: Ihr Preis war exorbitant.

Leider schlug sich das nicht in der Summe nieder, die denjenigen ausgezahlt wurde, die sich schweren Herzens von ihren Favoriten trennten.

Als die alte Frau *Die schwarze Tulpe* erwähnte, konnte Mercy Florence ansehen, dass sie einen Moment lang nur noch daran dachte, es selbst zu kaufen. Wenn sie das Lieblingsbuch ihres Vaters aus dieser Büchergruft retten konnte, wäre es ein wenig so, als würde sie einen Teil von ihm zurückholen.

»Viele Bücher stehen hier lange Jahre in den Regalen, ohne dass jemand ihnen Beachtung schenkt«, sagte die Pfandleiherin. »Aber das sagt weder etwas über die Bücher selbst noch über ihre Vorbesitzer aus. Es muss nur der Richtige zur Tür hereinkommen. Die meisten zieht es ganz selbstverständlich zu den Fächern, in denen sie das finden, was sie brauchen. Das ist kaum anders als in einer gewöhnlichen Buchhandlung. Nicht wahr, Miss Amberdale?«

Mercy horchte auf. »Sie kennen meinen Namen?«

»Ich kannte Valentine Amberdale und das *Liber Mundi.*«

»Ist er hier bei Ihnen gewesen?«

»Drei- oder viermal. Aber das dürfte vor Ihrer Geburt gewesen sein. Immer hat er sein Lieblingsbuch verpfändet, weil er Geld brauchte, um seinen Laden zu retten, und jedes Mal kam er am letzten Tag der Frist zurück und hat es ausgelöst.«

Mercy wusste, dass Valentine eine ganze Reihe Lieblingsbücher gehabt hatte, aber sie hätte sich nicht auf ein einziges festlegen können. »Welches Buch hat er Ihnen gebracht?«

»Diskretion, Miss Amberdale. Dies ist ein Pfandhaus. Viele Menschen teilen mit uns ihre intimsten Geheimnisse. Nicht jeder möchte, dass bekannt wird, welches Buch er mehr liebt als alle anderen. Tatsächlich wäre es vielen wohl peinlich, wenn die Wahrheit ans Licht käme. Nach außen hin überschlagen Sie sich mit Lob für Meredith und Trollope, aber daheim im Lesesessel schmökern sie viel lieber in Schnulzen und Schauergeschichten. Oder in den Räuberromanen von Siebenstern.«

Mercy musterte die Frau jetzt genauer. Warum erwähnte sie ausgerechnet Siebenstern, einen obskuren Deutschen, der in England nie erfolgreich gewesen war? Was wusste sie wirklich über Mercy und die Rolle, die Siebensterns Bücher im Malahide-Thorndyke-Fall gespielt hatten?

Doch ehe sie nachhaken konnte, wandte die Frau sich schon wieder an Florence, die nervös auf den Zehen wippte. »Gleich drei Bände also. Gewiss können Sie sich vorstellen, dass es schwierig sein wird, einen Käufer für eine mehrbändige Ausgabe zu finden. Lieblingsbücher sind hier Gebrauchsgegenstände, keine Lektüre.« Die Frau überlegte kurz, dann nannte sie Florence einen Betrag. Er war nicht hoch, aber auch nicht ganz so erbärmlich, wie Mercy befürchtet hatte.

Florence, die selbst Talent darin besaß, andere übers Ohr zu hauen, war merklich versucht, es auf Verhandlungen ankommen zu lassen. Doch die Frau kam ihr zuvor.

»Ich weiß, was Sie denken, Miss Oakenhurst. Und Sie haben recht. Aber wir sind nicht die Heilsarmee und legen es nicht darauf an, irgendwem Gutes zu tun. Sagen Sie ja, oder lassen Sie es bleiben.« Sie schob die drei Bücher über die Theke, bis sie gegen Florence' Handtasche stießen.

Zu Mercys Überraschung sagte ihre Freundin: »Sie haben gewonnen. Einverstanden.«

»Hier geht es nicht ums Gewinnen oder Verlieren. Nur ums Geschäft. Aber ich will Sie zu nichts überreden, das Sie später bereuen.«

Florence kaute auf ihrer Unterlippe. »Es bleibt dabei«, sagte sie schließlich.

Die Frau zeigte ein sphinxhaftes Lächeln und zog die drei Bände wieder zu sich herüber. Dann griff sie unter die Theke und reichte Florence einen Umschlag. Der Betrag war längst abgezählt und musste von vornherein festgestanden haben.

Florence zählte die Scheine.

»Ich würde mich gern umschauen«, sagte Mercy.

»Selbstverständlich.«

»Komm mit«, sagte sie zu Florence, die den Umschlag widerstrebend einsteckte.

Am anderen Ende des Ladens war es so düster, dass die Titel in den Regalen kaum zu erkennen waren. In der schmalen Rückwand gab es eine Tür. Mercys Intuition sagte ihr, dass sich dahinter mehr befand als ein Büro oder ein Abstellraum.

»Geht es hier noch weiter?«, rief sie der Frau zu, die noch immer in den Dumas-Bänden blätterte.

»Was denken Sie denn? Dass das hier alles ist?«

»Dürfen wir?«

»Deshalb gibt es die Tür.«

Mercy legte die Hand auf die Klinke, aber Florence hielt sie am Arm fest. »Ich würde gern von hier verschwinden. Sonst überlege ich es mir noch anders und bin spätestens am Wochenende bankrott.«

»Nur ganz kurz.« Mercy öffnete die Tür und trat hindurch. Bereits beim Überschreiten der Schwelle bemerkte sie, dass es sich um keinen gewöhnlichen Durchgang handelte. Die Hintertür des Pfandhauses war ein bibliomantisches Portal und die Halle, die sich vor ihnen auftat, ein Refugium.

»Du liebe Güte«, flüsterte Florence. »Hast du das gewusst?«

»Nein.«

Florence warf ihr einen argwöhnischen Seitenblick zu.

»Nur geahnt.«

Im Laden rief die alte Frau: »Machen Sie die Tür hinter sich zu. Sonst haben wir hier vorn wieder eine Plage dieser Quälgeister.« Nach kurzem Innehalten fügte sie hinzu: »Und stehlen Sie nichts. Ich würde es wissen.«

»War nicht die Rede von Diskretion?«, entgegnete Mercy.

»Wenn Sie die Sache noch mal unter vier Augen besprechen wollen, tun Sie sich keinen Zwang an. Ich lausche nicht.«

»Natürlich tut sie das«, raunte Florence so leise, dass selbst Mercy sie kaum verstand.

»Auf keinen Fall«, rief die alte Frau.

Mercy schloss die Tür und wandte sich wieder der riesigen Halle zu. Sie war dem Mittelschiff einer Kathedrale nachempfunden, mit gotischer Gewölbedecke, hohen Spitzbogenfenstern aus vielfarbigem Glas und zwei Reihen mächtiger Säulen. Eine breite Treppe führte vor ihnen hinunter in die Halle, und so blickten Mercy und Florence von ihrem erhöhten Standpunkt aus auf ein Labyrinth aus Bücherregalen, einen Irrgarten verwinkelter Wege zwischen zehn Fuß hohen Wänden aus Buchrücken. Das Buntglas der Kirchenfenster übergoss die Szenerie mit flirrendem Regenbogenlicht.

»Ich geh da nicht runter«, sagte Florence.

Mercy fragte sich, welche Schätze diese Regale wohl bargen. Aber sie wusste auch, dass die Lockungen des Labyrinths womöglich stärker waren als ihre Vernunft, sobald sie sich erst in den Gängen verirrte. Ihre Liebe zu Büchern, die ihr nach Grovers Tod in Limehouse für eine Weile abhandengekommen war, war seit ihrer Rückkehr ins *Liber Mundi* umso heftiger wiedererwacht.

»Was soll das sein?«, fragte Florence. »Eine Art Prüfung?«

»Fragt sich, für wen.«

Origamis huschten vor den Buchrücken in den Fächern umher, sprangen einzeln und in Schwärmen von Regal zu Regal. Eine Handvoll hatte sich der Treppe genähert, als die Tür noch offen stand, doch jetzt, da der Ausgang geschlossen war, zogen sie sich wieder in den Irrgarten der Bücher zurück.

Die Stimme der alten Frau drang dumpf durch die Tür. »Das ist nur unser Lagerraum. Eine *Prüfung*, du liebe Zeit …!«

»Sie belauschen uns doch«, sagte Mercy.

»Sie reden zu laut!«, rief die Frau.

Mercy zog Florence die Hälfte der Stufen hinunter. »Bist du sicher, dass du den *Graf von Monte Christo* hierlassen willst?«

Florence seufzte. »Es sind nur Bücher. Vielleicht sollten wir uns allmählich an den Gedanken gewöhnen.«

»Mir geht's gar nicht um die Bücher, sondern um dich. Die Frage ist, was wird es mit dir machen, wenn du sie fortgibst?«

»Ich kann sie wieder auslösen. Genau wie Valentine.«

»Innerhalb von vier Wochen wirst du das Geld dafür nie und nimmer auftreiben.«

»Herrgott, Mercy, dann hab ich eben Pech gehabt! Es geht nicht anders!« Florence fuchtelte zornig mit den Händen, wie sie es häufig tat, wenn sie außer sich war. Und es gab eine Menge, das Florence Oakenhurst innerhalb von Sekunden auf die Palme bringen konnte. »Ich will hier weg.«

Mercy holte tief Luft, dann nickte sie langsam, blieb aber auf den Stufen stehen und drehte sich zum Labyrinth der Regale in den Weiten des Doms um. Wie viele Bibliomanten hatten ihre Lieblingsbücher verkauft, um all diese Fächer zu füllen? »Das hier muss seit einer Ewigkeit existieren«, sagte sie. »Viel länger als der Scharlachsaal und die Adamitische Akademie.«

Florence schien zu ahnen, was Mercy beschäftigte. »Du kannst die Uhr nicht zurückdrehen. Haus Antiqua, Haus Rosenkreutz … das ist alles Geschichte. Manchmal muss man sich einfach mit Dingen abfinden. Wie mit der Akademie. Wir können nur das Beste daraus machen.«

»Tempest sieht das anders. In letzter Zeit redet sie laufend davon, wie falsch und ungerecht die Herrschaft der Akademie ist. Und sie hat ja recht.«

Florence legte den Finger an die Lippen. »Wir sollten nicht ausgerechnet hier über so was reden.«

»Doch, gerade hier, weil das kein Refugium der Akademie ist. Dieser Ort ist viel älter.«

»Worauf Sie wetten können«, sagte die Pfandleiherin durch die Tür.

Florence nahm den Hut ab und fuhr sich nervös durchs Haar.

»Sie wird nichts verraten«, sagte Mercy.

»Was macht dich da so verdammt sicher?«

Es war keine Gewissheit, nur ein Bauchgefühl. Etwas an dieser letzten Ruhestätte so vieler Lieblingsbücher flößte ihr Vertrauen ein. Die Atmosphäre war aufgeladen mit einer Bibliomantik, die sich alt und ursprünglich anfühlte, unverdorben vom Ränkespiel der Drei Häuser. Die Buchmagie in dieser Halle speiste sich aus nichts als der Liebe zum Lesen.

Einer Eingebung folgend sagte sie: »Hier geht es nicht darum, Bücher zu verkaufen. Nur darum, einen Ort zu erhalten, der das verkörpert, was die Bibliomantik einmal gewesen ist. Ein Ort der Erinnerung an … ein Gefühl.«

Florence sah sie an, als machte sie sich Sorgen, versuchte aber nicht, Mercy zurückzuhalten, als sie die Stufen hinabstieg, den Boden des Bücherdoms erreichte und vor einem der Zugänge zum Irrgarten stehen blieb.

»Es ist wahr«, sagte die alte Frau, und diesmal kam ihre Stimme nicht mehr aus dem Laden. Mercy und Florence drehten sich um, und da stand sie auf der obersten Stufe. Keine von beiden hatte gehört, dass die Tür erneut geöffnet worden war, geschweige denn Schritte. »Es gibt noch eine Handvoll ähnlicher Plätze auf der Welt. Uralte Labyrinthe der Literatur. Ihr Sinn ist es nicht, einen Weg heraus zu finden, sondern sich ganz und gar in ihnen zu verlieren, sich den Büchern anzuvertrauen und durch die Geschichten treiben zu lassen. Hier bei uns gibt es keine Gesetze der Akademie, keine Unterdrückung durch ihre Milizen, keine Agenten der Drei Häuser.«

»Aber das hier *ist* doch ein Refugium«, sagte Florence.

»Eines der ältesten, die es gibt«, bestätigte die Pfandleiherin. »Seine Existenz wurde zusammen mit den Regeln der Bibliomantik festgeschrieben, und eine davon lautet, dass dem Scharlachsaal und seinen Nachfolgern kein Zutritt gewährt werden darf. Sie können hier nicht eindringen, nicht einmal mit Gewalt. Es ist schlichtweg nicht vorgesehen. Die Geschichtsschreibung der Bibliomantik in den Büchern der Schöpfung reicht in die Vergangenheit und Zukunft, und solange niemand darin herumpfuscht, sind Orte wie dieser hier sicher.«

»Aber die Drei Häuser wissen, dass sie existieren?«, fragte Mercy.

»Gewiss. Sie kommen nur nicht auf die Idee, sich um uns zu kümmern. Nicht einmal die Akademie und ihre Diener können gegen das ankämpfen, was ihnen vorherbestimmt ist.«

»Wer hat diese Regeln niedergeschrieben?«, wollte Mercy wissen. »Die Urmutter Phaedra Herculanea?«

»Nein. Der wahre Schöpfer aller Bibliomantik.« Mehr

schien die alte Frau dazu nicht sagen zu wollen. »Haben Sie Ihre Entscheidung getroffen?«

Florence nickte.

Mercy stieg die Stufen hinauf, bis sie wieder neben ihrer Freundin stand, und schaute wehmütig über den Irrgarten der Lieblingsbücher. Origamis hüpften in Schwärmen umher, tauchten zwischen den Reihen ab, strömten anderswo wieder empor. Sie hätte ihnen stundenlang zusehen können.

»Gehen wir«, sagte sie schließlich. Ihr war nicht mehr danach, Florence umzustimmen. Den Roman zu verpfänden war allein die Entscheidung ihrer Freundin, und womöglich war es eben doch die richtige, aus mehr als einem Grund.

Sie traten durch die kleine Tür zurück in den Laden, verabschiedeten sich von der alten Frau und verließen das *Pfandhaus der Favoriten* mit dem Gefühl, aus einem Traum zu erwachen. Die Wirklichkeit der Londoner Straßen packte sie wie eine Klaue aus Eis und Schmutz. Schon nach wenigen Schritten bedrängte sie ein Bettler mit Krücke, und ein Zeitungsjunge schrie ihnen Schlagzeilen entgegen, die aus einer anderen Welt zu stammen schienen.

Wortlos wanderten sie nach Osten. Mercy bemerkte, dass sie sich kaum noch an die Worte der alten Frau erinnern konnte, auch das Refugium hinter der Tür wurde im Rückblick nebelhaft. Sie erreichten gerade die Castle Street, wo sich ihre Wege trennen würden, als Florence ein anderes Thema anschnitt, vielleicht bewusst, vielleicht, weil auch ihre Erinnerung an das Pfandhaus immer verschwommener wurde.

»Was ist eigentlich aus deiner Reise nach Gloucestershire geworden? Hat diese Fiona Faerfax sich noch mal gemeldet?«

Mercy nickte. »Jetzt will sie selbst nach London kommen. Offenbar ist sie demnächst auf der Durchreise.«

Florence wirkte enttäuscht. »Ich hätte dich gern in die Cotswolds begleitet. Es ist eine Ewigkeit her, seit ich mal aus der Stadt herausgekommen bin.«

»Ich wäre selbst gern hingefahren.« Mercy versuchte, den Gedanken an das Pfandhaus aufrechtzuerhalten, aber es fiel ihr immer schwerer.

Florence strahlte. »Wir sollten mal zusammen verreisen. An die See. Ich möchte einmal einen der großen Piers sehen. Und wie die Sonne im Meer untergeht.«

Mercy lachte und umarmte sie. »Das wäre schön.«

»Aber ohne Geld?«

»Es kommen auch wieder bessere Zeiten.«

Florence blickte sich auf der schmutzigen Straße um. Zu viele abgerissene Gestalten, zu viele marode Fassaden. »Genauso sieht's hier aus.«

Sie verabschiedeten sich, und Florence hatte sich bereits ein Stück weit entfernt, als sie abrupt stehen blieb, in ihre unergründliche Tasche griff und mit einem Blatt in der Hand zurück zu Mercy eilte. »Das hätte ich fast vergessen!«

»Was ist das?«

»Sieh's dir an.« Florence reichte ihr ein vorgedrucktes Formular, in das handschriftlich Namen und ein paar Bemerkungen eingetragen worden waren.

»Ein Mietvertrag?«

»Ja, für einen Lagerraum. Ich hab ihn zwischen allerlei anderem Kram gefunden. Die Unterschrift ist die meines Vaters. Aber er hat ihn im Namen von Benjamin Cutter abgeschlossen. Und falls Cutter wirklich dein Vater ist, würde er vielleicht wollen, dass du das bekommst.«

Mercy las die Adresse. »Das ist in Wapping, irgendwo bei den Docks. Was hat er da eingelagert?«

»Bücher. Steht auf der Rückseite.«

Mercy drehte das Blatt, und tatsächlich war das die einzige Angabe.

»Cutter hat Vater vor Jahren von Amerika aus gebeten, seine Wohnung aufzulösen. Alles, was er aufbewahren wollte, kam in dieses Lager. Der Rest sollte an Bedürftige verteilt werden.« Florence rückte ihren violetten Hut zurecht. Auch sie schien wieder in der Wirklichkeit angekommen zu sein.

Mercy nahm die Umgebung jetzt viel klarer wahr.

»Vielleicht kannst du irgendwas davon für den Laden gebrauchen«, sagte Florence und tippte auf das Papier. »Damit werden sie dich reinlassen.«

»Danke.« Mercy war nicht sicher, was sie davon halten sollte, solange sie nicht wusste, welche Rolle Cutter in ihrem Leben gespielt hatte. Für sie war er ein Fremder, der es aus irgendwelchen Gründen gut mit ihr meinte. Alles andere mochte Wunschdenken sein. Dabei war sie nicht einmal sicher, ob sie sich nach dem katastrophalen Wiedersehen mit ihrer Mutter auch noch eines mit ihrem Vater wünschte.

»Die Miete wird vom selben Konto abgebucht, auf dem auch deine Honorare landen werden, wenn Cutter stirbt.« Florence' Augen blitzten auf. »Es muss also schon Geld darauf sein. Du könntest den Vertrag kündigen und versuchen, an den Rest ranzukommen.«

»Das ist nicht mein Geld, sondern Cutters.«

»Papperlapapp.« Florence winkte ab. »Wer wird so kleinlich sein?«

»Cutter, zum Beispiel.«

»Der lässt sich gerade irgendwo in Utah oder Arizona volllaufen. Er wird's nicht mal wissen, wenn du ein wenig – «

»Plünderst?«

Florence drückte ihr einen Kuss auf die Stirn. »Du bist zu gut für diese Welt.«

»Ganz sicher nicht.«

»Ich weiß.« Florence winkte ihr fröhlich zu und schlitterte den Gehweg hinab in Richtung Trafalgar Square. »Mach's gut. Und denk an unseren Ausflug ans Meer!«

Mit einem Seufzen schenkte Mercy ihr ein Lächeln, steckte das Dokument ein, blickte auf Valentines klapprige Taschenuhr – und erinnerte sich wie vom Blitz getroffen an ihre Verabredung im Savoy. An Sedgwick und das letzte Kapitel des Flaschenpostbuchs.

6

Miss Amberdale, wie schön!«

»Mister Sedgwick.«

Dieselbe Begrüßung wie bei all ihren Treffen im Foyer des Hotels, so als sei das Protokoll ihrer Begegnungen exakt festgeschrieben. Das erinnerte Mercy vage an die Worte der Frau im Pfandhaus über Schicksal und Vorbestimmung. Beide Begriffe begannen sich wie Mühlsteine anzufühlen, die ihr jemand auf die Schultern gelegt hatte. Eines Tages war da diese Ahnung gewesen, dass jede große Entscheidung *für* sie getroffen wurde – von den Umständen, von anderen. Von Menschen wie Cedric und Sedgwick.

Der Commissioner war groß und um die sechzig, mit gescheiteltem weißem Haar und teurem Anzug, Einstecktuch und Gehstock. Sein Lächeln verhieß einen hohen Grad an Selbstbeherrschung, in der stets ein Hauch von Bedrohung mitschwang. Als Leiter der Metropolitan Police musste er sich zahllose Feinde gemacht haben, und das mochte eine Erklärung sein, warum er sich durch nichts aus der Ruhe bringen ließ. In den zweieinhalb Jahren, die Mercy ihn kannte, war es ihr nie gelungen, ihn einzuschätzen. Wenn sie an ihn dachte, schien stets ein Fragezeichen über allem zu schweben, was er als Nächstes tun oder sagen mochte.

Umso mehr erstaunte sie, dass er sofort zum Thema kam, kaum dass sie in den schweren Ledersesseln in einer der hinteren Ecken der Lobby Platz genommen hatten. Sie saßen immer in dieser Sitzgruppe, stets um dieselbe Tageszeit. Und jedes Mal stand die nahe Tür zum Salon offen, den der Club der Ambassadoren fest angemietet hatte und in dem hochrangige Vertreter der Adamitischen Akademie sich in Dunstwolken aus Pfeifen- und Zigarrenrauch über das Weltgeschehen austauschten. Sedgwick war selbst Ambassador der Drei Häuser, aber Mercy hatte ihn nie dort herauskommen sehen, obwohl er diesen Treffpunkt gewiss nicht willkürlich gewählt hatte.

Der livrierte Portier vor dem Eingang des Salons achtete darauf, dass niemand den Club betrat, der dort nichts zu suchen hatte – was im Besonderen für Frauen galt. In diesem Reich aus Mahagoni und Leder, dunklen Eichentäfelungen und dem Geruch von Bohnerwachs blieben die Männer unter sich.

»Miss Amberdale?«

Sedgwicks Stimme ließ sie herumfahren. Aus dem Augenwinkel sah sie noch das herablassende Lächeln des Portiers und entschied, ihn auf der Liste ihrer Intimfeinde ein paar Ränge weiter oben zu platzieren.

»Sie haben etwas für mich«, sagte der Commissioner.

»Wer hat Ihnen denn das gesteckt?«

»Belassen wir es bei der Feststellung, dass ich davon gehört habe.«

»Und Ihre Quelle ist verlässlich?«

Er hob eine Augenbraue. »Soll das ein Spiel werden? Das passt nicht zu Ihnen. Bislang habe ich Sie für Ihre eloquente und effiziente Art geschätzt.«

Sie hob die Tasche mit der Flaschenpost auf ihren Schoß und legte beide Hände darauf. Da war es wieder: Jemand anderes hatte für sie entschieden, ob sie ihm die Flasche übergeben sollte oder nicht. Wahrscheinlich hatte sie kaum einen Fuß von der verfluchten Brücke gesetzt, als Sedgwick bereits zugetragen worden war, dass sie endlich besaß, wonach es ihn so sehr verlangte.

»Ich bin neugierig, Miss Amberdale. Wie haben Sie das angestellt? Madame Xu muss ihre Wachen in Limehouse doch verdreifacht haben, seit Sie das letzte Mal bei ihr eingebrochen sind.«

Wusste er wirklich nicht, wer ihr das Ding ausgehändigt hatte? Dann bezog er seine Kenntnisse von jemandem, der ihm die Information im Auftrag der Akademie hatte zukommen lassen. Cedric mochte seine Finger im Spiel haben oder ein anderer Lakai des Hauses Lohenmut.

»Ich hatte mehrere Monate Zeit, mich mit Xu zu befassen«, antwortete sie vage. »Am Ende war es einfacher, als ich dachte. Ich hatte den Eindruck, dass sie mit etwas anderem beschäftigt war. Mit etwas Größerem. Was sagen Ihre Spitzel dazu, Mister Sedgwick?« Mit einer Lüge in die Offensive zu gehen, war die einzige Taktik, die bei ihm funktionieren mochte. Um ihn von der Unwahrheit abzulenken, musste sie ihn gleichzeitig herausfordern. Nur nicht zu sehr, sonst würde er Lunte riechen.

Er musterte sie eindringlich, verriet aber durch nichts, ob er sie durchschaute. Auch versuchte er keine bibliomantischen Tricks, weil ihm klar sein musste, dass er damit scheitern würde. Und Scheitern war für einen Mann wie Sedgwick keine Option.

»Sie sind also in Xus Hauptquartier eingebrochen und haben

das Kapitel herausgeholt.« Sein Blick war stechend unter den schmalen weißen Brauen.

»Es war ein wenig komplexer. Aber ja, im Kern trifft es das ganz gut.«

»Sie sind eine gefährliche Frau, Miss Amberdale.«

»Ist das ein Versuch, mir zu schmeicheln?«

Er gestattete sich ein feines Lächeln. Mercy suchte nach den väterlichen Anwandlungen, von denen Cedric gesprochen hatte. Sie sah Sedgwick weder als Mentor noch als Freund, aber vielleicht war dieses Lächeln genau die Grenze, bis zu der ein Mann wie er gehen würde. Sie fragte sich, wie viele andere Menschen es je zu sehen bekamen.

»Sie zögern noch, mir die Flasche zu geben«, sagte er. »Gibt es einen Grund dafür, den ich erfahren sollte?«

»Ich frage mich, was Sie tun wollen, wenn Sie alle Kapitel beisammen haben.«

»Ist es nicht erstaunlich, dass Sie mir diese Frage heute zum ersten Mal stellen?«

Sie schüttelte den Kopf. »Wir kennen uns jetzt seit über zwei Jahren. Für niemanden sonst bin ich solche Risiken eingegangen – und habe dabei so viel verloren.« Vielleicht war es Grover gegenüber unfair, diese Karte auszuspielen, und sie schämte sich dafür. Aber wenn sie Sedgwick aus der Reserve locken wollte, musste sie ihm eine vermeintliche Schwachstelle bieten. Ihre Trauer und ihr Zorn waren Ansatzpunkte, denen er hoffentlich nicht widerstehen konnte.

Tatsächlich nickte er bedächtig. »Es war sehr mutig von Ihnen, zurück nach Limehouse zu gehen, nach allem, was damals geschehen ist. Ich weiß, wie weh Ihnen das getan hat.«

»Es ist mir nicht leichtgefallen. Aber wir hatten eine Abmachung.«

»Glauben Sie wirklich, ich hätte Sie sonst für Thorndykes Tod zur Verantwortung gezogen?«

»Sagen Sie mir nicht, wenn es anders wäre. Dann würde ich bereuen, dass ich Ihnen das hier gebracht habe.« Sie strich über die Tasche auf ihrem Schoß.

Wieder lächelte er. »Was glauben Sie, wer ich bin? Einer dieser Erzschurken aus den Penny Dreadfuls, die mit einem Zauberbuch die Welt unterjochen wollen?«

»Sagen Sie's mir.«

»Ich bin nicht Ihr Gegner.«

»Sie sind der Polizeichef und trotzdem keiner von den Guten.«

»Und Sie, Miss Amberdale? Glauben Sie, dass Sie moralisch auf der richtigen Seite stehen? Wie verträgt sich das mit Ihren kleinen Besorgungen?«

»Was ich tue, ist vielleicht näher an den Penny Dreadfuls, als Sie glauben. Die arglose junge Frau, die vom rechten Weg abgekommen ist, weil sie ihrem kranken Stiefvater die nötige Medizin besorgen wollte.«

Zum ersten Mal erlebte sie, dass er schallend lachte. Dabei glaubte sie zu sehen, dass sein Gaumen dunkel war wie der eines Raubtiers. Aber das mochte am dezenten Licht in der Lobby liegen.

»Der gute Valentine ist seit Jahren tot. Das ist äußerst bedauerlich, kann aber schwerlich als Ausrede herhalten für das, was Sie tun. Vor Gericht kämen Sie nicht sehr weit damit.« Mercy wollte etwas erwidern, aber er hob die Hand und fuhr fort: »Und was Ihre Einschätzung meiner Person betrifft, so täuschen Sie sich. Ich will keine Verbrechen begehen, ganz im Gegenteil. In erster Linie sollten Sie mich als eine Art Forscher sehen. Ich glaube, das trifft es ganz gut.«

»Also wollen Sie nur herausfinden, was geschieht, wenn Sie den Anweisungen des Buchs folgen?« Sie runzelte die Stirn. »Neugier – das ist alles?«

»Ich werde ein Rätsel lösen. Ein Geheimnis, an dem sich viele vor mir die Zähne ausgebissen haben.« Sein Blick richtete sich wieder auf die Tasche. »Ich bin ein Polizist, ganz gleich, was Sie von mir denken. Und ich brauche das Flaschenpostbuch, um eine Ermittlung zu beenden. Vielleicht *die* Ermittlung schlechthin für Bibliomanten wie uns.«

Sie nutzte ihre Chance, noch ehe sie gründlich darüber nachdenken konnte. »Ich würde gern dabei sein.«

Sein Oberkörper ruckte im Sessel vor. »Ist das so?«

»Geben Sie mir die Chance dazu.«

»Warum sollte ich das tun?«

»Weil Sie mir vertrauen. Sonst säßen wir nicht hier.«

»Und ich dachte, ich hätte Sie einfach nur in der Hand.« Wieder dieses Lächeln, bei dem seine Zähne fast spitz aussahen. Genau jetzt würde sich entscheiden, ob Cedric recht behielt und Sedgwick tatsächlich einen Narren an Mercy gefressen hatte oder ob der Commissioner sie eiskalt abweisen würde.

Möglich wäre auch, und das war ihre größte Befürchtung, dass er einen Schritt weiter war als sie alle und das hier vorausgesehen hatte. Die Vorstellung machte ihr Angst.

»Ich danke Ihnen für Ihre Mühe, Miss Amberdale, das tue

ich wirklich. Aber ich sehe nicht, warum ich Ihnen einen weiteren Gefallen tun sollte.«

»Es geht nicht um einen Gefallen. Ich kann Ihnen helfen. Ihnen assistieren, wenn Sie so wollen.«

»Ich habe den treuen Mister Sharpin.«

»Einen Stallburschen!«

»Einen Kutscher. Einen Veteranen der Goldküste und der Kongokriege. Einen Mann, den Sie gründlich unterschätzen, wenn Sie ihn für einen schlichten Pferdeknecht halten.«

Mercy ließ sich nicht beirren. »Genau das ist er – Ihr Knecht! Er ist wie eine dieser neuen Maschinen. Sie füttern ihn, und heraus kommt Unterwürfigkeit. Sharpin wird stets das tun, was Sie von ihm verlangen.«

»Und Sie nicht?«, fragte er amüsiert.

»Wenn Sie wollen, dass ich Ihnen helfe, werden Sie meine Meinung hören. Ich werde Vorschläge machen, Ideen einbringen.«

»Warum, um Gottes willen, sollte ich das wollen?« Aber er sah sie jetzt auf eine Weise an, die eine neue Art von Interesse verriet.

Sie rückte so weit auf die Sesselkante vor, dass er nach der Tasche auf ihren Knien hätte greifen können. »Sie haben Jahre mit der Dechiffrierung des Buchs verbracht, und jetzt stehen Sie so kurz vor Ihrem größten Triumph. Sie hätten sich schon vor Monaten mit Xu anlegen und sich die letzte Flasche mit Gewalt holen können, höchstwahrscheinlich wären Sie damit durchgekommen. Aber stattdessen war es Ihnen wichtig, dass ich Ihnen das Kapitel beschaffe. Nicht irgendwer, sondern ich. Weil Sie genau wussten, dass ich trotz allem Blut geleckt hatte.

Weil Ihnen völlig klar war – klarer als mir selbst –, dass ich die verdammte Flasche *wollte*, um es Xu heimzuzahlen. Weil Sie Leidenschaft zu schätzen wissen.«

Eine halbe Minute lang blickte er sie schweigend an. Erst dann sagte er: »Nicht schlecht, meine Liebe. Gar nicht mal schlecht. Ich bin nicht sicher, ob es mir unheimlich sein sollte, wie gut Sie mich einschätzen, oder ob ich Ihnen gerade deshalb anbieten sollte, an meiner Arbeit teilzuhaben. Möglicherweise beides.«

Sie musste jetzt noch ein letztes Zeichen setzen, und ihr fiel nur eines ein. Mit einem Lächeln öffnete sie die Tasche, griff hinein und –

»Warten Sie!«

Sie blickte auf. »Was –«

Mit dem Zeigefinger fuhr er sich über die Lippen, um sie zum Schweigen zu bringen. Dabei sah er nicht sie an, sondern hinüber zum Haupteingang. Beim letzten Mal, als sie sich hier getroffen hatten, hatte Sedgwick es fertiggebracht, dass sich die Lobby zu Beginn ihres Gesprächs schlagartig geleert hatte. Diesmal hatte er auf diesen Taschenspielertrick verzichtet, vielleicht weil er es nicht mehr für nötig hielt, sie zu beeindrucken. Eine Menge Menschen befand sich im Foyer, neben dem Concierge und den Rezeptionisten mehrere Hotelpagen und fast zwei Dutzend Gäste, manche auf die übrigen Sitzgruppen verteilt, einige auf dem Weg nach draußen oder zu den Treppen.

Unter all diesen Leuten stach eine junge Frau hervor, die eben erst durch die gläserne Drehtür hereingekommen war und nun die Halle durchquerte. Sie trug einen langen, beschmutzten Mantel, darunter ein schlichtes Kleid. In diesem Raum voller goldener Lüster, Kronleuchter und Brokatvorhänge wirkte sie denkbar deplatziert, was nicht zuletzt an dem hölzernen Bauchladen lag, der von einem Riemen um ihren Hals gehalten wurde. Sicher wagten sich immer mal wieder Straßenverkäufer ins Savoy, auch auf die Gefahr hin, hinausgeworfen zu werden. Dass Sedgwick sich gerade beim Anblick dieses Mädchens abrupt aufsetzte, alarmierte Mercy.

Dann sah sie die teuren, festen Stiefel, die unter dem Saum des Kleides hervorschauten. Militärstiefel mit Stahlkappen. Es war nicht undenkbar, dass sie die auf der Straße aufgetrieben hatte, aber allemal ungewöhnlich an einer so zierlichen Erscheinung. Sie war jünger als Mercy, hatte strähniges blondes Haar und einen harten Zug um die Mundwinkel, der vielen aus Londons Unterschicht zu eigen war.

»Die hat hier nichts zu suchen«, sagte Sedgwick leise.

Das fand auch der Concierge, der gerade hinter seinem Tresen hervorstolziert war, ganz Frack gewordener Mann, und dem Mädchen in den hinteren Teil der Lobby nacheilte.

»Junge Dame!«, rief er, nicht zu laut, um vor all den Gästen keinen Eklat zu provozieren.

Das Mädchen ging zielstrebig weiter und näherte sich dem Eingang zum Salon, in dem die Ambassadoren lautstark debattierten. Ganz kurz war nun auch Mercy besorgt. Dann aber entdeckte sie die faustgroßen Tongefäße mit versiegelten Verschlüssen, die säuberlich aufgereiht in dem Bauchladen standen.

»Das ist nur Lesezeit«, sagte sie zu Sedgwick. »Im Cecil Court tauchen manchmal auch welche damit auf.«

Lesezeitverkäuferinnen sah man nur dort, wo mit Büchern

gehandelt wurde, manchmal auch vor Bibliotheken. Wer ein Buch las und dabei den Inhalt der Tonfläschchen inhalierte, für den blieb die Zeit stehen. Die bibliomantischen Öle im Inneren sorgten dafür, dass selbst jene, die ansonsten kaum Muße zur Lektüre hatten, wieder dicke Wälzer lasen, ohne dabei einen größeren Zeitverlust zu erleiden. Mercy selbst hatte es noch nicht ausprobiert – sie kannte ein paar bibliomantische Tricks, mit denen sie Ähnliches auch ohne die dubiosen Düfte zustande brachte –, aber sie hatte schon von Kunden des *Liber Mundi* gehört, dass sie damit gute Erfahrungen gemacht hatten. Allerdings waren wohl auch Betrügerinnen unterwegs, die den Leuten nichts als parfümierte Luft andrehten, und man konnte nie ganz sicher sein, was man gekauft hatte, bis man daheim das Siegel öffnete.

»Sie ist mutig, wenn sie das Zeug den Ambassadoren anbieten will«, sagte Mercy.

Sedgwick beugte sich vor und griff nach der Tasche. »Geben Sie mir das.«

Leicht verärgert ließ sie los. Sedgwick erhob sich von seinem Sessel. »Wir sollten gehen«, sagte er, ohne das näher kommende Mädchen aus den Augen zu lassen. Er hielt die Tasche nur mit einer Hand, die andere war unter seinem Gehrock verschwunden. Auch Mercy griff instinktiv nach ihrem Seelenbuch. Gleichzeitig stand sie auf.

»Junge Dame!«, ereiferte sich wieder der Concierge und winkte zwei seiner Pagen heran. Nun blieben auch mehrere Gäste stehen und verdrehten die Köpfe, um den Grund für die plötzliche Unruhe zu erfahren. »Sie können hier nicht einfach eindringen mit Ihrem ... Ihrem ... was auch immer es ist, das

Sie da feilbieten. Ich muss doch sehr bitten!« Sein aufgesetztes Lächeln galt vor allem den Gästen, und so übersah er den Koffer, der vor ihm am Boden lag. Sein Stolpern und Armerudern sorgte für Erheiterung unter den Umstehenden.

Nur Sedgwick verzog keine Miene. »Mercy – folgen Sie mir zu der Tür dort hinten.« Zum ersten Mal nannte er sie beim Vornamen. Wenn Sedgwick seine Contenance verlor, und sei es auch nur in geringem Maße, war das wahrlich ein Grund zur Beunruhigung.

Der Portier des Salons hatte sich jetzt von seinem Platz neben dem Eingang gelöst und kam dem Mädchen entgegen. Sie wirkte nervös, machte aber keine Anstalten, einen anderen Weg einzuschlagen. Der Concierge holte ebenfalls auf, einer der beiden Männer würde sie in den nächsten Sekunden erreichen.

»Mercy, laufen Sie!«

Sedgwicks Warnung wäre nicht mehr nötig gewesen, denn im selben Moment packte sie die Panik mit aller Macht. Vielleicht war es diese eine Regung im Gesicht des Lesezeitmädchens, dieses Aufblitzen eines fatalistischen Lächelns, das nicht zur Verzweiflung einer hungernden Straßenverkäuferin passen wollte.

Mercy rannte los und zog im Laufen ihr Seelenbuch aus der Tasche.

Eine Explosion zerriss ihr fast die Trommelfelle, prellte ihr das Buch aus der Hand und stieß sie in hohem Bogen über die Möbel hinweg.

7

Als Mercy am Boden aufschlug, war der Rauch bereits überall. Mit ihm kamen die Illusionen.

Sie hatte sich den Kopf an einem Tischbein angeschlagen und womöglich für ein paar Herzschläge das Bewusstsein verloren. Als sich ihr Blick wieder klärte, sah sie etwas, das einen Moment zuvor noch nicht dagewesen war.

Ein chinesischer Papierdrache schlängelte sich durch das Foyer des Hotels Savoy, eine jener riesigen Attrappen, die von einer Vielzahl Menschen im Inneren des gewundenen Leibs bewegt wurden. Die Windungen des feuerfarbenen Ungeheuers wogten auf und ab, zahllose Wimpel in Rot und Gold und Orange hingen flatternd an seinen Flanken, schienen nach den staunenden Menschen zu tasten, streiften ihre Hände und Gesichter. Manche waren wie versteinert, andere wichen angsterfüllt zurück. Mercy lag kurz vor der Rückwand der Lobby auf dem Rücken, stützte sich mit den Ellbogen ab und hob ihren Oberkörper an. Der Anblick des Drachen bannte sie ebenso wie viele andere. Zugleich kroch die Angst in ihren benebelten Verstand, dass noch etwas anderes geschehen würde, etwas Furchtbares, das sie noch nicht voraussehen konnte.

Ein Schuss ertönte, dann ein zweiter, aber erst als es weitere Male krachte – sonderbar dumpf, als würde nicht in diesem Raum, sondern weiter weg geschossen –, bemerkte sie, wie Menschen mit blutenden Wunden zusammenbrachen. Jemand feuerte im Schutz des hypnotischen Drachenauftritts und aus nächster Nähe auf Gäste und Angestellte des Hotels. Mercy riss den Mund auf, um eine Warnung zu brüllen, doch heraus kam nur ein Krächzen.

Das monströse Gesicht des Ungeheuers wandte sich in ihre Richtung und sah sie über umgestürzte Möbel hinweg an.

Die Augen des Drachen lebten.

Sie erkannte deutlich den feuchten Glanz auf den geschlitzten Pupillen, das leichte Beben der Lider, die stechende Intensität, die wie mit Fühlern nach ihren Gedanken tastete.

Weitere Menschen brachen getroffen zusammen, darunter der Portier des Salons, das letzte Bollwerk vor dem Durchgang zum Club der Ambassadoren.

Eine Hand packte Mercy am Oberarm. Als sie aufblickte, sah sie Phileas Sedgwick mit einer Platzwunde auf der Stirn. Blut war in zwei Rinnsalen über sein Gesicht gelaufen wie eine bizarre Kriegsbemalung, sein Mund bewegte sich, redete auf sie ein, aber die Worte drangen nur verzerrt zu ihr durch. Mit Nachdruck schob er ihr Seelenbuch in ihre Hand, sie umklammerte es instinktiv, und im selben Moment traf sie die Wirklichkeit wie die Druckwelle einer zweiten Explosion.

Der Drache war fort. Statt seiner bewegte sich eine Gruppe vermummter Männer und Frauen durch die Lobby, ein halbes Dutzend oder mehr. Sie hatten sich Tücher und Schals um die Gesichter gewickelt, ihre Kleidung in Braun- und Grautönen ähnelte der von Fabrikarbeitern. Auch die Frauen trugen Hosen und waren nur durch ihren Körperbau von den Männern zu unterscheiden. Alle waren mit Revolvern bewaffnet. Einige feuerten wahllos auf die Gäste und Angestellten, andere lieferten sich einen Schusswechsel mit zwei Wachleuten in Uniform und einem Mann in Zivil – vielleicht ein Hoteldetektiv –, die hinter der Rezeption in Deckung gegangen waren.

»Anarchisten!«, sagte Sedgwick hasserfüllt.

»Aber der chinesische Drache …«, brachte Mercy stockend hervor. »Madame Xu …«

Sedgwick schüttelte den Kopf. »Sie sehen das eine, ich etwas anderes, und jeder von denen da drüben –« Er zog den Kopf ein, als irgendwo über ihnen eine Kugel in die Wandtäfelung einschlug. Die ersten Angreifer stürmten gerade in den Salon, wo sofort weitere Schüsse fielen. Einer der Maskierten wurde rückwärts wieder hinausgeschleudert, als ihn der Druckstoß eines Ambassadors traf. Er riss eine Frau mit sich zu Boden und verlor seine Waffe.

»Jetzt!«, rief Sedgwick, zerrte die benommene Mercy auf die Beine und lief mit ihr auf die zweite Tür zu, die tiefer ins Hotel hineinführte. Eine andere Möglichkeit blieb ihnen nicht, im vorderen Teil der Lobby war die Lage zu unübersichtlich. Dort tobte ein Chaos aus aufblitzendem Mündungsfeuer, umhertaumelnden Gästen, Angreifern, die sich lebende Schutzschilde suchten, und dem Geschrei der Verwundeten. Mercy war nicht sicher, ob es bereits Tote gegeben hatte; alle Einschüsse, die sie sah, klafften in Armen, Beinen und Schultern. Die Verletzten bewegten sich, einige brüllten wie am Spieß.

»Das ist ein Ablenkungsmanöver!« Sedgwick presste die Tasche mit Xus Kapitel an sich, um sie in all dem Durcheinander nicht zu verlieren. »Es geht ihnen nur um die Ambassadoren!«

Mercy war nun sicher genug auf den Beinen, um geduckt

hinter ihm herzulaufen, vorbei an dem großen offenen Kamin, in dem sich ein Paar in feinster Garderobe schützend zusammenkauerte, hinüber zum Durchgang und fort vom Salon, auf den sich der Angriff nun konzentrierte.

Sie hatten die Tür fast erreicht, als jemand Sedgwick erkannte. »Der da ist ein Bulle!«, rief ein Mann. »Der Chefbulle persönlich!« Eine Vorahnung brachte Mercy dazu, sich fallen zu lassen, nur Sekundenbruchteile bevor hinter ihr zwei Schüsse abgefeuert wurden. Einer verfehlte Sedgwick und schlug in den Türrahmen, der zweite streifte seine linke Hüfte. Ohne einen Laut stolperte er und fiel zu Boden.

Mercy rollte sich herum und sah, wie der Schütze einem anderen den Befehl gab, Sedgwick zu folgen. Er selbst rannte in den Salon, in dem offenbar eine Schlacht zwischen Ambassadoren und Attentätern entbrannt war. Die Ausläufer von Druckstößen brachten selbst in der Lobby Unbeteiligte zu Fall und ließen Verletzte noch lauter brüllen.

»Sedgwick!«, rief sie, aber als sie über die Schulter blickte, lag er nach wie vor am Boden, vielleicht schwerer verletzt, als sie angenommen hatte.

Der maskierte Angreifer kam näher und steckte im Gehen neue Kugeln in die geöffnete Trommel seiner Waffe. Ein Druckstoß spaltete hinter ihm die Wand zum Salon wie ein schwarzer Blitz.

Mercy klappte ihr Seelenbuch auf. Blitzschnell stellte sich ein Blatt aufrecht und zerfiel in zwei Lagen, entblößte die verborgene Schrift. Das Licht aus dem Seitenherz flirrte leicht. Mercy hätte auch ohne die Unterstützung des Buchs einen Druckstoß auf den Mann schleudern können, aber weil er noch abgelenkt war, nutzte sie die Chance, den Stoß durch die Macht des Seelenbuchs zu verstärken. Wie ein Sturmwind fegte er auf den Angreifer zu, der gerade die Trommel zurück in den Revolver schnappen ließ. Offenbar begriff er im letzten Moment, was da auf ihn zurollte, seine Augen im Schlitz der Lumpenmaske weiteten sich vor Entsetzen – dann wurde er von dem Druckstoß erfasst und mit vernichtender Kraft gegen die Wand neben der Salontür gerammt. Mercy schrie auf, während sie spürte, wie sein Rückgrat brach, so als hätte sie es mit ihren eigenen Händen an der Mauer zertrümmert.

Der zweite Mann, der zuerst auf Sedgwick und sie geschossen hatte, sprang aus dem Salon und eilte auf den Gestürzten zu. Mit einem zornigen Aufschrei wirbelte er herum und eröffnete das Feuer. Mercy ließ einen Wall aus fester Luft vor sich aufsteigen, doch als er darauf zustürmte, bemerkte sie, dass auch er eine Aura besaß. Warum nutzte er dann seine Bibliomantik nicht? Darauf fiel ihr nur eine Antwort ein: Abgesehen von den anwesenden Bibliomanten sollte keiner auf die Idee kommen, es mit etwas anderem als Anarchisten zu tun zu haben.

Der Attentäter würde nicht lange brauchen, um ihren Schutzwall zu durchbrechen. Mercy blieb nicht viel Zeit.

Sie sprang schwankend auf die Beine, lief zu Sedgwick, der gerade zu sich kam, und zog ihn hoch. Er schien unter Schock zu stehen und blutete, aber unter großer Willensanstrengung gelang es ihm, mit Mercys Hilfe aufzustehen. Sie legte sich seinen rechten Arm um die Schultern und stützte ihn auf den letzten Yards bis zur Tür. Mit der linken Hand hielt er verbissen die Tasche.

»Was wollen die?«, fragte Mercy.

»Das sind Aufrührer und Rebellen gegen die Adamitische Akademie. Oder ...«

»Oder was?«

Er schien etwas ergänzen zu wollen, schüttelte dann jedoch den Kopf.

Auch andere hatten diesen Weg aus der Lobby genommen, die Tür stand offen. Dahinter befand sich ein hoher Gang, an dem die Restaurants des Savoy lagen. Schwarzweißer Marmorboden wie im Foyer erstreckte sich bis zum anderen Ende, an den Wänden standen vergitterte Glasvitrinen eines Juweliers.

Sedgwick deutete zur Seite auf einen schmalen Durchgang. »Dort entlang! Wir müssen raus aus dem öffentlichen Teil!«

Mercy widersprach nicht und führte den Commissioner auf die Tür in der Täfelung zu.

»Wo ist Ihr Leibwächter, wenn man ihn braucht?«

»Er wartet mit der Kutsche hinter dem Hotel.«

Sharpin hätte taub sein müssen, um die Schüsse im Inneren des Hotels zu überhören, vermutlich war er schon auf dem Weg. Mercy war normalerweise nicht allzu versessen darauf, ihm zu begegnen, doch im Augenblick war ihr jede Hilfe recht.

Sie hatte Sedgwick gerade durch die Nebentür in einen schmucklosen Korridor bugsiert, der nur vom Personal genutzt wurde, als im Foyer Polizeipfeifen schrillten. Gleich darauf erklang ein Krachen wie von einer neuerlichen Explosion, das gesamte Hotel erbebte. Putz rieselte von der Decke des Korridors.

»Weiter!«, rief Sedgwick.

»Sind das nicht Ihre Leute?«

»Ich würde es vorziehen, nicht in irgendwelche Verwicklungen zu geraten. Nicht jetzt, da ich endlich das hier habe!«

Ihr Blick streifte die Tasche, die er noch immer an sich presste wie ein Neugeborenes, das es um jeden Preis zu schützen galt.

Am Ende des Korridors führten ein paar Stufen abwärts zu einer Doppeltür aus Metall. Sedgwick schien sich hier bestens auszukennen. Sie hatten die oberste Stufe fast erreicht, als hinter ihnen ein Krachen ertönte. Die Tür, durch die sie den Dienstbotengang betreten hatten, war abermals aufgestoßen worden. Eine Gestalt stürmte hindurch.

Mercy wollte sich ihrem Verfolger entgegenstellen, bis sie Sharpin erkannte. Sein Gesicht und sein Mantel waren voller Ruß und Blut, er musste sich von vorn durch die Lobby gekämpft haben. Jetzt stürmte er mit gewaltigen Schritten den Gang herab auf sie zu. Mercys Herz hämmerte fast schmerzhaft, einen Moment lang wusste sie nicht, ob er Freund war oder Feind. Sharpin nickte ihr nur zu, als er sie erreichte, und nahm ihr Sedgwick ab. Der sank in seine Arme, auf einen Schlag schien den Commissioner alle Kraft zu verlassen.

»Dort runter!«, befahl Sharpin. »Entriegeln!«

Ihr passte sein Ton nicht, aber sie lief voraus, schob die beiden Riegel der Doppeltür zurück und stieß den schweren Metallflügel nach außen. Vor ihr lag eine schmale Gasse, die von Zulieferern des Hotels genutzt wurde. Sie war eng und dunkel, zu beiden Seiten ragten die Fassaden sieben oder acht Stockwerke hinauf. Aus Mülltonnen roch es nach verfaulten Lebensmitteln. Von dem Aufruhr im vorderen Teil des Hotels war hier nichts zu hören, selbst die Polizeipfeifen gingen im Stadtlärm und den Geräuschen von der nahen Themse unter.

Sedgwicks Kutsche stand nur wenige Schritt entfernt. Sharpin musste sie hier abgestellt haben und war dann zur Vorderseite gegangen, um Sedgwick durch die Glastüren im Auge zu behalten. Offenbar hatten ihn die Angreifer ebenso überrascht wie alle anderen im Foyer und auf der Straße.

Kurzerhand nahm er Sedgwick auf beide Arme wie ein Kind und trug ihn zum Fuhrwerk. Das Echo seiner schweren Schritte hallte von den Mauern wider. »Machen Sie die Tür auf!«

Mercy öffnete die Kutsche und kletterte hinein, um Sedgwick von innen anzunehmen. Es wäre einfacher gewesen, wenn er nur für einen Moment die Tasche abgegeben hätte, aber er drückte sie weiterhin fest an sich, als hinge sein Leben davon ab.

Sharpin zögerte, ihr seinen Herrn anzuvertrauen.

»Was?«, fuhr sie ihn böse an. »Wollen Sie ihm vielleicht den Schädel am Türrahmen einschlagen?«

Sharpin knurrte etwas, dann ließ er sich von ihr helfen. Sie legten Sedgwick auf den Boden zwischen die beiden Sitzbänke. Mercy musste die Beine hochnehmen und sich auf die vordere Bank knien, damit genug Platz war. Sharpin winkelte sanft Sedgwicks Beine an, damit er die Tür schließen konnte.

»Steigen Sie aus«, sagte er zu Mercy.

Sie schüttelte den Kopf. »Ich fahre mit.«

»Das haben nicht Sie zu –«

»Sie soll mitkommen«, unterbrach ihn Sedgwick mit brüchiger Stimme. Mercy beugte sich über ihn und suchte nach der Schusswunde. Der Blutfleck an seiner Hüfte wuchs noch immer.

Sharpin schlug von außen die Tür zu. Die Kutsche schaukelte, als er sich auf den Bock schwang. Gleich darauf gab er den Pferden die Peitsche.

»Jedenfalls wird mir mit Ihnen nicht langweilig«, sagte Mercy, als sie ihren Schal abnahm und ihn kräftig auf die Blutung presste.

Sedgwick ächzte vor Schmerzen. »Das ist nur ein Streifschuss.«

»Sie konnten kaum laufen.«

»Streifschüsse tun weh. Und ich bin kein junger Mann mehr.«

Sie drückte noch fester zu. »Ich werde nicht zusehen, wie Sie verbluten, gerade jetzt, wo aus Sharpin und mir noch richtig gute Freunde werden.«

»Verfluchte Anarchisten!«, schimpfte Sedgwick. »Man muss die Akademie nicht mögen, aber das …« Er deutete ein Kopfschütteln an, das ihm offenbar Schmerzen im Nacken verursachte.

Trotz des Blutgeruchs zwang sie sich zu einem Lächeln. »Täusche ich mich, oder habe ich Ihnen gerade das Leben gerettet?«

8

»Es ist alles eine gottverdammte Ironie«, sagte Sedgwick.

»Ironie? Da drinnen sind gerade eine Menge Unschuldige ermordet worden.« Sie war nicht sicher, ob das stimmte. Im Foyer waren zwar zahlreiche Menschen verletzt worden, die meisten durch Einschüsse aus nächster Nähe, aber bei schneller Versorgung würden viele, wenn nicht gar alle überleben. Wie es hingegen im Salon aussah, vermochte sie sich nicht einmal auszumalen.

Ungeduldig versuchte Sedgwick, sich zwischen den Sitzbänken hochzustemmen. »Helfen Sie mir. Das wollten Sie doch unbedingt.«

Es war ein ziemliches Ziehen und Schieben, begleitet von Schmerzenslauten, bis Sedgwick ihr gegenübersaß. Einmal zügelte Sharpin gar die Pferde, weil er wohl glaubte, Mercy würde seinen Herrn ermorden, doch Sedgwick befahl ihm ungehalten, den schnellsten Weg zum Cecil Court zu nehmen.

»Sie sollten erst mal zu einem Arzt«, sagte Mercy und nahm Platz.

»Nein.« Das klang so entschieden, dass sie nicht widersprach.

Insgeheim wunderte sie sich, dass sie nicht völlig außer sich war nach allem, was gerade geschehen war, und der Grund dafür gefiel ihr nicht: Sie hatte begonnen, sich an Blut und Verwundete zu gewöhnen, sogar an Tote. Vielleicht hatte Thorndykes Ende sie abgehärtet – sie selbst hatte danach im *Liber Mundi* den Boden gewischt und schweren Herzens die besudelten Bücher entsorgt. Cedric mochte ihre Wandlung vorausgesehen haben.

Erst nach einer Weile fiel ihr auf, dass Sedgwick sie musterte. »Wie geht es Ihnen?« Er klang aufrichtig besorgt.

»Wie sollte es mir denn nach so was gehen?«

»Nun, ich könnte verstehen, wenn Sie hysterisch wären. Ganz sicher wären ein paar Tränen angebracht, ein bisschen Zittern und Zetern, meinen Sie nicht? Von mir aus auch Vorwürfe. Ja, wirklich, Vorwürfe wären völlig in Ordnung.«

Die Kutsche wippte auf dem groben Pflaster auf und ab. Der Straßenlärm, der mit dem kalten Luftzug von draußen hereinwehte, hatte fast etwas Beruhigendes.

Um Sedgwick und sich selbst abzulenken, fragte sie: »Was haben Sie vorhin mit Ironie gemeint?«

»Die Anarchisten sind keine neue Bewegung, sie haben schon seit geraumer Zeit wachsenden Zulauf. Einige sind nur Aufrührer, anderen geht es darum, einen Krieg gegen die Akademie anzuzetteln. Sie sehen sich als Revolutionäre, kämpfen gegen die Autorität der Drei Häuser und für die Selbstbestimmung der Refugien.«

»Ich hab davon gehört«, sagte sie. »Allerdings nicht von etwas so Brutalem wie diesem Anschlag.«

»Bisher haben die Anarchisten sich auf Flugblätter in den Refugien, Schmierereien an den Wänden und ein paar unverfrorene Drohungen beschränkt. Aber es war wohl immer nur eine Frage der Zeit, ehe sie zu militanten Mitteln greifen würden.«

»Und was soll daran ironisch sein?«

»Dass es ausgerechnet mich fast erwischt hätte. Jemanden, der selbst nicht gerade auf bestem Fuße mit der Akademie steht.« Er hob eine Hand, um ihren Einspruch abzuwehren. »Es ist kein Geheimnis, dass den Drei Häusern missfällt, wie ich die Dinge hier in London handhabe. Man verlangt größere Einflussnahme auf gewisse Ermittlungen, mehr Unterstützung bei der Einschüchterung von Abgeordneten, schnellere Resultate. Immer geht es um mehr Macht, mehr Druck auf die Regierung. Niemand weiß genau, wie viel die Akademie mit dem beharrlichen Schweigen der Königin zu tun hat, dem drastischen Rückgang ihrer öffentlichen Auftritte oder ihrer Gleichgültigkeit gegenüber staatstragenden Entscheidungen. Die Drei Häuser wünschen seit langem, dass ich aggressiver vorgehe, stärker politisch aktiv werde, meine Finger in diese und in jene Richtung ausstrecke. Gleichzeitig haben sie wohl erfahren, dass ich an etwas arbeite. Sie unterstellen mir, dass ich ihre Ressourcen verschwende. Früher oder später werden sie mich absetzen, das ist gewiss.«

Mercy tat ihr Bestes, sich nicht anmerken zu lassen, dass sie manches davon bereits wusste. Zugleich versuchte sie, in seinen Augen zu erkennen, ob er ihre wahre Aufgabe kannte. Ahnte er, warum sie wirklich hier war?

Sedgwick öffnete die Tasche auf seinem Schoß und nahm andächtig die Flaschenpost heraus. Hastig zog er den Vorhang vor einem der Kutschfenster beiseite, um das Glas gegen das trübe Tageslicht zu halten. Als hätten die Ereignisse im Savoy nie stattgefunden, verzog sein Mund sich zu einem triumphierenden Lächeln. »Sie haben es wirklich geschafft, meine Liebe.«

»Da wir gerade davon sprechen …« Weil sie die Chance sah, dass ihn das beeindruckte, gab sie sich so kühl wie möglich. Es fiel ihr nicht leicht. »Wir haben nie über die Bezahlung für das letzte Kapitel gesprochen.«

»Dass ich Sie vor allerlei Unbill bewahrt habe, genügt Ihnen nicht?«

»Ich habe eine Familie zu ernähren.«

»Ihre beiden verlausten Freunde?«

»Sie sind nicht –«

»Verzeihen Sie. Aber ich weiß, woher die beiden stammen. Die Krähennester von St Giles sind durchseucht mit Krankheiten und Parasiten aller Art.«

»Der Laden wirft noch nicht genug ab. Ich bin auf Nebeneinkünfte angewiesen.«

Sedgwick sah sie an, als müsste er die Worte von ihren Lippen ablesen, und sie fragte sich, ob er einen Weg gefunden hatte, sie zu durchschauen. Falls ja, so benötigte er kein Seelenbuch dafür, denn seines lag geschlossen neben ihm auf der Bank.

Nach einer Weile griff er in seinen Gehrock und zog einen Umschlag hervor. Er war zerknittert von der Flucht und sah praller gefüllt aus als jeder, den sie zuvor von ihm erhalten hatte. »Das dürfte mehr als genug sein.« Er reichte ihn ihr und schien dabei gegen das Zittern seiner Hand anzukämpfen. »Ich bin froh, dass wir das hinter uns gebracht haben. Mir ist es lieber, wenn keine finanziellen Interessen zwischen uns stehen.«

Sie öffnete den Umschlag, zählte bis zur Hälfte der Scheine und sah dann mit ehrlichem Erstaunen auf. »Das ist sehr großzügig, Mister Sedgwick.«

Er winkte ab. »Sie sind ein großes Risiko eingegangen. Madame Xu wird nicht vergessen, was Sie getan haben.«

Dass ihr diese Befürchtung stärker zu schaffen machte, als sie sich eingestehen wollte, hatte die Illusion des chinesischen Drachen gezeigt. Ihr Verstand hatte der imaginären Bedrohung, die das Gas in den Tonbehältern des Mädchens heraufbeschworen hatte, nicht zufällig diese Form gegeben. Das Nervengift hatte die Ängste der Menschen Gestalt annehmen lassen, bei Mercy war es die Furcht vor Xus Rache gewesen. Dabei *hatte* sie das verdammte Kapitel nicht einmal gestohlen. Xu würde vermutlich trotzdem erfahren, dass sie es an Sedgwick weitergegeben hatte. Mercy blieb nur zu hoffen, dass die Akademie der Herrin von Chinatown unmissverständlich klargemacht hatte, mit wem sie sich anlegte, falls sie sich für den Verlust des Kapitels rächen wollte.

Sie steckte das Geld ein. »Ich war vorsichtig. Niemand hat mich kommen oder gehen sehen.«

»Glauben Sie, eine Frau wie Xu braucht Beweise, um ein Todesurteil zu fällen?«

»Wollen Sie mir Angst machen, Mister Sedgwick?«

»Die haben Sie schon. Ich kann spüren, wie nervös Sie sind.«

»Weil ich noch auf Ihre Entscheidung warte«, sagte sie schnell, ehe er darauf beharren konnte, das Thema Xu zu vertiefen.

»Ob ich Sie teilhaben lasse an meinem Experiment?« Er betonte das letzte Wort mit leisem Sarkasmus, obwohl es doch genau das sein musste: ein Experiment, dessen Ausgang ungewiss war.

»Ich würde wirklich gern dabei sein.« Wenn sie jetzt zu sehr darauf bestand, musste er Verdacht schöpfen. Andererseits war die Gelegenheit günstig.

»Sie haben diesen Jungen in der Lobby getötet, das ist Ihnen klar, oder?«, fragte er unvermittelt. »Vielleicht ist das der einzige Tote dieser ganzen Katastrophe, und er geht auf Ihr Konto. Er war noch sehr jung.«

»Er war maskiert – ich weiß nicht, wie alt er war.«

Immer wenn sie ihm auswich, schien ihn das zu amüsieren. Auch jetzt brachten ihn ihre Worte zum Lächeln. »Höchstens siebzehn, eher jünger. Ein Anarchist in der Ausbildung, könnte man sagen. Der Mann, der versucht hat, sie deshalb umzubringen, war sein Vater.«

Etwas in ihr gefror zu Eis. »Sie kennen diese Leute?«

Wieder ließ Sedgwick genüsslich etwas Zeit vergehen, ehe er antwortete: »Nicht persönlich. Aber ich bin nicht untalentiert darin, die Wahrheit hinter den Dingen zu erkennen.« Er lächelte, und sie bekam eine Gänsehaut. »Ich wurde nicht zum Leiter der Metropolitan Police ernannt, weil die Akademie mich auf diesen Posten gehoben hat, auch wenn Sie das vielleicht glauben. Tatsächlich habe ich durchaus kriminalistische Befähigungen, Miss Amberdale.« Nun wieder ihr Nachname. Kein gutes Zeichen. »Ich durchschaue Menschen. Ich weiß, wann mir jemand die Unwahrheit geradewegs ins Gesicht sagt.«

Diesmal fiel es ihr schwer, seinem bohrenden Blick standzuhalten. »Ich habe Sie nicht belogen.«

»Natürlich haben Sie das.«

»Wenn Sie das glauben, sollte ich wohl besser aussteigen.«

Er überging ihre Worte. »Sie wussten genau, wie alt dieser Junge war.«

Mercy gab keine Antwort.

»Sie konnten es ebenso spüren wie ich. Sie haben einem jungen Mann das Genick gebrochen, der zum ersten Mal an einer solchen Aktion teilgenommen hat. Sie haben es im selben Moment gewusst, als sein Rücken gegen die Wand schlug.«

Sie hatte versucht, es zu verdrängen, das Schuldgefühl und alles andere. Vor allem die Gewissheit, tatsächlich getötet zu haben. Wieder einmal. Und erneut aus purem Instinkt, ungezielt und unbedacht, wie damals bei ihrer ersten Flucht mit Tempest und Philander aus Xus Hauptquartier. Die Macht dazu steckte in ihr, das wusste sie seit langem, und seit es erneut geschehen war, fragte sie sich im Stillen, was genau nötig war, um sie zu entfesseln. Hass oder Rachsucht oder Angst um ihr eigenes Leben? Oder genügte schon ein unbedeutenderer Anlass?

»Es kocht und brodelt in Ihnen, Miss Amberdale. Das schlechte Gewissen, dieses bohrende Schuldgefühl, und dabei spielt es keine Rolle, dass Sie in Notwehr gehandelt haben. Bei meinen ersten Malen war es genauso. Sie und ich, wir sind uns in manchen Dingen sehr ähnlich.«

Darauf wollte er hinaus? Auf etwas, das sie miteinander verband?

»Sagen Sie einfach ja oder nein«, verlangte sie erschöpft. »Ich bin müde, mein Kopf fühlt sich an, als müsste er jeden Moment platzen, und ich verliere die Fähigkeit, Ihnen folgen zu können, Mister Sedgwick. Wenn Sie mich nicht dabeihaben wollen – gut. Wenn aber doch, dann sagen Sie es, und wir schließen einen neuen Pakt.«

»Sie haben Geschmack an unseren kleinen Abkommen gefunden.«

»Wie auch immer Sie es nennen wollen.«

»Ich werde darüber nachdenken.«

Ihn heftiger zu drängen, hätte ihn noch misstrauischer gemacht. Trotzdem fiel es ihr schwer, sich zurückzuhalten und weitere Stunden, vielleicht Tage mit der Ungewissheit zu leben. Sie wollte diese Sache nur noch zu Ende bringen.

»Wir sind da!«, rief Sharpin vom Kutschbock und zügelte die Pferde. »Cecil Court vierzehn.«

»Gehen Sie zum Arzt, Mister Sedgwick«, sagte sie, als sie die Tür öffnete. »Jemand sollte sich Ihre Wunde ansehen.«

Der Nachmittag ging in den Abend über, es war fast dunkel geworden. Vom Himmel fiel wieder Schnee, im Schein der Gaslaternen waren die grauen Flocken so groß wie Augäpfel.

»Ich werde Sie wissen lassen, wie ich mich entschieden habe«, sagte er.

»Nur bitte nicht vor morgen früh«, bat sie.

Sedgwick schmunzelte. »Versuchen Sie, gründlich auszuschlafen, Miss Amberdale. Sie haben es sich verdient. Und danke dafür, dass Sie mir das Leben gerettet haben.« Wie er es sagte, klang es, als habe er ihr gestattet, das zu tun.

Sie stieg aus und drückte die Tür hinter sich zu. Während der letzten Schritte bis zum Laden schaute sie sich nicht um, aber sie hörte, dass das Fuhrwerk stehen blieb, und sie spürte den Blick des Kutschers in ihrem Rücken. Es war, als säße ihr sein Argwohn im Nacken und ließe sich von ihr durch den Schneefall tragen wie ein gespenstischer Reiter, der längst die Kontrolle übernommen hatte.

Vielleicht hatte sie einen Fehler begangen, und sie war nur die Letzte, die es bemerkte.

Im Augenblick war ihr selbst das egal.

9

Eine Stunde, nachdem Mercy erschöpft nach Hause gekommen und sofort eingeschlafen war, verließ Tempest das *Liber Mundi* und stapfte durch den halbgefrorenen Schlamm hinüber auf die andere Straßenseite. Ein paar Häuser weiter betrat sie den Laden von Arthur Gilchrist und ließ sich von ihm ins Hinterzimmer durchwinken. Dort stieg sie über die schmale, gewundene Treppe hinab in den Keller.

»Hallo, Kleine«, sagte jemand, als sie den unterirdischen Raum betrat, eng und stickig wie alle Keller am Cecil Court.

Gilchrist hatte eine Lichtung inmitten seines Lagers geschaffen, ein nahezu runder Freiraum umgeben von einem Wall aus gestapelten Büchern. Der Geruch nach vergilbtem Papier vermischte sich mit dem der vier Menschen, die auf Holzstühlen in einem kleinen Kreis saßen. Drei Männer und eine Frau, allesamt Buchhändler am Cecil Court. Als Gilchrist oben die Tür schloss und Tempest die Treppe herabfolgte, waren sie schließlich zu sechst in dem niedrigen Raum – mehr hätten nicht hineingepasst.

Tempest setzte sich. Die anderen kannten sich seit vielen Jahren und trafen sich regelmäßig in dieser Runde. Sie selbst war erst vor drei Monaten dazugestoßen, und obwohl man ihr nach einstimmigem Beschluss erlaubt hatte, als Gast an den Treffen teilzunehmen, akzeptierte nicht jeder sie in gleichem Maß.

Leicester Brass war derjenige, der sie penetrant mit »Kleine« ansprach. Tatsächlich war er selbst noch kleiner als sie, mit weißem Haarkranz und einer knolligen Säufernase. Sein Geschäft befand sich am westlichen Zugang zum Cecil Court. Neben Büchern über Geographie hatte er sich auf Landkarten spezialisiert. Es schien keinen noch so obskuren Ort auf der Erde zu geben, den er nicht aus dem Kopf einer Region und Karte zuordnen konnte. Obwohl er selbst keine Romane verkaufte, liebte er Abenteuergeschichten und war einer der besten Kunden des *Liber Mundi.* Immer wenn Tempest sich über seine gönnerhafte Art ärgerte, sagte sie sich, dass ein Mann, der im Angesicht einer schönen Ausgabe des *Lederstrumpf* in Tränen ausbrach, kein allzu furchtbarer Mensch sein konnte.

Brass war es auch, der als Erster das Wort ergriff, nachdem alle ihre Plätze eingenommen hatten. »Ihr habt gehört, was im Savoy passiert ist. Die ganze Stadt spricht davon, die Zeitungsjungen verkaufen schon die ersten Sonderausgaben. Die einen behaupten, es sei ein Anschlag auf die Elite des Empire gewesen, ein willkürliches Blutbad unter den reichen Gästen des Hotels und damit ein Affront gegen die Spitzen der britischen Gesellschaft.« Er gab den letzten Worten einen hochnäsigen Klang, der Tempest trotz des düsteren Themas zum Lächeln brachte. »Aus bibliomantischen Kreisen ist allerdings zu hören, dass der Angriff vor allem dem Club der Ambassadoren gegolten habe. Drei sind tot, und wäre die Polizei nicht sofort in solcher Stärke aufgetaucht, hätte es wohl noch mehr Opfer gegeben. Die Attentäter sind allesamt entkommen, zuerst in die oberen Etagen, von wo sie spurlos verschwunden sind.«

»Sprungbücher«, sagte Tempest.

Gilchrist nickte. »Natürlich.« Er hatte seine langen weißen Haare zu einem Pferdeschwanz gebunden. Derart entblößt sah sein zerfurchtes Gesicht noch sorgenvoller aus. Tempest saß zwischen ihm und Leicester Brass, und obwohl diese Männer mehr als dreimal so alt waren wie sie, hatte sie sich als Straßenkind daran gewöhnt, vor Älteren keine Scheu zu haben.

»Waren das welche von uns?«, fragte sie.

»Hört sie euch an!«, rief leise lachend die rothaarige Frau, die ihr gegenübersaß. Ihr Name war Maggie Gride, die Witwe Gride, und ihr Laden war einer der ältesten am Cecil Court. »Von *uns*, sagt sie. Mädchen, glaubst du allen Ernstes, einer von uns zöge sich eine Maske über und würde damit ins Savoy marschieren, um sich schießen wie einer von Rudelkopfs Halsabschneidern und dann den Salon der Ambassadoren stürmen?«

»Nicht ihr selbst, aber ihr habt Verbindungen«, sagte Tempest unbeirrt. »Ihr macht doch sonst kein Geheimnis daraus, warum dann heute?« Sie hatte den Satz kaum beendet, als sie die Augen aufriss. »Wegen mir? Ihr denkt, ich würde euch verpfeifen?«

Einige der anderen wechselten kurze Blicke. Maggie Gride murmelte etwas Unverständliches und ihr Sitznachbar, Abraham Longford von *Longford & Tackleton Books*, nickte zustimmend.

Tempest wollte auffahren, doch Gilchrist hob beruhigend eine Hand. »Natürlich hält dich hier keiner für einen Spitzel. Sie glauben, weil du jung bist und impulsiv, könnte dir das eine oder andere rausrutschen.« Er wandte sich an Maggie und den knochigen Longford. »Ihr wart einverstanden, dass

Tempest an unseren Debattierrunden teilnehmen darf, also hört jetzt auf, Zwietracht zu säen wie zwei alte Weiber am Kirchentor.«

»Debattierrunden!«, sagte Tempest spöttisch in Maggies Richtung. »Wollt ihr mir weismachen, dass ihr euch damit zufriedengebt? Seit Jahren redet ihr davon, dass jemand aufstehen und die Akademie zurechtstutzen müsse.« Sie deutete auf einen der beiden Männer, die bislang noch nichts gesagt hatten. Er war größer und kräftiger gebaut als die anderen, hatte das Haar sauber gescheitelt und trug einen dubiosen Orden am Revers. »Der Professor hat oft genug gesagt, dass man es den Drei Häusern zeigen müsse. Und dass man bei den Ambassadoren den Anfang machen müsse.«

Ob Montague Slammer tatsächlich ein Professor der Militärgeschichte war, wie er steif und fest behauptete, auch wenn das Fachgebiet seiner Buchhandlung die Vogelkunde war, wusste niemand so recht. Trotzdem nannten alle ihn kurzerhand den Professor, ob ernsthaft oder ironisch, hatten die meisten wohl längst vergessen.

»Ich habe das und noch mehr gesagt«, erwiderte er in Tempests Richtung, »und ich kann nicht verhehlen, dass mein Herz einen kleinen Freudensprung gemacht hat, als ich hörte, was im Savoy vorgefallen ist.«

»Drei Menschen sind ermordet worden«, ermahnte ihn Gilchrist.

»Und wie viele hat die Akademie auf dem Gewissen?«, fragte Maggie Gride. »Man hört nichts Gutes aus den Refugien, die Miliz greift dort immer willkürlicher durch. In Panoramica gab es eine Säuberungsaktion gegen Aufrührer, heißt es. Wobei keiner genau weiß, was für eine Art Aufruhr das gewesen sein soll.«

Tempests Wangen glühten. »Das ist es doch, was ich meine. Ihr alle habt Verbindungen nach dort und anderswo. Heute ist es Panoramica, morgen sind es die bibliomantischen Schulen in Unika, und übermorgen greifen sie vielleicht schon hier ganz offen nach der Macht.«

»Mit Verlaub«, sagte Leicester Brass zu Tempest, »du bist ein wenig zu jung, um all die Zusammenhänge zu begreifen.«

Giftig blickte sie ihm ins Gesicht. »Vielleicht bin ich nur besorgter als ihr, weil ihr mit etwas Glück nicht mehr erleben werdet, wie die Tyrannei der Akademie nach London oder Paris oder sonst wo herüberschwappt! Ein wenig Gezeter mag mutig und gewagt erscheinen, wenn man sechzig ist. Aber ich bin der Meinung, dass wir selbst etwas tun müssen. All das Gerede macht keinen von uns zufriedener.«

So ging es eine halbe Stunde weiter, in der einige der Älteren Tempests jugendlichen Eifer und ihre Unvernunft verurteilten, während sie ihnen vorhielt, sich nicht für die Zukunft zu interessieren: Stattdessen schwängen sie lesesesselfurzend große Reden und klagten, dass früher alles viel besser gewesen sei und die alten Zeiten nicht mehr zurückkehren würden.

Während Maggie Gride und der dürre Longford sich sogleich über Tempests Sturm-und-Drang-Temperament ereiferten, lächelte Gilchrist in sich hinein und wechselte den einen oder anderen amüsierten Seitenblick mit Leicester Brass.

»Wenn ich wüsste, wer diese Leute sind«, sagte Tempest, »dann müsste ich nicht lange überlegen, ob ich mich ihnen anschließe oder nicht.«

Das ging offenbar selbst Gilchrist zu weit. »Wir sind keine Mörder, Tempest. Und auch du solltest in niemandem ein Vorbild sehen, der auf unschuldige Gäste in einem Hotel schießt.«

»Mercy denkt, dass es nur ein Ablenkungsmanöver war«, platzte es aus ihr heraus, und natürlich tat es ihr noch im selben Augenblick leid.

»Wenn Mercy eine Meinung zu all dem hat, warum kommt sie dann nicht selbst her und trägt sie vor?«, fragte Maggie.

Gilchrist legte argwöhnisch die Stirn in Falten. »Mercy war doch nicht etwa dort, als es passiert ist?«

Tempest winkte rasch ab. »Sie hat nur gehört, was die Leute sich erzählen.«

Gilchrist schien ihr kein Wort zu glauben, aber er ließ die Sache vorerst auf sich beruhen, vielleicht weil keiner der anderen nachhakte. Nur der Professor musterte Tempest aufmerksam, so als wartete er auf einen weiteren Beweis dafür, dass sie sich leichtsinnig verplapperte und sie alle in Gefahr brachte. Es stimmte natürlich, die Sache mit Mercy war ihr herausgerutscht wie einem dummen Kind. Sie musste vorsichtiger sein. Sie glaubte von Herzen an den Widerstand gegen die Adamitische Akademie, aber sie wollte nicht die Sicherheit ihrer Freunde dafür aufs Spiel setzen.

Eine Weile lang verglichen nun alle ihre Kenntnisse über den Savoy-Vorfall miteinander, und nur einmal wurde es wieder hitziger, als der Professor den Verdacht äußerte, dass sich die Angreifer ein wenig zu unbedarft angestellt hätten. Aus der Sicht des Militärhistorikers spräche dies für eine Verschleierungstaktik: Es sei denkbar, dass die Akademie selbst ihre Leute geschickt hätte, um den Anschlag zu fingieren und damit weitere Säuberungsaktionen und Massenfestnahmen in den Refugien zu rechtfertigen.

Tempest mochte ihn nicht besonders, aber sie fand diese Annahme so faszinierend wie erschreckend. Während einige der anderen seine Worte als Verschwörungstheorie abtaten, bekam sie den Gedanken nicht mehr aus dem Kopf. Sie würde mit Mercy darüber sprechen, auch wenn die es nicht gerne sah, dass Tempest an Gilchrists Runden teilnahm.

Gegen halb zehn löste sich die Gruppe allmählich auf. Wie üblich war viel auf die Akademie geschimpft worden, aber mehr als Empörung und Fäusterecken war nicht dabei herausgekommen. Tempest nahm kein Blatt vor den Mund und hielt den anderen abermals Tatenlosigkeit vor, was Maggie Gride derart erzürnte, dass sie vorschlug, Tempest möge doch in Zukunft zu Hause bleiben oder, besser noch, sich gleich den bewaffneten Anarchisten anschließen, wenn sie so versessen darauf sei, selbst eine Ladung Schrot oder Schlimmeres abzubekommen.

Aber Tempest war weder im Blutrausch, noch wollte sie ein Ende der Akademieherrschaft um jeden Preis. Ihr Eifer ging nicht zum ersten Mal an einem dieser Abende mit ihr durch, und während sie den Eindruck hatte, dass Gilchrist sie aus genau diesem Grund dabeihaben wollte – offenbar war dieser Haufen auch ihm zu verschlafen, mit Ausnahme des spitzfindigen Professors –, war ihr bewusst, dass die meisten anderen sie für eine vorlaute Göre hielten.

Schließlich ging sie zurück ins *Liber Mundi*, wo Philander gerade die Tageseinnahmen abrechnete. Insgesamt hatten sie heute ein Dutzend Bücher verkauft, darunter zwei überaus seltene Exemplare, die Tempest in Valentines Kellerlager entdeckt hatte. Sie hatten schon schlechtere Tage gehabt, und wohl auch deshalb war Philander nicht ganz so besorgt um sie wie bei früheren Treffen in »Gilchrists Verschwörerkeller«, wie er ihn nannte.

»Ich versteh dich nicht«, sagte er, nachdem sie ihm von der Versammlung erzählt hatte. »Mercy ist heute fast umgekommen, und du verteidigst diese Mörder auch noch?«

Sie schüttelte heftig den Kopf. »Ich weiß auch, dass es falsch ist, wahllos auf irgendwelche Leute zu schießen. Aber macht dich dieses Ausgeliefertsein nicht auch wütend? Dieses hilflose Rumsitzen, während die Menschen in den Refugien unterdrückt werden?«

»Wovon wir beide nur vom Hörensagen wissen«, erinnerte er sie. »Weder du noch ich waren je dort, und was mich angeht, kann ich gut darauf verzichten.«

»Aber es kann doch nicht falsch sein, Widerstand gegen so viel Ungerechtigkeit zu leisten!«

»Und du bist sicher, dass der Widerstand gerecht ist? Für mich klingt das alles eher ziemlich selbstgerecht.«

Sie war drauf und dran, wieder wütend zu werden, weil er sie einfach nicht verstehen wollte, aber dann zügelte sie sich, holte tief Luft und versuchte, die Dinge mit seinen Augen zu sehen. Tatsächlich war das noch immer der verlässlichste Weg, um zur Ruhe zu kommen, wenn sie wieder einmal über die Stränge schlug. Tief im Inneren wusste sie, dass sie es in letzter Zeit manchmal übertrieben hatte und dass sie in Wahrheit vielleicht nicht besser war als Maggie Gride und die anderen. Tatsächlich war sie ziemlich gut darin, mit großen Worten wie Gleichheit und Gerechtigkeit um sich zu werfen, nur um sich dann doch wieder mit ihrem Leben im *Liber Mundi* zufriedenzugeben.

Sie trat um das Stehpult herum zu Philander, nahm seine Hände von den Bücherlisten und legte sie auf ihre Hüften. Dann gab sie ihm einen langen, drängenden Kuss. Er roch nach Büchern wie ein echter Bibliomant, wie immer, wenn er den ganzen Tag im Laden gestanden hatte, und seine Lippen schmeckten ein bisschen nach Bücherstaub und nach dem Honig, den er im Hinterzimmer aufbewahrte, um ab und an davon zu naschen.

»Ich weiß, dass ich manchmal unausstehlich bin«, sagte sie schließlich. »Danke, dass du es trotzdem mit mir aushältst.«

Es blitzte in seinen Augen, aber er sagte nichts, beugte sich nur vor und küsste sie erneut. Jetzt schmeckte er nur noch nach sich selbst, und das erregte sie, während sie ihn gegen das Stehpult drängte und gern gleich mit ihm nach oben gegangen wäre. Mercy schlief nach allem sicher tief und fest, der Besserwisser war noch immer in seiner Kladde verschwunden, und die beiden zahmen Origamis im ersten Stock konnten es keinem erzählen, wenn sie Geräusche vom Dachboden hörten.

»Ich hab dich ganz entsetzlich lieb«, sagte sie, als Philander ihr mit einer Hand über das struppige, schwarze Haar strich und dann so leicht ihre Wangen berührte, als wären sie das Allerverletzlichste an ihr.

»Ich dich auch.«

»Und ich will das hier niemals aufgeben, für keine Rebellion der Welt.«

Er lächelte verschmitzt. »Das beruhigt mich ein ganz kleines bisschen.«

Sie schlug ihm spielerisch mit der Faust gegen die Brust, wollte etwas erwidern, ließ es dann aber bleiben und lehnte stattdessen den Kopf an seine Schulter.

»Für nichts auf der Welt«, flüsterte sie erneut, und diesmal hielt er sie nur ganz fest und streichelte sanft ihren Nacken.

10

In einem anderen Teil der Stadt, in einem Haus so grau wie das Mondlicht, wartete Cedric de Astarac auf die Wahrheit.

Der Salon befand sich im Erdgeschoß eines Seitenflügels von Chagford House, einst das Londoner Anwesen einer Familie von Landadeligen aus Devon, heute im Besitz des Hauses Lohenmut. Wie viele adelige Deutsche rühmten sich auch die von Lohenmuts verwandtschaftlicher Beziehungen zum britischen Königshaus; vor der Gründung des Scharlachsaals, lange vor den Massakern an den Antiquas und Rosenkreutz, hatten sie Chagford House erworben, um hier einen Seitenzweig des Clans anzusiedeln und durch ihn Einfluss auf die Regierung zu nehmen. Als die betreffenden Cousins und Cousinen während einer Familienfehde in Ungnade fielen, waren Pläne entwickelt worden, das weitläufige Anwesen mit seinen Dutzenden von Zimmern in ein Grand Hotel zu verwandeln. Doch nach Etablierung der Adamitischen Akademie waren sämtliche Investitionen, die man einst für Chagford House vorgesehen hatte, nach Unika und in andere Refugien geflossen. Seither stand das Gemäuer im Herzen von London leer und wurde nur gelegentlich von Akademieagenten und Renegatenjägern für ihre verdeckten Operationen genutzt.

Cedric war während der vergangenen Monate mehrere Male hier gewesen, um sich mit Vorgesetzten und Verbindungsleuten zu treffen, Befehle entgegenzunehmen oder sich für seine, wie sie es nannten, irrationale Besessenheit und Arroganz im Fall Absolon rügen zu lassen. Nach Chagford House zitiert zu werden, bedeutete in den meisten Fällen Ärger, und unter den Agenten kursierten Gerüchte über Folterkeller in den Fundamenten des Gemäuers, in denen angeblichen Verrätern erfundene Geständnisse entlockt wurden, um den Drei Häusern Sündenböcke präsentieren zu können.

Cedric fürchtete die Gerüchte nicht, trotzdem verabscheute er Termine in Chagford House. In erster Linie, weil er Gespräche mit Vorgesetzten für komplette Zeitverschwendung hielt. Er arbeitete am besten allein, entzog sich so gut es ging der Kontrolle von oben und empfand die Art und Weise, wie man ihn gedrängt hatte, Mercy tiefer in den Fall Sedgwick hineinzuziehen, als scheußliche Erpressung. Erst hatte er sich geweigert, doch dann hatten sie gedroht, ihm jegliche Unterstützung im Fall Absolon zu entziehen. In letzter Konsequenz hätte das bedeutet, dass sie ihm den Zugriff auf die Akademiearchive und alle finanziellen Mittel zur Verfolgung Absolons verweigert hätten. Da er bereits den Großteil seines persönlichen Vermögens für die Jagd nach ihm aufgewandt hatte und auf die Logistik der Akademie angewiesen war, hatte er eine Entscheidung treffen müssen – entweder, er brachte Mercy dazu, Sedgwick zu hintergehen, oder aber Absolon würde ihm ein für alle Mal entkommen.

Ihm war klar gewesen, dass man Mercy auch ohne ihn durch Drohungen gefügig machen würde, und so hatte er sich eingeredet, dass es besser wäre, wenn er ihr Verbindungsmann zu den von Lohenmuts bliebe, statt sie jemandem auszuliefern, der rabiater vorgehen würde als er.

Letztlich war es das Los eines Agenten, selbst Freunde zu hintergehen, das hatte er immer gewusst und mehr als einmal am eigenen Leib erfahren. Darum bemühte er sich, nicht an Mercy zu denken, als er im Salon von Chagford House auf jene Frau wartete, die im Fall Sedgwick die Fäden zog.

Er kannte sie nur unter dem Decknamen Egyptienne, auch wenn er mit einiger Sicherheit zu wissen glaubte, wer sich dahinter verbarg. Heute sollte er ihr zum ersten Mal von Angesicht zu Angesicht begegnen, und obgleich es sich als unmöglich erwiesen hatte, in den Archiven ein Bild von Zosia von Lohenmut zu finden, hatte er kaum Zweifel, dass er ihr gleich gegenüberstehen würde.

Sie trat ein, ohne anzuklopfen. Dies war ihr Haus, ihre Operation, und sie sah in ihm einen Untergebenen. »Ich bin Egyptienne«, sagte sie. Was ihr an hartem deutschem Akzent fehlte, machte sie wett durch einen militärisch festen Schritt, der die riesigen Spiegel an den Wänden des Salons erzittern ließ.

»Cedric de Astarac.« Er schüttelte die Hand, die sie ihm reichte.

Sie war fast so groß wie er, hatte das braune Haar straff nach hinten gebunden und trug ein nachtblaues Kleid und geschnürte Stiefel. Ihr Seelenbuch steckte in einer kleinen, offenen Tasche, die an einem lockeren Gürtel befestigt war wie ein Pistolenhalfter. Wenn sie den Kopf bewegte, schienen ihre hellgrünen Augen stets ein wenig schneller zu sein.

»Sie haben mit dieser Mercy Amberdale gesprochen«, stellte sie fest. Man hatte ihr einen Schreibtisch in den Salon gestellt, davor einen Besucherstuhl. Sie lehnte sich mit überkreuzten Beinen an die vordere Tischkante und bot Cedric keinen Platz an. Er hätte ohnehin nicht dasitzen wollen wie ein Schuljunge beim Direktor.

»Sie wird tun, was Sie von ihr verlangen«, erwiderte er.

»Gewiss wird sie das. Es hat bereits begonnen.«

»Seien Sie vorsichtig, wenn Sie sie beschatten lassen. Sie ist clever und wird es bemerken.«

Egyptienne zeigte ein schmallippiges Lächeln. »Als sie es hätte bemerken können, war sie anderweitig beschäftigt. Sie ist um ihr Leben gerannt, gemeinsam mit Phileas Sedgwick.«

Ihm dämmerte, was das bedeutete. »Die beiden haben sich im Savoy getroffen? Während des Attentats auf die Ambassadoren?«

Sie nickte und schien darauf zu warten, dass er sich nach Mercys Wohlergehen erkundigte, doch den Gefallen tat er ihr nicht. Wenn Mercy etwas Ernstes zugestoßen wäre, hätte Egyptienne es sofort erwähnt.

Stattdessen reagierte er mit offenem Ärger. »*Sie* haben das inszeniert!«

Sie hob die Schultern. »Würden wir uns auf Zufälle verlassen, kämen wir mit dieser Organisation nicht weit.«

Zornig funkelte er sie an. »Dann ist es nicht wahr, dass drei Ambassadoren bei dem Angriff ums Leben gekommen sind?«

Ihr Lächeln wurde eine Spur kälter. Zugleich sah er ein Aufblitzen von Triumph in ihren Augen, das sie gewiss gerne unterdrückt hätte. »Ich könnte einfach behaupten, dass wir sämtliche Gerüchte über den Vorfall manipuliert haben, aber ich muss gestehen, dass wir dabei an unsere Grenzen gestoßen sind. Lieber wäre mir gewesen, die Nachricht von den drei Toten hätte das Savoy nie verlassen. Man kann nicht alles haben.«

Sie war skrupelloser, als er angenommen hatte, aber das machte sie auch berechenbar. Sie mochte Extreme. Stets das Schlimmste zu befürchten, war offenbar der beste Weg, um vorauszusehen, was sie als Nächstes tun würde.

»Lassen Sie mich das mal zusammenfassen«, sagte er. »Sie haben unsere Leute als Anarchisten getarnt ins Savoy geschickt, während Mercy Amberdale und Phileas Sedgwick dort ihre Transaktion zu Ende gebracht haben. Es waren unsere Agenten, die zur Tarnung ein Blutbad in der Lobby angerichtet haben und dann im Salon drei Ambassadoren ermordet haben. Ich gehe davon aus, dass es drei waren, die nicht nach der Pfeife der von Lohenmuts tanzten, richtig?«

»Sie unterschätzen mich, Cedric.« Sie hatte die Angewohnheit, beim Sprechen mit der rechten Hand über ihre linke zu streicheln. Ihre Finger waren lang und schmal und erinnerten ihn an die Beine einer faszinierenden Spinnenspezies. »Zwei dieser Männer hatten sich in der Tat als Ärgernis herausgestellt, vor allem aufgrund von Inkompetenz. Der dritte hingegen war den Drei Häusern treu ergeben und, man kann sagen, rechtschaffen bemüht. Aber wir brauchten einen Todesfall, der das Muster durchbricht. Und sehen Sie mich nicht so an, Cedric. Ich kenne Ihre Akte und weiß, dass Bauernopfer Ihnen nicht fremd sind.«

»Wofür das alles?«

»Mercy Amberdale bekam Gelegenheit, dem guten Sedgwick das Leben zu retten.« Egyptienne legte sich den Zeigefinger an die Lippen. »Genau genommen sind die Dinge für einen Augenblick außer Kontrolle geraten, aber das verraten Sie bitte niemandem.«

»Was heißt außer Kontrolle?«

»Sie hat einen jungen Anwärter getötet. Sein Vater gehörte ebenfalls zu der Gruppe und musste es mit ansehen. Es hätte nicht viel gefehlt, und er hätte sich daraufhin unserer Miss Amberdale ein wenig zu übereifrig gewidmet.« Sie hob eine Hand, als er sie unterbrechen wollte. »Keine Sorge, er hat ihr kein Haar gekrümmt. Sie hat sich gut geschlagen, und das alles war der Glaubwürdigkeit des Ganzen durchaus zuträglich. Der Mann wurde bereits aus London abgezogen und nach Scala versetzt, er wird ihr keine Probleme mehr machen.«

Erleichterung ließ sich schwerer unterdrücken als Wut, fand Cedric. Und er fragte sich, ob Egyptienne ihn ebenso leicht durchschaute wie er sie. Er verachtete ihre Arroganz und Selbstgefälligkeit und ahnte zugleich, dass es genau diese Eigenschaften waren, die sie auch in ihm sah. Ihre nächsten Begegnungen versprachen interessant zu werden.

»Das alles, um Sedgwick dazu zu bringen, Mercy näher an sich heranzulassen?«, fragte er. »Um ihn zu überzeugen, dass ihre Neugier tatsächlich stärker ist als ihre Moral?«

»Ihre Moral, du liebe Güte! Diese Frau ist eine Diebin, ganz gleich, wie sie selbst es nennen mag, was sie da nachts in fremder Leute Bibliotheken treibt. Sie stiehlt Bücher im Auftrag reicher Sammler. Ich glaube nicht, dass Commissioner Sedgwick die Amberdale'sche Moral auf den Prüfstand stellt. Aber ihre Verlässlichkeit und Ergebenheit stehen auf einem anderen Blatt. Ich denke, unsere Aktion heute hat einiges dazu beigetragen, seine Sympathie für sie zu untermauern.«

»Und nebenbei sind Sie zwei Widersacher des Hauses Lohenmut losgeworden.«

Sie stieß sich mit einem Ruck von der Schreibtischkante ab und trat so nah an ihn heran, dass er den wilden Buchduft ihrer Haut riechen konnte. »Wir alle sind ständig gezwungen, Dinge zu erledigen, die uns nicht gefallen. Aber manchmal ist es uns gestattet, etwas zu tun, *das* uns gefällt, nicht wahr?«

Sie kam noch näher, nur eine Handbreit blieb zwischen ihrem Gesicht und seinem. In den großen Spiegeln an der Wand sah es aus, als würde er von einem ganzen Schwarm ihrer Ebenbilder umzingelt.

»Und was könnte das sein?«, fragte er leise.

»Etwas, das längst überfällig war.« Sie hob die Hand und berührte sein Kinn mit der Fingerspitze, fuhr daran hinunter bis zur Kehle. »Manchmal muss man seinen Instinkten folgen.«

Er sagte nichts, und sie lächelte liebenswürdig.

»Hiermit entziehe ich Ihnen den Fall Mercy Amberdale und die Operation Sedgwick«, sagte sie. »Gehen Sie zurück nach Frankreich, Cedric, oder machen Sie Urlaub. Ihre Beziehung zu Miss Amberdale, welcher Art sie auch immer gewesen sein mag, ist hiermit beendet.«

Während er sie noch mit versteinerter Miene anstarrte, trat sie einen Schritt zurück, umrundete den Schreibtisch und wandte ihm den Rücken zu.

»Und was diese andere Sache angeht: Absolon ist seit Jahren tot. Sie selbst haben ihn getötet, Cedric. Sie wissen es, ich weiß es, sein Tod ist ausführlich dokumentiert. Glauben Sie nicht, es wäre an der Zeit, etwas gegen diese krankhafte Besessenheit zu unternehmen?«

11

Mercy erwachte von einem Poltern.

Sie war nicht sicher, von wo das Geräusch gekommen war. Möglicherweise war es Teil eines wirren Traums gewesen, oder über ihr auf dem Dachboden hatten Tempest und Philander einen der Bücherstapel umgeworfen. Mit einem Streichholz zündete sie eine Kerze an, stülpte das Glas darüber und sah sich in dem kleinen Zimmer um. Viel mehr als das Bett und ein Bücherregal passten nicht hinein. Eines der beiden Vogelorigamis in dem Zwiebelturmkäfig auf der anderen Seite des Raumes schrak vom Schein der Flamme auf, stieß dabei versehentlich das zweite an, und gleich darauf verfielen beide in aufgeregtes Geflatter, das den gesamten Käfig erbeben ließ.

»Scht«, machte Mercy und stand auf.

Die beiden wollten sich nicht beruhigen, und da wurde ihr klar, dass der Grund für ihre Aufregung nicht länger das Entzünden der Kerze war. Sie spürten etwas im Haus. Wenn es kein Feuer in einem der anderen Räume war – und das hätte sie gerochen –, musste es eine bibliomantische Präsenz sein.

Mercy nickte den Origamis zu. »Ihr macht das gut.«

Eines der beiden legte die Papierflügel an und hielt den gefalteten Kopf schräg. Als das andere nicht stillhielt, bekam es einen Stoß mit der Schwinge und fiel fast von seiner Stange. Dann saßen beide mucksmäuschenstill und beobachteten Mercy.

Nur im Nachthemd bewegte sie sich barfuß zur Tür. Auf dem Weg dorthin schnappte sie sich ihr Seelenbuch, ließ es in einer Hand aufklappen und spaltete mit einem Gedanken ein Seitenherz. Augenscheinlich erkannte *Mother Damnables Geschenk an das junge Frauenzimmer* die Dringlichkeit. Innerhalb von Sekunden stieg eine faustgroße Leuchtkugel aus dem Buch empor und schwebte vor Mercy in der Luft. Sie stellte die Kerze beiseite und blies die Flamme aus. Dann trat sie im Schein des bibliomantischen Lichts hinaus auf den engen Flur.

Jetzt war kein Ton mehr zu hören. Auch auf dem Dachboden rührte sich nichts. Kurz erwog sie, nach oben zu steigen und die beiden zu wecken, aber dann wandte sie sich zur Treppe und ging die Stufen hinunter. Im ganzen Haus war es empfindlich kalt, doch ihr Herz pumpte so schnell, dass sie kaum merkte, wie sehr sie fror.

Von der Treppe trat sie ins Hinterzimmer des Ladens, auch hier war alles dunkel. Vorn fiel Licht von der Straßenlaterne durch das Schaufenster ins *Liber Mundi*, trüb und schwefelgelb. Mercy schaute sich vom Durchgang aus um, schickte dann die Lichtkugel voraus und ließ sie durch den Laden kreisen. Nirgends fielen ihr umgestürzte Bücherstapel auf. Es gab ein Dutzend Schattenecken, in denen sich jemand hätte verstecken können, aber wenn es wirklich ein Bibliomant war, dann hätte sie ihn aus dieser Nähe spüren müssen.

Langsam drehte sie sich um und blickte zur Kellertreppe.

Das Haus hatte zwei unterirdische Stockwerke. Im tieferen befand sich eine Falltür, die in die Kanalisation und zu Londons unterirdischen Flüssen führte – insbesondere zum Cranbourn, einem Zweig des Anonymus draußen zwischen den Seiten der Welt. Mercy hatte die Klappe im Boden mit einem steinernen Bibliolithen beschwert, den sie nach Thorndykes Tod aus dessen Haus gestohlen hatte. Auch als Wiedergutmachung für all den Ärger und sein Blut auf den Büchern im *Liber Mundi.*

Der Bibliolith, eine versteinerte Schriftrolle aus Pompeji, hätte genug Macht besitzen müssen, um die meisten Bibliomanten fernzuhalten. Die Steinrolle – lang wie ein Arm und breit wie ihr Oberschenkel – lag genau auf der Falltür. Hätte es trotzdem jemand fertiggebracht, die Klappe von unten anzuheben, wäre der Bibliolith heruntergerollt.

Mit einem lauten Poltern.

Mercy huschte auf die Treppe zu. An der oberen Stufe verharrte sie und lauschte. Erst herrschte Stille, dann raschelte etwas, und jemand fluchte.

Sie schickte die Lichtkugel voraus und folgte mit gespaltenem Seitenherz. Die geheimen Schriftzeichen darin glühten bernsteinfarben auf, so als spürten sie, wie kurz Mercy davor war, ihre Bibliomantik zu entfesseln.

Vorsichtig stieg sie die Treppe hinab, immer in der Befürchtung, dass jemand von hinten zwischen den Holzstufen hindurchgreifen und sie an den nackten Knöcheln packen könnte.

»Wer ist da?«, rief sie in die eisige Tiefe.

Der erste Keller war verlassen, doch jetzt rumorte es wieder in dem darunter. Beide Etagen waren schon von Valentine als Bücherlager genutzt worden, und daran hatte sich nichts geändert. Hinter den gestapelten Kisten hätte sich Rudelkopfs halbe Bande verstecken können.

»Wer –«, begann sie erneut und wurde unterbrochen.

»Ich bin's.«

»Cedric?«

»Ich weiß, eine charmantere Begrüßung habe ich nicht verdient.«

Sie lenkte die Kugel über seinen Kopf. »Sie sehen … derangiert aus.«

Er musste eine ziemliche Strecke durch die Kanalisation zurückgelegt haben.

»Und Sie riechen nicht gut«, fügte sie naserümpfend hinzu.

Cedric seufzte. »Ich sollte das erklären.« Er betrachtete sie von oben bis unten. »Aber erst einmal … Sie haben nur ein Nachthemd an. Und es ist kalt hier unten.«

Sie blickte an sich hinunter und sah, was er meinte. »Hier ist es saukalt. Und ich bin eine Frau. Kommen Sie drüber weg.« Unbeholfen versuchte sie, das Seelenbuch vor ihre Brust zu halten, aber dabei kam sie sich eher albern vor, also ließ sie es bleiben. »Sie werden es ertragen müssen.«

»Ich wollte Sie nicht in Verlegenheit bringen.«

»Sie brechen nachts in mein Haus ein, jagen meinen Origamis einen Mordsschrecken ein, werfen mit einem Bibliolithen um sich und verbreiten den dezenten Duft von Kloake. Mir scheint, Ihre Anzüglichkeiten sind noch das geringste Übel.«

»Das war keine –«

Sie drehte sich auf der Treppe um und ging voraus nach oben. Die Lichtkugel schoss hinter ihr her und ließ Cedric im Dunkeln stehen. »Passen Sie auf, wenn Sie raufkommen. Die Decken sind niedrig.«

Hinter ihr ertönte ein Schmerzenslaut.

»Sehr niedrig«, sagte sie.

Im Erdgeschoss breitete sie eine alte Tageszeitung über einen Sessel im Hinterzimmer und bedeutete ihm, darauf Platz zu nehmen.

»Zu freundlich«, sagte er und setzte sich tatsächlich. Der Weg durch die Tunnel war offenbar anstrengender gewesen, als er ihr hatte weismachen wollen. Vielleicht war er ein gutes Stück davon gerannt. Vielleicht war er verfolgt worden. Vielleicht hätte sie den verflixten Bibliolithen wieder auf die Falltür wuchten sollen.

»Was wollen Sie?«

»Mit Ihnen reden.«

»Gibt es noch irgendwas zu sagen? Sedgwick hat das Kapitel, und ich glaube, dass er mir erlauben wird, dabei zu sein.« Sie klappte ihr Seelenbuch zu, und die Leuchtkugel erlosch. Das einzige Licht drang jetzt von der Straßenlaterne durch den Laden herein. »Ich bin offenbar ziemlich gut darin, mich erpressen zu lassen. Ich tue alles, was der finstere Geheimagent auf der Brücke von mir verlangt hat.«

»Hören Sie auf.« Er beugte sich im Sessel vor, stützte die Ellbogen auf die Knie und rieb sich mit beiden Händen durchs Gesicht. »Die haben mir keine andere Wahl gelassen. Also, quasi.«

»Quasi?« Mercy stemmte die Hände in die Hüften und blickte auf ihn herab. Weil sie im Gegenlicht stand, konnte er vermutlich nur ihre Silhouette erkennen. Erst nach einem Moment wurde ihr klar, dass das Licht auch durch ihr Nachthemd schien. Aber im Augenblick war ihr das herzlich egal. »Falls Sie so was wie Mitgefühl erwarten, sind Sie durch die falsche Falltür gestiegen.«

»Ich bin heute von der Operation Sedgwick abgezogen worden.«

»Auch das rührt mich nicht gerade zu Tränen.«

Plötzlich lag eine Spur von Schärfe in seiner Stimme. »Es sollte Ihnen zumindest Sorgen bereiten, Mercy. Weil meine Nachfolgerin nicht das geringste Interesse an Ihrem Wohlergehen hat.«

»Und Sie haben dieses Interesse an meinem Wohlergehen?«

»Beruflich.«

»Agenteninteresse.«

»Genau.«

Sie stieß ein leises Seufzen aus, schob ein paar Bücherstapel beiseite und setzte sich auf die Eichenkommode, um nicht mehr mit nackten Füßen auf dem eisigen Boden zu stehen.

»Verzeihen Sie«, sagte er und wollte seinen Mantel ausziehen, um ihn ihr umzulegen.

»Bleiben Sie mir ja mit dem stinkenden Ding vom Leib.«

»Sie holen sich den Tod.« Er ignorierte ihren Einspruch, kam herüber und legte ihr den Mantel um die Schultern. Mercy erwog kurz, sich zu wehren, dann spürte sie das warme Fellfutter an der Innenseite und ließ ihn gewähren. Er zog den Mantel vor ihrem Oberkörper zusammen, dann trat er wieder einen Schritt zurück. »Besser?«

»Ja«, sagte sie widerstrebend, »danke.«

Er setzte sich zurück auf das knisternde Zeitungspapier. »Was nun diese Frau angeht –«

»Ihre Nachfolgerin.«

»Ihr Deckname ist Egyptienne. Ich glaube, ihr echter ist Zosia von Lohenmut.«

»Die jüngste Tochter des alten Lohenmut?«

Cedric nickte. »Sie dürfte um die dreißig sein, das käme hin. Und sie führt sich zweifellos auf wie eine verzogene Tochter. Sie ist gefährlich. Für Sie, für Sedgwick, für mich vermutlich auch. Sie wird über Leichen gehen, um zu bekommen, was sie will.«

»Sie haben sie schon ziemlich gut kennengelernt, scheint mir.«

»Ich habe heute zum ersten Mal mit ihr gesprochen. Und es war nicht sehr erfreulich.«

Natürlich musste er einen guten Grund haben, mitten in der Nacht in Mercys Keller aufzutauchen – oder etwas, das er für einen guten Grund hielt. Und bei allem, was sie an ihm nicht ausstehen konnte, war sie doch sicher, dass er sehr genau wusste, was er tat.

»Sagen Sie mir erst, wie es Ihnen geht«, bat er. »Ich habe von dieser Sache im Savoy gehört.«

»Ich lebe noch.«

»Sehen Sie, das meine ich. Einmal eine ernsthafte Antwort wäre schön.«

»Herrgott, Sie machen sich ja wirklich Sorgen!«

»Es hat dort Tote gegeben. Und fast zwei Dutzend Verletzte.«

Sie zog den Mantel ein wenig enger vor ihrer Brust zusammen und dachte, dass sie gerne auch so einen hätte. »Mir ist nichts passiert. Sedgwick wurde angeschossen. Ein Streifschuss. Aber ich bin erstaunlicherweise heil aus diesem ganzen Chaos herausgekommen.«

Im Schein des Gaslichts bemerkte sie, wie düster er sie ansah, während er langsam nickte. »Die haben Sie laufenlassen.«

»Wären Sie dabei gewesen, würden Sie das nicht –«

»Egyptienne hat Sie laufenlassen«, wiederholte er betont. »Das waren ihre Leute. Unsere, genau genommen. Also, meine jetzt offenbar nicht mehr.«

Mercy schnappte nach Luft. »Agenten der Akademie? *Die* haben den Club angegriffen?«

»Mehr oder weniger zur Tarnung. In erster Linie sollten Sie Gelegenheit bekommen, Sedgwick Ihre Ergebenheit zu beweisen. Nebenbei haben sie noch ein paar unliebsame Ambassadoren aus dem Weg geräumt.«

»Das ist nicht Ihr Ernst!«

»Es mag Ihnen sonderbar erscheinen, aber ich bin nicht um diese Uhrzeit und auf diesem Weg hergekommen, um mit Ihnen zu scherzen, Mercy.«

»Warum *sind* Sie durch die Kanäle gekommen?«

»Weil niemand wissen soll, dass ich hier bin. Was denken Sie denn?«

»Das heißt, die überwachen mein Haus? Auch jetzt gerade?«

Cedric beugte sich zur Seite, bis er im Sitzen durch die offene Verbindungstür in den Laden blicken konnte. »Haben Sie da drin noch so ein Ding? Einen Bibliolithen? Das ist keine schlechte Idee.«

»Sie konnte er offenbar nicht aufhalten.«

»Und Egyptienne wird er auch nicht davon abbringen, hier reinzuspazieren. Wohl aber die meisten ihrer Handlanger. Das sind keine wirklichen Agenten, nur Milizionäre aus den Refugien. Das bibliomantische Talent dieser Leute ist eher bescheiden.«

Edward Thorndyke hatte zahlreiche Bibliolithen in seinem Keller aufgestellt, um das Gefängnis der Alexandrinischen Flamme zu bewachen. Gewöhnliche Menschen hätten sie nicht passieren können, ohne den Verstand zu verlieren, während es Bibliomanten zumindest einige Mühe kostete. Ein einzelner Bibliolith würde niemanden umbringen, aber er erschwerte ein Eindringen ins *Liber Mundi.* Tatsächlich trugen Mercy und die anderen jeden Abend vor dem Schlafengehen einen zweiten vorn in den Laden.

»Wie viele davon haben Sie aus Thorndyke House herausgeholt?«, fragte Cedric.

»Nur zwei. Ich fand, dass er mir das schuldig war.« Sie überlegte kurz. »Der Plan dieser Egyptienne hat jedenfalls funktioniert. Sedgwick denkt darüber nach, mich in alles einzuweihen.«

»Sie haben das gut hinbekommen.« Er fuhr sich durchs Haar, und sie fragte sich, was genau ihn eigentlich so nervös machte. »Ich meine, wirklich gut. Das alles.«

»Es wird noch um einiges komplizierter werden, schätze ich.«

Er nickte. »Egyptienne hat etwas vor, in das sie mich nicht einweiht. Und Sie sind eine wichtige Figur in ihren Plänen.« Seine Stimme wurde etwas sanfter. »Ich möchte, dass Sie gut auf sich aufpassen.«

»Dafür habe ich ein Talent. Einbrecher kommen hier für gewöhnlich nicht unverletzt raus.«

Das brachte ihn zum Lächeln. »Ich hab mir den Kopf gestoßen. Das war schmerzhaft.« Er stand auf und nahm ihre Hände. »Ich würde es mir nicht verzeihen, wenn Ihnen etwas zustößt. Falls ich kann, will ich versuchen, Sie zu beschützen. Aber ich werde nicht immer in Ihrer Nähe sein können.«

»Darüber bin ich froh«, sagte sie leise.

»Wir sind wohl beide nicht für Nähe geschaffen.« Trotzdem schob er sich heran, bis sie im Sitzen ein wenig die Knie öffnen musste.

»Ich hasse Nähe«, sagte sie nicht sehr überzeugend. »Und ich hasse Sie.«

Dummerweise wirkte sein Lächeln ansteckend, als er sich vorbeugte.

Unter ihr flog die oberste Schublade auf, krachte von hinten in ihre Kniekehlen, stieß sie von der Kommode herunter und mit Wucht gegen Cedric, der überrascht von ihr fortstolperte und zurück in den Sessel fiel. Buchseiten explodierten aus der Schublade, als der Besserwisser seinen Zapfenleib aufbaute und gleich darauf in dem offenen Fach thronte wie eine Handpuppe.

»Mylady!« Ein empörtes Schnauben drang aus der Knollennase.

Verdattert zupfte sie Nachthemd und Mantel zurecht. »Guten Abend.«

»Abend?«, entgegnete der Veterator. »Wie Sie wissen, korrigiere ich andere nur ungern, aber es ist allertiefste Nacht.«

»Sie haben einen Besserwisser?« Cedric saß perplex im Sessel und machte ein Gesicht, als hätte ihm jemand Eiswasser in den Kragen gegossen. »Offenbar wissen Sie, wie man Dinge für sich behält.«

»Das war nicht … ich meine, ich wollte nicht …« Sie warf die Hände in die Höhe und gab es auf, irgendetwas erklären zu wollen. Am liebsten wäre sie im Boden versunken, wobei ihr selbst nicht ganz klar war, ob sie sich eher vor Cedric oder vor dem Veterator schämte. Der eine war ein Halunke und der andere ein Haufen Papier. Es war wohl besser, nicht allzu genau darüber nachzudenken.

»Mylady, ich hörte Lärm und Stimmen, und da dachte ich, es sei gewiss in Ihrem Interesse, wenn ich mich zeige und einschreite.«

Anfangs hatte sie ihm erlauben müssen, aus seiner Kladde aufzusteigen und Gestalt anzunehmen. Mittlerweile – und zu ihrem Leidwesen – tat er das auch auf eigenen Wunsch. Offenbar gehörte es zur Natur eines Besserwissers, dazuzulernen. Das hatte ihr niemand gesagt, bevor sie ihn ins *Liber Mundi* gebracht hatte.

Cedric erhob sich. Mercy streifte rasch seinen Mantel ab und gab ihn ihm zurück. »Den werden Sie brauchen, wenn Sie gehen.«

»Es ist kalt draußen«, bestätigte der Veterator.

»Danke«, sagte Cedric zu Mercy und fügte zum Besserwisser gewandt hinzu: »Auch für den hilfreichen Hinweis.«

»Stets zu Diensten, Sir.«

Während das bibliomantische Wunderwerk in der Schublade ungeduldig mit den sechs dicken Zehen trommelte, sah Cedric Mercy an. »Sie werden mir doch bei Gelegenheit erzählen, woher Sie ihn haben?«

»Ich war ein Geschenk, Sir«, kam der Besserwisser ihr zuvor. »Von Commissioner Phileas Sedgwick. Einem *Polizisten*, Sir, und einem sehr *guten*, wie man hört. Einbrecher wären ihm ein Gräuel.«

»Ach ja?«

Mercy ächzte. »Ich erzähl's Ihnen ein andermal.«

»Redet er immer so?«, fragte Cedric.

»Was *meinen* Sie, Sir?«

»Ja.« Mercy verdrehte die Augen. »Immer genau so.«

Die Zehen trommelten heftiger.

»Er meint es nur gut«, fügte sie hinzu. »Wie offenbar jeder, der mein Leben gründlich durcheinanderbringt.«

Als er lächelte, sagte sie »*Veterator recedite!*« und hörte es hinter sich Grummeln und Rascheln. Dann führte sie Cedric zurück zur Falltür im Keller.

12

Am nächsten Abend ließ Mercy sich von Tempest und Philander überreden, dem Pub auf der anderen Straßenseite einen Besuch abzustatten. Viele Buchhändler vom Cecil Court trafen sich dort, nachdem sie ihre Läden geschlossen und die Einnahmen sicher verstaut hatten, aber Mercy war nur ein paar Mal dort gewesen und dann meist nicht länger als eine halbe Stunde geblieben. Sie mochte den Lärm nicht, die Enge, all die Menschen auf einem Fleck, auch wenn sie viele von ihnen seit ihrer Kindheit kannte.

»Muss das denn sein?«, fragte sie, als sie den beiden über die Straße folgte.

Tempests Wangen glühten im warmen, goldenen Licht, das durch die Butzenscheiben des Pubs nach draußen fiel. Sie wirkte ungewohnt quirlig. Mercy wollte sie fragen, was denn geschehen sei, als ihr auffiel, dass Philander stoisch vor sich hin starrte, der Gegenpol zu Tempests Aufgekratztheit. Mercy konnte sich nicht erinnern, die beiden jemals so erlebt zu haben.

»Hätte jemand die Güte, mir zu erklären, was hier los ist?«

»Wir gehen aa-aus!«, trällerte Tempest vergnügt.

»Das tut ihr doch öfters.«

»Aber nicht mit di-ir«, sang Tempest.

Mercy fragte sich, ob womöglich eines der vergessenen Bücher, die Tempest laufend in irgendwelchen Kellerecken aufstöberte, einen besonderen Duft verströmt hatte. Eine Art bibliomantisches Opiat, das dem Mädchen zu Kopf gestiegen war.

»Wir freuen uns sehr«, sagte Philander mit steinerner Miene, »dass du mitkommst. Das ist schön.«

»Und wi-ie!«, freute sich Tempest.

Mercy schüttelte den Kopf, erwog kurz, die Flucht zurück ins *Liber Mundi* zu ergreifen, als ihr auffiel, dass aus dem *Ham* kein Lärm auf die Straße drang. Um diese Uhrzeit – kurz nach zehn – ging es für gewöhnlich hoch her, denn bevor die Buchhändler des Cecil Court einfielen, waren schon seit Stunden Gäste aus den umliegenden Straßen dort, ein wild gemischtes Publikum, das von der feinen Dienerschaft der Villen am Leicester Square bis hin zu Kutschern, Straßenhändlern und Gesindel aus den düstersten Ecken Sohos reichte. Normalerweise wehten dann Fetzen von Gesprächen und der Gesang von Betrunkenen durch die Gasse.

Heute herrschte Ruhe. So als hielte *The Ham* den Atem an, um dann noch lauter loszugrölen, sobald jemand die Tür aufstieß. Im Näherkommen konnte Mercy durch die dicken Glasscheiben nur den angenehmen Lichtschein, das Blitzen der kupfernen Beschläge an Theke und Zapfhähnen und schemenhafte Umrisse der Gäste erkennen. Also waren Menschen dort. Sie war nicht sicher, ob sie das erleichtern oder beunruhigen sollte.

Tempest erreichte den Eingang als Erste und drehte sich zu Mercy um. »Wir wollten dir noch mal sagen, wie dankbar wir dir sind, dass du uns im *Liber Mundi* aufgenommen hast«, sagte sie. »Wir wissen, dass das nicht selbstverständlich ist. Erst recht nicht nach … na ja, nach allem damals.«

Mercy winkte ab. »Lasst uns ein Bier trinken und wieder –«

»Nein«, ergriff nun Philander das Wort, »es stimmt, was Tempest sagt.« Jetzt fiel ihr auf, dass seine stoische Miene eine Art Maskerade war, so als wollte er sich um jeden Preis ein Lachen verkneifen. Immer wieder glühte in seinen Augen etwas auf, das so gar nicht zu seinen verkrampften Zügen passte. »Du sollst wissen, dass wir froh sind, hier wohnen und arbeiten zu dürfen.«

»Herrje, ihr seid meine besten Freunde!« Hatte sie das vorher schon mal so deutlich ausgesprochen? Argwöhnisch beäugte sie Tempest. »Hast du mir irgendwas ins Essen gemischt, dass ich plötzlich solches Zeug rede?«

Lachend drehte Tempest sich um und öffnete die Tür. »Du hast recht«, sagte sie und ließ Mercy den Vortritt, »trinken wir ein Bier!«

Mit einem Kopfschütteln ging Mercy an den beiden vorbei ins Innere und erblickte einen weiten Halbkreis von Männern und Frauen, die ihr mit schäumenden Gläsern in den Händen entgegensahen. Mercy kannte jeden von ihnen, sie alle waren Ladenbesitzer am Cecil Court. Keiner fehlte.

Arthur Gilchrist rief: »Alles Gute zum Geburtstag, Mercy!«, und dann fiel der Rest mit ein – ein wildes Durcheinander von Glückwünschen. Einige stimmten ein altes Buchhändlerlied an. Innerhalb weniger Augenblicke sangen alle Gäste des *Ham* lauthals mit, während Mercy sich zu ihren beiden Freunden umdrehte. Tempest umarmte sie, Philander legte die Arme um beide, und so standen sie lange da, während um sie der Gesang der Buchhändler erklang und immer wieder Hochrufe auf

Mercy Amberdale, das *Liber Mundi* und sogar den verstorbenen Valentine erklangen.

Später kamen sie alle einzeln zu Mercy, manche herzten sie, andere schüttelten ihr die Hand und einige prosteten ihr fröhlich zu. Mercy hatte beinahe vergessen, wie viel Zeit sie als Kind mit ihnen allen verbracht hatte, wenn sie tagsüber von Laden zu Laden gestromert war, die Besitzer mit Fragen gelöchert und in ihren Bücherschätzen gestöbert hatte. Es schien ein halbes Leben her zu sein, seit sie zuletzt so unbeschwert durch den Cecil Court getobt war, dabei lagen die Zeiten an Valentines Seite gerade mal ein paar Jahre zurück. Ihren Geburtstag hatte sie stets mit ihm allein gefeiert, und zuletzt hatte sie ganz darauf verzichtet. Tatsächlich hatte sie völlig vergessen, dass sie heute zwanzig Jahre alt wurde, und sie fragte sich, wie Tempest und Philander davon erfahren hatten. Dann bemerkte sie Arthur Gilchrists Grinsen und wusste, wer es ihnen gesteckt hatte.

Sie ging zu ihm und umarmte ihn wortlos, drückte ihn ganz fest an sich, und einen Moment lang erinnerte sie das so sehr an Valentine, dass sie schlucken und sich große Mühe geben musste, nicht loszuheulen.

Bald packte jemand eine Fiedel aus, ein anderer eine Flöte, und dann wurde abermals gesungen und schließlich auch getanzt. Mercy prustete los, als Philander Tempest übertrieben galant aufforderte, und sah dann fasziniert zu, wie die beiden einen Tanz hinlegten, der den Rest der Versammlung pfeifen und johlen ließ. Tische wurden beiseitegeschoben, ein Kreis gebildet, und Tempest und Philander tanzten selbstvergessen in der Mitte zum Klang von Fiedel und Flöte und schienen gar nicht mehr aufhören zu wollen. Selbst Maggie Gride, Abraham Longford und zwei, drei andere, die den beiden gegenüber oft skeptisch waren, klatschten im Takt und bedachten sie lautstark mit Lob und Anerkennung.

Es wurde Mitternacht, und der Wirt schenkte noch immer an alle aus, und niemand schien sich darum zu kümmern, dass sie am nächsten Morgen pünktlich um acht ihre Läden öffnen und vorher womöglich Schnee schaufeln mussten. Es wurden Späße gemacht und Streiche gespielt und eine ganze Menge Unsinn geredet, etwa als der Wirt und der Professor eine Diskussion darüber begannen, ob denn nun frische Brote oder alte Bücher besser dufteten. Maggie Gride triezte Philander, weil er früher oft vor den Läden Penny Dreadfuls verkauft und damit die Buchhändler gegen sich aufgebracht hatte. Aber sie tat es auf freundliche Weise, nicht so schnippisch wie sonst, und Mercy hatte das Gefühl, dass selbst Maggie die beiden Neuzugänge am Court allmählich akzeptierte.

Niemand sprach an diesem Abend über die Akademie und ihr Treiben in den Refugien. Ebenso wenig fiel ein Wort über die Vorfälle im Savoy, wofür Mercy besonders dankbar war, denn so konnte sie beinahe für ein paar Stunden vergessen, was sie dort erlebt hatte. Sie lachte mit den anderen, sang die alten Lieder, wehrte alle Versuche ab, sie zum Tanzen zu bewegen, und trank dabei mehr Bier als jemals zuvor.

Die Uhr hatte noch nicht eins geschlagen, die ersten machten sich bereit zum Aufbruch, als jemand, der draußen Luft geschnappt hatte, die Tür aufstieß und rief: »Kommt raus, und seht euch das an!«

Trotz der Kälte drängten alle ins Freie. »Was denn noch?«,

fragte Mercy Philander, aber seine Antwort ging im Stimmenwirrwarr unter.

Augenblicke später standen sie in einem Pulk vor dem Pub, es schneite leicht, und ihre Atemwolken stiegen wie Dampf in den Nachthimmel auf. Manch einer fragte: »Was ist denn los?«, und auch Mercy blickte sich suchend um, als eine gewaltige Feuerlohe aus der Dunkelheit am Ende der Straße aufstieg. Ein einzelner Mann spazierte gelassen heran und trug die Flammensäule wie einen Zylinder auf dem Kopf. Sie war dreimal so hoch wie er selbst und kam den vorgebeugten Giebeln der alten Häuser dann und wann gefährlich nahe. Doch immer, wenn es aussah, als bestünde Gefahr, beugte sie sich wie ein Mensch zur Seite oder sank ein Stück in sich zusammen, um nur ja keines der Gebäude zu berühren.

Einen Moment lang schien Panik unter den Buchhändlern auszubrechen, dann schlug das aufgeregte Geschrei in Applaus und Begeisterungsrufe um. Der eine oder andere blieb still und beobachtete beunruhigt all das Feuer so nah bei zigtausenden Büchern, und auch Mercy war misstrauisch. Ehe sie das Gesicht des Neuankömmlings erkannte, wusste sie längst, wer da den Cecil Court herabkam und, vor allem, was er entfesselt hatte.

Der Feuerschlucker Cristaldi – selbsternannter Neapolitaner, wenn auch in Wahrheit aus Newcastle – rief mit einstudiertem italienischem Akzent: »Signorine e signori, zur Feier dieses Freudentages spendiert der Fabelhafte Cristaldi eine kostenlose Darbietung seiner spektakulären Feuershow! Ein Hoch auf die wunderbare Mercy Amberdale und die braven Leute vom Cecil Court!«

Von manchen gab es Applaus und Jubel, von anderen besorgte Blicke. Als Mercy zu Philander und Tempest schaute, zuckten beide nur mit den Achseln. Offenbar waren nicht sie es, die Cristaldi herbestellt hatten.

»Arthur«, wandte sie sich an Gilchrist, »hast du ihn angeheuert?«

Der alte Buchhändler schüttelte den Kopf. Wie die meisten hatte er eine Menge Bier getrunken und war mit den Stunden immer ausgelassener geworden, doch nun stand eine Sorgenfalte zwischen seinen weißen Augenbrauen. Zugleich aber war da ein Glühen in seinen Augen wie bei einem kleinen Jungen, der die Darbietung des Feuerschluckers gar nicht erwarten konnte.

Cristaldi war jetzt bis auf zehn Schritt herangekommen. Er trug nicht mehr die abgerissene Kleidung von früher, als er seine Kunststücke an Straßenecken gegen Almosen vorgeführt hatte, sondern ein teures Kostüm aus purpurner Seide. Seine Hose war mit Sternen besetzt, die Jacke mit Glassteinen übersät, in denen sich die Flammen hundertfach spiegelten. Darüber trug er einen roten Umhang mit Fuchsfellkragen. Den schwarzen Pferdeschwanz hatte er sich nach vorn über die Schulter gelegt; offenbar sorgte er sich nicht, dass das Feuer seine Haarpracht oder den Fuchspelz verbrennen könnte. Vor seinen Bauch war etwas geschnallt, das für die Umstehenden wie eine Art Harnisch aussehen musste, doch Mercy wusste es besser: Es war die Schale, die angeblich einst aus der Büchse der Pandora gehämmert worden war, und die ihrem Träger Macht verlieh über Fornax, die Alexandrinische Flamme. Mercy hatte sie selbst aus Thorndyke House gestohlen, ehe Fornax sie ausgetrickst und die Schale Cristaldi zugespielt hatte. Seither hatte Mercy die beiden nicht mehr gesehen, nur die Plakate an Litfaßsäulen und Wänden, die den Fabelhaften Cristaldi als Attraktion der großen Varietés anpriesen. Mit Fornax' Hilfe hatte er es innerhalb weniger Monate weit gebracht.

Tempest und Philander schoben sich durch die Menge heran. »Wenn keiner von uns ihn engagiert hat«, fragte Tempest, »wer war es dann?«

»Möglich, dass wir es bald erfahren«, sagte Mercy.

Philander machte ein finsteres Gesicht. »Ich frag ihn.«

Mercy hielt ihn zurück. »Warte. Ich will sehen, was er vorhat.«

»Und wenn Fornax die ganze Straße niederbrennt?«

Sie schüttelte den Kopf. »Cristaldi scheint ihn im Griff zu haben. Und warum sollte Fornax das tun? Er war froh darüber, endlich frei zu sein, und letztlich hat er es mir zu verdanken.«

Während sie sprachen, begann Cristaldi seine Show mit ein paar harmlosen Kunststücken, spie Feuer in die Nacht hinauf und ließ rundum den Schnee schmelzen. Einige der Zuschauer hatten seine Tricks schon früher gesehen und wollten sich ins Warme zurückziehen, als sich die Flammenlohe mit einem Mal von Cristaldi löste und menschliche Gestalt annahm. Die Strichgestalt aus Feuer war so groß wie er, und als Cristaldi sich vor seinem Publikum verbeugte, tat das Flammenwesen es ihm gleich.

Einen Moment lang erstarrten die Menschen vor Staunen, dann brandete Applaus auf. Der Feuerschlucker wurde von Fornax mit großer Geste zum Tanz aufgefordert, und gleich darauf drehten er und die Alexandrinische Flammen ein paar

Runden auf der Straße, während den Zuschauern die Münder offen standen.

In der Manteltasche lag Mercys Hand auf ihrem Seelenbuch, es war so aufgeregt wie sie und ließ Wärme an ihrem Arm emporkriechen. Philander und Tempest tuschelten miteinander. Er kannte Cristaldi von früher und hatte ihn als gutmütigen Schurken beschrieben, ein listiger, aber freundlicher Gesell, und es deutete nichts darauf hin, dass er seinen Zuschauern Böses wollte. Trotzdem blieb Mercy angespannt, und sie machte ein paar Schritte aus dem Pulk heraus, um besser sehen zu können, was genau der Feuerschlucker und die Alexandrinische Flamme trieben.

Der Tanz der beiden endete, wieder verbeugten sie sich, dann öffnete Cristaldi den Mund und deutete mit dem Finger hinein. Das Feuerwesen ballte sich zu einer Kugel, die wie eine Sternschnuppe in den Schlund des Mannes zischte und verschwand. Cristaldi tat, als müsste er heftig schlucken, um Fornax hinunterzuwürgen, dann rieb er sich den Bauch. Kurz öffnete er die Lippen, und da schien es in seinem Rachen lichterloh zu brennen, was zu großem Ah und Oh der Umstehenden führte. Er lachte und schluckte erneut, verneigte sich, und alle glaubten, der Auftritt sei beendet.

Da aber platzierte Cristaldi sich breitbeinig in der Mitte der Straße, spreizte die Arme und legte den Kopf in den Nacken. Mit Heulen und Getöse schoss eine mächtige Feuerlohe aus seinem Mund in den Himmel, höher als die Häuser zu beiden Seiten der Gasse, sie verästelte sich und sah bald darauf aus wie ein brennender Baum, der mit seinen Zweigen über die Fassaden strich, ohne Brandspuren oder Ruß zu hinterlassen. Cristaldi selbst verschwand in dem lodernden Stamm, war nur noch als Silhouette zu erkennen. Dann neigten sich die Feueräste auf die Zuschauer zu, bildeten einen Vorhang wie eine Trauerweide aus Flammen. Einige der äußeren schienen nach den Menschen zu tasten und ließen sie hastig zurückspringen. Zwei, drei Mutige – oder Betrunkene, das war an diesem Abend kaum zu unterscheiden – blieben stehen und ließen sich von den Gluttentakeln berühren. Keinem geschah ein Leid.

Der Baum wuchs weiter, verzweigte sich stärker, und bald sah er aus wie eine anatomische Zeichnung menschlichen Aderwerks aus purem Feuer.

»Cristaldi!«, rief Mercy.

Einige der anderen Buchhändler blickten in ihre Richtung, fast alle waren schlagartig nüchtern.

»Cristaldi!«

Das verästelte Feuerwirrwarr, das die Gasse von einer Seite zur anderen ausfüllte, verströmte keine Hitze. Mercy fragte sich, wie lange es dauern mochte, bis Polizei und Feuerwehr auftauchten.

Sie fasste sich ein Herz und ging durch die prasselnden Fontänen auf den Stamm des vorgebeugten Feuerbaums zu. Cristaldi war nach wie vor nur als menschlicher Umriss inmitten der lodernden Säule zu erkennen, während Fornax' Flammen allmählich erstarrten, als würden sie gefrieren.

»Cristaldi?«

Kurz schaute sie über die Schulter und sah Tempest mit offenem Mund in ihre Richtung blicken; kein Laut kam über die Lippen des Mädchens. Philander hatte sich in Bewegung gesetzt, um Mercy zu folgen, doch auch er schien im Lauf versteinert zu sein. Seine Augen waren weit und starr.

Das Flackern der Flammen hielt endgültig inne, als wäre die Umgebung zu einem Ölgemälde geworden. Die Zeit blieb stehen, nichts regte sich mehr – mit Ausnahme von Mercy, die sich wieder dem Stamm des Feuerbaums zuwandte.

Zwischen ihr und Cristaldi stand eine Frau in einem weiten Mantel. Im ersten Moment dachte Mercy an ihre Mutter; dies war ein Auftritt so ganz nach Annabelle Antiquas Geschmack. Das braune Haar der Frau glänzte im Schein der erstarrten Feuersäulen wie Glas.

»Meinen Glückwunsch!«, sagte sie. »Ich hoffe, der Abend ist zu Ihrer Zufriedenheit verlaufen?«

»Wer sind Sie?« Mercy ahnte es längst, aber das brauchte sie der Fremden nicht auf die Nase zu binden.

»Nennen Sie mich Egyptienne.«

»So exotisch sehen Sie gar nicht aus.«

»Und Sie nicht sehr gnadenvoll, Mercy. Wie ich hörte, haben Sie einem meiner Mitarbeiter das Genick gebrochen.«

»Soll das hier eine Warnung sein, dass Sie den Cecil Court niederbrennen werden, wenn ich nicht gehorche?«

»Sie kommen schnell zur Sache. Wie schön, dass wir keine Zeit verplempern müssen.«

»Haben Sie noch mehr Drohungen in petto?«

»Genügt es nicht, zu wissen, dass dieses Viertel dem Erdboden gleichgemacht wird, wenn Sie nicht kooperieren? Und dass es Ihren Freunden vermutlich schlecht ergeht, wenn sich das alles hier« – sie machte ein Zischgeräusch – »von einem Tag auf den anderen in Luft auflöst?«

Mercy schaute sich zu den anderen um, die allesamt wie Salzsäulen dastanden. Obwohl sie in Mercys Richtung blickten, starrten sie geradewegs durch sie und die Fremde hindurch.

»Machen Sie sich keine Sorgen«, sagte Egyptienne. »Wir sind diejenigen, deren Zeitablauf manipuliert wurde. Für die da draußen fühlt sich alles ganz normal an. Stellen Sie sich die Zeit wie ein Buch vor, das permanent fortgeschrieben wird. Wir beide sind für einen Moment zwischen die Wörter gerutscht. Wir befinden uns nicht außerhalb der Geschichte, sondern unsichtbar für alle anderen mittendrin. Der Leser bleibt für einen Augenblick nur bei uns, während die übrigen Figuren innehalten, bis er sich auch ihnen wieder widmen kann.«

Egyptiennes bibliomantische Macht musste beachtlich sein, um Derartiges zu vollbringen. Mercy hatte nicht geahnt, dass so etwas überhaupt möglich war.

»Ich hörte, dass Sie und Cristaldi sich kennen«, sagte Egyptienne. »Da hielt ich es für eine schöne Idee, Ihnen zum Geburtstag einen Auftritt zu schenken. Es kostete mich ein wenig Überredungskunst – ich glaube, er hat tatsächlich ein wenig Angst vor Ihnen.«

»Das alles wäre gar nicht nötig gewesen. Ich habe längst mit Sedgwick gesprochen und –«

»Und ihm das Leben gerettet. Ich weiß.«

»Was wollen Sie also?«

»Ich bin sicher, Cedric de Astarac hat sich ganz auf seinen Charme und Ihren gesunden Menschenverstand verlassen, als er Sie dazu gebracht hat, mit uns zusammenzuarbeiten. Nun,

Cedric wird sich anderen Aufgaben widmen, so dass in Zukunft wir beide miteinander auskommen müssen. Glauben Sie, dass uns das gelingt, Mercy?«

»Sie geben sich doch gerade alle Mühe, dass wir beste Freundinnen werden.«

Egyptienne lachte. »Sie müssen mich nicht mögen. Es reicht, wenn Sie mich fürchten.«

»Hängt davon ab, was Sie zu bieten haben. Sie haben diesen Budenzauber aufgefahren, um mich zu beeindrucken. Sie tauchen auf, tun mysteriös und drohen damit, mir und meinen Freunden zu schaden.« Sie machte zwei Schritte auf Egyptienne zu. »Falls Sie glauben, dass mir das imponiert, dann täuschen Sie sich. Wenn Sie aber darauf aus sind, dass ich Sie wirklich kein bisschen leiden kann, nun, das haben Sie hervorragend hinbekommen.«

Egyptienne neigte den Kopf ein wenig und musterte sie. »Ich weiß jetzt, warum Cedric der Meinung war, dass Sie die Richtige für uns sind. Möglicherweise haben Sie tatsächlich das Zeug zu einer guten Agentin.«

»Ich habe getan, was Sie verlangt haben. Sedgwick wird sich in Kürze bei mir melden und mir mitteilen, ob er mich dabeihaben will oder nicht.«

»Wollen wir hoffen, dass er sich für Sie entscheidet.« Egyptienne griff unter ihren Mantel und zog ein kleines Buch hervor. Schwarzes Leder, goldener Schnitt. Es hätte als Gesangsbuch auf einer Kirchenbank liegen können und niemand hätte Verdacht geschöpft. »Ich habe etwas für Sie. Eine Waffe.«

»Die brauche ich nicht.«

»Ganz sicher sogar.« Sie hielt Mercy das Buch entgegen, zog

es aber ein Stück zurück, als die danach greifen wollte. »Seien Sie vorsichtig. Hüten Sie sich davor, es aufzuschlagen!«

Mercy nahm es nach kurzem Zögern entgegen. Nichts daran fühlte sich ungewöhnlich an, ein schlichter Band ohne Titelinschrift. »Was soll das sein?«

»Eine Falle für Phileas Sedgwick. Wer dieses Buch aufschlägt und nur wenige Worte überfliegt, erblindet auf der Stelle.«

»Bibliomantisches Lesegift?«

»Sobald Sedgwick das Flaschenpostbuch benutzt hat, werden Sie ihn dazu bringen, dieses Buch zu öffnen und einen Blick auf die Seiten zu werfen. Dann schnappen Sie sich das Flaschenpostbuch und bringen es mir.«

»Warum sollte ich ihm das antun?«

»Würden Sie Sedgwick als Freund bezeichnen?«

»Nein.«

»Dann tun Sie, was ich Ihnen sage, und alles wird einen guten Ausgang nehmen. Für Sie, für Ihre Freunde ... Nicht so sehr für Mister Sedgwick. Aber glauben Sie mir, der verdient, was er bekommt.«

Das Buch schien in ihrer Hand immer schwerer zu werden. »Ich habe Sedgwick für Sie ausspioniert. Ich habe alles getan, was Sie von mir verlangt haben. Aber ich werde ihn nicht für Sie zum Krüppel machen.«

»O doch, meine Liebe, genau das werden Sie tun. Weil Sie keine Wahl haben.«

»Ich kann auf Ihre Drohungen pfeifen.«

»So wenig Verantwortungsgefühl für das alles hier?« Sie machte eine weit ausholende Geste, die den Cecil Court mit all seinen erstarrten Bewohnern einschloss.

»Ich bin schon weit genug gegangen«, sagte Mercy. »Und ich werde versuchen, bei Sedgwick zu sein, wenn er was auch immer mit dem Flaschenpostbuch anstellt. Aber damit wird es enden.«

»Sie werden es sich noch anders überlegen«, widersprach Egyptienne, »da bin ich ganz sicher.«

Mercy machte einen schnellen Schritt auf sie zu, bis sie einander fast berührten. Es war ein Fehler, Egyptienne zu reizen, das wusste sie, und trotzdem kamen die Worte wie von selbst über ihre Lippen. »Was, wenn ich Sedgwick stattdessen warne?«

»Das sollten Sie lieber bleiben lassen.«

»Wie sehr würde das Ihre Pläne durcheinanderbringen?«

»Wollen Sie wirklich, dass all diese Menschen ihre Häuser verlieren? Vielleicht sogar ihr Leben?«

»Ich habe dem Cecil Court schon einmal den Rücken gekehrt. Ich kann es wieder tun.«

Egyptienne warf den Kopf zurück und lachte. »Glauben Sie etwa, Cedric wird Sie beschützen? Sind Sie deshalb so überheblich?«

»Sie haben gestern drei Ambassadoren umgebracht«, sagte Mercy. »Das war ein Fehler. Sie hätten den Leuten in der Lobby einen gehörigen Schrecken einjagen sollen, ich hätte Sedgwick in Sicherheit gebracht, und alles wäre gut gewesen. Aber sie mussten zwei Fliegen mit einer Klappe schlagen und gleich noch ein paar Gegner des Hauses Lohenmut beseitigen. Falls die Häuser Cantos und Himmel davon erfahren, werden sie Ihnen das sehr übelnehmen. Sie sollten also besser nicht die Überheblichkeit anderer kritisieren, wenn Sie selbst längst zu weit gegangen sind. Ich weiß davon, und Sedgwick weiß es auch.« Das war eine Lüge, bestenfalls eine gewagte Behauptung. »Und Sie brauchen uns beide noch. Sie spielen ein gefährliches Spiel. Wenn Sie auf mich als Verbündete angewiesen sind, sollten Sie dafür sorgen, dass sich niemand am Cecil Court blicken lässt, den ich mit einem Bauarbeiter verwechseln könnte, Frau von Lohenmut.«

Egyptienne verriet durch keine Regung, ob die Anrede sie überraschte. »Treiben Sie es nicht zu weit. Sie haben keine Ahnung, worauf Sie sich einlassen.«

Möglich, dass sie es nur noch schlimmer machte. Aber Egyptienne sollte wissen, dass sie keine Spielfigur war, die sich nach Belieben umherschieben oder gar opfern ließ. »Sie brauchen mich«, sagte Mercy erneut. »Also lassen Sie mich auf meine Weise mit Sedgwick fertig werden.«

Egyptienne prüfender Blick ließ auf ein neuerwachtes Interesse, aber auch auf gehörige Abneigung schließen. Nach einer Weile sagte sie: »Sie werden von mir hören, Mercy.«

Damit wandte sie sich um und ging durch die erstarrten Feuerkaskaden davon.

»Nehmen Sie Ihr Lesegift mit!«, rief Mercy ihr nach, doch Egyptienne schaute nicht zurück. Stattdessen zückte sie ein Sprungbuch. Der goldene Glanz zwischen den Seiten der Welt umhüllte sie und riss sie davon.

Mercy betrachtete das geschlossene Buch in ihrer Hand. Einen Bibliomanten zu blenden nahm ihm alles, wofür er lebte. Es wäre humaner gewesen, Sedgwick ein Messer in den Rücken zu rammen, als einen Anschlag mit Lesegift auf ihn zu verüben.

Erst nach einer Weile wurde ihr bewusst, dass sich die Feuertentakel davonschlängelten. Die Alexandrinische Flamme kehrte in Cristaldis Mund zurück. Glutkaskaden flossen rückwärts auf den Feuerschlucker zu und verschwanden in lodernden Bündeln zwischen seinen Lippen. Zugleich brandete Jubel auf. Die Menschen bewegten sich wieder.

Tempest kam auf Mercy zu, auch Philander war wieder in Bewegung. Beide entdeckten verwundert das kleine, schwarze Buch in ihrer Hand, das vor Sekunden noch nicht dagewesen war.

Mercy hielt sie mit einer Handbewegung zurück. »Später.«

Hinter ihr beendete Cristaldi unter Applaus seinen Auftritt.

Sie steckte das Lesegift in ihren Mantel, spürte, wie ihr Seelenbuch dagegen aufbegehrte, und eilte allein zum *Liber Mundi.*

ZWEITER TEIL

Ein Grab im Schnee · Fiona Faerfax fliegt · Anarchisten und Revolutionäre · Wie die Sterne London sehen · Das Fabularium · Der Mord an Edwin Drood · Zu viel Lesezeit · Rudelkopf hält Hof · Chagford House

13

Im Morgengrauen bestiegen Tempest und Philander den Zug nach Sevenoaks, der sie aus London Richtung Südosten brachte. Schon nach wenigen Meilen stiegen sie an einem winzigen Dorfbahnhof aus. Von hier aus sahen sie hinter verschneiten Hecken einen grauen Glockenturm und machten sich zu Fuß auf den Weg dorthin.

Die Kirche stand außerhalb des Ortes auf einem Hügel, ringsum erstreckte sich ein verwitterter Friedhof. Unterwegs begegnete ihnen eine alte Frau und nickte ihnen freundlich zu. Die beiden wechselten einen kurzen Blick und erwiderten die Geste.

»Sie hat uns gegrüßt«, flüsterte Tempest verblüfft.

»Einfach so«, erwiderte Philander nicht weniger erstaunt.

»Warum tut sie das?«

»Vielleicht hat sie uns verwechselt.«

»Sie hat doch unsere Gesichter gesehen.« Zwar trugen beide Mützen und Schals, aber bis zur Unkenntlichkeit waren sie nicht vermummt.

»Alte Leute haben schlechte Augen«, sagte Philander.

Tempest schüttelte perplex den Kopf. »In London grüßt kein Mensch einen Fremden auf der Straße.«

»Deshalb wollte Jezebel ihr Leben lang raus aus der Stadt. Sie hat von so was hier geträumt, von höflichen Menschen und weiten Landschaften.«

Vor einem halben Jahr war seine Schwester hier draußen beerdigt worden, auf dem Hügel im Schatten des Kirchturms. Philander hatte das Geld, das Jezebel und er gespart hatten, um eines Tages aus London wegzuziehen, dafür benutzt, ihr einen Grabplatz und ein schlichtes Steinkreuz zu kaufen. Dort war jetzt ihr Name eingemeißelt, darunter das stilisierte Bild eines kleinen Cottages, wie sie es sich immer gewünscht hatte. Neben dem Häuschen befand sich ein Brunnen; der Steinmetz hatte dafür vier Guineen extra verlangt. Jezebel hatte oft gesagt, wie sehr sie sich darauf freue, jeden Morgen das Wasser vom Brunnen ins Haus zu tragen, aus *ihrem* Brunnen und in *ihr* Haus.

Tempest und Philander traten ans Grab. Die wuchtige Kirche befand sich in ihrem Rücken, vor ihnen erstreckte sich der abschüssige Hang voller Kreuze und Grabsteine. Von hier oben aus bot sich ihnen ein atemberaubender Ausblick über die Hügel der Grafschaft Kent, auf die Heckenlabyrinthe der engen Wege und auf vereinzelte Bauernhäuser, aus deren Kaminen Rauch aufstieg. Alles lag unter reinem, weißem Schnee begraben, der so vollkommen anders aussah als das schmuddelige Gemisch aus Eis und Kohle, das in London vom Himmel fiel.

»Früher hab ich nicht verstanden, warum sie hier draußen leben wollte«, sagte Tempest. »Ich dachte, es muss sterbenslangweilig sein, und die Menschen sind genauso arm und arbeiten härter als die in der Stadt. Aber so was wie hier hatte ich noch nie gesehen, bis wir zusammen hergefahren sind.«

»Ich auch nicht.«

»Es ist schön.«

»Es ist nur anders.«

»Nein«, widersprach sie. »Das hier will ich auch einmal. Für uns beide.«

Er seufzte. »Ach, je.«

»Kein Grab, Blödmann. Ich will hier leben. Und einen eigenen Buchladen haben, unten im Dorf. Oder in einem, das so ähnlich aussieht.«

»Auf dem Land kauft doch kein Mensch Bücher.«

»Werden wir dann rausfinden.«

»Und was wird aus dem *Liber Mundi*?«

»Wer weiß schon, ob es das ewig geben wird. Früher oder später werden sie die Häuser abreißen, wenn nicht jetzt, dann in zehn oder fünfzehn Jahren.«

Er zog sie an sich und gab ihr einen Kuss. »Gut. Falls das *Liber Mundi* mal nicht mehr sein sollte, gehen wir raus aufs Land und verkaufen hier Bücher. Wir werden zwar verhungern oder mit Mistgabeln über die Felder gejagt, aber zumindest ist die Aussicht hübsch.«

Sie strahlte ihn an. »Jezebel hätte das auch gefallen.«

Er küsste sie erneut, dann trat er vor und wischte mit dem Handschuh gefrorenen Schnee von der Kreuzinschrift. Der scharfe Wind aus dem Hügelland hatte Eis in die Buchstaben gepresst, Jezebels Name stand in glitzerndem Weiß auf dem dunklen Untergrund.

Es gab auf dem Friedhof keine Beete und Einfassungen, die Grabsteine und Kreuze ragten aus dem verschneiten Gras. Viele hatten sich mit den Jahren schräg gelegt, ein paar der ältesten drohten umzustürzen. Auf einigen Gräbern näher an der Kirche erhoben sich steinerne Engel, dort ruhten die reichen Landbesitzer.

Tempest hockte sich neben Philander vor das Kreuz und legte sanft einen Arm um ihn. Er und seine Schwester waren im Streit auseinandergegangen, kurz bevor Jezebel von Mercys Mutter ermordet worden war, und Tempest wusste, dass er darunter litt. Es gab eine Menge, das zwischen den Geschwistern unausgesprochen geblieben war, und manchmal hörte sie ihn im Schlaf Jezebels Namen murmeln. Dass ihre Mörderin ungestraft auf freiem Fuß war, nagte an ihm genauso wie an Mercy. Vielleicht war Annabelle Antiqua wieder in Sankt Petersburg, wie auf dem alten Foto, das Mercy von ihr besaß. Oder sie war noch immer inkognito in London, ganz in ihrer Nähe.

»Und die Adamitische Akademie?«, fragte Philander unvermittelt.

»Was soll damit sein?«

»Du hast in letzter Zeit so oft davon gesprochen, dass jemand Widerstand leisten muss. Wie passt das zu dem Plan, auf dem Land einen Laden aufzumachen?«

Ihr Drang, sich gegen die Ungerechtigkeit der Akademie aufzulehnen, war ungebrochen. Doch dann sah sie diese Hügel, das klare Licht, den weißen Schnee und die kleinen Häuser in den Tälern. Durfte man denn keine widersprüchlichen Wünsche haben?

»Am einen Tag bin ich wütend«, sagte sie, »am nächsten will ich einfach nur meinen Frieden. Irgendwann finde ich raus, was stärker ist.« Sie dachte kurz nach, dann fügte sie hinzu: »Aber bis dahin brauche ich meine Träume so sehr wie die Bücher. Und dich.«

Die Sonne schien auf den Schnee und brachte ihn zum Leuchten. Der Wind wirbelte Eiskristalle vom Boden auf. Als glitzernde Schleier tanzten sie um die Grabsteine und trieben raschelnd den Hang hinunter.

14

In London wehte der Wind von Osten, doch der Schatten, der über den Cecil Court fiel, schob sich aus dem Westen heran.

Mercy sah durch das Schaufenster, wie draußen Buchhändler und Kunden auf die Straße liefen und zum Himmel blickten. Sie warf sich ihren Mantel über und eilte hinaus.

Ein Fesselballon, rot und gold gestreift, hing unter der gelbgrauen Wolkendecke, flog langsam gegen die Windrichtung und verharrte über dem Dach des *Ham*. Die Gondel darunter war kein offener Korb, sondern ein goldenes Oval mit Bullaugen. Aus einer Öffnung an der Unterseite wurde ein Wurfanker zu den Giebeln des Pubs herabgelassen. Einen Augenblick später verhakten sich die drei Stahlkrallen, und das Seil straffte sich.

»Was zum Teufel!«, brüllte der Wirt, der als einer der Letzten auf die Straße geeilt war. »Das ist verdammt nochmal *mein* Dach!«

Auch aus der Castle Street und der St Martin's Lane, den Straßen an den beiden Enden der Gasse, kamen Menschen hinzu, um das Spektakel zu bestaunen. Zwei Dutzend waren es mittlerweile, die sich zögernd dem Pub näherten.

»Die französische Armee!« Ein alter Mann gestikulierte mit seinem Gehstock zum Himmel. »Das ist die Invasion, vor der sie uns immer gewarnt haben!«

»Das wäre eine ziemlich mickrige Armee«, sagte Arthur Gilchrist.

»Sie werfen Dynamit ab!«, zeterte der Alte. »Und Schlimmeres!«

»Käse!«, rief ein anderer und erntete verhaltenes Gelächter, aber auch einen Hieb mit dem Stock.

»Da!«, schrie der alte Mann. »Es geht schon los!«

Tatsächlich wurde etwas abgeworfen – eine Strickleiter. Sie flog aus einer offenen Luke an der Seite der Gondel und entrollte sich auf einer Länge von drei, vier Yards, dann baumelte der Rest als heillos verworrenes Knäuel über dem Dach. Irgendwer fluchte dort oben lautstark, dann wurde die Leiter wieder eingeholt.

»Das war kein französischer Fluch«, sagte ein Zeitungsjunge.

»Tarnung!«, keifte der Alte. »Sie wollen uns unterwandern!«

Mercy runzelte die Stirn. »Ist der Zweck von Unterwanderung nicht, na ja, unbemerkt zu bleiben?«

Aus der Luke erklang neuerliches Schimpfen, während irgendjemand offenbar versuchte, die verknotete Leiter zu entwirren. Ein paar Minuten lang ertönten die Flüche in immer kürzeren Abständen, bis das Paket erneut aus der Öffnung fiel und diesmal bis zu den Dachschindeln reichte.

»Bringt schnell ein Gewehr!«, rief der Alte.

Eine Frau erschienen in der Öffnung, stieg geübt auf die Leiter und zog die Luke hinter sich zu. Sie trug eine braune Hose, ein eng geschnürtes Oberteil und eine Lederkappe. In einer Halterung an ihrem Gürtel steckte ein Buch.

Obwohl der Wind dort oben noch schärfer wehen musste

als unten in der Gasse, stand der Ballon völlig still, als hätte ihn jemand an den Himmel genagelt. Die Frau kletterte abwärts, sprang das letzte Stück hinunter und landete breitbeinig zwischen den beiden Giebeln des Pubs. Dachziegel knirschten. Der Schankwirt schimpfte zum Steinerweichen.

»Hätte jemand die Güte, mir die Dachluke zu öffnen?«, rief die Frau.

Mercy trat zum Wirt und sagte: »Das ist in Ordnung. Ich kenne sie.« Was zweifellos eine Übertreibung war, genau genommen ein ziemlicher Schwindel, aber es brachte den Mann nach einigem Murren dazu, zurück in sein Gasthaus zu gehen, um die Fremde einzulassen.

Gilchrist trat neben Mercy. »Warum schwebt sie nicht gleich runter auf die Straße?«, fragte er übellaunig. »Noch mehr Aufsehen würde das auch nicht erregen.«

Bibliomantik in aller Öffentlichkeit war nicht gern gesehen, auch nicht am Cecil Court. Wer Bescheid wusste, konnte sie überall entdecken, doch um den Schein zu wahren, war zumindest die Möglichkeit einer natürlichen Erklärung wichtig. Ein Fesselballon, der gegen den Wind flog, mochte für einigen Trubel sorgen, aber dass Bibliomantik im Spiel war, würde den Uneingeweihten verborgen bleiben. Eine schwebende Frau hingegen wäre ein Wunder von anderem Kaliber.

»Abknallen!« Der keifende Alte schwang seinen Stock. »Niederknüppeln, den Franzosen!«

Mittlerweile war die Frau vom Dach verschwunden. Der Menschenpulk schob sich auf den Eingang des *Ham* zu, doch Arthur Gilchrist bewies einmal mehr seine Autorität und trieb die Leute auseinander. Mercy drängte sich an ihm vorbei, flüsterte ihm einen Dank ins Ohr und betrat den Schankraum. Sie schloss die Tür hinter sich, ehe ihr jemand folgen konnte.

Die Frau kam gerade die Treppe herab, hinter ihr schimpfte der Wirt. Mit einem Seufzen drehte sie sich um und ließ ein Säckchen mit klirrenden Münzen vor seinem pockennarbigen Gesicht baumeln. »Ein Zimmer für eine Nacht. Ein Anlegeplatz für meinen Ballon. Und einige Minuten allein mit Miss Amberdale.« Sie blickte über die Schulter zu Mercy. »Sie *sind* Miss Amberdale, nehme ich an.«

Mercy nickte. »Fiona Faerfax?«

»Eben die.«

Mercys Herz schlug eine Spur schneller. Nicht sie hatte Fionas Bruder Percival getötet – das war ihre Mutter gewesen –, trotzdem trug sie einen Teil der Schuld an seinem Tod. Fiona mochte das ahnen, aber mit Bestimmtheit wissen konnte sie es nicht. Die einzigen Zeugen waren Tempest und Philander gewesen.

Mercy gab sich einen Ruck und ging ihr entgegen. Im Hintergrund zählte der Wirt mit großen Augen das Geld und eilte die Stufen hinauf, um eines der drei Gästezimmer zu richten.

»Ich freue mich, dass wir uns endlich begegnen«, sagte Fiona, wobei ihr erst jetzt aufzufallen schien, dass sie noch immer eine Brille mit großen, rundum abgedichteten Gläsern trug. Sie schob das monströse Ding auf die Stirn und nahm zugleich die Mütze ab. Langes, weißblondes Haar fiel ihr über die Schultern. Auch ihre Haut war schneeweiß, die Augen glutrot.

»Albinismus als Folge von fehlgeschlagener Bibliomantik«, sagte sie, als sie Mercys schlecht unterdrücktes Erstaunen bemerkte. »Ein gewisses Buch aus einem abgelegenen Winkel der

Familienbibliothek, ein unvorsichtiges Experiment, ein paar unglückliche Zufälle – voilà!«

Mercy fiel darauf keine sinnvolle Erwiderung ein, deshalb schwieg sie lieber.

»Was soll man auch dazu sagen, nicht wahr?« Fiona seufzte leise. »Was nicht bedeutet, dass mein Vater nicht doch noch die eine oder andere Anmerkung hatte. Ich war damals erst dreizehn, und man hatte mir ausdrücklich verboten, die Bibliothek zu betreten. Was, wie Sie sich denken mögen, eine unwiderstehliche Aufforderung war, mich bei der nächstbesten Gelegenheit hineinzustehlen.«

»Klingt nach einem interessanten Ort.«

»Sie haben keine Vorstellung.« Fionas Alter war schwer zu schätzen, doch hielt Mercy es für unwahrscheinlich, dass sie viel älter war als sie selbst. Gewiss nicht über fünfundzwanzig.

»In Ihrem ersten Brief hatten Sie mich zu sich nach Winchcombe eingeladen«, sagte Mercy. »Möglicherweise wäre das geschickter gewesen als dieser Auftritt, von dem in einer Stunde halb London reden wird.«

Fiona schüttelte den Kopf. »Alle Nichtbibliomanten haben den Ballon bereits vergessen.« Als sie Mercys Zweifel bemerkte, deutete sie zum Fenster. »Werfen Sie einen Blick hinaus, wenn Sie mir nicht glauben.«

Mercy trat zwischen den Tischen hindurch und sah ins Freie. Tatsächlich hatte sich der Pulk nahezu aufgelöst, nur Arthur Gilchrist und eine Handvoll Buchhändler standen noch draußen. Alle anderen waren wieder ihrer Wege gegangen, auch der Alte mit dem Stock humpelte davon.

»Eindrucksvoll«, sagte Mercy.

Fiona trat neben sie. »Alles nur Illusion. Man tauscht das, was sie gesehen haben, gegen ein Trugbild aus. Ein Trugbild von nichts.«

»Aber bei so vielen gleichzeitig?«

»Es wäre komplizierter bei einem prägenden Erlebnis, einem Todesfall oder irgendetwas, das diese Leute persönlich berührt. Aber ein Fesselballon? In ein paar Tagen hätten die meisten ohnehin keinen Gedanken mehr daran verschwendet. Die Erinnerung hätte sich ganz von selbst in Luft aufgelöst. Die Illusion beschleunigt den Prozess, das ist alles.«

»Das müssen Sie mir bei Gelegenheit beibringen.«

Fiona lächelte. »Mein Vater war ein überaus strenger, aber auch ein sehr gründlicher Lehrmeister. Hätte Percival es nicht vorgezogen, sich in London zu vergnügen, wäre er mächtiger geworden als wir anderen Geschwister zusammen. Er hatte enormes Talent, aber irgendwann dachte er, er wisse genug, um es beim Glücksspiel einzusetzen und ein Vermögen zu machen. Stattdessen hat er alles verloren, weil er gegen Leute angetreten ist, die seit vielen Jahren mit den gleichen Tricks arbeiteten und ihm haushoch überlegen waren.« Sie sah Mercy eindringlich an. »Er wusste nie, wann er sich geschlagen geben musste.«

»Ich habe Ihren Bruder nicht getötet, Fiona.«

»Ihre Aura ist stark, aber Sie sind ungeübt. Sie hätten keine Chance gegen ihn gehabt. Das war einer der Gründe, warum ich Sie treffen wollte.«

»Und das erkennen Sie in so kurzer Zeit?«

»So schwierig ist das nicht.«

»Was hätten Sie getan, wenn es anders gewesen wäre?«,

fragte Mercy. »Wenn Sie es mir zugetraut hätten, Percival zu besiegen?«

»Ich bin nicht hier, um meinen Bruder zu rächen, falls Sie das meinen. Und ich glaube, das wissen Sie.«

»Zumindest habe ich es gehofft.«

»Ich will nur mit Ihnen reden, Mercy. Mehr über das erfahren, was ihm zugestoßen ist. Waren Sie dabei, als es passiert ist?«

»Ja.«

»Dann könnten Sie mir verraten, wer es getan hat.«

»Und dann? Doch noch ein Rachefeldzug Ihrer Familie?«

»Ganz sicher nicht.« Fionas Blick fiel auf ihr Spiegelbild in der Fensterscheibe. Das zerzauste Haar schien ihr nichts auszumachen, eitel war sie offenbar nicht. »Mein Vater hatte Percival schon vor langer Zeit aufgegeben, und meine Geschwister haben ebenfalls Besseres zu tun. Sie alle hielten nicht viel von ihm.«

»Zumindest Sie haben ihm viel bedeutet, Fiona. Am Ende hat er gesagt, dass er alles nur für Sie getan hat. Die anderen waren ihm gleichgültig, nur Sie hat er schützen wollen.«

»Schützen wovor?«

Mercy entschied kurzerhand, aufrichtig zu sein. »Er hat Bücher aus dem Bestand Ihrer Familienbibliothek an einen Buchhändler namens Ptolemy verkauft. Als ihm klarwurde, dass die Akademie Interesse an den Bänden hatte und drauf und dran war, durch sie die wahre Identität der Faerfax zu enthüllen, hat er versucht, seinen Fehler zu berichtigen. Deshalb hat er Ptolemy umgebracht. Er wollte nicht, dass Sie den Preis für seine Torheit zahlen müssen.«

Die merkwürdige Besucherin drehte sich um und ging in Richtung Treppe. »Percival konnte ein furchtbarer Idiot sein. Aber er war eben auch mein Bruder.« Als sie sich wieder zu Mercy umwandte, lag ein Schatten über ihren Zügen. »Was wissen Sie über meine Familie?«

Im ersten Stock näherten sich die polternden Schritte des Wirts.

»Wir sollten das nicht hier besprechen«, sagte Mercy.

»Gewiss nicht.« Fiona setzte sich auf eine Tischkante. Mit einem Mal war ihr anzusehen, wie erschöpft sie war. »Lassen Sie uns später weiterreden. In drei Stunden?«

»Wann Sie mögen.« Es erstaunte Mercy ein wenig, aber sie hatte das Gefühl, dass sie Fiona wegen Percivals Tod etwas schuldete. Wenigstens die Wahrheit. Ihre Mutter hatte sie vor Percival schützen wollen, aber da war auch etwas gewesen, das Annabelle Antiqua fast davon abgehalten hatte, ihn zu töten. Als fürchtete sie, dass er in Zukunft eine wichtige Rolle innehaben würde. Dafür hatte sie das Leben ihrer Tochter aufs Spiel gesetzt.

Der Wirt erschien auf den Stufen. »Ihr Zimmer ist fertig. Erster Stock, den Gang runter. Die Tür steht offen.«

»Ich danke Ihnen.« Fiona stieß ein leises Seufzen aus, taumelte leicht, hatte sich aber rasch wieder im Griff. »Ich will mich nach der Reise nur ein wenig ausruhen und frisch machen.«

»Das Bettzeug ist sauber und die Schüssel mit Wasser gefüllt«, pries der Wirt den Komfort seines Hauses.

»Das klingt überaus einladend.«

»Ich kann Ihnen auch eine Kleinigkeit kochen, falls Sie Hunger haben. Meine Gäste haben Sie ja alle –« Er unterbrach sich selbst, als fiele ihm mit einem Mal nicht mehr ein, wie er den Satz hatte beenden wollen. »Ist ja kein anderer Gast mehr da. Weiß der Teufel, warum die alle weg sind.« Missmutig betrachtete er die halbleeren Krüge auf der Theke und den Tischen. »Und bezahlt haben sie auch nicht, das Pack.«

»Du kennst jeden von denen«, sagte Mercy. »Kassier halt beim nächsten Mal ab.«

»Darf ich vielleicht alle offenen Rechnungen begleichen?«, fragte Fiona.

»Sie, Madam?« Er hob abwehrend die Hand. »Sie haben doch nichts mit diesem Gesindel zu schaffen.«

Ihre bibliomantische Aura schien sich kurz aufzublähen, als sie Einfluss auf seine Gedanken nahm. Die Ausläufer erreichten sogar Mercy am Fenster, obgleich sie ihr nichts anhaben konnten. »Schreiben Sie alles aufs Zimmer. Und wenn Sie noch eine Mahlzeit zaubern könnten, wäre ich sehr erfreut.«

»Wird gemacht, Madam. Ein schöner Eintopf ist noch da, bestes Pferdefleisch mit Lauch und Karotten.«

»Wundervoll.«

Mercy verzog das Gesicht, während der Wirt sich in die Küche zurückzog.

Fiona lächelte gutmütig. »Ich würde jetzt alles essen, solange es nur heiß ist. Also, in drei Stunden?«

»Sie finden mich im *Liber Mundi*, schräg die Straße rüber.«

Fiona nickte, dann stieg sie die Treppe hinauf. Nach wenigen Stufen blieb sie stehen. »Danke, Mercy, dass Sie das tun wollen. Es ist mir sehr wichtig, mehr über die letzten Stunden meines Bruders zu erfahren.«

Mercy überlegte zu lange, was sie darauf erwidern sollte, denn Fiona war bereits weitergegangen und am oberen Treppenabsatz verschwunden. Ihre Schritte entfernten sich im ersten Stock.

»Feine Lady, was?«, rief der Wirt aus der Küche.

Mercy nickte nachdenklich, als draußen Stimmen laut wurden, gefolgt von einem Scheppern und noch mehr Geschrei.

Von bösen Ahnungen erfüllt riss sie die Tür auf und trat ins Freie.

15

»Wer sind die?«, fragte der kurzsichtige Mister Barnstable, der das Geschäft gegenüber des *Liber Mundi* betrieb. Mercy war neben ihm stehen geblieben, um sich einen Überblick zu verschaffen.

Knapp ein Dutzend Männer und Frauen bildete ein Stück weit die Straße hinunter einen Halbkreis vor Arthur Gilchrists Laden, die Hände hinter ihren Rücken verschränkt, die verschlossenen Gesichter der Straße zugewandt. Alle trugen dunkle Kleidung, knielange Mäntel, schwarze Handschuhe, hohe Stiefel. Vier Kutschen standen auf der anderen Straßenseite, eine hatte vergitterte Fenster.

Die Tür von Gilchrists Laden war trotz der Kälte weit geöffnet, das Schloss herausgebrochen. Er musste versucht haben, sich einzuschließen, als die Fremden aufgetaucht waren; sie hatten die Tür kurzerhand eingetreten. Aus dem Inneren ertönte Aufruhr, gleich darauf wurde der alte Buchhändler von zwei Männern ins Freie geführt. Einer hielt Gilchrists Seelenbuch in der Hand.

Hinter ihnen trat Egyptienne auf die Straße und deutete zu einer der Kutschen hinüber. Sie trug einen langen, weiten Mantel, grau wie der Schnee, der rund um ihre Füße taute. Es hatte bei aller Aufregung etwas Beruhigendes, dass sie Bibliomantik einsetzte, um sich zu wärmen: Die eiskalte Agentin fror wie jeder andere im Londoner Winter.

Mercy wollte sich durch den Wall aus Lakaien drängen, als Egyptienne sie entdeckte. Auch sie musste den Fesselballon über dem Pub gesehen haben, doch ihr Blick blieb fest auf Mercy gerichtet.

»Lasst sie durch!«

Die beiden Männer, die Mercy den Weg versperrt hatten, traten beiseite.

»Was zum Teufel soll das hier werden?«

»Lass gut sein, Mercy!«, rief Gilchrist ihr zu, während er zur vorderen Kutsche geleitet wurde.

Sie stürmte an Egyptienne vorbei auf den Buchhändler und seine beiden Bewacher zu. Um einen Druckstoß vor den Füßen der Männer zu platzieren, musste sie in ihrer Wut nicht einmal ihr Seelenbuch öffnen. Der Schneematsch explodierte in einer Fontäne aus Dreck und Eis. Die Pferde scheuten und wieherten.

»Stehen bleiben!«, schrie Mercy.

Die beiden Milizionäre der Akademie hielten inne. Einer hatte Gilchrist am Arm gepackt und riss ihn herum. Der andere wollte einen Stoß auf Mercy schleudern, und einen Augenblick lang scherte sich wieder einmal niemand um das ungeschriebene Gesetz, keine sichtbare Bibliomantik vor Uneingeweihten einzusetzen.

»Halt!«, rief Egyptienne.

Der Milizionär gab seine Gegenwehr auf und starrte Mercy finster an.

Sie fuhr zu der Agentin herum. »Was haben Sie mit ihm vor?«

»Wir heben eine Zelle von Anarchisten aus«, erklärte Egyptienne betont sachlich. »Nach dem Anschlag folgen wir allen möglichen Spuren.«

»Sie verdammte Heuchlerin!«

»Es ist im Interesse der guten Leute von London, dass Attentäter ermittelt und dingfest gemacht werden.«

Mercy deutete in die Runde der Milizionäre. »*Das* sind die Attentäter, und niemand weiß das besser als Sie!«

Egyptienne hob eine Braue. »Seien Sie vorsichtig mit Ihren Anschuldigungen. Man könnte Sie selbst für eine Anarchistin halten. Oder, schlimmer noch, für eine arme Irre, eine Gefahr für die öffentliche Ordnung. Wollen Sie in einer Zelle in Bedlam landen?«

Mercy ignorierte die Warnung und wich keinen Fingerbreit zurück. »Gilchrist ist kein Attentäter. Sie wissen es, ich weiß es, und jeder, der ihn kennt, genauso. Sobald die Polizei hier ist, wird –«

»Die Polizei weiß, dass diese Angelegenheit von einer höheren Instanz verfolgt wird. Sie hat Order, uns nicht bei unseren Untersuchungen zu behindern.«

»Commissioner Sedgwick könnte anderer Meinung sein.«

»Commissioner Sedgwick ist der Leiter der Metropolitan Police, aber er ist kein Minister. Diese Strafverfolgung wurde von höchster Stelle angeordnet und liegt außerhalb seiner Kompetenzen.« Egyptienne senkte ihre Stimme, so dass nur Mercy sie hören konnte. »Aber ich bin froh, dass Sedgwick so präsent ist in Ihren Gedanken. Sie wissen, was Sie zu tun haben.«

»Sie nehmen Gilchrist als Geisel, damit ich tue, was Sie verlangen?«

»Wir nehmen einen Anarchisten in Gewahrsam. Er hat in seinem Keller konspirative Versammlungen abgehalten, deren Bestreben es war, die britische Regierung zu stürzen.«

»Die britische …« Mercy verschlug es die Sprache. Sie schnappte nach Luft und sagte: »Er ist kein Anarchist und ganz sicher kein Gegner der *britischen* Regierung.«

»Das werden wir während des Verhörs herausfinden.« Die Agentin gab den Männern einen Wink, Gilchrist abzuführen.

»Mercy«, rief der Buchhändler über die Straße, »misch dich nicht ein!«

Glaubte er wirklich, dass es hier um ihn ging?

Hinter der Kette aus Milizionären waren nun nahezu alle Ladenbesitzer vom Cecil Court aufgetaucht, darunter die übrigen Mitglieder von Gilchrists Diskussionszirkel. Weder Maggie Gride, Longford noch der Professor wurden verhaftet, Egyptienne interessierte sich einzig für Gilchrist. Vereinzelt wurden Proteste laut. Jemand rief nach der Polizei, verstummte jedoch, als ihm ein Milizionär eine Dienstmarke vor die Nase hielt. Mercy zweifelte nicht, dass es sich um ein echtes Abzeichen der Geheimpolizei oder einer anderen Regierungsorganisation handelte.

»Das hier ist nicht nötig«, sagte Mercy leise zu Egyptienne.

»Das werden wir herausfinden, nicht wahr?« Die Agentin gestattete sich den Hauch eines Lächelns. »Sie haben das Lesegift. Setzen Sie es ein.«

Mercy wollte etwas entgegnen, als hinter ihr Lärm ertönte. Noch ehe sie sich umdrehte, erkannte sie die Stimmen.

»Lassen Sie ihn gehen!«, schrie Tempest, während sie und Philander in ein Handgemenge mit drei Milizionären verwickelt wurden. Die beiden mussten gerade zurückgekehrt sein, als sie entdeckt hatten, was sich vor Gilchrists Laden abspielte.

»Tempest!« Mercy löste sich von Egyptienne und wollte hinüberlaufen, um das Schlimmste zu verhindern, aber da jagte Tempest bereits einen Druckstoß mitten unter die Milizionäre. Zwei wurden wie Puppen davongeschleudert, einer krachte so heftig gegen eine Gaslaterne, dass der Glaskäfig barst. Die Menge begehrte auf, und einen Moment lang lag eine solche Verdichtung von Bibliomantik in der Luft, dass Mercy schon glaubte, der Aufstand gegen die Adamitische Akademie begänne hier und jetzt.

Mehrere von Egyptiennes Lakaien näherten sich den beiden, alle hielten ihre Seelenbücher in Händen. Mercy war mit einem Mal nicht mehr so sicher, dass es sich wirklich um dieselben Männer wie im Savoy handelte. Einige von ihnen waren begabte Bibliomanten, während sie an den Attentätern bestenfalls ein schwaches Talent wahrgenommen hatte.

Tempest jagte ihnen einen zweiten Druckstoß entgegen, und Philander unterstützte sie mit seinen weitaus geringeren Kräften, während er ein gerolltes Penny Dreadful in der Hand hielt und damit auf einen der Milizionäre zielte. Der Mann wischte den Angriff mit einer Handbewegung fort. Tempests Stoß hingegen fräste eine Schneise in den Schneematsch und hätte massiven Schaden angerichtet, wenn nicht zwei Milizionäre gemeinsam einen Schild heraufbeschworen hätten, der die Attacke abwehrte.

»Tempest!«, schrie Mercy. »Hör auf damit!«

»Dummes Ding«, sagte Egyptienne, dann rief sie: »Nehmt die Kleine fest!«

Mercy wirbelte zu ihr herum. »Tun Sie das nicht!«

»Sie greift meine Männer an.«

»Sie sorgt sich nur um Gilchrist!«

»Dann darf sie ihn gern begleiten.« Egyptienne zeigte wieder dieses schmale, humorlose Lächeln. »Was geschehen wird, liegt in Ihrer Hand, Mercy.«

Philander war von zwei Milizionären zu Boden geworfen worden, sein Penny Dreadful lag im Schmutz. Er wehrte sich mit Händen und Füßen. Tempest wollte ihm zu Hilfe kommen, wurde aber zugleich von hinten gepackt und hochgehoben. Ihre Beine strampelten ins Leere, während ein anderer Mann ihr das Seelenbuch entriss und es fortschleuderte. Maggie Gride fing es auf und ließ es in ihrem Mantel verschwinden. Tempest kreischte auf, weil der Verlust ihr körperlichen Schmerz bereitete, aber noch mehr aus Wut.

»Aufhören!« Mercy stürmte auf die Gruppe zu, war aber noch keine vier Schritte weit gekommen, als ein Druckstoß sie von hinten traf und zur Seite warf. Womöglich hätte Egyptienne sie töten können, weil Mercy ihr den Rücken zugewandt hatte, doch das lag nicht im Interesse der Agentin. Stattdessen flog Mercy in den Pulk der empörten Buchhändler. Ihr wurde schwarz vor Augen, gewiss nur für Sekunden, und als ihr Blick wieder klar wurde, lag sie in den Armen des Professors; er musste sie aufgefangen haben. Sie hörte ihn etwas sagen, das sie vermutlich beruhigen sollte, aber da riss sie sich schon wieder los, um sich Egyptienne zu stellen.

Philander lag am Boden und wehrte sich wie ein Rasender. Drei Milizionäre hockten auf ihm und hielten ihn fest. Tempest hatte aufgehört zu schreien, offenbar hatte sie das Bewusstsein verloren. Ein Milizionär trug ihren reglosen Körper zu der Kutsche hinüber, in der auch schon Gilchrist verschwunden war. Egyptienne begleitete ihn. Sie hielt in einer Hand ihr offenes Seelenbuch, mit der anderen deutete sie in Tempests Richtung; sie hatte das Mädchen mit einem Bann belegt.

Mercy stieß einen zornigen Schrei aus und rannte los, um Egyptienne aufzuhalten. Die blieb stehen und drehte sich zu ihr um. Wenige Schritte vor ihr hielt Mercy inne. Im Hintergrund wurde Tempest in die Kutsche gelegt und die Tür von außen verriegelt. Mercy hatte gerade noch sehen können, wie Gilchrist sich besorgt über sie beugte.

Milizionäre suchten derweil nach Tempests Seelenbuch, befragten und bedrohten die Umstehenden, doch alle gaben vor, nicht zu wissen, was daraus geworden war.

»Mercy, lassen Sie das hier nicht noch unerfreulicher werden, als es schon ist«, sagte Egyptienne, und rief dann lauter zu den Buchhändlern hinüber: »Das Mädchen hat an den konspirativen Treffen in Arthur Gilchrists Keller teilgenommen. Ich werde davon Abstand nehmen, jeden Einzelnen festzunehmen, der Kontakt zu den Anarchisten hatte – sehen Sie das als Zeichen meines guten Willens. Wir haben den Anführer festgesetzt, und wir werden dafür Sorge tragen, dass das jüngste Mitglied der Gruppe wieder auf den rechten Weg kommt. Den Übrigen möchte ich raten, in Zukunft von aufrührerischen Unternehmungen aller Art abzusehen.«

»Das werden Sie bereuen.« Mercy hielt in einer Hand ihr Seelenbuch und hatte die andere zur Faust geballt. Nicht die Kontrolle über sich zu verlieren kostete sie mehr Kraft, als Egyptiennes sezierendem Blick standzuhalten.

»Ich glaube nicht«, sagte die Agentin und gab ihren Männern das Zeichen zum Aufbruch. Einer von denen, die den tobenden Philander festgehalten hatten, versetzte dem Jungen einen harten Tritt in die Magengrube. Philander krümmte sich im Schneematsch und schnappte nach Luft, während sein Blick auf die Kutsche gerichtet blieb, in die man Tempest geschoben hatte.

Mercy war klar, dass sie gegen Egyptienne und ihre Leibgarde keine Chance hatte. Trotzdem folgte sie der Agentin wutentbrannt, bis sie sich an einer der Kutschen erneut gegenüberstanden.

»Krümmen Sie einem der beiden auch nur ein Haar, werde ich Sie töten«, sagte sie. »Verletzen Sie sie oder fügen Sie ihnen Schmerzen zu, sorge ich dafür, dass Sie dasselbe durchmachen.«

»Sehr eindrucksvoll.« Im ersten Moment glaubte Mercy, Egyptienne mache sich über sie lustig, doch diesmal schien es ihr ernst zu sein. »Sie geben nicht auf, was? Sie wissen, dass Sie verloren haben, und trotzdem … Ist das nun das Verhalten einer trotzigen jungen Frau, die stets das letzte Wort haben muss, oder sind Sie wirklich so zäh? Man könnte meinen, es steckte mehr in Ihnen als nur der starke Wille eines Waisenmädchens, das zwischen verstaubten Büchern aufgewachsen ist.« Sie sah Mercy durchdringend an, versuchte aber gar nicht erst, sich zu ihren Gedanken vorzutasten. »Vielleicht lohnt es sich ja, herauszufinden, wessen Blut da in Ihren Adern fließt. Von wem Sie diese Stärke haben.«

Egyptienne mochte in denselben Akademiearchiven gestöbert haben wie Cedric und dabei herausgefunden haben, wer

Mercy wirklich war. Oder sie bluffte nur, um sie aus der Fassung zu bringen.

Die Kutsche mit den beiden Gefangenen setzte sich in Bewegung. Egyptienne drehte sich um und kletterte in das nächste Gefährt, während ihre Vasallen sich auf die übrigen Wagen verteilten.

»Erfüllen Sie Ihre Aufgabe, Mercy«, sagte sie durchs Fenster. »Dann wird alles wieder gut.«

Philander rief hinter ihr Tempests Namen, doch ihm fehlte die Kraft, aufzustehen.

Mercy stand da wie aus Eis, während der Kutschenkonvoi die Gasse hinabrollte und an der Castle Street nach rechts abbog. Erst als alle vier Wagen außer Sicht waren, eilte sie zurück zu Philander. Mehrere Buchhändler halfen ihm auf die Beine, und abermals war es der Professor, der einen von ihnen stützte.

Maggie Gride ging zu Philander, zog Tempests Seelenbuch unter ihrem Mantel hervor und reichte es ihm. »Steck das ein, Junge. Sie wird es noch brauchen, und es ist bei niemandem besser aufgehoben als bei dir.«

»Ich hab sie nicht beschützen können«, brachte er tonlos hervor. »Ich ... Ich hätte sie doch ...« Seine Stimme verlor sich, als er beinahe wieder zusammensackte. Die Milizionäre hatten ihm kräftig zugesetzt, doch in seinen Augen war eine Verbissenheit, die Mercy an Egyptiennes Stelle ziemliche Sorgen bereitet hätte. Es war wohl Philanders Glück, dass keiner der Milizionäre diesen Blick aufgefangen hatte. Darin brannte pure Mordlust.

»Du musst mir versprechen, dass wir sie zurückholen.« Er

schüttelte die Hand des Professors ab und schaffte es gerade so, sich allein auf den Beinen zu halten.

Mercy ging hinüber und umarmte ihn.

»Du musst es versprechen«, flüsterte er an ihrer Schulter, und die Verzweiflung in seiner Stimme, gepaart mit Hass, ließ sie schaudern.

»Tempest wird nichts geschehen«, sagte sie leise. Die Blicke der anderen brannten heiß in ihrem Nacken, sie fühlte sich wie ein Magnet, der sämtliche Gefühlsregungen aus der Umgebung anzog. »Ich werde alles tun, damit wir sie heil zurückbekommen.«

»Alles«, wiederholte er. »Versprich's mir.«

Sie nickte und schloss die Augen, damit keiner sah, dass sie weinte. »Versprochen.«

16

Später klopfte Cedric an die Hintertür des *Liber Mundi*. Dass er diesmal über den Hof kam, nicht durch die Keller, barg Risiken, aber offenbar war er den Gestank der Kanäle leid. Vor dem Schaufenster wurde es schon dunkel, bald würden die Gaslampen brennen und den gelben Rauch aus den Schloten zum Glühen bringen.

»Ich spreche mit Egyptienne«, sagte er. »Vielleicht kann ich sie dazu bewegen, die beiden laufenzulassen.«

Philander saß entweder wie ein Häuflein Elend in einer Ecke des Ladens oder lief aufgebracht zwischen den Regalen umher, während er den Sturz der Adamitischen Akademie plante. Mercy verstand ihn nur zu gut, aber sie wusste, dass Gewalt in diesem Fall keine Lösung war. Anfangs hatte sie es ihm erklären wollen, doch sie spürte, dass sein Hass auf Egyptienne kurz davor war, in Vorwürfe umzuschlagen. Also ließ sie ihn toben und überlegte, was ihr zu tun blieb. Wie auch immer sie die Sache drehte und wendete, stets lief es darauf hinaus, Egyptiennes Forderung nachzukommen.

»Wissen Sie, wohin sie die beiden gebracht hat?«, fragte sie Cedric.

»Chagford House. Ein Anwesen, das den von Lohenmuts gehört.«

»Wo ist das?«, wollte Philander wissen.

Cedric warf Mercy einen zweifelnden Blick zu, so als hielte

er es für keine gute Idee, Philander einzubeziehen. Nach kurzem Zögern nickte sie ihm zu.

»Bloomsbury«, sagte er.

»Mitten in der Stadt?«, fragte Mercy. Cedric selbst hatte dort früher ein Haus bewohnt.

»Da leben eine Menge reiche Leute.« Philander verzog das Gesicht. »Jeder hat genau im Blick, was der andere tut.«

Cedric schüttelte den Kopf. »Es gibt hohe Mauern und Zäune. Die Leute sehen ein paar Kutschen kommen und gehen, das ist alles.« Er nickte zum Schaufenster hinüber. »Anders als hier.« Ein Bücherregal schützte ihn vor Blicken von außen, trotzdem war es nicht ohne Risiko, dass sie sich im Laden besprachen. Aber Mercy hatte es schlichtweg satt, sich im Hinterzimmer zu verkriechen, wenn Egyptienne ohnehin über jeden ihrer Schritte informiert war.

»Kommen wir da rein?«, fragte Philander.

»Du?« Cedric klang ungewohnt scharf. »Nein.«

Philander warf ihm einen wütenden Blick zu, dann sah er Mercy an. »Was ist mit dir? Du bist gut in so was.«

Das war sie in der Tat. Doch für gewöhnlich stieg sie in Bibliotheken ein, nicht in Anwesen, die von einer Privatarmee aus Milizionären bewacht wurden.

»Wenn ich tue, was Egyptienne von mir verlangt«, wandte sie sich an Cedric, »wird sie die beiden dann gehen lassen?«

»Die Frage ist, ob sie sich Mitwisser erlauben kann. Was wiederum davon abhängt, was sie darüber hinaus plant.«

Mercy stieß ein bitteres Lachen aus. »Außer das Flaschenpostbuch einzukassieren und sich von mir erklären zu lassen, was Sedgwick damit vorhat? Genügt das nicht?«

»Was genau hat sie gesagt?«, fragte er. »Wie sollen Sie vorgehen?«

Die beiden sahen sie erwartungsvoll an, und so senkte sie ihre Stimme und erzählte ihnen von Egyptiennes Auftauchen in der vergangenen Nacht und von der Waffe, die sie ihr aufgedrängt hatte.

»Das alles, während wir daneben standen?«, fragte Philander. »Und du hast kein Wort gesagt?«

»Du siehst doch, wohin es führt, wenn ich irgendwen zu tief in diese Sache mit hineinziehe!«

»Tempest und ich sind nicht *irgendwer*!«

»Natürlich nicht, aber –«

Cedric fiel ihr ins Wort: »Sie hat Ihnen ein Buch gegeben, das den Leser blendet?« Dass ihn das derart aus der Fassung bringen würde, hatte sie nicht erwartet. »Sind Sie ganz sicher?«

»Ich hab nicht reingeschaut.«

»Wo ist es jetzt?«

»Sicher versteckt, damit keiner zufällig darin herumblättert.«

»Zeigen Sie's mir.« Als er ihre finstere Miene bemerkte, fügte er hinzu: »Bitte.«

»Ich bin sicher, in der Agentenschule lernen Sie den Umgang mit Lesegift gleich nach Anschleichen und Kehledurchschneiden.«

»Gewöhnliche Lesegifte machen Menschen schläfrig oder krank«, sagte er. »Manche bringen einen um den Verstand, wenn man genug davon liest. Aber ein Buch, das einen Menschen mit wenigen Worten blendet, klingt selbst für Egyptiennes Verhältnisse perfide.«

Erneut lag ihr eine bissige Bemerkung auf der Zunge,

doch diesmal bremste sie sich. »Ich hatte davon gehört, dass es Lesegifte gibt, aber noch nie eines mit eigenen Augen gesehen.«

»Sie dachten, so was benutzen die Leute in den Refugien, aber doch nicht hier, mitten in London.«

»Ich lerne gerade enorm schnell dazu, wenn es darum geht, was man anderen antun kann.«

Er runzelte die Stirn. »Sie geben immer noch mir die Schuld.«

»Irgendwo müsste ich noch Ihre Einladung auf die Brücke haben.«

»Ich habe Ihnen schon gesagt, dass es nur zu Ihrem Besten war, als ich –«

»Zu meinem *Besten*?«

»Das dachte ich zumindest.«

»Vergessen Sie's. Wir bekommen das auch ohne Sie hin. Oder, Philander?«

Der sah sie zweifelnd an. »Ich bin mir da nicht so sicher.«

»Herrgott!« Sie warf die Hände in die Höhe, dann deutete sie auf die Ladentür. »Verschwinden Sie, Cedric.«

»Mercy«, sagte Philander beschwörend, »wir brauchen seine Hilfe. Tempest braucht seine Hilfe.«

»Er hat recht.« Cedric machte keine Anstalten zu gehen. »Wenn ich mit meiner Vermutung zu diesem Blendbuch richtigliege, dann sollte jeder von uns alle Hilfe annehmen, die ihm angeboten wird.«

»Wie meinen Sie das?«

»Egyptienne hat irgendetwas vor, das sie vor den übrigen beiden Häusern geheim hält. Vielleicht wissen nicht einmal die von Lohenmuts genau, was sie da in Chagford House treibt.

Ich glaube nicht mehr, dass es ihr allein um das Flaschenpostbuch geht.«

»Sondern?

»Ich weiß es nicht. Aber ich werde alles tun, um es herausfinden.«

»Das Letzte, was Sie über Egyptienne herausgefunden haben, war, dass sie Sie gefeuert hat.«

Philander sprang auf, hielt plötzlich sein Schnitzmesser in der Hand und rammte es in einen der Büchertische. »Könnten wir jetzt *bitte* darüber nachdenken, wie wir Tempest zurück nach Hause holen?«

»Es hängt alles zusammen«, sagte Cedric betont ruhig. »Tempest, Egyptienne, Sedgwick, dieses Buch ... sogar Absolon.«

»Absolon?«, rief Mercy aus. »Warum wundert es mich nicht, dass in Ihren Augen wieder einmal alle Spuren zu ihm führen?«

»Ich kenne ihn, Sie nicht.«

Philander zog das Messer aus der Tischplatte. »Zeig ihm das Buch. Vielleicht bringt das ja was.«

Gereizt und hilflos blickte Mercy von einem zum anderen, dann gab sie nach und eilte hinauf in ihr Zimmer. Zwei Minuten später kehrte sie mit dem Buch in der Hand zurück. Sie hatte noch in der Nacht eine Schnur darum gebunden, damit es nicht versehentlich geöffnet werden konnte.

Sie reichte es dem Marquis. »Hier.«

Er nahm es fast andächtig entgegen und betrachtete es lange von allen Seiten.

»Und?«, fragte Philander.

Cedric schloss die Augen und strich mit den Fingerspitzen

über den Ledereinband. Er roch am Buchschnitt und fuhr vorsichtig mit dem Fingernagel daran entlang. Zuletzt wog er den Band in der rechten Hand, als könnte er so das exakte Gewicht bestimmen.

»Was schätzen Sie, wie viele Seiten es hat?«, fragte er.

»Vielleicht zweihunderfünfzig«, sagte Mercy.

»Ich möchte wetten, es sind zweihunderteinundachtzig.«

»Das können Sie rausfinden indem Sie … das da machen?« Sie ahmte das Buchwiegen nach. »Dann sind Sie wirklich talentierter, als ich dachte.«

»Bücher, die Absolon bindet, haben immer zweihunderteinundachtzig Seiten. Jedes einzelne, das ich bisher gesehen habe.«

»Ihr diabolischer Erzfeind bindet Bücher? Das klingt nicht sehr bedrohlich.«

»Bücher, die verletzen. Bücher, die töten können. Bücher wie dieses hier.«

»Sind Sie ganz sicher?«

»Vertrauen Sie mir dieses eine Mal. Dieses Buch stammt aus Absolons Werkstatt. Er hat es verfasst, gebunden, sogar das Leder für den Umschlag gegerbt. Jeder einzelne Arbeitsschritt wird von ihm selbst erledigt. Und immer ist es dieselbe Seitenzahl.«

»Aber warum?«

»Vielleicht symbolisiert die Zahl etwas. Oder aber sie ist vollkommen willkürlich gewählt. Sie ist wie eine Signatur.« Wieder berührte er fast zärtlich den Buchschnitt. »Zweihunderteinundachtzig Seiten, niemals eine mehr oder weniger.«

»Und Sie glauben, Egyptienne hat es von ihm bekommen?«, fragte Mercy. »Sie könnte es aus der Aservatenkammer haben … falls es so was bei Ihnen gibt im, ich weiß nicht, Agentenhauptquartier.«

Er lächelte nachsichtig. »Das hier lag mit großer Sicherheit in keiner Aservatenkammer. Es muss eine Verbindung zwischen Egyptienne und Absolon geben.«

»Und Sie werden natürlich herausfinden, welche das ist.«

»Hey«, warf Philander ein, »was ist mit Tempest? Dieses Blendbuchding, Absolon, seltsame Seitenzahlen … Wie hilft uns das alles, Tempest und Arthur da rauszuholen?«

Cedric gab Mercy das Buch zurück. »Verwahren Sie es gut. Und benutzen Sie es nicht!«

Sie starrte das Buch an, dann ihn, und wollte fragen, was sie seiner Meinung nach stattdessen tun sollte, um Tempest freizubekommen und Cecil Court vor dem Abriss zu retten.

Doch Cedric ging bereits zur Hintertür und öffnete sie. Draußen war es dunkel geworden. »Warten Sie ab, bis ich mich wieder melde.«

»Ganz sicher nicht!«, rief Philander ihm hinterher.

Mercy atmete tief durch. »Lass ihn. Wir brauchen ihn nicht.« Insgeheim wusste sie es besser.

Durch den Türrahmen sahen sie, wie Cedric sein Seelenbuch aus der Tasche zog. Das Licht eines Seitenherzens fiel auf sein Gesicht, dann hoben sich seine Füße vom Boden. Lautlos schwebte er aufwärts und wurde eins mit der Finsternis.

Eine weibliche Stimme rief: »Was, bei der Mutter aller Buchegel …«

Mercy lief hinaus auf den Hof und blickte in den Abendhimmel.

17

Wer war das denn?«, rief Fiona Faerfax aus der Luke ihres Fesselballons. Das wunderliche Fluggerät hing genau über der Öffnung des Hinterhofs. »Der Kerl hätte mich fast gerammt!«

Mercy wollte antworten, als ihr etwas auffiel, das fast noch ungewöhnlicher war als der Umriss des Ballons über dem engen Hof: Der Himmel war zum ersten Mal seit Monaten sternenklar. Eben noch hatte sie den vertrauten Dunst aus Fabrikqualm und Themsenebel auf der Straße vor dem Laden gesehen, und hier im Hof hätte es nicht anders sein dürfen. Stattdessen lag um die Silhouetten des Ballons eine silbrige Aura aus Mondlicht. Rundum war die Nacht mit zahllosen Sternen gesprenkelt.

»Machen Sie das?«, rief sie nach oben.

»Was meinen Sie?«

»All die Sterne!«

Fiona lachte. »Sie sollten das erst mal von hier oben aus sehen.«

Philander trat neben Mercy. »Kann sie uns mit dem Ding nicht auf das Gelände von Chagford House bringen?«

Die rundum geschlossene Gondelkabine, in deren Luke Fiona stand, befand sich auf Höhe der Dachgiebel, drei Etagen über Mercy und Philander. Tiefer herab konnte sie nicht sinken, der Ballon passte nicht zwischen die Häuser.

»Ich glaube nicht, dass sie deshalb hier ist«, sagte Mercy.

»Dann fragen wir sie eben.«

»Sie will wissen, wie ihr Bruder gestorben ist.«

Sogar im fahlen Lichtschein war zu sehen, dass sich Philanders Gesicht vor Wut verfärbte. »Er hat versucht, uns umzubringen. Tempest und ich wären fast ertrunken. Wie wär's damit als Erklärung?«

»Ihr geht's nicht um das Warum, glaube ich, sondern um das Wie. Sie scheint zu wissen, was er getan hat.«

»Wir haben jetzt keine Zeit für irgendwelche Feinfühligkeiten!«, brauste er auf.

»Das hab ich gehört«, rief Fiona von oben.

Philander legte den Kopf in den Nacken. »Umso besser. Sie müssen uns –«

»Sei still!« Mercy riss ihn an der Schulter herum. »Halb London kann dich hören. Lass mich mit ihr reden.«

»Was willst du tun? Sie zu einer Tasse Tee einladen?«

»Wenn das nötig ist.«

Von oben sank die Strickleiter herab und baumelte in der Mitte des Hofs.

Philander starrte Mercy an. »Du willst doch wohl jetzt nicht da hoch.«

»Kommen Sie rauf, Mercy!«, rief Fiona. »Hier können wir in Ruhe reden. Ich will Ihnen etwas zeigen!«

»Geh jetzt nicht einfach«, sagte Philander. »Die könnten gerade wer weiß was mit Tempest anstellen.«

So sanft wie nur möglich sagte sie: »Ich muss das jetzt tun.«

»Du schuldest ihr doch nichts!«

»Aber vielleicht kann ich sie davon überzeugen, dass sie uns etwas schuldet.«

Er blickte von ihr hinauf zum Ballon und seiner seltsamen Fahrerin. »Mir gefällt das nicht.«

»Ich werde nicht lange weg sein. Tu in der Zwischenzeit nichts Unüberlegtes, ja? Das Beste, was wir im Augenblick machen können, ist, Egyptienne zu gehorchen. Das passt mir noch weniger als dir, glaub mir. Aber über irgendwelche Mauern zu klettern und zu zweit einen Kleinkrieg mit dem Haus Lohenmut anzuzetteln, wird Tempest und Arthur nicht helfen.«

Philander senkte den Blick. »Ich kann hier doch nicht einfach rumsitzen.«

Sie umarmte ihn und war nicht sicher, ob er das wollte. Womöglich unterstrich das nur ihre Hilflosigkeit. Er blieb steif und abweisend, weil er das Gefühl haben musste, dass ihnen die Zeit davonlief. Aber sie glaubte nicht, dass Egyptienne Tempest etwas antat, jedenfalls noch nicht. Sie brauchte das Mädchen und Gilchrist, um Mercy gefügig zu machen. Solange Egyptienne das Flaschenpostbuch nicht in die Finger bekam, blieben die beiden hoffentlich unversehrt.

Noch einmal berührte sie aufmunternd Philanders Hand, dann ging sie über den Hof zur Strickleiter. Sie hätte versuchen können, wie Cedric zu schweben, aber sie war ungeübt darin und wollte sich vor einer Bibliomantin wie Fiona Faerfax nicht blamieren.

In Büchern klang es ganz einfach, eine Strickleiter hinaufzuklettern. Die Wahrheit aber war, dass sich das verflixte Ding ständig um sich selbst drehte, furchtbar verhedderte, Mercy dabei beinahe mit den Füßen abrutschte, ihr Kleid sich aufbauschte und ihre Hände von dem groben Seil schon nach der Hälfte der Strecke höllisch schmerzten. Noch ungeschickter hätte sie sich auch beim Schweben nicht anstellen können.

»Hätten Sie nicht auf der Straße landen können?«, rief sie nach oben.

»Wo wäre da das Abenteuer?«

Große Höhen bereiteten Mercy Unbehagen. Sich an Seilen über die Dächer von London tragen zu lassen, war keine erbauliche Vorstellung.

»Du machst das ganz schön schlecht!«, rief Philander von unten.

»Sehr hilfreich! Vielen Dank!«

Gut, dass ihn ihr erbärmlicher Anblick ablenkte. Nicht so gut, dass er trotzdem bald wieder auf dumme Ideen kommen würde.

Endlich streckte Fiona ihr von oben die weißen Hände entgegen. »Kommen Sie, ich helfe Ihnen!«

»Ich versuche gerade, das hier mit einer gewissen Würde hinter mich zu bringen.«

»Sie wirken überaus graziös.«

Ächzend zog Mercy sich über den Rand der Luke und blieb auf dem Boden sitzen, bis ihr nicht mehr schwindelig war. Dann erst schaute sie sich um. Hinter ihr schloss Fiona das Metallschott.

»Zugegeben«, sagte Mercy, »das hatte ich nicht erwartet.«

Von außen mochte die ovale Gondel eine Länge von zehn Fuß haben. Innen aber erschien sie fünfmal so groß, war quadratisch und besaß acht hohe Fenster, wie man sie in einem stattlichen Gutshaus erwartet hätte, zwei in jeder Wand. An einigen Scheiben klebte Vogeldreck.

Der Raum war eingerichtet wie ein gutbürgerlicher Salon, mit Bildern an den Wänden, einem kleinen Schreibpult, Bücherregalen, einer Kommode und einem Schrank. In einer Ecke stand ein ungemachtes Himmelbett, über das Fiona eine Decke geworfen hatte. Außerdem gab es einen Lesesessel mit Lampe, dazu eine Chaiselounge mit Kissen in Samtbezügen.

»Ungefähr so hab ich mir Kapitän Nemos Räume in der *Nautilus* vorgestellt«, sagte Mercy.

»Sie haben Jules Verne gelesen?«

»Mein Stiefvater war ein großer Bewunderer.«

Fionas Augen leuchteten auf. »Wussten Sie, dass die englische Übersetzung von *Zwanzigtausend Meilen unter dem Meer* an unzähligen Stellen gekürzt ist und voller Übersetzungsfehler steckt?«

»Nein.« Mercy fragte sich, wie zum Teufel Fiona die Sache mit den unterschiedlichen Größen hinbekommen hatte. »Haben Sie dieses Ding gebaut?«

Fiona trat an eines der Regale und zog ein zerlesenes Exemplar des Verne-Romans heraus. »Ein dummer Mensch hat *scaphandre* mit Korkjacke übersetzt statt mit Tauchanzug. Ich meine, der gesunde Menschenverstand sagt einem doch, dass Kork nicht untergeht.«

»Jules Verne scheint Ihnen am Herzen zu liegen.«

»Ich mag Bücher über Abenteurer und Entdecker. Auf bescheidene Art und Weise sehe ich mich selbst als eine Entdeckerin. Zumindest werde ich bald eine sein. Ich schrieb Ihnen ja, dass ich nur auf der Durchreise bin.«

Mercy schaute sich in der Kapsel um. »Wie geht das hier?«

»Illusion, natürlich. Wie fast immer, wenn Bibliomantik im Spiel ist. Es schien mir angebrachter, mein Gefährt von außen möglichst bescheiden aussehen zu lassen, damit nicht gleich Panik ausbricht, wenn ich auftauche.«

»Also eine optische Täuschung?«

»So gut es eben geht. Wenn man Bescheid weiß, kann man bei Regen am Abprallen der Tropfen die wahre Größe erkennen. Genauso wenn es blitzt. Es ist nicht perfekt.«

»Sie fliegen damit während eines Gewitters?«

»Selbstverständlich. Und ich erwarte, schon bald in weit aufregendere Situationen zu geraten.«

»Erzählen Sie mir, was Sie vorhaben? Ich meine, wohin Sie unterwegs sind?«

»Erst einmal sind Sie dran«, sagte Fiona. »Lassen Sie uns währenddessen einen kleinen Rundflug über die Stadt machen.«

Mercy trat an eines der Fenster und war für einen Moment überwältigt vom Londoner Lichtermeer. Das Luftschiff stieg langsam aufwärts. Nebel und Rauch trieben vorüber, aber noch immer schwebten sie inmitten einer weiten Lichtung im Dunst.

Da begriff sie. »Auch der Ballon ist viel größer, als er von unten aussieht!«

Fiona nickte zufrieden. »Etwa zehnmal so groß. Genau genommen ist es nicht ein einziger Ballon, sondern ein Verbund aus mehreren. Die runde Kugel, die sie gesehen haben, ist –«

»Nur eine Illusion«, sagte Mercy.

Fiona glühte vor Stolz. »Eine ziemliche Tüftelei, bis alles so weit war. Ich habe über ein Jahr daran gearbeitet.«

»*Ein* Jahr?« Mercy schnappte nach Luft. »Eine Armee von Wissenschaftlern und Ingenieuren arbeitet seit *Jahrzehnten* daran, Luftschiffe zu entwickeln. Und viel Brauchbares ist noch nicht dabei herausgekommen.«

»Die machen Fehler«, sagte Fiona. »Ich nicht.« Sie ging zu einer zweiten Kiste, wühlte in Papierrollen und zog schließlich eine von ganz unten hervor. Am Boden ausgebreitet entpuppte sie sich als detaillierter Plan, der das Gefährt im Querschnitt zeigte.

»Das ist sie. Meine *Cascabel.*«

Staunend blickte Mercy auf ein Fluggerät, das wenig mit dem schlichten Fesselballon gemein hatte, den sie vom Hof aus gesehen hatte. Eine quadratische Gondelkabine hing an einem wolkenförmigen Gebilde, das vom einen Ende des Cecil Court bis zum anderen reichen mochte. Das Loch in der Wolkendecke, durch das sie die Sterne gesehen hatte, entstand demnach, weil die Masse dieses Giganten den Dunst verdrängte.

»Müsste eine Illusion die Wahrheit nicht überdecken, statt sie unsichtbar zu machen?«, fragte sie verblüfft.

»Es ist eine umgekehrte Illusion«, sagte Fiona. »Sie nimmt etwas von der Wirklichkeit weg, statt etwas hinzuzufügen. Die Schwierigkeit ist nicht, etwas verschwinden zu lassen, sondern die Illusion über lange Zeit aufrechtzuerhalten. Manchmal kostet mich das mehr Kraft, als die *Cascabel* am Himmel zu halten.«

»Sie selbst machen das? Keine Heißluft oder Gas?«

Fiona klopfte mit dem Finger auf den Plan. »Da sehen Sie's doch. Es ist eine Mischung aus allem. Ein Notbehelf, fürchte ich.«

Mercy sah nichts dergleichen, nur unverständliche Zahlen, Beschriftungen und Linien. »Und das alles haben Sie innerhalb eines einzigen Jahres erschaffen?«

»Es wäre schneller gegangen, wenn mein Vater sich früher bereit erklärt hätte, die nötigen Materialien zu bezahlen. Aber nach der Enttäuschung, die Percival für ihn war, ist er vorsichtig geworden.« Fiona lächelte, und wieder schienen ihre roten Albinoaugen aufzuglühen. »Am Ende kann er mir nichts abschlagen, er weiß das so gut wie ich. Er hält mich für ein Genie, aber das würde er mir nie ins Gesicht sagen. Natürlich ist das maßlos übertrieben. Ich beschäftige mich nur gern mit Dingen.«

»Weiß er, dass Sie mit der *Cascabel* über London herumfliegen?«

Sie schüttelte den Kopf. »Er würde es nicht gutheißen. Er glaubt, ich bin irgendwo in Schottland. Diskretion ist ihm sehr wichtig.«

Unvermittelt fragte sich Mercy, ob Fiona bewusst war, dass die Adamitische Akademie ihre ganze Familie hinrichten würde, falls sie je erfuhr, dass die Faerfax die Nachfahren des Hauses Rosenkreutz waren.

»Sie halten mich für leichtsinnig«, sagte Fiona.

»Ich kann verstehen, dass Ihr Vater alle Aufmerksamkeit vermeiden will.«

»Er selbst ist keinen Deut besser. Wussten Sie, dass er am Bau des Kuppelsaals im British Museum beteiligt war? Er war noch ein Kind, als der Scharlachsaal zerschlagen wurde und die Überlebenden der Familie nach England fliehen mussten – damals hieß er noch Julius Rosenkreutz. Aber statt sich in den Cotswolds zu verkriechen, wie es seine Eltern getan haben, kommt er regelmäßig nach London. Jedenfalls hat er das getan, bis Percival unser Stadthaus verspielt hat.«

Die *Cascabel* war noch höher gestiegen, London lag als Ozean aus Gaslichtern und vage erhellten Fenstern unter ihnen. Auf den breiten Straßen bewegten sich Fuhrwerke, an den Kutschböcken brannten Flammen in Glaskästen.

»Das dort war unser Haus.« Fiona deutete auf einen Straßenzug mit ansehnlichen Stadtvillen, doch Mercy konnte nicht erkennen, welches Gebäude sie meinte. Sie war nicht einmal sicher, welches Viertel sie gerade überquerten. »Wussten Sie, dass die Antiquas einmal ein Anwesen in derselben Gegend hatten?«, fragte Fiona.

Mercy schüttelte den Kopf. »Sie sind gut informiert.«

»Mein Vater weiß eine Menge über die fünf Familien, die den Scharlachsaal gegründet haben. Über seine eigene, natürlich, aber auch über die vier anderen. Er könnte Ihnen vermutlich die ganze Geschichte des Hauses Antiqua erzählen.«

»Woher wissen Sie, dass ich eine Antiqua bin?«

»Ihre Mutter hatte einmal ein Verhältnis mit einem meiner Großonkel, Severin Rosenkreutz. Sie kennen ihn wahrscheinlich unter dem Namen Siebenstern. Haben Sie gewusst, dass die beiden was miteinander hatten?«

»Sie hat mal so was angedeutet.«

»Eine ziemlich verworrene Geschichte, und sie hat kein gutes Ende genommen. Aber seit damals haben die Faerfax Ihre Mutter nie völlig aus den Augen verloren, auch wenn sie sich alle Mühe gegeben hat, ihre Spuren zu verwischen. Mein Vater behauptet, Annabelle Antiqua werde nicht älter. Und er meint das nicht als Kompliment.«

»Sie sieht nicht älter aus als dreißig«, bestätigte Mercy. »Ich wurde vor zwanzig Jahren geboren. Und die Beziehung zu Ihrem Großonkel muss, ich weiß nicht, vierzig, fünfzig Jahre zurückliegen.«

»Dann ist es also wahr.«

Unter ihnen war jetzt die Themse zu sehen. Die Türme und Zinnen des Towers schälten sich aus den Schneewirbeln, erleuchtet von zahllosen Lampen und Fackeln.

»Können die uns nicht sehen?«, fragte Mercy.

»Nicht bei Nacht, dafür sind wir zu hoch.« Fiona lehnte sich zwischen zwei Fenstern gegen die Kabinenwand. »Erzählen Sie mir von Percival.«

Mercy holte tief Luft, dann berichtete sie ihr, was Percival getan hatte, angefangen beim Verkauf der Siebenstern-Bücher aus der Bibliothek der Faerfax über den Diebstahl der Alexandrinischen Flamme bis hin zum Mord am Buchhändler Ptolemy und dem Kampf in den überfluteten Kellern der Bibliothek von Holborn. Nicht alles davon war neu für Fiona, gelegentlich nickte sie, als hätte sie bereits davon gehört oder sich manches zusammengereimt.

»Meine Mutter hat Percival getötet, um mich zu beschützen«, sagte Mercy schließlich. »Danach wollte sie meine beiden besten Freunde sterben lassen.«

»Haben Sie sie davon abgehalten?«

Mercy nickte. »Wir haben gekämpft. Zuletzt ist sie einfach verschwunden. Keine Ahnung, wo sie jetzt steckt.«

»Glauben Sie, dass sie irgendwann wieder auftauchen wird?«

»Ich weiß es nicht. Eigentlich kenne ich meine Mutter gar nicht wirklich.« Mercy zögerte, dann sagte sie: »Als Percival mich töten wollte, da hat sie kurz überlegt, ob sie es zulassen sollte. Sie wollte unbedingt verhindern, dass ihm etwas zustößt, und hat seltsame Andeutungen gemacht. Darüber, dass er der Vorfahr von jemandem sein könnte, der irgendwann einmal wichtig werden könnte.«

»Wichtig für wen?«

»Für meine Mutter, nehme ich an. Das dürfte das Einzige sein, was für sie zählt.«

»Aber sie hat sich für Sie entschieden und meinen Bruder umgebracht.«

Mercy war nicht sicher, was sie darauf erwidern sollte, und beließ es bei einem knappen Nicken. Es fiel ihr schwer, Fiona dabei in die Augen zu sehen. Sie fand dort nicht die Spur eines Vorwurfs, nur Traurigkeit.

»Ihr Bruder muss Sie sehr geliebt haben«, sagte sie nach einer Weile. »Er war bereit, Menschen zu ermorden, damit die Akademie Ihnen nicht auf die Spur kommt.«

»Es sollte sich entsetzlich anfühlen, wenn andere Menschen für einen selbst ihr Leben verlieren, oder?« Fiona atmete scharf ein und aus. »Aber die Wahrheit ist, dass ich Percival dankbar bin. Mir liegt nichts daran, für einen Konflikt zu sterben, den unsere Vorfahren angezettelt haben und der nichts mehr mit mir oder mit Ihnen zu tun hat. Geht es Ihnen nicht genauso?«

Ihre Offenheit überraschte Mercy, aber es stimmte. Sie hatte kein schlechtes Gewissen, weil ihre Mutter Percival getötet hatte. Moralisch mochte das verwerflich sein, tatsächlich jedoch war sie vor allem froh, dass sie selbst noch am Leben war. Der Hass auf ihre Mutter war echt und immer präsent;

zugleich musste Mercy mit der Gewissheit zurechtkommen, dass sie ohne ihre Hilfe jetzt tot wäre.

»Ein ziemliches Schlamassel«, sagte sie, »da haben Sie recht.«

»Der Scharlachsaal existiert seit über vierzig Jahren nicht mehr, trotzdem hat der verfluchte Krieg darum nie aufgehört«, sagte Fiona. »Das ist einer der Gründe, warum ich mit der *Cascabel* von hier weg will.«

»Und wohin?«

Beide machten keinen Hehl aus ihrer Erleichterung, sich der Zukunft zuwenden zu können, da alles Wichtige über die Vergangenheit gesagt schien.

»Erst zwischen die Seiten der Welt«, sagte Fiona, »und dann darüber hinaus.«

»Es gibt etwas jenseits davon?« Mercy hatte die goldene Leere nur wenige Male mit eigenen Augen gesehen, den atemberaubenden Abgrund, den ein Bibliomant durchqueren musste, wenn er Buchsprünge machte oder Tore zwischen den Refugien öffnete.

»Haben Sie je vom Fabularium gehört?«, fragte Fiona.

Mercy schüttelte den Kopf. »Was ist das?«

»Das Universum der Geschichten. Eine Unendlichkeit wie das Weltall, nur dass die Welten darin Fiktionen sind, die Schauplätze aller Erzählungen. Manche überlappen sich, kollidieren sogar, vermischen sich und lösen sich wieder voneinander. Mein Großonkel Severin hat darüber geschrieben in seinen Notizen, die ich in der Bibliothek gefunden habe. … Nun, ich habe beschlossen, nach einem Ausgang aus unserer Wirklichkeit zu suchen und nach einem Zugang zu dem, was dahinter liegt.«

»Klingt verrückt.«

Fiona verzog das Gesicht zu einem schmerzlichen Lächeln. »Ich kann nicht mein Leben lang in der Residenz versauern wie meine Mutter. Die Refugien sind für uns zu gefährlich, die Akademie ist dort allgegenwärtig. Also suche ich nach etwas anderem, etwas Neuem. Etwas Größerem. Nach meinen eigenen *Voyages extraordinaires.*«

»Und wie soll dieses Fabularium aussehen?«

»Wenn ich das wüsste. Aber ich hoffe, dass die Bibliomantik auch dort funktioniert und die *Cascabel* mich hindurchträgt.« Sie hob die Schultern. »Ich werde es wohl herausfinden.«

Mercy versuchte, sich Bilder zu all dem vorzustellen, aber es wollte ihr nicht so recht gelingen.

»Severin hat behauptet, dass es im Fabularium zusammenhängende Stränge gibt«, fuhr Fiona unbeirrt fort. »Alle Geschichten, die einem einzigen Geist entstammen – so wie alle Romane von Jules Verne meinetwegen, oder die von Siebenstern – hängen wie Perlen zusammen auf einer Kette. *Korridore* hat er sie genannt, Korridore durchs Fabularium. Durch sie können wir von einer erfundenen Welt zur anderen reisen. Wir müssen nur den richtigen Weg finden. Und wer weiß, vielleicht kreuzen sich manche dieser Korridore sogar und wir können von einem in den anderen hinüberwechseln. Das ist so, als würden Vernes Kapitän Nemo und Shakespeares Hamlet in einem Roman meines Großonkels auftauchen.«

»Aber es kommt doch gar nicht so selten vor«, sagte Mercy, »dass ein Autor über die Figur eines anderen schreibt.«

Fast schien es, als röteten sich Fionas weiße Wangen vor Aufregung. »Und ist genau das nicht der Beweis dafür, dass die Korridore durchs Fabularium existieren und sich dann und wann berühren?«

»Nun, es beweist nur, dass ein Autor sich bei den Ideen eines anderen bedient hat – oder dass sie sich zusammen betrunken haben, wer weiß das schon.«

Fiona grinste. »Wo bleibt Ihr Sinn für Romantik?«

»Sie werden mit der *Cascabel* irgendwo abstürzen, wenn Sie sich in solchen Phantastereien verlieren.«

»Jemand hat das alles erfunden«, sagte Fiona überzeugt. »Uns beide, die Bibliomantik, die Refugien und die Seiten der Welt. Wir sind Teile eines Strangs, winzige Stücke eines Korridors durchs Fabularium. Die Expedition mit der *Cascabel* wird zeigen, ob ich von einem Teil des Korridors in einen anderen vordringen kann, und vielleicht sogar darüber hinaus in einen vollkommen fremden Korridor. Das wird sehr aufregend.«

Mercy fragte sich, ob Fiona weit mehr als ein wenig wunderlich war. Oder aber ob sie etwas auf die Spur gekommen war, das außerhalb von Mercys Vorstellungskraft lag. Vielleicht musste man den Verstand gar nicht verlieren, um herauszufinden, dass noch etwas jenseits der Vernunft existierte.

»Ich hab noch nie im Leben etwas so Irrwitziges gehört«, sagte sie. »Aber ich bin neidisch auf das, was Sie vorhaben.«

»Sie könnten mich begleiten«, sagte Fiona.

Mercy schüttelte den Kopf. »In London gibt es genug für mich zu tun. Ich kann gerade keine weiteren Komplikationen in meinem Leben gebrauchen. Und es würde sich anfühlen, als ob ich vor allem davonliefe und meine Freunde im Stich ließe.« Sie sah aus dem Fenster und entdeckte unter sich den Trafalgar Square. Wie auch immer Fiona ihren schwebenden

Salon gesteuert hatte, ohne Instrumente zu bedienen oder das Gespräch zu unterbrechen – sie hatte sie fast zurück zum Cecil Court gebracht.

»Ich danke Ihnen für Ihre Aufrichtigkeit«, sagte Fiona. »Und ich wünsche Ihnen viel Glück bei dem, was Sie vorhaben.«

»Das wünsche ich Ihnen auch.«

Fiona trat vor und umarmte sie. »Wir werden es beide brauchen können.«

18

Wo fliegt sie denn hin?« Philander schien seinen Augen nicht zu trauen, als die Strickleiter, an der Mercy zurück in den Hinterhof geklettert war, wieder eingeholt wurde. Der Fesselballon gewann zügig an Höhe.

»Sie hat etwas anderes vor.« Der Boden unter Mercys Füßen fühlte sich nicht halb so fest an, wie sie ihn in Erinnerung hatte. Kurz kam es ihr vor, als neigte er sich langsam zur Seite, ehe auch ihr Gleichgewichtssinn erkannte, dass sie sich nicht mehr auf der Leiter befand.

»Etwas *anderes*?« Philander schnappte nach Luft. »Ist das dein Ernst?«

Sie trat durch die Hoftür ins Hinterzimmer des Ladens und war heilfroh, dass sie dort nicht der Besserwisser mit klugen Ratschlägen erwartete. Offenbar war er noch immer beleidigt, weil sie sich nicht für sein Einschreiten bei Cedrics nächtlichem Besuch bedankt hatte.

Philander folgte ihr. »Heißt das, sie will uns nicht helfen?«

»Ich weiß, was ich zu tun habe. Und das schließt keinen Einbruch in Chagford House ein.«

»Also hast du sie nicht mal gefragt?«

»Ich will jetzt nicht mit dir streiten, Philander.« Für sie fühlte sich das an wie etwas, das sie früher getan hätten, bevor sie ihre Freundschaft erneuert hatten.

»Und deshalb läufst du vor mir davon?«

»Für Tempest ist es am sichersten, wenn ich tue, was Egyptienne verlangt. Und glaub ja nicht, dass mir das leichtfällt.«

»Du hast Angst vor ihr. Genau wie vor Madame Xu.«

Sie drehte sich um und sah ihm in die Augen. Das Ausmaß der Wut in seinem Blick erschreckte sie, aber wenn sie jetzt nachgab und ihn in diesem Glauben ließ, würde sich die Kluft zwischen ihnen womöglich nicht mehr schließen lassen. »Erst einmal: Es ist nichts Falsches daran, sich vor Madame Xu zu fürchten. Du warst dabei, als Grover gestorben ist, und ich möchte so etwas nie wieder erleben. Was Egyptienne angeht – ich habe keine Angst vor ihr. Ich habe Angst um Tempest. Und ich werde ihr Leben nicht aufs Spiel setzen. Egyptienne ist uns im Augenblick haushoch überlegen.«

Impulsiv riss er den Mund auf, um sie anzubrüllen, aber als sie schon glaubte, er hätte kein Wort von dem gehört, was sie gerade gesagt hatte, presste er die Lippen wieder fest aufeinander, drängte sich an ihr vorbei und schnappte sich Wintermantel, Handschuhe und seinen zerknautschten Zylinder. Dann stürmte er durch den Laden zum Ausgang.

»Philander!«

»Lass mich in Ruhe!«

»Stell jetzt keinen Blödsinn an.«

Er riss die Ladentür auf. Sofort wehte ein eisiger Luftzug durch beide Zimmer. »Weil das ja das Einzige ist, was ich kann, nicht wahr?«

»Das hab ich doch gar nicht gesagt.«

»Aber gedacht. Das ist genauso schlimm.«

»Dann sag mir, was du vorhast.«

»Bestimmt werde ich nicht hier rumsitzen und abwarten!«

Er eilte hinaus auf den Cecil Court. Mercy lief hinterher.

»Ist es denn so schwer, mir zu vertrauen?«, rief sie. Sie standen jetzt beide in der Mitte der menschenleeren Gasse, Philander zehn Yards entfernt auf Höhe des *Ham*. Aus dem Inneren erklangen gedämpfte Stimmen. Ihr war bewusst, dass es falsch war, diesen Streit in aller Öffentlichkeit auszutragen, und sie hoffte, dass Philander nur ja kein Wort über Sedgwick herausrutschte. Das Vernünftigste wäre gewesen, ihn einfach gehen zu lassen; vielleicht würde er sich ganz von selbst beruhigen. Aber er war ihr bester Freund und sie wollte ihn nicht leichtfertig sich selbst überlassen.

»Du hast sie nicht mal gefragt!«, rief er laut genug, dass die halbe Straße ihn hören konnte. Hinter den Schaufenstern der meisten Läden brannte noch Licht, das in warmen Ockertönen auf den zerfurchten Schneematsch fiel.

Wenn sie jetzt darauf einging, bestand die Gefahr, dass die falschen Namen fielen. Und die Dunkelheit hatte Ohren. Irgendwo mochte ein Polizist im Schatten stehen und lauschen, ein Lakai auf Sedgwicks Lohnliste. Mühsam unterdrückte sie den Impuls, Philander zu erklären, warum sie auf Fionas Hilfe verzichten wollte. Dass sie keinen Fesselballon brauchte, um Tempest zu befreien, sondern lediglich den Mut oder die Niedertracht, Sedgwick neben dem Flaschenpostbuch auch das Augenlicht zu rauben.

Über die Distanz hinweg sah sie ihn traurig an. »Bitte, Philander, lass uns reingehen und dort darüber reden.«

Seine Wut schien sich ein wenig zu legen, denn nun klang er vor allem traurig. »Ich kann nicht länger dasitzen und warten. Mir ist ganz schlecht davon.«

Sie verstand ihn, natürlich, und ging langsam auf ihn zu. »Zusammen stehen wir das durch.«

»Zusammen? Du wirst früher oder später verschwinden und wieder mal tun, was du für richtig hältst. Und ich hocke allein im Laden, bis mein Kopf explodiert von all dem, was ich mir ausmale. Verflucht, Mercy – ich liebe Tempest.«

»Das weiß ich. Und sie weiß es auch. Deshalb würde sie nicht wollen, dass du irgendwas überstürzt.«

»Alles ist immer dann überstürzt, wenn es dir nicht in den Kram passt.«

Sie hatte ihn fast erreicht. »Das hab ich damit nicht –«

»Egal.« Er winkte ab und setzte sich wieder in Bewegung. »Du brauchst mich eh nicht für das, was du tun willst.«

Wieder hätte sie ihm am liebsten hinterhergerufen, dass er jetzt nur ja keinen Fehler machen solle, aber sie wusste, dass ihn das nur noch mehr aufgebracht hätte. Sie hatte ebenso wenig alle Antworten parat wie er, und ganz sicher nicht den perfekten Plan. Aber ob gut oder schlecht, ihr Vorhaben bot schlichtweg die einzige Chance, Tempest lebend zurückzubekommen.

Philander stürmte die Gasse hinab, vom Lichtschein eines Ladens zum nächsten. Schließlich bog er um die Ecke auf die St Martin's Lane.

Mercy blieb noch einen Augenblick länger allein auf der Straße stehen, dann ging sie langsam zurück zum *Liber Mundi*. Die Stille im Laden war vom ersten Moment an so erdrückend, dass sie erwog, den Besserwisser aus seiner Kladde zu rufen, nur damit sie eine andere Stimme hörte als jene in ihrem Schädel, die ihr ununterbrochen Vorwürfe machte.

Mit einem Seufzen warf sie den Mantel beiseite und ließ sich in Valentines alten Lesesessel fallen. Sie legte ihren Kopf zurück und schloss die Augen, nur ganz kurz, und dann schrak sie auf und ihr schwante, dass sie vor Erschöpfung eingeschlafen war, Gott weiß wie lange. Kein Geräusch hatte sie geweckt, sondern eine Bewegung draußen auf der Straße.

Inmitten des Schneetreibens stand Sedgwicks Kutsche. Er öffnete gerade die Ladentür.

»Mister Sedgwick.« Sie setzte sich steif im Sessel auf.

»Miss Amberdale.« Er nahm seinen Hut ab. »Ich störe Sie, wie ich sehe.«

»Ich bin nur kurz eingenickt. Diese Sache von Vorgestern steckt mir noch in den Knochen. Wie spät ist es?«

Er zog seine Taschenuhr hervor. »Kurz nach acht.«

»Herrgott, es kommt mir vor wie Mitternacht.«

»Ich hoffe, Sie sind nicht zu angeschlagen nach alledem. Ich habe mir Vorwürfe gemacht, dass ich Sie ins Savoy eingeladen habe.«

»Nein … nein, alles in Ordnung.« Sie stand auf. »Wie geht es Ihrer Verletzung?«

»Nur eine Fleischwunde, nichts, was ich nicht schon früher erlebt hätte. Eine kleine Narbe mehr, das ist alles.«

»Haben Sie sich entschieden?«, fragte sie. »Darf ich dabeisein?«

Er gab keine Antwort, sondern ging mit merklichem Humpeln zu einem der Regale. »Ihre Dickens-Abteilung?«

»Abteilung ist ein wenig übertrieben.« Sie mochte an die hundert verschiedene Ausgaben von Charles-Dickens-Romanen haben, die gängigen und die weniger gefragten, alles in allem keine schlechte Auswahl. Aber gewiss nicht so ausufernd wie die Fächer anderer Autoren, die Valentine höher geschätzt hatte. »Wir versuchen, einiges vorrätig zu halten. Besonders die Heftausgaben, die er selbst herausgegeben hat. Die Sammler haben es meist auf die Erstveröffentlichungen abgesehen.«

Sedgwick zog einige Hefte aus dem Regal und betrachtete sie. »Die sind sehr gut erhalten.«

»Sie kennen sich aus mit Dickens?«

»Bestens, möchte ich behaupten.«

Nervös sah sie ihm zu, wie er weitere Ausgaben inspizierte, ehe er sich ihr endlich wieder zuwandte. »Mister Sharpin wird mich gleich zu meinem Anwesen außerhalb der Stadt bringen.«

»Warum machen Sie keinen Buchsprung?«

»Ich meide die Seiten der Welt, solange ich nicht weiß, wer genau meine Gegner sind und wo sie auf mich lauern.«

»Und in diesem Anwesen sind Sie ungestört?«

»Cloisterham bietet größte Abgeschiedenheit und Ruhe. Die meisten Vorbereitungen habe ich längst abgeschlossen, aber ein paar Dinge sind noch zu erledigen. Der gute Sharpin wird dann nach London zurückkehren und Sie abholen, wenn es Ihnen noch immer ernst ist mit Ihrem Wunsch.«

Es lief ihr eiskalt den Rücken hinunter, aber nach außen hin gab sie sich erfreut. »Selbstverständlich. Das ist wunderbar.«

»Sie wirken ein wenig zögerlich.«

»Nur weil ich geschlafen habe.«

»Wollen wir hoffen, dass Sie mir nicht mitten in unserem Experiment einschlummern.« Er lächelte, und diesmal lag wieder jener Anflug von Zuneigung darin, der sie mehr irritierte als seine frühere Herablassung. »Nein, ich denke, dass Sie ehrlich interessiert sind. Wenn alles gelingt – und davon gehe ich aus –, stehen wir an einem historischen Wendepunkt für die Bibliomantik.«

Was sie ihm früher als Überheblichkeit ausgelegt hätte, glaubte sie ihm jetzt aufs Wort. »Wann wird Mister Sharpin wieder hier sein?«

»In vier Stunden, denke ich. Es sieht nach mehr Schnee aus, aber er ist hart im Nehmen, und die Pferde sind es auch. Brave Kreaturen, allesamt.«

Sie versuchte, durch die Scheibe einen Blick auf Sedgwicks Leibwächter zu erhaschen, sah jedoch nur die Silhouette der Kutsche und einen Umriss vorn auf dem Bock, so als wäre Sharpin mit dem Gefährt zu einem buckligen Ungetüm verschmolzen.

»Also kurz nach zwölf«, sagte sie.

Er setzte seinen Zylinder auf und tippte mit dem Stock an die Krempe. »Dann darf ich mich empfehlen.«

Als er gerade nach der Türklinke greifen wollte, fragte sie: »Verraten Sie es mir? Warum Sie das alles tun.«

»Ich bin Polizist. Ich beabsichtige, einen Fall zu lösen. Einen überaus mysteriösen Fall.« Er deutete auf das Dickens-Regal. »Wie viele von denen haben Sie gelesen?«

»Vier, fünf vielleicht.«

»Die üblichen, vermute ich. *Oliver Twist. David Copperfield. Große Erwartungen.*«

»Und noch ein paar mehr. Vielleicht eher sechs oder sieben.«

»Auch *Das Geheimnis des Edwin Drood*?«

Sie schüttelte den Kopf.

»Nun, Sie haben noch vier Stunden Zeit, meine Liebe. Holen Sie Ihr Versäumnis nach.«

Er verabschiedete sich, ließ sich draußen die Kutschentür öffnen und stieg ein. Sharpin warf einen Blick durch die Scheibe zu ihr herein, und Mercy grauste bei der Vorstellung, zwei Stunden allein mit ihm durch die Nacht zu fahren.

Die Kutsche war kaum im Schneegestöber verschwunden, als Mercy schon ins Hinterzimmer eilte und den Besserwisser aus seinem Schlaf riss.

19

Edwin Drood«, sagte der Veterator. »So, so.«

Mercy saß mit angezogenen Knien und gerafftem Kleid im Sessel und hatte die Lederkladde vor sich auf den Boden gelegt. Der Papierkörper des Besserwissers war in Windeseile daraus emporgewachsen, und seine griesgrämige Miene verriet, dass er ihr nicht verziehen hatte. Sein grobschlächtiges Gesicht mochte dem einer Bauchrednerpuppe aus Pappmaché gleichen, doch sein Naserümpfen wirkte so herablassend wie das eines Gentlemans der feinen Gesellschaft.

»Was weißt du über diesen *Drood*-Roman?«, fragte sie.

»Ich bin nicht sicher, ob ich hier wirklich erwünscht bin, Mylady.«

»Hör mit diesem Mylady-Blödsinn auf. Und mit dem Rest gleich auch. Es gibt keinen Grund, eingeschnappt zu sein. Ich bin die mit den blauen Flecken in den Kniekehlen.« Sie streckte das rechte Bein aus, um ihm die Prellung zu zeigen.

»Was ich getan habe, tat ich nur mit den besten Absichten. Dieses Subjekt hatte sich Zugang zum Haus verschafft und war drauf und dran, sich auch noch Zugang zu –«

»Schluss damit. Sofort.«

Die beiden Furchen neben seinen aufgeblähten Nasenflügeln vertieften sich. »Es sollte mir gestattet sein, mein Handeln zu rechtfertigen.«

»Und ich hab dir zugehört.«

»Dann sollten Sie einsehen, dass ich einzig in Sorge um Ihr Wohlergehen unter den Händen dieses Wüstlings war.«

»Er ist vielleicht kein netter Mann, aber ein Wüstling ist er auch nicht.« Glaubte sie. Sicher war sie nicht.

»Mit Verlaub, Sie sollten die Familienchronik derer von Astarac lesen, dann wüssten Sie, dass er einem Schurkengeschlecht von Raubrittern, Frauenschändern und Treulosen entstammt!«

»So was weißt du?«

»Ich weiß alles, was in irgendeinem Buch geschrieben steht! Oder kann es zumindest nachschlagen. Bei Bedarf.«

Sie wusste nicht recht, ob sie das wütend machen oder rühren sollte. »Und du hast dir solche Sorgen um mich gemacht, dass du dir Cedrics Familiengeschichte angesehen hast?«

Seine Blätter raschelten nervös. »Wenn Sie der Meinung sind, dass ich damit meine Kompetenzen überschritten habe, bedauere ich das. Trotzdem schien es mir angebracht, gewisse Kenntnisse einzuholen über dieses Individuum, das hier neuerdings ein und aus geht.«

»Ich weiß nicht mal, ob Cedric de Astarac sein wirklicher Name ist.«

Die wulstigen Augenbrauen des Veterators ruckten nach oben. »Und das soll es *besser* machen?«

»Das hab ich nicht gesagt. Aber wenn er kein echter Marquis de Astarac ist, dann waren seine Vorfahren vielleicht auch keine Raubritter und –«

»Frau-en-schän-der!«, sagte er betont.

»So was eben.«

»Als Marquis wäre er immerhin ein Mann von Stand. Ansonsten wohl nur ein dahergelaufener Einbrecher, wenn Sie mich fragen.«

»Ein Unhold«, sagte sie lächelnd.

»Genau!«

»Aber ein attraktiver.«

»Ein *Franzose*!«, rief er empört.

»Kommen wir zurück zum *Geheimnis des Edwin Drood.*« Es war ein wenig traurig, dass sie eine Männerbekanntschaft ausgerechnet mit dem Besserwisser besprechen musste. Eine andere Möglichkeit wäre Florence Oakenhurst gewesen, aber die hatte mit Männern noch weniger am Hut als der Veterator. »Leg schon los.«

Wieder knisterte der Leib aus Buchseiten, neue schoben sich an die Außenseite, andere wurden eingesogen. »Nun«, begann der Besserwisser gedehnt, »*Das Geheimnis des Edwin Drood* war Charles Dickens' letzter Roman. Er erschien, wie alle seine Romane, in Form mehrerer großformatiger Hefte, jedes mit dreißig Seiten Umfang und zwei Illustrationen. *Edwin Drood* war angelegt auf zwölf Hefte, die monatlich ausgeliefert werden sollten, aber erschienen sind nur die ersten sechs mit insgesamt zweiundzwanzig Kapiteln. Das erste Heft wurde vor gut zehn Jahren veröffentlicht, im April 1870, die beiden nächsten pünktlich im Mai und Juni. Unglücklicherweise erlitt Dickens am Abend des achten Juni 1870 in seinem Landhaus einen Gehirnschlag, an dessen Folgen er am nächsten Tag verstarb. Zu diesem Zeitpunkt waren einige weitere Kapitel bereits geschrieben, so dass auch nach seinem Tod noch die Ausgaben vom Juli, August und September veröffentlicht werden konnten, jede immerhin in einer Auflage von einhunderttausend

Stück. Dann jedoch war das Material erschöpft und der Roman brach in der Mitte ab. Die Leser waren überaus enttäuscht, und es gab ein paar Versuche minderer Autoren, die Geschichte fortzusetzen – erfolglos in jeder Hinsicht.«

Mercy blickte hinüber zum Dickens-Regal, konnte aber von hier aus nicht erkennen, bei welchen Exemplaren es sich um *Das Geheimnis des Edwin Drood* handelte. Sie wusste, dass sie drei gebundene Ausgaben vorrätig hatte, außerdem einige der Originalhefte. »Worum geht's?«, fragte sie schließlich.

»Die Geschichte beginnt mit –«

»Die Kurzfassung. Ich hab nur vier Stunden Zeit.«

Der Besserwisser murmelte eine Verwünschung, die in Anbetracht seiner sonstigen Ausdrucksweise äußerst gewagt erschien, sammelte sich und sagte: »Um einen Mord. *Vielleicht* um einen Mord. So ganz genau weiß das niemand.«

»Was soll das denn heißen?«

»Nun, der junge Edwin Drood verschwindet in Kapitel vierzehn, und bis Kapitel zweiundzwanzig, wo die Geschichte so abrupt endet, wird nicht aufgeklärt, ob er entführt oder ermordet wurde – oder womöglich aus freien Stücken fortgegangen ist.«

Mercy kräuselte nachdenklich die Stirn. »Sieht aus, als müsste ich doch ein paar Details über die Handlung wissen.«

Der Veterator nickte wie ein Professor, der sich über das unverhoffte Interesse einer Studentin freut. »Die Geschichte spielt in einem fiktiven Städtchen namens Cloisterham, genau genommen im dortigen –«

»Cloisterham?«

»So ist es.«

»Das ist der Name von Sedgwicks Landsitz.«

»Dann handelt es sich bei dem Gentleman offenbar um einen großen Bewunderer des Romans.«

Sedgwick hatte sein Anwesen nach Dickens' erfundenem Schauplatz des *Edwin Drood* benannt. Die Sache wurde immer kurioser. »Erzähl bitte weiter.«

»Das Buch spielt größtenteils im Umfeld der Kathedrale von Cloisterham. Die Hauptfigur ist nicht etwa Drood, sondern der opiumsüchtige Chormeister, ein unangenehmer Mensch namens John Jasper. Der junge Edwin ist sein Neffe. Edwin ist mit der entzückenden Rosa Bud liiert, einer vortrefflichen jungen Dame, wenn ich das so sagen darf. Unglücklicherweise hat auch der finstere Jasper ein Auge auf Rosa geworfen, und so nimmt das Drama seinen Lauf. Selbstverständlich gibt es viele weitere Figuren, mit denen ich Sie nicht belästigen möchte, da Mylady ja nur *vier Stunden* erübrigen kann.«

»Überaus entgegenkommend.«

»Wie gesagt, im vierzehnten Kapitel verschwindet Edwin Drood spurlos, und obgleich es keine klaren Indizien oder gar Beweise gibt, nehmen die meisten Leser bis heute an, der eifersüchtige Jasper habe ihn beseitigt. Charles Dickens hat keine Notizen hinterlassen, die auf die Identität des Mörders schließen lassen. Das Verbrechen – so es denn wirklich eines war – bleibt also unaufgeklärt und ungesühnt.«

»Es könnte aber auch gar kein Mord gewesen sein?«

»In einem der letzten Kapitel taucht eine namenlose Gestalt in Cloisterham auf, die ihre wahre Identität geheim halten will. Manch einer hat vermutet, dass es sich dabei um den verschollenen Edwin Drood handeln könnte, der heimlich zurückgekehrt ist, um seinem diabolischen Onkel das Handwerk zu legen.«

»Aber wenn der ihn doch gar nicht ermordet hat, dann –«

»John Jasper hat genug Dreck am Stecken – moralischer Natur, nicht zwangsläufig krimineller –, so dass eine Bestrafung durchaus wünschenswert wäre.«

»Mit Wüstlingen kennst du dich ja aus.«

»In der Literatur wimmelt es nur so von ihnen.«

»Also gut, weiter.«

»Die meisten Texte zu dem Thema betonen die Wahrscheinlichkeit, dass Drood von Jasper ermordet wurde, und dass es Dickens vor allem darum ging, Jaspers Niedergang zu schildern. Dafür sprechen auch die drei einzigen, nennen wir sie Zeugenaussagen. Dickens' Schwiegersohn Charles Collins, der den Umschlag des ersten Heftes illustriert hat, behauptet steif und fest, sein Schwiegervater habe ihn in den weiteren Verlauf der Geschichte eingeweiht. Demnach sollte Edwin verschwunden bleiben und Jasper allerlei Verwirrung stiften, um von seiner Missetat abzulenken. Als Collins erkrankte, übernahm ein anderer Künstler die Illustration der Erstausgabe, ein Gentleman namens Luke Fildes, und auch er hat erklärt, dass nur Jasper als Mörder in Betracht käme. Dickens habe von ihm verlangt, Jasper auf den Zeichnungen einen langen, schwarzen Schal anzulegen, der sich wohl als Tatwaffe herausstellen sollte. Des Weiteren soll Dickens kurz vor seinem Ende geplant haben, mit Fildes das Gefängnis von Maidstone aufzusuchen, damit der die Todeszelle originalgetreu zeichnen könne. In einer solchen Zelle sollte, jedenfalls laut Fildes, am Ende des Romans der üble Jasper landen. Und zu guter Letzt: Auch

Dickens' Biograph John Forster behauptete vor einigen Jahren, sein alter Freund habe ihm anvertraut, dass Jasper den Jungen ermordet und in einer Grube mit Löschkalk beseitigt habe.«

»Damit wäre aber doch alles geklärt«, sagte Mercy. »John Jasper hat Edwin Drood ermordet, auch wenn Dickens nicht mehr dazu gekommen ist, die Auflösung niederzuschreiben.«

Der Besserwisser schaukelte von einem dreizehigen Fuß auf den anderen, während er die Buchseiten seiner Oberfläche neu sortierte. »Trotz alledem gibt es zahlreiche Theorien von Lesern und Forschern, die besagen, dass Dickens sich einen Spaß mit seinen Freunden und Kollegen erlaubt habe. In Wahrheit habe er sie hinters Licht geführt, indem er einen falschen Verdacht auf Jasper lenkte. Ebenso gut könnten alle anderen Figuren des Romans als Mörder in Betracht kommen.«

Mercy schüttelte den Kopf. »Jeder kann irgendwelchen Unsinn behaupten und sich wichtigmachen.«

»Eines spricht aber tatsächlich dafür, dass Dickens einen anderen Ausgang des Romans im Sinn hatte als den allzu offensichtlichen. Man sagt ihm nach, er habe zuletzt die Lust am Schreiben verloren – vor *Edwin Drood* war fünf Jahre lang kein neuer Roman von ihm erschienen –, und einige behaupten gar, ihm seien die Ideen ausgegangen. Einer seiner besten Freunde war der Schriftsteller Wilkie Collins, der Jahre zuvor mit *Die Frau in Weiß* und *Der Mondstein* zwei überaus erfolgreiche Romane um rätselhafte Verbrechen veröffentlicht hatte. Es heißt, Dickens sei neidisch gewesen auf Collins' Erfolg und habe nach all den Entwicklungs- und Familiengeschichten, mit denen er berühmt geworden ist, etwas Neues ausprobieren wollen. Tatsächlich nannte er *Edwin Drood* einen Roman um

Geheimnisse und Verbrechen, ganz in der Tradition seines guten Freundes Collins. Kritiker unkten gar, der große Dickens habe versucht, sich auf ungebührliche Weise an Collins' Erfolge anzuhängen.«

Mercy grübelte. »Wenn aber Jasper von Anfang an als Bösewicht geschildert wird und jedermann ganz selbstverständlich davon ausgeht, dass er der Mörder ist, dann wäre Dickens gescheitert. Das meinst du doch, oder? Dann gäbe es gar kein *Geheimnis des Edwin Drood*, sondern nur einen leicht zu durchschauenden Mordfall.«

»So ist es, Mylady. Und aus genau diesem Grund gibt es viele Menschen, die davon überzeugt sind, dass Dickens seine Leser und sogar die beiden Illustratoren an der Nase herumführen wollte – und dass der wahre Mörder ein ganz anderer ist.«

»Möglich wär's doch.«

»Dickens selbst soll eine entsprechende Bemerkung gemacht haben«, fuhr der Besserwisser fort. »Als seine Schwägerin Georgina nach der Lektüre der ersten Kapitel anmerkte, er werde doch hoffentlich den armen Edwin nicht umbringen, soll Dickens gesagt haben: ›Ich nenne mein Buch *Das Geheimnis des Edwin Drood*, nicht *Die Geschichte des Edwin Drood*.‹ Auch dieser eine Satz hat eine Menge Öl ins Feuer der Jasper-Verteidiger geschüttet.«

Mercy rückte sich im Sessel zurecht. Allmählich dämmerte ihr, worauf das alles hinauslief. »Commissioner Sedgwick ist derart besessen von Charles Dickens, dass er den Namen seines Landguts aus einem seiner Bücher übernommen hat.«

»Nicht aus irgendeinem Buch«, sagte der Besserwisser, »sondern aus –«

»*Edwin Drood*, genau. Mir hat er gesagt, dass er mit Hilfe des Flaschenpostbuchs einen Mord aufklären will. Wenn er also nun wirklich davon überzeugt sein sollte, mit dem Buch die Grenze zwischen Wirklichkeit und Literatur öffnen zu können, dann ergäbe das einen Sinn, oder? Angeblich hat Barrabas de Barrabas, als er das Flaschenpostbuch verfasst hat, daran gearbeitet, aus unserer Welt in die Geschichte eines Buches überzuwechseln – oder Figuren aus einem Roman in die Realität herüberzuholen. Und genau das ist es, was Sedgwick vorhat.«

»Sie meinen, er könnte jemanden, der die Lösung des Rätsels um Edwin Drood kennt, aus dem Buch herüber in die Wirklichkeit holen … um ihn zu verhören?«

Mercy sprang auf. »Natürlich!«

Der Besserwisser grummelte etwas, das nach erheblichen Zweifeln klang.

»Sedgwick ist Bibliomant«, sagte Mercy aufgeregt, »aber er ist auch Polizist. Und nicht einfach irgendeiner, sondern der Leiter der London Metropolitan Police. Dass ihm ein Mord wie der an Edwin Drood keine Ruhe lässt, scheint mir nicht so weit hergeholt.«

»Vielleicht nicht *allzu* weit«, bemerkte der Besserwisser skeptisch. »Aber doch ein wenig.«

Mercy dachte an das, was Fiona über das Fabularium gesagt hatte. Dass sie alle nur Teil einer Geschichte waren, ganzer Ketten von Geschichten, und dass dahinter ein Verfasser steckte, der sie alle erschaffen hatte. Das klang weit verrückter als ihre Rekonstruktion von Sedgwicks Plan, doch es passte auch dazu: Wenn sich jemand all das hier ausdachte, dann mochte ihm eine aberwitzige Mordaufklärung, wie Sedgwick sie vorhatte, durchaus gefallen.

»Nehmen wir an, Sedgwick hätte Erfolg und würde tatsächlich eine Tür zwischen der Literatur und der Wirklichkeit aufstoßen«, sagte sie. »Wen könnte er herüberholen wollen, der in der Lage wäre, das Geheimnis aufzuklären? Edwin Drood persönlich? Eher nicht. Wenn der seinen Mörder gekannt hätte, wäre es wohl gar nicht erst zu der Tat gekommen.«

»Vielleicht hat er es auf die schöne Rosa Bud abgesehen.«

Sie erwog das kurz, dann schüttelte sie den Kopf. »Das passt nicht zu Sedgwick. Sein Interesse dürfte einem anderen gelten. John Jasper, vermute ich.«

»Diesem Finsterling?« Das vergilbte Papiergesicht des Besserwissers wurde schlagartig knochenweiß.

»Er ist der wichtigste Verdächtige«, sagte Mercy. »Die Akademie mag befürchten, dass wir dadurch von einer Welle von Buchfiguren überrollt werden, die alle aus ihren Romanen zu uns herüberdrängen. All die größenwahnsinnigen Schurken und Mörder.«

»Eine Invasion der Antagonisten!«, rief der Besserwisser, und es klang wie ein Entsetzensschrei.

»Egyptienne will offenbar dreierlei: Sedgwick ausschalten, das Flaschenpostbuch erbeuten und zugleich die Häuser Cantos und Himmel in Misskredit bringen.«

Der Veterator schien sich zitternd in die Kladde verkriechen zu wollen, während Mercy in ihren Sessel sank.

»Jemand muss sie wohl oder übel aufhalten«, sagte sie. »Alle beide – Sedgwick *und* Egyptienne.«

20

Londons zweite Straße der Buchhändler, die Holywell Street, befand sich nur wenige Häuserblocks vom Ufer der Themse entfernt. Sie war enger als der Cecil Court, eine schnurgerade Schneise, in der sich fast fünfzig Geschäfte aneinanderdrängten.

Zu Beginn des Jahrhunderts waren in den Hinterzimmern der Holywell Street politische Kampfschriften verfasst und gedruckt worden. Wer gegen die Regierung, den Adel, die Kirche oder das schlechte Wetter war, hatte hier Gleichgesinnte finden können. Nach einer Weile aber hatte sich das Geschäft mit Protest und Empörung als wenig einträglich erwiesen, und so hatten sich viele Händler auf den Verkauf von erotischer Literatur und anstößiger Drucke spezialisiert. Viele dieser Läden hatten im Laufe der Jahre schließen müssen, doch auch heute noch war der anrüchige Ruf der Holywell Street nicht unbegründet. Auf der Suche nach einschlägigen Publikationen hätte man nicht erst unter den Ladentheken nachsehen müssen, um fündig zu werden: Die meisten Schaufenster präsentierten Radierungen und Federzeichnungen dürftig bekleideter Herrschaften. Selbst jene Buchhandlungen, die sich nach außen hin seriös gaben, hielten Werke vorrätig, mit denen ein Gentleman nicht in seinem Herrenclub und eine Dame auf keinen Fall beim Teekränzchen gesehen werden wollte.

Cedric eilte an den Auslagen vorüber, ohne sie eines zweiten Blickes zu würdigen. Sein Ziel war ein Laden ganz am Ende der Straße, kurz bevor sie sich mit der Wych Street vereinte und auf den breiten Boulevard The Strand stieß. Es war dunkel geworden, und die Schaufenster warfen trübe Rechtecke auf den Schneematsch. Aufgrund des dubiosen Angebots war die Holywell Street bei Dunkelheit besser besucht als der Cecil Court, doch die Kälte verdarb selbst hier das Geschäft mit dem Lesen und der Lust.

Der Laden, vor dem Cedric schließlich stehen blieb, hatte eine schmale grüne Tür und ein winziges Schaufenster voller unscheinbarer Bücher. Ein einzelnes war aufgeschlagen, darauf lag eine Taschenuhr. Bibliomanten und Eingeweihte wussten, was das zu bedeuten hatte.

Ein Glöckchen schlug an, als er eintrat. Für einen Augenblick war ihm, als liefe er in einen Wall aus Bibliomantik, so gesättigt war die Atmosphäre des kleinen Ladens damit. Anders als man hätte erwarten können, gab es im Inneren keine Regalwände voller Folianten, sondern nur einen Schrank mit Glastüren hinter einem kleinen Tresen. Darin standen verkorkte Tonfläschchen, nach Größe aufgereiht und unbeschriftet. In jeder Ecke des Ladens befand sich eine schwere Standuhr, alle vier tickten in perfektem Gleichklang. An den Wänden hingen weitere Uhren mit schwingenden Pendeln.

»Guten Abend!«, rief Cedric zu einem geschlossenen Vorhang hinüber. Unwahrscheinlich, dass der Besitzer die Glocke am Eingang überhört hatte.

»Ich bin gleich bei Ihnen«, erhielt er zur Antwort.

Eine Minute verging, dann wurde der Vorhang beiseitegeschoben, und ein Mann trat heraus. Sogar die Falten rund um seine Augen ähnelten Zifferblättern. »Guten Abend, Sir. Verzeihen Sie, dass Sie warten mussten.« Er öffnete die Glastüren und stellte drei weitere Tonflakons hinein, die er gerade in seiner Werkstatt befüllt hatte.

»Mister Richard Beckford?«

Der Lesezeithändler nickte. Er mochte an die fünfzig sein und hatte schütteres graues Haar. »Und Sie sind der Marquis de Astarac. Bis vor einem halben Jahr habe ich regelmäßig Ihre Rezensionen in der *Times* gelesen.«

»Ich muss gestehen, dass ich überrascht bin. Wie haben Sie mich erkannt?«

»Sie waren auf einer Fotografie zu sehen, die bei einem Empfang in Thorndyke House gemacht wurde. Die Zeitung hat es am nächsten Tag abgedruckt.«

»Aber das ist eine Ewigkeit her.«

»Ich habe ein gutes Gedächtnis.«

»Oder Egyptienne hat Ihnen das Bild gezeigt.«

»Ich glaube nicht, dass ich einer Person dieses Namens schon einmal begegnet bin.« Etwas war falsch an seiner Stimme, und es dauerte einen Moment, ehe Cedric klarwurde, dass sie leicht zeitversetzt erklang. Die Worte des Mannes schienen zu lange zu brauchen, um von seinem Mund bis an Cedrics Ohr zu gelangen, so als wäre die Distanz viel größer als die zehn Fuß, die tatsächlich zwischen ihnen lagen. Der lebenslange Umgang mit manipulierter Zeit hatte Spuren hinterlassen.

»Wo lernt man das?«, fragte Cedric. »Die Herstellung von Lesezeit. Soweit ich weiß, gibt es keine Literatur darüber, keine Anleitungen.«

»Mein Vater hat es mich gelehrt, so wie ihn sein Vater zuvor.«

»Eine schöne Familientradition.«

»Die Beckfords führen dieses Geschäft seit siebenundsechzig Jahren. Wie kann ich Ihnen behilflich sein?«

»Verkaufen Sie Ihre Flakons nur hier oder auch auf der Straße?«

»Haben Sie vor, mir Konkurrenz zu machen?«

Cedric spürte, wie angespannt der Mann war, auch wenn er es nicht zeigen wollte. »Mich interessiert nur, ob Sie Mädchen losschicken, die Ihre Lesezeit aus Bauchläden verkaufen. Vor Buchhandlungen, Bibliotheken, vielleicht in Hotels.«

»Monsieur Marquis ... Sagt man das so? ... Monsieur de Astarac, ich habe gehört, was im Hotel Savoy passiert ist. Und ich kann Ihnen versichern, dass die junge Dame, die dort gesehen wurde, keine meiner Angestellten war.« Er fragte nicht, warum Cedric sich die Autorität anmaßte, derartige Erkundigungen einzuholen. Wohl auch, weil er es längst wusste.

»Vermisst eine Ihrer Angestellten vielleicht Ihren Bauchladen mitsamt der Ware?«

»Nein. Jeder kann sich eine Kiste umhängen und ein paar leere Flaschen hineinstellen. Tatsächlich passiert das dauernd. Dies hier ist ein seriöses Geschäft, aber es gibt schwarze Schafe da draußen, die behaupten, mit Lesezeit zu handeln, und den Leuten doch nur das Geld aus der Tasche ziehen.« Beckford wandte sich wieder dem Glassschrank zu und verschob die neuen Flakons, bis sie mit den übrigen eine perfekte Reihe bildeten.

»Da wir gerade von schwarzen Schafen sprechen«, sagte

Cedric. »Vor achtundzwanzig Jahren waren Sie an einem Anschlag beteiligt, bei dem zwölf Menschen in hohen Regierungspositionen ihr Augenlicht verloren haben.«

»Sind Sie hier, um alte Anschuldigungen aufzuwärmen?«

»Sie waren nicht immer ein braver Geschäftsmann, Mister Beckford. Man könnte Sie einen Aufrührer und Provokateur nennen. Einen Anarchisten.«

»Sie sagen es ja selbst, das alles ist fast dreißig Jahre her. Ich war ein junger Mann mit den falschen Freunden. Ich selbst habe nie einen Anschlag auf irgendjemanden verübt, das wurde eindeutig bewiesen. Es gab einen Prozess in Unika, dem ich mich gestellt habe, und ich wurde in allen Punkten freigesprochen.«

»Sie wurden freigesprochen, obwohl es Indizien gab, dass Sie an der Herstellung der Blendbücher beteiligt waren, die damals zum Einsatz kamen.«

»Verleumdungen von anderen, die ihren Hals aus der Schlinge ziehen wollten.«

»Die Akademie war damals erstaunlich nachsichtig mit Ihnen. Sie waren der Einzige von ... wie vielen? Dreizehn, vierzehn Angeklagten?«

Beckford starrte ihn ausdruckslos an.

»Der Einzige«, fuhr Cedric fort, »unter all diesen Angeklagten, der von sämtlichen Anschuldigungen freigesprochen wurde. Die übrigen wurden zu Lagerhaft in den tiefen Refugien verurteilt, und wahrscheinlich wissen Sie so gut wie ich, dass keiner von ihnen dort angekommen ist. Die gesamte Gruppe wurde noch in Unika beseitigt, kaum dass die Verhandlung beendet war.«

»Die Adamitische Akademie ist nicht dafür bekannt, gnadenvoll zu sein«, entgegnete Beckford.

»Deshalb frage ich mich, warum man ausgerechnet Sie davonkommen ließ und Ihnen die Möglichkeit gab, die Werkstatt und das Geschäft Ihres Vaters zu übernehmen.«

»Mein Vater hat noch viele Jahre gelebt, ehe er den Laden an mich übergeben hat.«

Cedric deutete zum Vorhang hinüber. »Dann muss er gewusst haben, dass Sie in der Werkstatt für die Akademie gearbeitet haben. Nur dann und wann, versteht sich. Ich bin sicher, er hat Ihnen Fragen gestellt, als zwei Jahre später zahlreiche unbequeme Bibliomanten erblindeten, auf deren Posten prompt Gefolgsleute der Drei Häuser nachrückten.«

»Wollen Sie behaupten, dass ich –«

»Und damit war es noch nicht vorbei. Im Laufe der Jahre kam es zu weiteren Anschlägen mit Lesegift, immer auf Bibliomanten, die der Akademie lästig waren. Keine großmäuligen Aufrührer, die man mit ein paar Drohungen ruhigstellen konnte, sondern Männer und Frauen mit Einfluss, auch außerhalb der bibliomantischen Welt. Einige hat man auf ganz profane Weise beseitigt, ein Überfall hier, ein Einbruch da – und ich bin sicher, damit hatten Sie nichts zu tun –, doch eine ganze Reihe erblindete oder erkrankte unverhofft, nachdem man ihnen eine Buchlieferung unbekannter Herkunft zugestellt hatte.« Er wartete auf eine Reaktion des Lesezeithändlers, doch der hatte sich jetzt wieder gut im Griff. »Natürlich war es ein wenig komplizierter, als ich es darstelle. Ich bin sicher, Sie erinnern sich nur zu gut an die Details.«

Beckford begann, sich langsam in Richtung des Vorhangs

zu bewegen. Cedric folgte ihm auf der anderen Seite des Tresens. »Wenn Sie all das über mich zu wissen glauben, Marquis, warum tauchen Sie dann ausgerechnet heute Abend bei mir auf? Hatten Sie Freunde im Club der Ambassadoren? Ist das hier etwas Persönliches?«

»Ich weiß, dass Sie nicht im Savoy waren. Oder nehme es zumindest an. Ehrlich gesagt, ist es mir auch völlig egal. Das Mädchen mit dem Bauchladen mag eines von ihren gewesen sein oder auch eine Agentin, die eine Tarnung benutzt hat. Dafür können Sie sich bei Egyptienne bedanken.«

»Ich sagte Ihnen schon, dass ich noch nie von einer Egyptienne –«

»Beleidigen Sie mich bitte nicht, indem Sie mich für dumm verkaufen«, unterbrach ihn Cedric. »Im Besitz von Egyptienne befindet sich ein neues Lesegift. Ich hab es gesehen, Mister Beckford. Gut verarbeitet, ein Buch, das man gerne aufschlagen möchte, wenn man es in der Hand hält. Entweder haben Sie es erschaffen oder aber jemand, der sich Ihrer Werkstatt bedient hat.«

Der Lesezeithändler blieb am Vorhang stehen. »Ich habe keine Ahnung, wovon Sie reden.«

»Natürlich nicht.«

»Sie sollten jetzt gehen, Marquis.« Beckfords Stimme folgte noch immer eine halbe Sekunde nach der Bewegung seiner Lippen. Statt sich allmählich daran zu gewöhnen, wurde Cedric davon zunehmend irritiert. »Was immer Sie von mir wollen, ich kann Ihnen nicht helfen.«

»Weil Sie sich der Akademie mit Haut und Haaren verschrieben haben, als Preis für Ihre Freiheit?«

»Sie arbeiten selbst für diese Leute, Monsieur. Hat man sich mit denen einmal eingelassen, hält man sich besser an die Bedingungen.«

»Wissen Sie, wie ich auf Sie gekommen bin, Mister Beckford?«

»Nein, und es interessiert mich auch nicht. Ich will, dass Sie auf der Stelle aus meinem Laden verschwinden!«

»Eigentlich bin ich seit geraumer Zeit in einer ganz anderen Angelegenheit tätig. Und es war in diesem Zusammenhang, dass ich zum ersten Mal über Ihren Namen gestolpert bin. Dass Sie für die Akademie arbeiten, habe ich erst kurze Zeit später erfahren.«

Beckford wurde schlagartig bleich. Cedrics bisherige Vorwürfe hatten ihn wütend gemacht – und genau das war die Absicht gewesen –, doch nun wurde er unvorsichtig.

»Ich frage mich«, sagte Cedric, »ob Sie und Egyptienne nicht einen gemeinsamen Bekannten haben. Jemanden, der von Ihnen gelernt hat, wie man Lesegifte bindet.«

»Sie reden doch Unsinn!«

»Tatsächlich hatte ich gar nicht geplant, Ihnen diesen Besuch abzustatten. Ich beobachte Sie schon eine ganze Weile aus der Ferne. Ich bin bestens im Bilde darüber, wohin Sie gehen, mit wem Sie sich treffen und wer zu Ihnen in den Laden kommt.«

»Das ist infam!« Beckford wollte empört klingen, aber ihm fehlte der Elan für Drohungen.

Cedric zog langsam sein Seelenbuch aus der Manteltasche. »Wir beide hätten nie auch nur ein Wort miteinander sprechen müssen. Früher oder später hätten Sie mich zu demjenigen geführt, den ich in Wahrheit suche. Aber nun taucht dieses Lesegift auf, und Sie sind als einer der wenigen in der Lage, solch ein Buch herzustellen. Sie – und der Mann, der bei Ihnen in die Lehre gegangen ist. Ersparen Sie uns beiden, dass ich seinen Namen nennen muss.«

Beckford stieß ein scharfes Ächzen aus, warf sich herum und ergriff durch den Vorhang die Flucht. Cedric schwang sich mit einem Satz über den Tresen, riss den Stoff beiseite und sah den Lesezeithändler in seine Werkstatt zurückweichen.

»Ich habe alles getan, was die Akademie von mir verlangt hat!«, rief Beckford.

»Darüber hinaus haben Sie sich dummerweise mit jemandem eingelassen, der gefährlicher ist, als Egyptienne es je sein könnte.« Cedric betrat die Werkstatt und ließ den Vorhang hinter sich zufallen, damit von der Straße aus niemand zusehen konnte. Mit drei raschen Schritten holte er Beckford ein und packte ihn am Kragen. »Hat *er* Ihnen das Bild von mir zukommen lassen? Wie hat er Kontakt zu Ihnen aufgenommen?«

»Lassen Sie mich in Frieden!« Als Beckford sich losreißen wollte, ließ Cedric ihn frei und gestattete ihm, einige Schritte zurückzuweichen. »All die Jahre lang habe ich getan, was die Akademie von mir verlangt hat. Ich habe mir nichts zuschulden kommen lassen.«

»Abgesehen von den Morden und Verstümmelungen, die mit Hilfe Ihrer Lesegifte durchgeführt wurden«, sagte Cedric.

»Ich habe niemanden ermordet!«

»Sie haben die Waffen dafür erschaffen.«

»Wollen Sie den Hersteller eines Revolvers bestrafen oder lieber den Schützen selbst?«

»Um den Schützen zu finden, würde ich den Hersteller fragen, wer ihm den Revolver abgekauft hat. Und ich würde sehr vehement auf einer Antwort bestehen.«

Die Werkstatt war eine Mischung aus Studierzimmer und Alchimistenküche. Zahlreiche Bücherstapel, aber nirgends Regale. Zusammengesteckte Glasgefäße, jedoch keine brodelnden Flüssigkeiten. Er hatte so etwas schon einmal in Toulouse gesehen, in einem von Absolons Verstecken, in dem er ihn nur um wenige Stunden verpasst hatte. Eine Weile lang hatte Cedric versucht, allein hinter die Geheimnisse seines Gegners zu kommen, doch das war vergebens gewesen. Absolon hatte sich von den besten Lehrmeistern unterweisen lassen, ehe er sie alle mit seinen Kenntnissen übertroffen hatte.

»Ich habe seit vielen Jahren kein Blendbuch mehr hergestellt.« Beckford hatte fast die Rückwand der Werkstatt erreicht. Dort gab es eine schmale Tür, die auf den Hinterhof führte, außerdem eine Wendeltreppe in die oberen Etagen. »Und ich kenne auch niemanden namens Egyptienne.«

»Und Absolon haben Sie nie wiedergesehen?«, fragte Cedric lauernd.

Beckfords Hand tastete über einen Tisch voller Bücher. Eines davon musste sein Seelenbuch sein. »Zwingen Sie mich nicht, über ihn zu sprechen. Er ist kein Mensch wie Sie und ich. Heute weiß ich das.«

»Nehmen Sie Ihre Hand da weg.«

Beckford gehorchte. Er war ein hochbegabter Bibliomant, aber nicht so geschult wie Cedric darin, seine Kräfte in Konflikten einzusetzen. Seine Art von Bibliomantik war eine Kunst, die aus der Zeit stammte, als es einzig um die Wunder der Literatur gegangen war. Zugleich aber waren es Menschen wie er gewesen, die überhaupt erst ermöglicht hatten, dass mit Hilfe der Buchmagie Macht ausgeübt werden konnte. Bibliomanten wie Beckford hatten das Fundament erschaffen, auf dem die Adamitische Akademie ihr Regime errichtet hatte.

»Ich verachte Sie, Mister Beckford, und ich verachte, wofür Sie stehen.«

»*Sie* verachten mich?«, rief der Lesezeithändler spöttisch. »Sie sind ein Agent der Akademie! Sie haben im Namen der Drei Häuser mehr Menschen ins Unglück gestürzt, als meine Bücher es je könnten. Wie oft haben Sie im Auftrag der Akademie getötet? Wie viele Leben haben Sie zerstört, Marquis de Astarac?«

Cedric widersprach nicht. Es gab Argumente gegen das, was Beckford da sagte – einige, an die er glaubte, und andere, deren Einsatz ihm nur antrainiert worden war –, aber er war nicht hier, um sich einer Diskussion um Moral und Zweckmäßigkeit zu stellen. Zumal die Zeit drängte. Er hatte bereits zu lange gezögert.

Beckfords Falle schnappte zu.

Cedric hatte auf die Hände des Mannes geachtet, auf die Bücher hinter ihm auf dem Tisch, und nun begriff er, dass ihn beides nur hatte ablenken sollen. Rundum auf den Regalen platzten mehrere Tonflakons. Sein letzter Schritt musste diese Kettenreaktion ausgelöst haben, ein Stolperdraht oder eine bibliomantische Vorkehrung. Die Zeiger einer Uhr, die neben Beckford an der Wand hing, bewegten sich schneller, hielten inne, rasten rückwärts, dann wieder vorwärts, ganz im Rhythmus der explodierenden Tonbehälter in den Regalen. Die Zeit wurde beschleunigt, dann wieder verlangsamt, während die

Gase aus den Flaschen sich vermischten und gegensätzliche Zeitabläufe um die größere Wirkung rangen.

Beckford verschwand von einer Sekunde zur anderen. Die Tür zum Hof, gerade noch geschlossen, stand jetzt offen. Cedric stürzte vorwärts, ohne zu wissen, ob er für die wenigen Schritte nur Sekunden oder Stunden brauchte. Wahrscheinlich hätte Beckford ihn überwältigen und ausschalten können, aber in einem hatte der Lesezeithändler offenbar die Wahrheit gesagt: Er machte sich nie selbst die Hände schmutzig.

Als Cedric benommen auf einen langgezogenen Hinterhof stolperte und tief durchatmete, war Beckford bereits entkommen. Er entdeckte den Lesezeithändler in einer offenen Tür am anderen Ende der Schneise. Beckford hatte gut dreißig Yards Vorsprung. Unter normalen Umständen hätte Cedric ihn einholen können, doch als er sich in Bewegung setzte, brachte er nur ein Taumeln zustande, ein paar schwankende Schritte, dann brach er in die Knie. Sein Mageninhalt schoss ihm in den Rachen. Er krümmte sich, hustete und würgte, während sein Körper das Chaos der unterschiedlichen Zeitabläufe in der Werkstatt verarbeitete. Es fühlte sich an wie eine Gleichgewichtsstörung, war jedoch in Wahrheit eine tiefgreifende Verwirrung aller Sinne. Er war gerade noch rechtzeitig aus den wirbelnden Gasen entkommen, sonst hätten womöglich seine Organe versagt. Seine Lunge war als Erste von den eingeatmeten Dämpfen erreicht worden, Herz und Hirn erst Augenblicke später, während durch Nase und Rachen schon das nächste Gas und damit ein neuer Zeitablauf gedrungen war. Puls und Atem wären bald aus dem Takt geraten, der eine zu schnell, der andere zu langsam, als gehörten sie zu unterschiedlichen

Körpern in getrennten Zeiten. Wäre Cedric all dem nur wenige Atemzüge länger ausgesetzt gewesen, hätte er die Werkstatt nicht mehr lebend verlassen.

Er ließ Beckford laufen, wie er es ohnehin geplant hatte, stemmte sich hoch und lehnte sich mit dem Rücken an die nächstbeste Wand. Er musste gegen den Drang ankämpfen, die Augen zu schließen, um nicht gänzlich die Kontrolle zu verlieren, und so stand er da und blickte zur offenen Hintertür der Werkstatt, in der das Wabern der Luft allmählich nachließ, als sich die ausströmenden Gase verflüchtigten.

Schließlich zwang er sich, das Haus erneut zu betreten. Es fiel ihm jetzt leichter, sich auf den Beinen zu halten. Sicherheitshalber presste er sich die Armbeuge vor Nase und Mund. Erst als er sich vergewissert hatte, dass sich die Zeiger der Uhr nicht mehr sichtbar bewegten, nahm er den Arm herunter.

Zuerst verriegelte er die Hoftür und zerbrach eine der kleinen Fensterscheiben, um kein Risiko einzugehen. Anschließend verschloss er vorn im Laden den Eingang. Dann erst begann er, sich gründlich in der Werkstatt umzusehen. Er durchsuchte Schubladen und Regale, stöberte in Papierstapeln, nahm verdächtig aussehende Bücher in die Hand und untersuchte sie auf Geheimfächer, unterzog die Materialien zum Buchbinden einer eingehenden Untersuchung, blickte sogar in Leimflaschen und Tintenfässer und hob Dutzende von leeren Tongefäßen hoch, die in Kisten auf ihre Befüllung warteten. Falls Beckford hier etwas anders als Flakons mit Lesezeit hergestellt hatte, so gab es keine Hinweise darauf.

Er sah auf die Uhr an der Wand. Fast eine halbe Stunde war vergangen, seit Beckford die Flucht ergriffen hatte.

Cedrics Seelenbuch zuckte und bebte schon seit geraumer Zeit in der Manteltasche, beulte den Stoff aus und versuchte, ihn zum Gehen zu bewegen. Als er den Laden endlich verließ, zog es ihn nach links, Richtung Wych Street und The Strand.

Während er Beckford am Kragen gepackt hatte, hatte Cedric ihm eine Seite seines Seelenbuchs in den Gehrock gesteckt. Er hatte sie vor Jahren behutsam aus der Bindung entfernt, unter Qualen für ihn und noch größeren für das Buch. Es hatte ihm nie gänzlich verziehen, das ließ es ihn dann und wann spüren. Aber es war eben auch ein Teil von ihm, kannte jeden seiner Gedanken und verstand seine Motive besser als jeder andere.

Seither hatte ihm die Seite mehrfach gute Dienste geleistet. Auch heute nahm das verstümmelte Buch sogleich die Witterung seiner selbst auf und wies ihm den Weg. Mit etwas Glück würde Beckford ihn geradewegs zu Absolon führen.

21

Im Herzen von Soho, in einem Tunnel unter den Häusern der Old Compton Street, loderten lange Reihen von Fackeln. Über ihnen an der Decke hatten sich schwarze Rußflecken ausgebreitet. Der Flammenschein warf zuckendes Licht auf den gepflasterten Boden, der Rauch entwich durch Schächte an die Oberfläche. Trotzdem war die Luft erfüllt vom Gestank des brennenden Pechs, schon nach wenigen Schritten setzte er sich in Philanders Haar und Kleidung fest.

Rudelkopf liebte das Feuer, er liebte Fackeln, und am meisten liebte er es, seinen Feinden Verbrennungen mit glühenden Zangen zuzufügen. Philander war mehr als einmal mit Rudelkopfs Schlägern aneinandergeraten, wenn sie an Sohos Straßenecken herumlungerten, den Mädchen Obszönitäten nachgrölten und sich die Langeweile mit Schwächeren vertrieben. Wenn sie nicht gerade Rudelkopfs Aufträge erfüllten – Schutzgelder eintreiben, Widerspenstige gefügig machen, hundert Verbrechen aller Art –, benahmen sie sich wie ein brutaler Mob von Menschenaffen, denen man am besten aus dem Weg ging.

Jahrelang hatte Philander die Straßenseite gewechselt, geheime Wege durch Hinterhöfe genommen und ganze Viertel umrundet, um jede Konfrontation mit ihnen zu vermeiden. Dass er einmal freiwillig Rudelkopfs Allerheiligstes betreten würde, hätte er sich in seinen schlimmsten Alpträumen nicht ausmalen können.

»Hoffe mal, du weißt, was du tust«, sagte der kleine Mann, der ihm durch den Tunnel folgte, ein wieseliger Messerstecher namens Huggins, der als einer von Rudelkopfs Torwächtern fungierte. Er hatte strohiges Haar, schmale Schultern und groteske O-Beine, schien aber zu den klügeren Kreaturen in Rudelkopfs Bande zu zählen, sonst hätte sein Herr und Meister ihm nicht die Aufsicht über den Zugang zum Hauptquartier anvertraut.

»Es wird sich für euch lohnen«, behauptete Philander. »Ist ein ganz sicheres Ding.«

»Junge, hast du eine Ahnung, wie viele Versager hier auftauchen und was von sicheren Dingern faseln?«

»Und wie viele von denen bieten euch ein Anwesen voller Reichtümer an, das die meiste Zeit über unbewohnt und kaum bewacht ist?«

»Du wirst Meister Rudelkopf erklären müssen, wie du an diese unbezahlbare Information gekommen bist.«

»Ich war dort. Hab es mit eigenen Augen gesehen. Eine Bücherlieferung für eine piekfeine Lady, die für ein paar Tage dort gewohnt hat und dann wieder aufs Land abgereist ist.« Er blieb stehen und wandte sich zu Huggins um, damit sein entschlossener Blick seine Glaubwürdigkeit untermauerte. »Selbst gesehen hab ich's, all die Gemälde und Kunstwerke und das ganze Gold überall.«

»Das ganze Gold, na sicher. Das kannst du alles Rudelkopf erzählen, Junge. Geh weiter, mach schon!«

Philander warf einen Blick auf die beiden riesigen Kerle, die ihnen mit ein paar Schritten Abstand folgten. Er hatte ohnehin keine andere Wahl mehr, als die Sache durchzuziehen. Der Tunnel schien der einzige Weg hinein und hinaus zu sein.

Huggins feuchte Augen waren blutunterlaufen von dem Fackelrauch, dem er Tag und Nacht ausgesetzt war, ein Kobold mit glühendem Blick. Trotz seiner erbarmungswürdigen Statur hielt Philander ihn für gefährlicher als die beiden tumben Schläger.

»Weiter, weiter!« Huggins wedelte mit der Hand. »Meister Rudelkopf hat viel zu tun in der Nacht und ich genauso.«

Der Tunnel endete bald an Steinstufen, die hinauf in einen Hof führten. Alle anderen Zugänge waren zugemauert worden, ebenso die Fenster in sämtlichen Etagen der umliegenden Häuser. Irgendwo musste es einen geheimen Fluchtweg geben, obwohl jedermann wusste, dass Rudelkopf mit den Polizisten des Viertels in bestem Einvernehmen stand. Mit Schmiergeldern, so hieß es, war er großzügig. Angeblich hatte er sogar mit Madame Xu ein Abkommen, das ihn zum Regenten von Sohos Unterwelt machte, solange er Abgaben an die Herrin von Chinatown zahlte.

Philander wollte die Stufen hinaufsteigen, doch Huggins glitt blitzschnell an ihm vorbei und eilte vorneweg. »Komm schon, komm!«, sagte er, als hätte Philander nicht genau das gerade vorgehabt.

Natürlich saß Rudelkopf auf einem Thron. Natürlich reichten ihm hübsche Mädchen Bier und fettige Pasteten. Natürlich erfüllte er wirklich jedes elende Klischee eines Verbrecherkönigs, genau wie die Parodien in den Penny Dreadfuls.

Der Thron stand auf einem Podest auf der anderen Seite des Hofes und war mit Fellen bedeckt, so dass der Mann darauf wie ein Wiedergänger Dschingis Khans erschien. Gespannte Planen schützten den Hof vor Regen und Schnee, zahllose Feuerbecken spendeten Wärme und Licht. Die Szenerie hatte etwas Archaisches. An einem Ort wie diesem wurden keine kniffligen Pläne ausgearbeitet, keine gescheiten Intrigen gesponnen. Rohe Gewalt war das Einzige, was hier zählte, das Gesetz des Stärkeren – Rudelkopfs Gesetz.

Er selbst wirkte wie eine Monstrosität in seinem Panzer aus Muskeln. Gelangweilt lag er in seinem Fellthron, in schwarzes Leder und Pelze gekleidet. Man sah ihn nie auf der Straße, und manche hielten ihn für eine Legende, mit der schlauere Köpfe die Verbrecherorganisation zusammenhielten. Doch Rudelkopf war ein Mann aus Fleisch und Blut, ein leibhaftiger Tyrann im feuerlodernden Herzen seines Reiches.

»Wer ist das?«, fragte er mit klarer Stimme, die in einem sonderbaren Gegensatz zu seinem barbarischen Äußeren stand.

»Nur ein Junge«, sagte Huggins, »der behauptet, dich reich machen zu wollen.«

Ein Lachen erklang, aber ob es von Rudelkopf kam oder von einer der anderen Gestalten im Hof, war kaum zu erkennen. Sein Schädel wirkte zu klein für die Muskelberge seines Körpers, als hätte man einem Gewichtheber einen Schrumpfkopf aufgesetzt. Das Gesicht war halb unter seinem schwarzen Haar verborgen, die Haut jedoch hell, was alle Gerüchte Lüge strafte, die behaupteten, Rudelkopf sei ein Kannibalenkönig aus den Kolonien. Wahrscheinlich setzte er selbst solche Geschichten in die Welt, um seinen Gegnern Furcht einzuflößen.

Philander hatte auf dem Weg hierher überlegt, wie er Rudelkopf wohl entgegentreten sollte, doch nun blieben alle seine

Strategien auf der Strecke. Unterwürfigkeit war die einzige Haltung, die hier akzeptiert wurde.

Er verneigte sich in die Richtung des Throns. »Meister Rudelkopf«, begann er.

Huggins wirbelte herum. »Schweig, bis du angesprochen wirst!«

»Was zum Henker will er?« Rudelkopf drückte einem der Mädchen den Bierkrug in die Hand und warf die halbgegessene Pastete einem schwarzen Hund zu, der mit wachsam erhobenem Schädel neben dem Podest lag. An Muskulatur stand er seinem Herrn in nichts nach. Die Pastete landete zwischen den Pfoten des Tiers. Es zuckte nicht einmal, starrte nur Philander an, bis Rudelkopf rief: »Friss!« Sogleich riss der Hund die Kiefer auf und entblößte gelbe Fänge, zwischen denen die Pastete in Windeseile verschwand. Falls Rudelkopf selbst keine Menschen verspeiste, sein Schoßtier tat es gewiss.

»Er sagt, sein Name sei Philander.« Huggins sprach laut und selbstbewusst, als hätte er von seinem Meister nichts zu befürchten. »Er gehört zu den armen Schluckern am Cecil Court, diesen Bücherverkäufern.«

Wieder lachte jemand, und diesmal sah Philander genau, dass es nicht Rudelkopf war. Mittlerweile blickten alle Anwesenden in seine Richtung. Sogar die beiden Mädchen neben dem Thron betrachteten Philander mit einer Abneigung, als sei eine mannsgroße Schabe aus dem Tunnel gekrochen.

»Buchhändler heißt das«, sagte Rudelkopf. »Nicht Bücherverkäufer.«

Huggins zuckte mit den Schultern. »Wie auch immer.«

»Manchem hier würde es guttun, dann und wann ein Buch

zu lesen«, entgegnete Rudelkopf grimmig und blickte dann Philander an. »Was willst du von mir?«

»Meister Rudelkopf«, sagte Philander erneut, da er annahm, dass ihm damit das Wort erteilt worden war. Zwischenzeitlich waren die beiden Schläger aus dem Tunnel zu ihm aufgerückt. »Ich heiße Philander. Ich habe früher Penny Dreadfuls und Zeitungen verkauft und immer pünktlich meine Abgaben gezahlt.« Das war eine blanke Lüge, aber er nahm an, dass keiner der Handlanger anwesend war, die draußen die Straßenverkäufer ausnahmen.

»Hast du mir Bücher mitgebracht?« Rudelkopf hatte seine Position auf dem Thron um keinen Fingerbreit geändert, er lag mehr, als dass er saß. Sein Hund ließ Philander nicht aus den Augen.

»Bücher?« Kurz geriet Philander aus dem Konzept, weil er damit nicht gerechnet hatte. »Hätte ich denn welche bringen sollen, Sir?«

Wieder unterdrücktes Gelächter, das sogleich verstummte, als Rudelkopf eine Hand hob und mit dem Finger in die Richtung des Lachenden zeigte. Das war Warnung genug.

»Die Läden am Cecil Court behaupten, dass sie zu wenig einnehmen, um für ihren Schutz zu bezahlen«, sagte Rudelkopf. »Glaubst du, ich ließe ihnen das aus Nächstenliebe durchgehen? Nein, Junge, ich mag Bücher. Ich mag sie sogar sehr.«

Huggins blickte Philander verschlagen an. »Meister Rudelkopf ist ein gebildeter Mann. Ein *belesener* Mann!«

»Zum letzten Mal«, sagte Rudelkopf. »Was willst du hier?«

»Vor einigen Tagen habe ich Bücher in ein herrschaftliches

Anwesen in Bloomsbury geliefert«, sagte Philander. »Chagford House. Es gehört einer gewissen Familie von Lohenmut.«

»Holländer?«, fragte Huggins.

»Deutsche«, antwortete Rudelkopf an Philanders Stelle. »Ich habe von ihnen gehört.«

War es möglich, dass Rudelkopf ein Bibliomant war? Ganz auszuschließen war das nicht, obwohl Philander keine Aura spürte. Vielleicht war dafür seine eigene Bibliomantik nicht stark genug. Zudem lagen fast dreißig Fuß zwischen ihnen.

»Die Dame des Hauses, die Lady von Lohenmut, war für einige Tage in der Stadt«, fuhr er fort, »und hatte keine geeignete Lektüre dabei. Darum kam ein Diener mit einer Liste in den Cecil Court. Ich wollte die Bücher an der Tür beim Butler abgeben, doch der befahl mir, ihm zu folgen, weil die Lady selbst mich zu sehen wünschte.«

»Dich schmutzige Ratte?«, rief einer der Männer.

»Ich war selbst verblüfft, Sir«, fuhr Philander fort. »Wer bin ich denn, dass eine so hohe Dame das Wort an mich richten mag? Mir wurde ein wenig bange, vielleicht hatte ich etwas falsch gemacht, oder sie war verärgert, weil –«

»Komm zur Sache!«, fiel ihm Rudelkopf ins Wort.

»Verzeiht, Sir. Tatsächlich wollte sie mir nur ein paar weitere Bücherwünsche auftragen und versprach, dem Laden bei ihrem nächsten Aufenthalt in der Stadt einen Besuch abzustatten. So erfuhr ich, dass sie kurz darauf abreisen und London für einige Monate fernbleiben würde. So lange sei das Anwesen verwaist, verriet sie mir, abgesehen von einem Verwalter und zwei, drei Wachleuten. Sie war sehr offenherzig, weil ich doch ein Buchhändler bin, nicht irgendein Laufbursche.«

Rudelkopfs Gesicht ruckte herum in die Richtung seines Gefolges, so als wollte er jedem hämischen Einwurf zuvorkommen. In den Reihen seiner Unterführer blieb es still.

»Was hast du in dem Haus gesehen, das für mich von Interesse sein könnte?«

»Gold, Sir. Mehr Gold, als ich mir je träumen ließ. Vergoldete Figuren, vergoldete Bilderrahmen, sogar vergoldete Türklinken. Dazu Gemälde, die äußerst kostbar aussahen.«

»Und du kennst dich aus mit Kunst?«

»Zugegeben, nein, Sir. Die Bilder erschienen mir wertvoll, aber natürlich weiß ich es nicht mit Gewissheit. All das Gold hingegen –«

»Goldfarbe«, fiel ihm Huggins ins Wort. »Bilderrahmen werden nicht aus echtem Gold gemacht, meistens nicht mal vergoldet. Das ist nur Farbe, und die ist nicht mehr wert als der Dreck unter deinen Nägeln.«

Diesmal verzichtete Rudelkopf auf eine Zurechtweisung.

»Entschuldigt, Sir, aber die Lady von Lohenmut persönlich sagte zu mir: Sehen Sie sich all das Gold an, es macht niemanden glücklich.«

»Warum sollte sie so etwas zu dir sagen?«

»Sie hatte wohl Vertrauen zu mir gefasst.«

»Zu dir!«, rief Huggins verächtlich.

Rudelkopf aber fragte: »Wie alt ist diese Lady?«

»Vielleicht sechzehn oder siebzehn, Sir.«

Der Verbrecherkönig nickte langsam. »Du bist ein hübscher Junge. Schon möglich, dass sie so was zu dir sagt. Nicht sehr wahrscheinlich, aber es ist nicht ausgeschlossen. Ein einsames reiches Mädchen, ein Junge, der mit Büchern handelt und weiß, wie man die richtigen Worte findet … Man hat schon von Ungewöhnlicherem gehört.«

»Mit Verlaub, Meister, aber er lügt«, sagte Huggins.

Rudelkopf achtete nicht auf ihn und gab Philander einen Wink. »Fahr fort!«

»Ich beeile mich, Sir. Es war also so, dass die Lady mir erzählte, sie müsse Chagford House und London zu ihrem Leidwesen bald wieder verlassen, weil ihre Familie sie in Essex erwarte. Das Anwesen werde dann wieder für Monate leer stehen. Das Gold, die Kunst, das teure Porzellan … All das wird nur von wenigen Männern bewacht.«

»Warum kommst du damit zu mir?«, fragte Rudelkopf. »Wir sind hier in Soho, nicht in Bloomsbury.«

»Gebt mir einige Männer, und ich bringe Euch die Reichtümer aus Chagford House.« Philander hoffte, dass dies angemessen verwegen klang. Wie etwas, das der Held eines Abenteuerromans sagen würde, Dick Turpin, Robin Hood oder D'Artagnan.

»Männer willst du also«, sagte Rudelkopf. »Meine Männer.«

»Die kleine Lady war offenbar nicht sein Fall«, rief einer der anderen und erntete rohes Gelächter.

Philanders Herz fühlte sich an wie abgestorben. Wenn er sich nicht konzentrierte, würden alle seine Gedanken von der Angst um Tempest beherrscht, und das durfte er in seiner Lage auf keinen Fall zulassen.

»Sir«, sagte er, »es wäre nicht das erste Mal, dass ich in ein gesichertes Haus einbreche.«

»Ich weiß«, sagte Rudelkopf. »Einmal warst du in Limehouse. Zwei, drei Jahre muss das her sein. Zusammen mit ein paar anderen Kindern aus den Krähennestern.«

Wäre ein Blitz vor Philander im Boden eingeschlagen, wäre seine Überraschung kaum größer gewesen. Rudelkopf wusste, wer er war und was er getan hatte. Er hatte es schon die ganze Zeit über gewusst.

»Ganz recht«, sagte Rudelkopf, »ich kenne dich.«

»Dann wisst Ihr, dass ich kein Anfänger bin. Ich hab Erfahrung mit Einbrüchen in Häuser, von denen man sich besser fernhalten sollte.« Die einzige Karte, die er jetzt noch ausspielen konnte, war die Wahrheit. Wenigstens ein Teil davon. »Ich weiß, wovon ich spreche. Chagford House ist keine leichte Beute. Es gibt Risiken, weil es die immer gibt, aber wenn wir erst mal –«

Rudelkopf unterbrach ihn mit einer ungeduldigen Geste. »Was würde Madame Xu davon halten, wenn ich dich kleine Ratte bei ihr abliefern ließe?«

Philanders Magen zog sich zusammen. »Sie wäre dankbar, Sir.«

Der Verbrecherkönig hob eine Augenbraue. »Du streitest es nicht ab?«

»Ihr wisst Bescheid über das, was in London vor sich geht. Nichts anderes habe ich erwartet. Hättet Ihr mich gleich nach Xu gefragt, hätte ich euch erzählt, was damals geschehen ist.«

Einige Männer rückten näher heran, und Philander fragte sich, ob er einen Wink übersehen, einen Befehl überhört hatte. Rudelkopf hatte seine Leute abgerichtet wie den schwarzen Hund. Sie lasen seine Wünsche von den Schatten auf seinen Zügen ab.

»Was genau hättest du mir wohl erzählt?« Der Tonfall des Verbrecherkönigs wurde lauernd. »Warum lässt Xu mir gerade jetzt die Namen von ein paar halbwüchsigen Rotznasen zukommen, die schon vor Jahren in ihr Hauptquartier eingebrochen sind?«

»Jetzt, Sir?«

»Wärest du vor einer Woche hier aufgetaucht, hätte ich nichts davon gewusst. Aber dann erreicht mich aus heiterem Himmel eine Warnung von Xu, dass du und die anderen sich einen Teil meines Geschäfts einverleiben wollen. *Meines* Geschäfts, Junge. Was glaubst du wohl, wie mir zumute war, als ich das gehört habe?«

Philander musste sich zu einer Antwort zwingen. »Ganz sicher wisst Ihr, dass keiner so dumm wäre, sich mit Euch anzulegen.«

Rudelkopf beugte sich mit einem Ruck vor. »Du bist nicht auf den Mund gefallen. Nicht mal jetzt, da du so kurz davor bist, bei lebendigem Leib verbrannt zu werden. Die Ratten in den Kanälen lieben geröstetes Fleisch. Sie versammeln sich schon, damit wir ihnen ein paar Brocken zuwerfen.«

Instinktiv machte Philander einen Schritt zurück und prallte gegen die beiden Wächter. Huggins tänzelte grinsend von einem Fuß auf den anderen, während er erwartungsvolle Blicke von Philander zu Rudelkopf warf. Im Hintergrund schuf jemand mit einer kreisenden Fackel ein Feuerrad.

Laut Mercy hatte die Adamitische Akademie Xu gezwungen, den Agenten das Flaschenpostbuch auszuhändigen. Widerstand hatte sie offenbar nicht geleistet, aber sie hatte das getan, was sie seit jeher am besten konnte: Hinter den Kulissen hatte sie ein paar Fäden gezogen. Weder war sie offen gegen die Akademie noch gegen deren Schützling Mercy vorgegangen – stattdessen hatte sie einige Namen in die richtigen Ohren geraunt, hatte Warnungen geflüstert, Spekulationen gestreut. Rudelkopf würde ihr die Arbeit abnehmen, ohne dass sie selbst ins Kreuzfeuer geriet.

Die ganze Bande starrte Philander an. Er hörte die beiden Männer in seinem Rücken leise lachen, während Huggins sich die Finger rieb, als stünde er bereits an Philanders Scheiterhaufen.

»Madame Xu hat Euch das nicht ohne Hintergedanken erzählt«, sagte Philander. »Sie hat Euch eine Falle gestellt. Gut, dass Ihr sie längst durchschaut habt.«

Huggins flüsterte kichernd: »Ich weiß, was du da versuchst, Junge. Es wird dich nicht retten.«

»So«, sagte Rudelkopf, »eine Falle.« Die beiden Mädchen wichen vom Thron zurück.

»Natürlich, Sir. Xu hofft, dass Ihr mich und die anderen beseitigt, damit die Strafe dafür nicht auf sie zurückfällt.«

Rudelkopf erhob sich. »Die Strafe für *deinen* Tod?«

»Junge«, wisperte Huggins, »treib es nicht zu weit. Ein Mensch kann schnell oder langsam rösten. Glaub mir, ich hab's gesehen.«

Eine zweite Fackel begann zu kreisen, dann eine dritte. Ihr Fauchen rauschte in Philanders Ohren. »Wir haben Beschützer«, sagte er. »Mächtige Beschützer. Glaubt Ihr, Xu hätte uns sonst so lange am Leben gelassen?«

Das Podest erzitterte, als Rudelkopf an die vordere Kante trat. Jetzt kreisten vier Feuerräder, zwei zu jeder Seite des

Throns. »Wer sollte sich für eine Zecke wie dich interessieren?«

»Fragt Madame Xu, warum sie es darauf anlegt, dass Ihr die Drecksarbeit für Sie erledigt.«

Rudelkopf streckte die rechte Hand aus. Sofort sprang einer der Männer vor und reichte ihm eine Fackel. Zugleich schlossen sich die Hände der beiden Bewacher um Philanders Oberarme. Er hatte die Bewegungen gespürt, hatte noch das Penny Dreadful hervorziehen wollen, doch die Kerle waren schneller als er.

Rudelkopf stieg die drei Stufen herab und kam über den Hof auf ihn zu. »Du glaubst, ich erledige die Arbeit für irgendjemanden? So denkst du über mich?«

»Meister Rudelkopf, ich wollte nicht …« Der Kloß in Philanders Hals hinderte ihn daran, den Satz zu beenden. Er hörte auf, sich gegen den Griff der Wächter zu wehren, und brachte dadurch genug Kraft auf, um noch einmal von vorn zu beginnen. »Ich wollte damit nicht sagen, dass Ihr Befehle von Xu annehmt. Nur, dass sie Euch nicht die Wahrheit gesagt hat. Über uns. Über den Einbruch damals.«

Rudelkopf hob die Fackel vor Philanders Gesicht. »Vielleicht möchtest *du* das ja tun. Mir die Wahrheit sagen.«

Auf Huggins' Stirn glänzten Schweißperlen. »War ein Fehler, herzukommen, Junge. War ein wirklich großer Fehler.«

»Was bringt es Euch, mich an die Ratten zu verfüttern?«, rief Philander. »Aber Xu … sie hat auf jeden Fall was davon! Sie will Rache und Ihr gebt sie ihr! Genau darauf spekuliert sie, weil Ihr nicht wisst, was geschehen wird, wenn mir ein Haar gekrümmt wird.«

Rudelkopfs Golemgestalt nahm fast sein ganzes Blickfeld ein. »Das Feuer wird kein Haar übriglassen, ob nun krumm oder nicht. Hast du schon mal einen Menschen gesehen, der auf einem Rost gebraten wird? Ganz nackt ist er, ganz nackt und blasig. Kein Haar mehr dran. Die Haut wird erst rot, dann braun und krustig. Weißt du, wie lange ein Spanferkel brät, bis es durch ist? Bis all das Fett ins Feuer getropft ist und die Haut ganz knusprig wird? Wie lange es am Leben bleiben würde, wenn man ihm nicht vorher die Kehle durchschnitte?«

»Viele, viele Minuten«, frohlockte Huggins.

»Viele Minuten«, bestätigte Rudelkopf.

Philander versuchte, sich auf das Penny-Dreadful-Heft in seiner Jacke zu konzentrieren, er konnte es an seiner Brust spüren, doch die Fackel lenkte ihn ab. Die Fackel und Rudelkopfs grotesk kleines Gesicht über dem ungeheuren Körper. Flammenschein spiegelte sich in seinen winzigen Augen.

»Wer sollte dich vor Xu beschützen?«, fragte er. »Warum schickt sie nicht ihre eigenen Leute, um euch zu töten? Und vor allem, was ist da in Chagford House, auf das du es wirklich abgesehen hast?«

»Gold«, erwiderte Philander. »Berge von Gold.«

Die Fackel schwebte eine Armlänge vor seinen Augen. Von irgendwoher erklang metallisches Scharren, als würde ein Gitter über das Pflaster gezogen.

»Wenn es dir um Gold ginge, hättest du dir ein paar Halsabschneider von der Straße suchen können, die mit dir dort einsteigen. Jeder von denen ist leichter zu überzeugen als ich, und das wusstest du.« Die Flamme näherte sich Philanders Gesicht. »Das Feuer lässt sich nicht belügen. Es zeigt mir deine Angst.«

»Ich kann sie auch sehen, die Angst!«, rief Huggins.

»In Chagford House müssen mehr als drei oder vier Wachleute sein, oder du bräuchtest meine Männer nicht«, sagte Rudelkopf. »Du erwartest dort eine ganze Armee, sonst wärest du nicht verzweifelt genug, mich um Hilfe anzubetteln.«

Philander versuchte, all seinen Mut zusammenzunehmen, doch am Ende war es die panische Sorge um Tempest, die ihn die Gefahr für sein eigenes Leben vergessen ließ. »Ich bin nicht hier, um zu betteln!«, schrie er den Verbrecherkönig an. »Aber bring mich ruhig um, und du wirst sehen, was passiert!«

Rudelkopf stieß ihm die Fackel gegen die Wange. Ganz kurz nur, aber der Schmerz war stark genug, um Philander in die Knie zu zwingen. Die beiden Wächter zogen ihn wortlos zurück auf die Füße.

»Er schreit gar nicht«, stellte Huggins missmutig fest. »Warum schreit er nicht?«

Rudelkopf schwenkte die Fackel zur Seite und beugte sich zu Philander herab. »Du hast Angst, aber nicht vor mir oder meinem Feuer. Du hast Angst *um* jemanden. Ist es nicht so? Du musst sehr verzweifelt sein, um zu mir zu kommen. Verzweifelt, aber nicht dumm. Gold hätte dich nicht dazu getrieben. Aber ein Mensch in Gefahr, der dir die Welt bedeutet … das wäre möglich. Vielleicht das Mädchen, das du liebst? Diese Tempest?«

Philander wich seinem Blick aus, weil er darin nur Spott sah und keinen Platz mehr für Hoffnung.

»Tem-pest.« Genüsslich betonte Rudelkopf jede Silbe. »Dein kleines Liebchen.«

Huggins kicherte im Hintergrund.

»So große Sorge«, sagte Rudelkopf. »So große Verzweiflung.«

Philanders Wille tastete erneut nach dem Penny Dreadful. Ein einzelner Druckstoß mochte ihm gelingen, nur ein einziger Stoß.

»Wer hält sie dort fest?«, fragte der Verbrecherkönig. »Hat es mit diesen Leuten zu tun, die euch vor Xu beschützen? Haben sie das Mädchen in ihrer Gewalt, weil ihr wichtig für sie seid? Weil ihr etwas für sie *tun* sollt?« Sein Grinsen schien jetzt breiter als sein Schädel. »*Das* ist es, nicht wahr? Ihr sollt etwas erledigen für sie, und deshalb halten sie deine Kleine als Geisel fest. Ich weiß, wer die von Lohenmuts sind. Ich weiß, wie viel Einfluss sie haben. Sie könnten mächtig genug sein, selbst Chinatown einzuschüchtern.« Die Fackel erschien wieder in Philanders Sichtfeld. »Und da kommst du zu mir und willst mich gegen sie aufhetzen? Willst, dass ich mich mit diesem reichen Pack anlege, damit sie mir meinen wunderbaren Palast wegnehmen?«

Wüstes Gelächter in der Dunkelheit, vermischt mit dem Fauchen der Feuerräder.

»Ich weiß gar nicht, womit du dir eine größere Strafe verdient hast. Mit deinen Lügen, mit deiner Frechheit oder mit deiner Anmaßung, meine Männer ins offene Messer laufen zu lassen.«

Der Druckstoß brach aus Philander hervor wie ein zorniger Schrei, und er war viel heftiger, als er erwartet hatte. Die Macht der Bibliomantik traf Rudelkopf vor die Brust und schleuderte den Giganten mehrere Yards weit zurück, beinahe bis zum Thron. Die Fackel flog davon, und ein Ächzen raste durch den Pulk der Umstehenden. Selbst Huggins war für Sekunden stumm vor Entsetzen. Rudelkopf fiel auf den Rücken und gab nicht einmal ein Stöhnen von sich.

Dann richtete er den Oberkörper langsam wieder auf, setzte die Hände auf den Boden und stemmte sich hoch. Niemand versuchte, ihm zu Hilfe zu kommen, denn keiner wollte den Eindruck erwecken, der Anführer sei zu schwach, um auf eigenen Beinen zu stehen.

Während Philander mit dem Blick eines Rasenden auf den Verbrecherkönig starrte, bemerkte er aus dem Augenwinkel das Gitter, das auf zwei Eisenböcken über ein flaches Feuer gelegt worden war.

»Oh, mein Junge«, sagte Rudelkopf sanft, als er wieder näher kam, leicht schwankend, aber nicht ernsthaft angeschlagen.

Im harten Griff seiner Bewacher wartete Philander darauf, dass Tempest ihm erschien, ihr Gesicht im Dunklen, ihr Lächeln, an dem er sich nie hatte sattsehen können. Aber da waren nur die Flammenräder und das Feuer mit dem verkrusteten Gitter, davor die gewaltige Silhouette Rudelkopfs – wie eine Rauchwolke, die sich mühte, die Proportionen eines Menschen nachzubilden, und dabei kläglich scheiterte.

Mit einem Mal prasselte da Feuer, wo gerade eben noch keines gewesen war. Ganz am Rand des Hofs und viel zu hoch oben.

Eine der Planen brannte.

Eine Frau begann zu schreien, andere stießen Warnungen aus.

»Löschen!«, befahl Huggins. »Löscht das verdammte Ding!« Er klang überrascht, aber nicht besonders besorgt.

Rudelkopf war stehen geblieben, hob langsam den Kopf und blickte nach oben.

Ein Zischen erklang.

Etwas ungeheuer Schweres zerfetzte die Plane über ihm, riss andere aus ihren Verankerungen an den Hauswänden und schlug mit ohrenbetäubendem Getöse unmittelbar neben Rudelkopf einen Krater ins Pflaster. Philander sah gerade noch, dass der Verbrecherkönig nicht selbst getroffen, aber von der Erschütterung zu Boden geworfen wurde. Zerschmettert wurde ein anderer: Huggins' Arme und Beine ragten unter etwas hervor, das aussah wie ein mannsgroßer Anker.

Die Männer, die Philander festgehalten hatten, waren mit einem Mal nicht mehr da, und dann sanken auch schon die zerfetzten Planen auf die Feuer im Hof herab, auf die panischen Menschen und den tobenden Rudelkopf.

Vor Philander fiel eine Strickleiter vom Himmel.

»Halt dich fest!«, rief eine Frauenstimme.

Als er nach den Sprossen griff, wurde er auch schon aufwärtsgerissen, während eine losgelöste Ankerkette rasselnd neben ihm in die Tiefe stürzte. Mit ihrem Gewicht zerquetschte sie Rudelkopf unter einem Berg aus stählernen Kettengliedern.

Philander blickte auf einen See aus Feuer, während er selbst immer schneller aufstieg und ein Ballon ihn zu den Sternen trug.

22

Keine halbe Stunde, nachdem Cedric die Werkstatt des Lesezeithändlers verlassen hatte, kauerte er im Schutz eines abgestellten Karrens am Ufer der Themse und blickte hinaus auf den nächtlichen Fluss.

Mitten in der Stadt erstreckten sich an beiden Ufern die Anlegestellen für Segelschiffe und Dampfboote, für algenbesetzte Kähne und tiefliegende Barken. Die Handelsgesellschaften ließen die Ladungen ihrer Fregatten in den großen Docks löschen, wo Whisky, Tee und exotischere Güter sofort in gewaltigen Lagerhäusern verschwanden. Kleinere Unternehmen waren auf die unzähligen privaten Kaianlagen angewiesen, die sich über mehrere Meilen hinweg am Nord- und Südufer drängten. Viele waren heruntergekommen, die Stege morsch, die Befestigungen brüchig. Hier lagen die Heutransporter und Kohleschiffe, die Bierfassdampfer der Brauereien und die Kähne jener Transporteure, die ihre Geschäfte mit illegalen Schlachthäusern und giftigen Färbereien abwickelten.

Auf einigen Schiffen brannten Bootslampen, doch die meisten waren in Dunkelheit gehüllt. Die Besatzungen vergnügten sich in den Spelunken der angrenzenden Gassen, nur hier und da waren Männer an Bord zurückgelassen worden. Die Betreiber der Kais warben mit Nachtwächtern, doch waren es immer zu wenige und die meisten bestechlich.

Zehn mittelgroße Boote lagen an dem Steg, dem Cedrics

Aufmerksamkeit galt, und keines sah aus, als wäre es in den letzten Wochen fortbewegt worden. Das Wasser zwischen den Rümpfen stank nach Fäkalien und verfaultem Fisch. Das einzige Dampfboot war in erbärmlichem Zustand, während die übrigen einen Wald aus Masten und schlaffer Takelage bildeten, hinter dem das Schiff am äußersten Anlegeplatz fast unsichtbar blieb. Cedric erkannte es lediglich als Silhouette vor den Lichtern des gegenüberliegenden Ufers. Sein Seelenbuch signalisierte ihm, dass sich an Bord die verlorene Seite befand. Vorwurfsvoll rumorte es in seiner Manteltasche.

»Du wirst mir das niemals verzeihen, hm?«, flüsterte er.

Die Antwort war eine schmerzhafte Hitzewelle. Er nahm sie kommentarlos hin, weil das Buch im Recht und er im Unrecht war. Was für ein Bibliomant brachte es über sich, eine Seite aus dem eigenen Seelenbuch zu trennen? Er hatte sich das selbst mehr als einmal gefragt und war zu der Erkenntnis gelangt, dass er wohl kein aufrechter Bibliomant, aber ein guter Agent war.

Er beobachtete das Schiff nun bereits seit mehreren Minuten. Beckford war nicht wieder zum Vorschein gekommen. Geduckt löste Cedric sich aus seinem Versteck, vergewisserte sich, dass keine Wachleute im Anmarsch waren, dann schlich er über den gepflasterten Kai zu einer schmalen Steintreppe, die hinab zum Wasser und auf den Steg führte. Als er ihn betrat, knarrte das Holz unter seinen Stiefeln. Die Boote und ihre Takelage verursachten genug Geräusche, um seine Schritte zu schlucken.

Das Schiff am Ende des Stegs war ein Zweimaster, wie sie häufig für Küstentransporte eingesetzt wurden. Geringer Tiefgang und wendig genug für die tückischen Strömungen der Themsemündung. Die letzte Fahrt musste ewig her sein, auf dem Deck klebte knöchelhoher Möwendreck.

Er spaltete ein Seitenherz und ließ eine winzige Lichtkugel entstehen, die er tief am Boden vorausschickte. Leise tastete er sich über eine Planke an Bord und musste achtgeben, dass er auf dem vereisten Holz nicht ausrutschte. Der Lesezeithändler hatte Fußabdrücke hinterlassen. Cedric folgte ihnen bis zu einer Treppe, die unter Deck führte. Die Tür stand einen Spaltbreit offen, Licht brannte keines. Die Luft, die ihm von unten entgegenwehte, war erfüllt von Bibliomantik wie das Innere einer Bibliothek.

Mit dem geöffneten Seelenbuch in der Hand machte er sich an den Abstieg. Die Lichtkugel huschte voraus und erhellte einen kurzen Korridor. Auf jeder Seite befand sich eine Tür, eine dritte am anderen Ende. Er warf nur kurze Blicke in die seitlichen Räume – beide waren leer –, dann betrat er den hinteren.

»Größer!«, flüsterte er. Die Kugel vervierfachte ihren Umfang und beschien die gesamte Kabine.

Richard Beckford schwebte aufrecht in der Mitte des Raums, Arme und Beine gespreizt, mit dem Rücken zur Tür und zu Cedric. Sein Kopf war zur Seite geneigt, als beobachte er etwas vor sich mit großem Interesse. Die Füße baumelten zwei Handspannen über dem Boden, als hätte man ihn auf einen Pfahl gespießt; doch da war nichts, das ihn hielt, nur die Macht der bibliomantischen Todesfalle, in die er auf seiner panischen Suche nach Schutz geraten war.

Cedric vergewisserte sich, dass der Mann nicht mehr lebte,

zog die Seite aus der Gehrocktasche und legte sie zurück in sein Seelenbuch.

Ein großer Schreibtisch war bis auf ein Tintenfass leer geräumt worden, in einem Bücherregal lagen ein paar Tageszeitungen aus den vergangenen Wochen. Absolon musste eine unsichtbare Abwehr gegen Feuchtigkeit um die Wände der Kabine gesponnen haben wie eine Blase. Wann genau er diesen Unterschlupf aufgegeben hatte, ließ sich nicht mit Bestimmtheit sagen. Weil aber die Luft hier drinnen noch immer viel trockener war als draußen auf dem Gang, vermutete Cedric, dass sein Aufbruch erst wenige Stunden zurücklag.

Jemand musste Absolon vor ihm gewarnt haben. Jemand, der befürchtete, dass Cedric nach all den Monaten, in denen er im Dunkeln getappt war, wieder auf die Spur seines Erzfeindes gestoßen war.

Absolons Verbündete in den Reihen der Akademie.

Es war an der Zeit, Egyptienne einen zweiten Besuch abzustatten.

23

Wir sind keine Anarchisten!«, sagte Arthur Gilchrist. »Und ich kenne niemanden, der etwas mit dem Anschlag im Savoy zu tun hat!«

Die beiden Männer in Schwarz, die ihn und Tempest bewachten, standen an einem der hohen Fenster und unterhielten sich leise.

»Und, verflucht nochmal, nehmt dem Mädchen den Knebel aus dem Mund!«, rief Gilchrist.

Einer der Männer wandte sich zu ihm um. »Du kannst einen eigenen haben, wenn du das Maul nicht hältst.«

Tempest sah hilflos zu, wie Gilchrist in einem Wutausbruch an den Stricken zerrte, mit denen ihn die Männer an einen Stuhl gebunden hatten. Sie war auf dieselbe Art gefesselt, mit dem feinen Unterschied, dass sie ihr zusätzlich einen Lappen in den Mund gestopft hatten. Niemand wollte ihre Meinung hören. Jedenfalls nicht zum zwanzigsten Mal.

Die beiden Stühle standen verloren in der Mitte eines Saals mit getäfelten Wänden und hohen Decken voller Malereien. Früher mochten hier Bälle stattgefunden haben, große Empfänge für Londons bessere Gesellschaft. Sie stellte sich vor, wie die Musiker mit ihren Instrumenten neben dem Kamin gesessen und lachende Paare auf dem glänzenden Parkett getanzt hatten. Tempest hatte noch nie einen Ball gesehen, auch keinen Raum wie diesen. Alle Zimmer, die sie jemals betreten hatte, waren eng und niedrig gewesen, die einen voller Menschen, die anderen voller Bücher. Dass es derartige Säle gab, wusste sie nur aus Romanen. Sie hatte sich den Prunk vorgestellt, den Hall der Stimmen, den wohligen Geruch teurer Hölzer. Nun aber, da sie von all dem umgeben war, fand sie die Deckenbilder protzig, die dunkle Täfelung bedrückend und die Weite verschwenderisch.

Der Lappen schmeckte rußig, als wäre damit das Kamingeschirr abgewischt worden – was durchaus der Fall sein mochte –, und die Stricke schnitten in ihre Haut. Toben und Fluchen hatten ihr nichts als einen Knebel eingebracht, und sie fürchtete, dass es Gilchrist ebenso ergehen würde, wenn er keine Ruhe gab.

»Ich will Ihre Vorgesetzte sprechen!« Er hatte keine andere Wahl, als zu brüllen, weil die Distanz zwischen ihnen und den Wächtern so groß war.

Die beiden ignorierten ihn und redeten weiter miteinander, zu leise, um sie von hier aus verstehen zu können. Die schweren Vorhänge vor den Fenstern waren zugezogen. Auf vier wuchtigen Standleuchtern brannten Kerzen, rund um die bronzenen Krallenfüße hatten sich Hügel aus Wachs gebildet.

Auf dem Kaminsims standen ein paar alte Bücher, keines davon war Tempests verlorenes Seelenbuch. Es gab keine Möbel außer den beiden Stühlen und den Leuchtern. Irgendwann einmal mussten sich Vögel in diesen Saal verirrt haben, unter dem Kronleuchter klebten weiße Flecken auf dem Parkett. Dieser Teil des Anwesens war wohl schon lange unbewohnt.

Die beiden Wächter waren keine Bibliomanten, im Gegensatz zu den Männern und Frauen, mit denen Egyptienne sie hergebracht hatte. Möglich, dass sie die Fähigeren unter ihren Leuten für etwas anderes brauchte. Vielleicht standen ihr nicht genug zur Verfügung, um ein Haus dieser Größe zu schützen. Je länger Tempest darüber nachdachte, desto sicherer war sie, eine Schwäche ihrer Feinde entdeckt zu haben: Sie waren zu wenige.

Sie kaute jetzt seit einer Viertelstunde auf dem verfluchten Knebel herum, und allmählich war der Stoff elastisch genug, um ihn mit der Zunge aus dem Mund schieben zu können. Vorerst jedoch hatte sie dadurch keinen Vorteil, deshalb ertrug sie den Geschmack noch etwas länger. Sie wollte den Wächtern keinen Grund geben, sie weiter zu schikanieren.

Allmählich fragte sie sich, ob Gilchrists Beschimpfungen Methode hatten. Und ob er es bewusst darauf anlegte, dass die beiden Milizionäre herüberkamen.

»Euch an Alten und Kindern vergreifen, das könnt ihr Drecksäcke!«, rief er durch den Saal. »Als ich jünger war, hätte ich euch die Visagen eingeschlagen!«

Ja, dachte sie, irgendwas musste er sich wohl von seinen Beleidigungen erhoffen. Dass er als junger Mann keiner Schlägerei aus dem Weg gegangen war, nahm sie ihm ab; auch aufgrund seiner Streitlust hatten ihn die Buchhändler vom Cecil Court zu ihrem Wortführer gewählt. Trotzdem provozierte er niemals sinnlos und schlichtete lieber die Streitereien der anderen, als selbst welche vom Zaun zu brechen.

Angespannt beobachtete sie, wie er an seinen Fesseln zerrte, und endlich fing sie einen warnenden Blick und ein kurzes Nicken von ihm auf. Ohne Seelenbücher waren sie beide zu schwach, um die Milizionäre über diese Entfernung hinweg mit einem wirkungsvollen Druckstoß zu erreichen. Wenn es ihnen aber gelang, sie heranzulocken und gleichzeitig loszuschlagen, sah die Sache schon anders aus.

Gilchrist schrie weitere Verwünschungen und Schmähungen zu den Männern hinüber, und endlich wurde es ihnen zu viel. Die beiden besprachen sich kurz, dann eilte einer quer durch den Saal heran. Tempest machte sich bereit.

»So, alter Mann, du hast also eine Beschwerde«, sagte der Milizionär, ein blonder Junge mit akkuratem Soldatenhaarschnitt. Er holte aus und versetzte Gilchrist eine Ohrfeige, die den Stuhl zum Schwanken brachte.

Tempest spie den Knebel aus, früher als geplant. »Du Scheißkerl!«

Er warf ihr einen verblüfften Blick zu. »Hey, muss ich dir das Ding erst in die Kehle stopfen, damit du endlich still bist?« Mürrisch ließ er von Gilchrist ab und kam auf Tempest zu.

Mit einem Ruck brachte sie ihren Stuhl zum Kippen, genau auf ihn zu. Wäre ihm Zeit zum Nachdenken geblieben, hätte er sie gewiss aufs Gesicht fallen lassen. So aber schossen seine Arme vor, um sie aufzufangen oder sich vor einem Zusammenstoß mit ihr und dem Stuhl zu schützen. Purer Reflex, der ihm zum Verhängnis wurde.

Während er sie zu packen bekam, stieß der zweite Milizionär einen Fluch aus und kam herübergerannt. Er war älter, sicher erfahrener, und er sah sofort, dass seinem Kameraden die Situation entglitt.

»Jetzt!«, rief Gilchrist.

Es mochte Jahrzehnte her sein, seit er zuletzt mit Hilfe der Bibliomantik gekämpft hatte, und Tempest fehlte die Erfahrung, um ohne ihr Seelenbuch einen tödlichen Stoß auszuführen. Nun aber schleuderten beide gleichzeitig Druckstöße auf den jungen Milizionär, noch dazu von zwei Seiten. Sein Körper wurde zwischen den entfesselten Gewalten zermalmt. Der Laut, mit dem seine Knochen brachen, ging Tempest durch Mark und Bein. Schreiend ließ er sie los, sie stürzte mitsamt dem Stuhl zur Seite und krachte mit Blick auf den zweiten Milizionär zu Boden.

Der zog seinen Revolver und legte an.

Ihr nächster Druckstoß prellte ihm die Waffe aus den Händen, vor Erschöpfung tanzten Lichter vor ihren Augen. Den Stoß, den Gilchrist über sie hinwegschleuderte, spürte sie wie einen kräftigen Schlag, der sie haarscharf verfehlte. Trotzdem wurde sie davon nach vorn geschoben, genau auf den Mann zu, der im selben Augenblick von der Druckwelle getroffen wurde. Er geriet ins Taumeln, stolperte und fiel hin. Der Stoß war nicht stark genug, um ihn zu verletzen, aber für einen Moment war er abgelenkt. Tempest mobilisierte ihre letzten Kräfte.

Der Mann wollte gerade aufstehen und dabei nach dem Revolver greifen, als Tempests verzweifelter Stoß ihn wieder von den Füßen riss und gegen die Wandtäfelung warf. Dass er mit dem Kopf zuerst dagegenschlug, war sein Pech. Als er stürzte, war sein Genick gebrochen und seine Augen so leblos wie die der gemalten Figuren an der Decke.

Der andere Milizionär wimmerte leise. Offenbar wollte er über das Parkett zur Tür des Saals kriechen. Gilchrist brachte seinen Stuhl zum Kippen und begrub den Mann halb unter sich. Sein Gewicht presste die gebrochenen Rippen noch stärker zusammen. Der Milizionär schnappte nach Luft, ihm fehlte die Kraft, um Gilchrist abzuschütteln.

Man hatte sie mit den Oberkörpern an die Stühle gebunden, aber ihre Beine waren frei. Auf der Seite liegend stieß Tempest sich strampelnd ab und bewegte sich Stück für Stück auf den Kamin zu. Gilchrist rief etwas. Sie verstand ihn nicht, so laut rauschte das Blut in ihren Ohren, und konzentrierte sich ganz auf den Weg, der vor ihr lag. Es war nahezu unmöglich, sich auf diese Weise in einer geraden Linie zu bewegen, und sie fürchtete, dass ihnen die Zeit davonlief. Sie hoffte nur, dass Gilchrist den Milizionär davon abhielt, Alarm zu schlagen.

Sie passierte den Revolver des Toten und kümmerte sich nicht darum, weil sie mit ihren gefesselten Händen ohnehin nicht herankam. Schließlich war der offene Kamin nur noch drei Schritt entfernt. Dort oben auf dem Sims standen die Bücher. Wenn sie es bis darunter schaffte und die Bände dazu brachte, auf sie herabzufallen, konnte sie ihnen durch den Kontakt vielleicht genug Kraft entziehen, um ihre Fesseln zu lockern.

Gilchrist rief wieder etwas, und diesmal drang seine Stimme zu ihr durch. Sie blickte auf, verstand aber die Worte nicht. Falls es eine Warnung war, konnte sie ohnehin nur hoffen, schneller zu sein. Sich mitsamt dem Stuhl zu ihm umzudrehen, hätte viel zu lange gedauert.

»Tempest!«

Diesmal hörte sie ihren Namen. Sie war jetzt fast unter dem Sims. Sie brauchte unbedingt die körperliche Nähe eines Buchs.

Ein gequälter Aufschrei.

Gilchrist.

Sie sah die Bücher über sich, aber nicht, was hinter ihr war. Vor ihr lag der schwarze Schlund des Kamins, durch den Schacht wehte ihr Winterluft ins Gesicht.

Sie konzentrierte sich auf einen der Bände, schloss die Augen, tastete mit ihren Gedanken danach.

Gilchrists Schrei wiederholte sich – und brach ab.

Tempest riss die Augen auf, sah eine Ecke des Buchs über den Sims hinausragen, sah es leicht zittern.

Etwas traf sie von hinten wie ein Tritt. Es war keine physische Gewalt, auch kein Druckstoß. Vielmehr war da plötzlich ein Gefühl von Leere und die unumstößliche Gewissheit, dass in ihrem Rücken etwas Schreckliches geschehen war.

Gilchrists Leben war erloschen. Mit ihm starb Tempests Konzentration. Die Verbindung zu dem Buch riss ab. Schlagartig stand es wieder still, nicht weit genug aus der Lücke gerückt, um zu ihr herabzufallen. Hektisch versuchte sie es erneut, aber vergeblich.

Immer noch auf der Seite liegend drehte sie sich mühsam ein wenig, erreichte mit den Füßen den Rand der Kaminöffnung und gab sich einen heftigen Stoß, der sie ein gutes Stück herumkreiseln ließ. Jetzt konnte sie wieder in die Mitte des Saals blicken, zurück zu der Stelle, von der sie gekommen war.

Nahe der offenen Tür stand die Frau, Egyptienne, und ihre Miene verriet maßlose Wut. Sie kam nicht näher, denn ein anderer hatte den Saal bereits betreten.

Ein dunkelhaariger Mann, den Tempest nie zuvor gesehen hatte, beugte sich über Gilchrist. Er war unmittelbar neben den alten Mann getreten und musste einen mörderischen Druckstoß von oben auf ihn herabgerammt haben. Der Stuhl war in viele Teile geborsten, die Fesseln hingen lose an Gilchrists zerschmettertem Körper.

Der verletzte Milizionär lag kaum einen Schritt entfernt und wimmerte. Der Fremde machte achtlos einen Schritt über ihn hinweg und kam auf Tempest zu.

»Nein!«, befahl Egyptienne, kaum dass er die Hälfte der Strecke zurückgelegt hatte. »Nicht sie! Wir brauchen sie noch!«

Tempest sah den Mann nur verschwommen, weil sie einzig Augen für Gilchrist hatte. Sie starrte ihn über die Distanz hinweg an und konnte nicht glauben, dass er tot war. Gilchrist war in den vergangenen Monaten ihr Freund geworden, der einzige Mensch neben Philander und Mercy, dem sie vertraute. Er hatte den Furor einer Widerstandskämpferin in ihr entfacht, ehe sie sich über ihren Hass auf die Akademie im Klaren gewesen war. Er hatte die Rebellin in ihr gesehen, den Keim der Anarchie in ihrem Herzen. Gilchrist hatte gewusst, was sie war, als sie selbst noch im Dunkeln tappte.

Jetzt lag er da wie ein Tier, das unter Kutschräder geraten war, nicht mehr der Arthur Gilchrist, den sie kannte, und einen unwirklichen Augenblick lang erwog sie ernsthaft, dass gar nicht er es war. Er hatte doch eben noch gesprochen, geflucht und gemeinsam mit ihr die Druckstöße gegen ihre Bewacher geschleudert. So entsetzlich schnell konnte aus ihm nicht *das da* geworden sein.

»Wir brauchen sie noch«, sagte Egyptienne. Hinter ihr tauchten zwei weitere Milizionäre auf. »Bringt sie nach oben.«

Der fremde Mann sagte etwas, das Tempest nicht verstand, aber seine Stimme brannte sich für immer tief in ihr Gedächtnis ein. Er erschien noch immer diffus, so als weigerte er sich, vom Rand ihrer Wahrnehmung ins Zentrum zu treten.

»Absolon«, sagte Egyptienne, »kommen Sie jetzt.«

Die beiden Milizionäre erreichten Tempest und versperrten ihr die Sicht auf Gilchrists Mörder. Einer durchtrennte ihre Fesseln. Dann packten die Männer sie und zogen sie auf die Füße. Der Fremde und Egyptienne waren bereits fort, nur Gilchrist lag noch immer da, während zwei andere den verletzten Milizionär wegtrugen.

Tempest schrie nicht, als sie den Saal verließen, und sie wehrte sich nicht auf dem Weg durchs Foyer zu einer breiten Treppe hinauf in die oberen Etagen.

Gaslampen fauchten, und Schnee peitschte gegen die Fensterscheiben.

Irgendwo im Haus zersplitterte Glas.

24

Kurz nach Mitternacht rollte Sharpins Kutsche durch das Schneegestöber den Cecil Court herab und hielt vor dem Schaufenster des *Liber Mundi.*

Mercy trat ins Freie und schloss die Ladentür hinter sich ab. Unter ihrem Mantel trug sie einen dicken Wollpullover, der einmal Valentine gehört hatte; er war groß genug, um ihn über ihr Kleid bis hinunter zu den Knien zu ziehen. Außerdem hatte sie ihre dicksten Strumpfhosen an, dazu Schal und Mütze. Die Fahrt nach Cloisterham würde eisig werden, über so lange Zeit konnte auch die Bibliomantik sie nicht wärmen.

Als sie den Schlüssel abzog und sich mit ihrem kleinen Koffer in der Hand wieder zu Sharpin umdrehte, stand der bereits neben dem Einstieg der Kutsche. Eine Kirchturmuhr in der Nähe schlug halb eins.

»Ich muss Sie durchsuchen«, sagte er.

Sie hob beide Arme und ließ zu, dass er sie abtastete. Schneeflocken hingen in seinem buschigen Backenbart, an der Fellmütze und auf seinem braunen Kutschermantel. Er erledigte die Prozedur gründlich und professionell. Entweder lag ihm nichts daran, sie zu demütigen, oder ihm war schlichtweg zu kalt für irgendwelche Spielchen.

Er klopfte auf das Lesegift, das sie unter dem Mantel trug. »Ihr Seelenbuch?«

Sie nickte. »Die Reiselektüre liegt im Koffer.«

»In den müsste ich auch hineinsehen.«

Sie kletterte ins Innere der Kutsche, setzte sich auf die hintere Bank und legte den Koffer auf den Platz gegenüber. Sharpin zwängte sich hinterher. In der Enge war ihr seine Nähe noch unangenehmer als auf der Straße, er roch nach Pferdestall und einem Hauch von Hochprozentigem. Vermutlich hatte er wie viele seiner Zunft einen Flachmann gegen die Kälte auf dem Kutschbock dabei.

Sie öffnete die Schnallen des Koffers und klappte den Deckel nach oben. Darin lag Kleidung für drei Tage, ihr Waschzeug und *Mother Damnables Geschenk an das junge Frauenzimmer*. Sharpin nahm es in die Hand und blätterte darin. Inständig hoffte sie, dass er den Titel ihres Seelenbuchs nicht kannte.

»Benimmregeln?«, fragte er.

»Cloisterham ist ein herrschaftliches Anwesen. Ich dachte, ich sollte nicht unangenehm auffallen.«

Sharpin lachte. »Es ist ein großer alter Kasten auf dem Land, aber es gibt dort keine Bediensteten. Rechnen Sie nicht mit Empfängen und Banketten. Mister Sedgwick liegt nichts an so was.«

»Trotzdem«, sagte sie mit einem Schulterzucken. »Ich bin nicht allzu bewandert in diesen Junge-Dame-Dingen.«

Kopfschüttelnd legte er das Buch zurück in den Koffer und klappte den Deckel zu. »In der Kiste unter der Bank sind Decken, falls Ihnen zu kalt wird.«

»Sehr zuvorkommend.«

»Ich will nicht schuld sein, wenn Sie mir unterwegs erfrieren.«

»Und ich meine das ernst. Sie müssten das nicht tun. Ich

weiß zu schätzen, dass Sie freundlich sind – jetzt, da wir beide das Vertrauen von Mister Sedgwick genießen.«

Er musterte sie nachdenklich, dann tippte er sich an die Fellmütze und kletterte ins Freie. Wenig später setzte sich das Gefährt knarrend und schwankend in Bewegung.

Mitten in der Nacht und bei diesem Wetter waren nicht viele Kutschen unterwegs. Nachdem sie den Cecil Court verlassen hatten, gab Sharpin den Pferden die Peitsche. Das Getöse der Hufe und Räder wurde ohrenbetäubend. Mercy zog sich ihre Mütze bis tief über die Ohren, doch das half nicht. Trotz der Holperei stand sie schwankend auf und nahm zwei Decken aus der Kiste, packte sich darin ein und machte es sich in einer Ecke so bequem wie eben möglich. Sie hatte gehofft, unterwegs eine Stunde schlafen zu können, aber daran war nicht zu denken – nicht nur wegen des Lärms, sondern auch weil sie immerzu an Tempest und Philander denken musste. Vielleicht war es ohnehin besser, wach zu bleiben. Sie traute Sharpin nicht über den Weg, und sie fühlte sich sicherer, wenn sie dann und wann einen Blick aus dem Fenster auf die Umgebung werfen konnte. Nicht, dass es dort draußen außer Finsternis, Schneetreiben und aufspritzendem Schlamm viel zu sehen gab.

Ihr Seelenbuch im Koffer rebellierte gegen die Nähe des Lesegifts, sie spürte seinen Aufruhr als Ziehen in ihren Eingeweiden. Egyptiennes Blendbuch steckte in der Manteltasche, in der Mercy sonst das Seelenbuch trug. Vielleicht war deshalb auch Eifersucht im Spiel, doch eher befürchtete sie, dass das fremde Buch eine vergiftete Aura besaß, die sie selbst nicht spüren konnte, wohl aber ihr Seelenbuch.

Bald war sie nicht mehr sicher, auf welchen Straßen sie sich befanden. Cloisterham, so viel hatte der Besserwisser in alten Grundbüchern herausgefunden, hatte früher einmal den Namen Coldrick Manor getragen und lag nordöstlich der Stadt in einem Waldgebiet. Die Richtung, in die Sharpin die Kutsche lenkte, konnte sie demnach grob nachvollziehen, doch es dauerte nicht lange, da durchquerten sie Viertel, die sie noch nie betreten hatte. Zudem wurde ihr immer kälter, trotz der Decken, darum ließ sie die kleinen Fenster geschlossen und verließ sich notgedrungen darauf, dass Sharpin sie an das versprochene Ziel brachte.

Ein paar Mal hielten sie kurz an, und mindestens einmal stieg Sharpin vom Kutschbock und stapfte durch den Schnee davon. Doch ehe ihr allzu unwohl werden konnte, kehrte er zurück, und die Kutsche fuhr weiter. Vielleicht Viehgatter, dachte sie, aber als sie einen Blick durch die vereisten Scheiben warf, sah sie noch immer mehrgeschossige Häuser und vereinzelte Laternen.

Es war zu spät für einen Rückzieher. Sie hatte sich darauf eingelassen, und sie würde es zu Ende bringen müssen. Auf die eine oder andere Weise.

Sie klappte den Kofferdeckel auf, damit sie ihr Seelenbuch sehen und im Notfall danach greifen konnte. Das entspannte sie ein wenig, und auch das Buch schien sich allmählich zu beruhigen. Das Rumoren in ihrem Bauch ließ nach. Ihr Zittern war jetzt nur noch eine Folge der Eiseskälte.

Viel später ließ Sharpin die Pferde erneut anhalten, und diesmal sah sie draußen keine Lichter mehr. Sie atmete ein paar Mal gegen die Scheibe, wischte Eisblumen beiseite und entdeckte den Mond über schneebedeckten Hügeln. Sie hatten Londons

Rauchglocke verlassen, hier draußen konnte man tatsächlich den Nachthimmel sehen. Für einen kurzen Moment hätte sie fast vergessen, wohin sie unterwegs war und was ihr bevorstand.

Scharniere quietschten, die Kutsche fuhr ein Stück vor und hielt abermals an. Erneut die Laute des Gatters, diesmal hinter ihnen, dann waren sie wieder unterwegs.

Mercy vergrößerte das Guckloch im vereisten Glas.

Wie weiß der Schnee im Mondlicht war.

25

»Mercy hat *was* getan?«

»Sie hat mich gebeten, auf dich zu aufzupassen.«

»Aus der Luft?«

»Es gibt da ein paar Tricks und Kniffe.«

»Um durch Planen zu sehen? Was, wenn der Anker mich getroffen hätte?«

»Hat er nicht. Und keine Beschwerden, bitte. Mein schöner Anker liegt jetzt da unten im Feuer.«

Philander stand in der Gondelkabine des wundersamen Ballons, hatte eine Brandblase auf der Wange, stank nach Ruß und versuchte, sich nicht anmerken zu lassen, wie sehr ihn die Flucht aus Rudelkopfs Hof mitgenommen hatte. Erst allmählich realisierte er, dass der Innenraum der Gondel um ein Vielfaches größer war als die Außenseite. Zudem war er eingerichtet wie der Salon eines stattlichen Landsitzes. Möglicherweise hielt diese sonderbare Frau noch mehr Überraschungen parat.

»Warte«, sagte er. »Mercy hat dich gebeten, mich im Auge zu behalten. Aber sie wollte nicht, dass du uns hilfst, Tempest aus Chagford House rauszuholen?«

»Weil sie behauptet, dass ihre Lösung für deine Freundin am sichersten ist.«

»Das klingt, als wärest du anderer Meinung.«

Die junge Frau mit der Albinohaut schüttelte den Kopf. »Eine Geisel mit Gewalt zu befreien, ist selten eine gute Idee.«

»Hast du mit so was Erfahrung?«

»Sehe ich so aus?«

»Du steuerst ein verfluchtes Luftschiff, das von außen wie ein Fesselballon aussieht! Woher zum Teufel soll ich wissen, zu was du noch in der Lage bist?«

»Eigentlich bin ich nur auf der Durchreise. Aber als Mercy mir von dir erzählt hat, war uns beiden klar, dass du eine Dummheit begehen würdest.«

»Wenn du mich für so dumm hältst, dann lass mich doch einfach –«

»Die Akademie hat deiner Freundin und dir großes Unrecht zugefügt. Das würde viele Leute dazu bringen, unüberlegte Dinge zu tun. Aber dieses Pack da unten im Hof verspeist jemanden wie dich zum Frühstück. Das hätte dir klar sein müssen.«

»Ich würde es wieder tun«, erwiderte er entschlossen. »Den Versuch war es wert. Irgendjemanden muss ich finden, der mir hilft. Allein komme ich nie und nimmer in dieses Haus rein. Ich war da und hab's mir angesehen.«

Fiona nickte. »Ich auch. Von oben. Als ich dir gefolgt bin.«

»Wenn du nicht ... Oder, halt, Sekunde – heißt das, du hilfst mir doch?«

»Die Akademie hat meiner Familie und mir mehr Leid angetan, als du dir vorstellen kannst. Und Zosia von Lohenmut verkörpert alles, was ich an diesen Leute verabscheue. Es kribbelt mir in den Fingern, ihr jeden nur erdenklichen Schaden zuzufügen.«

»Ihr in den Arsch zu treten«, sagte er.

»So könnte man es ausdrücken.«

Philander atmete auf. Seine Stimme bebte vor neuerwachtem Enthusiasmus. »Bring mich einfach runter aufs Dach! Ich steige ein und … und –«

»Und was? Fragst in einem Haus mit hundert Zimmern erst mal nach dem Weg zu deiner Freundin?«

»Ich finde sie. Das weiß ich.«

»Ja, oder die finden dich und sperren dich zu ihr. Falls sie dich nicht auf der Stelle umbringen.«

»Mercy war immer die mit den ausgeklügelten Plänen. Ich erledige die Dinge schnell und spontan.« Gerade hatte er das Gefühl, es mit allem und jedem aufnehmen zu können.

Fiona trat an eines der hohen Fenster und blickte auf die nächtliche Stadt hinab. »Ich bin mir nicht im Klaren darüber, was sie wirklich vorhat. Ich fürchte, sie wird versuchen, die Geschichte im Alleingang zu Ende zu bringen. Sicher ist sie überzeugt, dass das der beste Weg ist. Allerdings bezweifle ich, dass sie das Ganze noch überblicken kann.« Fionas Spiegelbild im Glas zeigte ein geisterhaftes Lächeln. »Da hilft es, wenn man viel Zeit in der Luft verbringt und erkennt, wie klein und unbedeutend dort unten alles in Wirklichkeit ist. Manchmal vergessen wir zu schnell, dass wir nicht der Mittelpunkt des Universums sind.«

Philander trat neben sie an die Scheibe. »Tempest ist der Mittelpunkt *meines* Universums.«

»So hab ich das nicht gemeint. Aber während deine Freundin festgehalten wird, begibt Mercy sich in die Höhle des Löwen. Möglich, dass sie bald von mehreren Seiten unter Beschuss gerät.«

Philander war nicht sicher, ob er verstand, was sie ihm sagen wollte. Aber im Augenblick war ihm das gleichgültig. Er kam nicht gegen die neue Hoffnung an, die sich in ihm breitmachte.

»Ich kann an einem Seil runterklettern. Den Rest schaffe ich allein.«

»Du kannst nicht mal schweben? Ich dachte, du bist ein Bibliomant.«

»Bin ich auch. Also, fast.« Er druckste herum, dann zog er das Penny Dreadful unter seiner Jacke hervor. Das Heft sah mindestens so mitgenommen aus wie er selbst. »Damit kann man auch Bibliomantik wirken. Nicht so gut wie mit Büchern, aber es reicht schon.«

Ihr Blick verriet Zweifel. »Damit schaffst du es nie.«

»Das werden wir ja sehen.«

»Du läufst geradewegs in dein Verderben.«

»Herrgott, bring mich einfach hin. Ich komm schon klar.«

Mit einem Seufzen wandte sie sich wieder dem Fenster zu. »Das da unten ist es.«

Philander presste das Gesicht an die Scheibe. »Wir waren die ganze Zeit unterwegs dorthin? Warum hast du das nicht gleich gesagt?«

»Du wirst mehr Unterstützung brauchen als nur jemanden, der dich auf diesem Dach abwirft.«

Er betrachtete sie von der Seite, das gespenstische Weiß ihrer Züge, die geröteten Augen. Sie hatte eine kleine, spitze Nase, ein wenig nach oben geschwungen, und sehr helle Lippen. Etwas Überirdisches schien Fiona Faerfax anzuhaften, und das hatte am wenigsten mit ihrem Albinismus zu tun. Aus nächster Nähe schien die Luft um sie leicht zu flirren, und obwohl er sicher war, dass er es sich nur einbildete, spürte er, dass ihre bibliomantische Aura sich von allen unterschied, die er kannte. Hätte sie nicht auf seiner Seite gestanden, wäre sie ihm unheimlich gewesen.

»Ich gehe mit rein«, sagte sie nach ein paar Sekunden nachdenklichen Schweigens.

Er sah sie einen Moment länger an, überrascht und erleichtert, doch als sie seinen Blick erwiderte, wusste er, dass es nicht nötig war, ihr zu danken. Sie hatte ihre Entscheidung nicht um seinetwillen getroffen, sondern vor allem aus dem Wissen um ein Unrecht heraus, das ihre Familie seit Jahrzehnten verfolgte.

Bald schwebten sie über den verschachtelten Dächern von Chagford House. Fiona musste nicht einmal ein Steuer berühren. Tatsächlich schien es hier gar kein Steuer zu geben.

»Ich hoffe, das war nicht dein einziger Anker«, sagte er.

»Der war nur für den Notfall. Eigentlich brauchen wir keinen.«

»Wer hat dieses Ding gebaut?«

Fionas Mundwinkel zuckten, als sie fast verschämt die Schultern hob.

»Du?«

»Das Talent für so was liegt bei uns in der Familie.«

»War nicht einer deiner Vorfahren dieser Schriftsteller, dieser Siebenstern?«

Sie lächelte geheimnisvoll. »Er wusste besser als jeder andere, wie man Dinge wahr schreibt.«

26

Der Park von Chagford House lag unter einer unberührten Schneedecke. Egyptiennes Leute patrouillierten nahe am Gebäude, nicht hier draußen auf den weiten Rasenflächen.

In der Finsternis erleichterte der Schnee Cedric die Orientierung. Alle paar Schritte ging er hinter Hecken und Büschen in Deckung, wenn er glaubte, einen der Wächter an der Rückseite des Anwesens zu sehen. Die meisten Gestalten entpuppten sich als Statuen, die auf der Terrasse und zwischen den vorderen Rosenbeeten standen. Zweimal entging er knapp einer Entdeckung durch Milizionäre, die paarweise um das Haus streiften, mit Fellmützen und langen Mänteln.

Wenige Minuten, nachdem er über den schmiedeeisernen Zaun geschwebt war, betrat er Chagford House durch eine Kellertür. Die Macht eines Seitenherzens öffnete ihm das Schloss.

Die Untergeschosse des Hauses stammten aus unterschiedlichen Epochen, einige Gänge und Kammern waren niedriger als andere. Schließlich kam er an einem Raum vorbei, in dem ein verdrehter, lebloser Körper lag. Er spürte eine bibliomantische Aura, die allmählich verblasste, und befürchtete schon, er hätte Tempest entdeckt. Im Näherkommen aber sah er, dass es sich um einen Mann handelte. Cedric ging in die Hocke und drehte den Toten herum. Schädel und Oberkörper waren übel zugerichtet. Er hatte Arthur Gilchrist nur ein- oder zweimal im Vorbeigehen am Cecil Court gesehen, war aber sicher, seinen

Leichnam vor sich zu haben. Dass Tempest nicht bei ihm war, mochte bedeuten, dass sie noch lebte. Oder aber, dass man ihre Leiche anderswo entsorgt hatte.

Sein Hass galt Absolon, nicht Egyptienne, doch seine Wut auf sie wuchs unaufhörlich. Gilchrist zu töten war unnötig gewesen. Sinnlose Morde waren ein Zeichen von Unfähigkeit und mangelnder Beherrschung. Beides machte es schwierig, einen Gegner einzuschätzen.

Es sei denn, dachte er mit einem Blick auf den geschundenen Körper, dass dieser Mord weder von ihr noch von einem ihrer Bibliomanten begangen worden war. Wenn Cedric eines über Absolon gelernt hatte, dann, dass Willkür Teil seiner Maskerade war. Unberechenbarkeit als Mittel der Verunsicherung.

Er ließ Gilchrist zurück und suchte sich einen Weg nach oben. Eine Treppe führte in einen verlassenen Küchentrakt. Chagford House war die meiste Zeit über unbewohnt, es gab keine Köche oder Dienstboten. Cedrics Schritte hallten in den leeren Räumen wider, er musste sich noch vorsichtiger bewegen.

Am Ende eines langen Korridors traf er auf den ersten Milizionär und tötete ihn, ohne zu zögern. Als Agent hatte er schon mit Männern wie ihm gearbeitet, treuen Dienern der Adamitischen Akademie, doch jetzt sah er in ihnen nur Gegner, die zwischen ihm und Absolon standen.

Er befand sich in einem der Seitentrakte, hier wurde nicht geheizt. Bevor er in den Park eingedrungen war, hatte er das Haus umrundet und vergeblich nach erleuchteten Fenstern gesucht. Wahrscheinlich hatte Egyptienne ihren Unterschlupf in Räumen eingerichtet, die zu einem der schachtartigen Innenhöfe wiesen.

Er fand den Salon, in dem sie ihn empfangen hatte, doch der war verlassen. Nichts anderes hatte er erwartet. Bald hörte er Stimmen und traf erneut auf Milizionäre, zwei Männer auf Patrouille. Sie zu überwältigen, war schwieriger als erwartet, und er konnte nicht verhindern, dass der Lärm ihrer Duckstöße durch die Säle und Korridore hallte. Spätestens jetzt mussten auch die anderen wissen, dass es einen Eindringling in Chagford House gab.

Er stand über den beiden Toten, hielt den Atem an und hörte die Übrigen ausschwärmen, ihre Schritte auf knarrenden Treppen und Parkettböden, ein Stockwerk über ihm, kurz darauf auch in diesem.

Sie waren viele.

Er brauchte nur einen von ihnen lebend.

27

Das ist entwürdigend«, sagte Philander.

»Es ist nötig«, sagte Fiona. »Und jetzt halt dich fest.«

Sie standen in der Luke der Gondelkabine, engumschlungen wie zwei Liebende. In der einen Hand hielt Fiona ihr aufgeschlagenes Seelenbuch. Ein Seitenherz glühte in der Dunkelheit wie ein einsamer Stern am Nachthimmel. Der eisige Wind fuhr unter ihre Mäntel und durch ihr Haar.

»Du musst mir vertrauen«, sagte sie nah an seinem Ohr.

»Ich wiege bestimmt das Doppelte von dir!«

»Gemeinsam schweben hat nichts mit Gewicht zu tun. Nicht, wenn beide Bibliomanten sind. Und beide sich große Mühe geben.«

»Ich bin kein richtiger –«

»Eben hast du was anderes behauptet.«

»Eben hing ich nicht zweihundert Fuß über dem Boden! Zumindest konnte ich ihn dabei nicht sehen.«

»Kannst du jetzt auch nicht. Es ist stockdunkel.«

»Du weißt, was ich meine!«

»Du hast gedacht, ich bringe dich bis auf ein paar Yards übers Dach und du kletterst bequem die Strickleiter hinunter. Aber wenn ich tiefer gehe, bemerken sie uns. Wir müssen es so machen oder gar nicht.« Sie bog den Kopf ein wenig zurück, damit er sie lächeln sah. Offenbar sollte ihn das beruhigen. Tatsächlich kam sie ihm nur noch geisterhafter vor. »Du musst es wollen«, fügte sie aufmunternd hinzu. »Und dich konzentrieren.«

»Wer zum Henker *will* zweihundert Fuß in die Tiefe springen?«

»Du willst doch zu Tempest, oder?«

Er schloss die Augen und atmete ein, bis die Eisluft in seiner Lunge brannte. Der Wind riss an ihnen, was sich umso schlimmer anfühlte, weil die *Cascabel* vollkommen still in der Luft hing, als würde sie von all dem Getöse um sie herum überhaupt nicht behelligt. Was in gewisser Weise der Wahrheit entsprach.

»Dann los«, sagte er.

Fiona zog mit der einen Hand seinen Kopf an ihre Schulter, obwohl Philander größer war als sie. Die andere mit dem Seelenbuch presste sie fest gegen seinen Rücken. Plötzlich ging Wärme davon aus, hüllte sie beide ein und hielt das Schneetreiben von ihnen fern. Er hatte nicht gewusst, dass so etwas möglich war, und in der Sekunde vor ihrem gemeinsamen Schritt ins Leere fragte er sich, wozu sie sonst noch fähig war. Weder Mercy noch Tempest hätten das hier gewagt.

»Ich hoffe, du weißt, was du –«

Das letzte Wort blieb ihm im Hals stecken, als sie zusammen einen Schritt zur Seite machten. Unter seinen Füßen war kein Widerstand mehr, sie sackten nach unten weg, und einen Augenblick lang glaubte er, Fiona würde ihn loslassen, weil ihr gar keine andere Wahl blieb. Instinktiv klammerte er sich fester an sie und sah die offene Luke kleiner werden. Die Gondel blieb über ihnen zurück, der Ballon schrumpfte und mit ihm der weite Ausschnitt des Sternenhimmels, der ihn umgab und das wahre Ausmaß der *Cascabel* erahnen ließ.

»Ganz ruhig!«, rief Fiona gegen das Tosen des Windes an. »Wir stürzen nicht. Alles unter Kontrolle.«

Sein Gewicht hätte dafür sorgen müssen, dass er aus ihrer Umarmung glitt, doch dieselbe Macht, die sie sanft abwärtsschweben ließ, schien sie aneinanderzufesseln. Er lockerte seine verkrampfte Umklammerung ein wenig, auch weil er Fiona nicht behindern wollte. Kurz schloss er die Augen, bemerkte aber, dass das Gefühl zu stürzen zurückkehrte, wenn sein Blick sich nicht an irgendetwas festhielt. Stattdessen sah er über ihre Schulter hinweg auf die Lichter der Stadt, verschwommen durch den Dunst und das Schneetreiben.

Ihr Abstieg kam ihm endlos vor, doch in Wahrheit war wohl noch keine Minute vergangen, als Fiona ihn warnte: »Achtung!« Im nächsten Moment spürte er festen Boden unter seinen Füßen. Ganz sanft setzten sie auf, mussten nicht einmal in die Knie gehen, um sich abzufedern. Der Ballon war über ihnen im Dunkeln unsichtbar geworden, um sie erhoben sich die verschneiten Giebel von Chagford House. Sie waren in einer Senke zwischen zwei Schrägen aufgekommen, auf beiden Dachfirsten standen Reihen mächtiger Kamine.

Das Zittern kehrte zurück, als er Fiona zögernd losließ, so als traute sein Körper dem Untergrund noch nicht.

»Sehr schlimm?«, fragte sie.

Seine Lippen waren fast steif gefroren. Stumm schüttelte er den Kopf.

»Man gewöhnt sich daran«, sagte sie. »Am Anfang ist es schrecklich und hat so gar nichts mit dem Traum vom Fliegen zu tun. Der Körper ist nicht dafür gemacht, und er lässt es einen spüren. Aber mit der Zeit wird es besser. Dann macht es irgendwann keinen Unterschied mehr, ob man zwei Fuß über dem Boden schwebt oder zweihundert.«

Der Schnee trieb jetzt wieder in ihre Gesichter, die Wärme um ihre Körper war abgeklungen.

»Wir sollten sehen, dass wir hineinkommen«, sagte Fiona.

Noch etwas wacklig auf den Beinen ging Philander voraus, folgte der gemauerten Rinne zwischen den Dächern und kam schon bald auf eine quadratische Fläche, zu drei Seiten begrenzt von spitzen Giebeln. In einem befand sich eine niedrige Tür. Verrostete Metallstangen verrieten, dass früher davor einmal Wäscheleinen gespannt gewesen waren, gut geschützt vor den Blicken der feinen Nachbarschaft.

Die Tür war morsch und wahrscheinlich von innen mit einem Vorhängeschloss gesichert. Sie mit einem Tritt oder Druckstoß zu zerbrechen, wäre einfach, aber auch laut gewesen, deshalb las Fiona murmelnd ein paar Worte aus dem Seitenherz ihres Seelenbuchs. Auf der anderen Seite fiel das Schloss mit einem leisen Scheppern zu Boden.

»Gibt es irgendwas, das du nicht kannst?«, flüsterte er, als sie ein enges Treppenhaus betraten. Spinnweben strichen über sein Gesicht, die Luft roch nach Staub. »Du könntest einfach zur Akademie gehen und mit der ganzen Bande aufräumen.«

»Wenn es so einfach wäre. Außerdem liegen mir andere Dinge mehr am Herzen.«

Er fragte sich, was für Dinge das sein mochten, schwieg aber lieber. Sie würden früh genug Aufmerksamkeit erregen. Besser, sie waren dann schon so nah wie möglich bei Tempest.

Die Dienstbotentreppe lag im Dunklen, bis Fiona eine Lichtkugel schuf und sie jenseits des Geländers in die Tiefe sinken ließ. Der Schacht reichte drei Etagen abwärts bis ins Erdgeschoss. Tempest mochte sich in jeder davon befinden, im Haupthaus oder einem der Seitenflügel, irgendwo in einem der zahllosen Zimmer. Philander hatte angenommen, dass Fiona in der Lage wäre, sie auf bibliomantische Weise aufzuspüren, doch diesmal wurde er enttäuscht.

»Wir werden uns überall umsehen müssen«, flüsterte sie.

Gerade wollte er vorschlagen, von unten nach oben vorzugehen, als durch den Treppenschacht Stimmen heraufdrangen, gedämpfter Lärm hinter den Wänden.

Sie wechselten einen Blick und rannten los.

28

Cedric fluchte, als drei Milizionäre die Flucht ergriffen. Verteilt über den weiten Saal, in dem er sie erwartet hatte, befanden sich vier Tote und ein Verletzter, der ihm trotz seiner Wunden noch immer Ärger machte. Zwei Männer lagen am Fuß der Vorhänge, erdrosselt von den goldenen Zierkordeln. Eine Frau, die ihn besonders verbissen angegriffen hatte, war bis zu den Schultern im Parkett versunken, während er sie hatte glauben lassen, dass sich der Boden unter ihr in Teer verwandelte. Als das Holz wieder solide geworden war, hatte es ihren Brustkorb zerquetscht. Ein vierter Milizionär war von der Eisenspitze eines mannshohen Kerzenleuchters durchbohrt worden.

»Wo ist Egyptienne?«, fragte Cedric erneut, während sein letzter lebender Gegner keuchend und gebeugt die Tür verteidigte. Der Mann war Bibliomant und musste sich ausrechnen können, dass er verloren hatte. Gegen einen Agenten der Akademie hatte er keine Chance.

»Du kannst mich töten, aber die Drei Häuser werden erfahren, was hier geschehen ist.« Der Atem des Milizionärs rasselte von den fürchterlichen Quetschungen, die er davongetragen hatte, als Cedric ihn gegen eines der Wandgemälde geschleudert hatte. »Man wird dich für das hier zur Rechenschaft ziehen.«

»Vielleicht. Aber ich halte es für wahrscheinlicher, dass man mir einen Orden an die Brust hängt.«

Der Mann lachte und spie Blut aufs Parkett. »Dafür, dass du deine eigenen Leute umbringst?«

»Dafür, dass ich Egyptienne das Handwerk lege. Ihr glaubt wirklich, dass ihr im Auftrag der Drei Häuser hier seid? Egyptienne hat euch belogen, sie benutzt euch nur. In Wahrheit arbeitet sie gegen die Akademie.«

Ein zorniger Schrei drang aus der Kehle des Mannes, als er mit letzter Kraft einen Druckstoß gegen Cedric schleuderte. Die Intensität war überraschend, seine Zielgenauigkeit erstaunlich. Cedric wich aus, wurde von der Druckwelle gestreift und fast von den Füßen gerissen. Während er um sein Gleichgewicht kämpfte, stürmte der Milizionär auf ihn zu. Er hatte sein Seelenbuch fallen gelassen und ein langes Stilett gezogen. Eine plumpe Waffe, aber als sie auf Cedric niederfuhr, war sie gefährlicher als jede der Attacken, die er in den vergangenen Minuten abgewehrt hatte. Die Klinge ritzte seine Schulter und lenkte ihn ab. Der Körperkontakt mit dem Mann machte es unmöglich, weitere Illusionen einzusetzen – das Risiko war zu groß, ihnen selbst zum Opfer zu fallen.

Cedric hieb ihm den Ellbogen gegen den gequetschten Brustkorb, dann ein zweites Mal unter die Rippen. Der Milizionär schrie auf und sank auf die Knie. Cedric entwand ihm das Stilett, eilte zum Seelenbuch des Mannes und setzte die Spitze auf den Buchdeckel. Unter höllischen Schmerzen durchstieß er den Einband und einige der oberen Seiten.

»Wo ist Egyptienne, und wer ist bei ihr?«

Auf den Knien taumelte der Mann herum. Was Cedric seinem Seelenbuch antat, war unerträglicher als alle anderen Verletzungen.

»Wo«, fragte Cedric noch einmal, »und wer?« Er drehte sich ein wenig, um auch die Tür im Auge behalten zu können. Ihm war nicht klar, ob die drei entkommenen Milizionäre einen neuen Angriff planten. Das hier musste jetzt schnell gehen.

»Bitte … nicht das Buch«, flehte der Mann.

Cedric drehte die Klinge ein wenig und spürte unsichtbares Feuer an seinem Arm herauflodern. Feind oder nicht, die mutwillige Zerstörung eines Buchs machte ihm als Bibliomant mehr zu schaffen, als er nach außen hin zeigen durfte. »Beantworte meine Fragen!«

»Sie ist fortgegangen … vor einer halben Stunde. Vielleicht länger.«

»Wohin?«

»Ich weiß es nicht.«

Noch eine Drehung. Der Mann brüllte verzweifelt auf, während Cedric die Lippen fest aufeinanderpresste, damit es ihm nicht genauso erging.

»Ich weiß es wirklich nicht!«

»Wer ist bei ihr?«

»Dieser Mann … der Fremde.«

»Absolon?«

»Ja … ich glaube, das ist sein Name.« Der Milizionär hatte nur Augen für sein Seelenbuch am Ende der Stilettklinge. »Das alles hier … zählt gar nichts. Sie plant etwas anderes, aber keiner von uns weiß, was …«

Cedric spürte eine Hitzewoge in sich aufsteigen, die nichts mit dem geschundenen Buch zu tun hatte. »Was plant sie? Noch einen Anschlag? Wem will sie ihn diesmal in die Schuhe schieben? Den Himmels und Cantos?«

»Ich … weiß nicht …« Es fiel dem Mann immer schwerer, verständlich zu sprechen. Er musste innere Blutungen haben.

»Habt ihr Absolon jemals irgendwo abgeholt? Er muss einen Unterschlupf haben, irgendwo in London. Oder lebt er hier im Haus?«

Der Milizionär schüttelte den Kopf und versuchte, etwas zu sagen. »Sie … wollte ihn nicht … hier haben …«

Cedric hob das aufgespießte Buch mit der Klinge vom Boden auf und ging zu dem Verletzten hinüber.

»Wo kann ich ihn finden?«

»Brücke …«, kam es gebrochen über die Lippen des Mannes, gefolgt von einem blasigen Blutschwall.

Cedric blickte stirnrunzelnd auf ihn herab. »*Die* Brücke? Nach Nimmermarkt?«

Der Blick des Milizionärs ging durch ihn hindurch. Zugleich schlugen Cedrics bibliomantische Sinne Alarm. Auf dem Korridor vor dem Saal näherte sich jemand.

»Ihr habt ihn an der Brücke nach Nimmermarkt aufgelesen?«

»Er kam von dort … über die Brücke …«

Kein Mensch konnte Nimmermarkt betreten, auch nicht derjenige, der die Katastrophe verursacht hatte. Mit der Entfesselung des Nötigen Übels hatte Absolon das Refugium für lange Zeit unbewohnbar gemacht. Alle Expeditionen, die man hineingeschickt hatte, waren spurlos verschwunden; seither war die Brücke Sperrgebiet. Cedric hatte Schulden eintreiben müssen, um an eine Handvoll der alten Passierscheine heranzukommen, mit denen sich die Brücke betreten ließ. Um sich klarzumachen, wozu Absolon fähig war, hatte er in den vergangenen Monaten mehrmals dort draußen gestanden und in das wirbelnde Chaos auf der anderen Flussseite gestarrt – und auf den südlichen Torturm, der sich davor erhob. Den verlassenen Turm am Ende der Brücke.

»Hat er jemals einen Turm erwähnt?«, fragte er.

Der Mann schnappte nach Luft.

Cedric ging neben ihm in die Hocke, zog das Messer aus dem Einband und legte das Seelenbuch auf die Brust des Milizionärs. Sogleich schob der Mann seine bebenden Hände darüber und presste es an sich. Sein Körper entspannte sich, als das Buch ihm Kraft spendete.

»Haben Absolon oder Egyptienne jemals von einem Turm gesprochen?«, fragte Cedric erneut.

»Du … bist ein Verräter«, flüsterte der Milizionär.

Cedric hätte ihm das Buch wieder abnehmen können, aber er ahnte, dass er alles erfahren hatte, was aus dem Mann herauszubekommen war. Zudem litt sein eigenes Seelenbuch unter der Tortur. Das Mitgefühl, das man Cedric in der Akademieschule ausgetrieben hatte, war keineswegs ausgelöscht – in seinem Seelenbuch lebte es weiter.

Langsam erhob er sich. Er konnte nichts mehr für den Mann tun. Die anderen Bibliomanten mussten den Saal bald erreichen. Ihm blieb nur, sie auszuschalten und schleunigst das Mädchen zu finden.

Egyptienne und Absolon würde er im Haus nicht mehr antreffen, ihm lief die Zeit davon. Wahrscheinlich glaubte Egyptienne, ihren neuen Verbündeten unter Kontrolle zu haben. Er mochte sich ihr Vertrauen erschlichen haben, indem er sie mit Waffen wie dem Lesegift versorgt hatte. Aber Absolon war kein Mittel zum Zweck, das sich nach Belieben einsetzen und wieder ruhigstellen ließ. Er brachte Tod und Zerstörung wie eine Naturgewalt, die durch die bibliomantische Welt tobte. Wenn er das Nötige Übel mit Egyptiennes Billigung in Unika oder London entfesselte, würde sie ihn danach nicht mehr bändigen können. Sein gestörter Verstand war hellwach – das machte ihn so viel gefährlicher als Menschen mit berechenbaren Motiven wie Phileas Sedgwick oder Zosia von Lohenmut.

Der Milizionär atmete zum letzten Mal aus. Cedric wandte sich zur offenen Doppeltür des Saals. Besser, die anderen gleich hier zu erwarten, wo sie das Schicksal ihrer Kameraden vor Augen hatten und sahen, was ihnen bevorstand.

Doch keiner kam. Stattdessen erklangen draußen im Korridor aufgeregte Stimmen, das Getöse von Druckstößen und das Knistern bibliomantischer Entladungen.

29

Philander wollte einen Warnruf ausstoßen, doch da schleuderte Fiona bereits eine Reihe blitzschneller Stöße auf die drei Milizionäre, die am Ende des Gangs aufgetaucht waren. Zugleich beschwor sie einen flirrenden Schutzwall herauf, der sofort von einem Gegenangriff erschüttert wurde. Ketten aus glühenden Lettern wirbelten inmitten des Korridors, wo Fionas Bibliomantik auf die ihrer Gegner prallte. Einzelne Buchstaben brannten sich in die verblichenen Tapeten und bildeten sinnlose Poesie. Die Luft roch nach verkohltem Papier.

»Such du das Mädchen, dann lauft aufs Dach! Ich halte sie auf!«

Als Philander zögerte, weil er sie nicht sich selbst überlassen wollte, brüllte sie: »Himmelherrgott, nun mach schon!«

Mit einem unguten Gefühl warf er sich herum und rannte den Weg zurück, den sie gekommen waren. Einen Augenblick später befand er sich wieder im Erdgeschoss des Dienstbotentreppenhauses und lief hinauf in den ersten Stock. Er wusste nicht, wo Tempest festgehalten wurde und konnte sich nur darauf verlassen, dass er ihre bibliomantische Aura spüren würde; sie war ihm so vertraut wie ihre Augen, ihre Haut und ihr Haar. Nachts lag er neben ihr im Bett, die Tage verbrachten sie gemeinsam im *Liber Mundi*. Er hätte sie blind unter Tausenden erkannt, nur an dem ganz besonderen Kribbeln, mit dem ihn ihre Aura umfing.

Aus dem Erdgeschoss drang Lärm herauf. Er erwartete, oben auf alarmierte Gegner zu treffen, doch die Flure waren wie ausgestorben. Anders als im Treppenhaus, wo eine eisige Winterkälte herrschte, wurde es hier wärmer. Dieser Teil des Gebäudes wurde mit Kohleöfen beheizt. Noch ehe er Tempest endlich spürte, war er überzeugt, dass er sie hier finden würde.

Von einem Moment zum nächsten war ihre Präsenz allgegenwärtig. Ihre bibliomantische Aura führte ihn schnurstracks auf einen breiten Flur, von dem mehrere Türen abgingen. Nur eine davon interessierte ihn. Offenbar hatte man Tempest in eine Kammer gesperrt, davor standen mehrere Sessel und Stühle in einem Halbkreis; wahrscheinlich hatten die Milizionäre sie aus den umliegenden Zimmern zusammengetragen. Auf einem Tisch in der Mitte lagen Würfel und ein Kartenspiel, neben einem Stuhl ein aufgeschlagenes Buch.

»Tempest?«

Sie gab keine Antwort.

Er drückte die Klinke herunter, die Tür war verschlossen. Hastig zog er das gerollte Penny Dreadful unter seiner Jacke hervor.

»Tempest?«, sagte er noch einmal, nicht zu laut, weil noch immer Milizionäre in der Nähe sein mochten.

Der Boden erzitterte, als im Erdgeschoss eine Entladung von Bibliomantik explodierte wie ein Pulverfaß.

Warum gab Tempest keine Antwort? Er täuschte sich nicht, ihre Anwesenheit hinter der Tür war unverkennbar. Womöglich war sie betäubt worden. Oder verletzt.

Er behielt das Heft in der Hand, spaltete aber kein Seitenherz, sondern holte Anlauf und warf sich mit der Schulter gegen die Tür. Beim zweiten Versuch brach das Schloss, der Flügel krachte nach innen.

Tempest saß geknebelt und gefesselt auf dem Boden. Man hatte sie an einem Rohr festgebunden, das an der hinteren Wand vom Boden bis zur Decke reichte. Der fensterlose Raum war nicht groß, ein schmaler Schlauch, früher vermutlich eine Abstellkammer. Sie strampelte mit den Beinen, als sie ihn sah, und in ihren Augen standen Tränen.

Er redete beruhigend auf sie ein, während er sie befreite, und musste sich zusammenreißen, damit seine Stimme sich nicht überschlug. Dann er hielt sie endlich in seinen Armen. Unter ihnen ließen weitere Kampfgeräusche das Gebäude erbeben.

»Sie haben ihn umgebracht«, schluchzte sie an seiner Schulter. »Arthur. Dieser Mann hat ihn … Es gab gar keinen Grund. Und trotzdem …«

Philander schloss die Augen, während er sie fester an sich drückte. »Ich hatte solche Angst um dich.«

Er küsste sie, dann half er ihr, aufzustehen.

»Ist das Mercy?«, fragte sie, als der Kampf im Erdgeschoss weitertobte.

»Fiona Faerfax«, sagte er kopfschüttelnd. »Sie hat mir geholfen, hier reinzukommen.«

Besorgt musterte sie die Brandblase auf seiner Wange. Er spürte die Verletzung kaum, so sehr stand er seit der Begegnung mit Rudelkopf unter Spannung.

»Was ist passiert?«, fragte sie.

»Ist nicht schlimm, wirklich nicht. Hier, ich hab dir was mitgebracht.« Aus seiner Jacke zog er ihr Seelenbuch.

Sie gab einen Jubellaut von sich und presste es überglücklich an sich. Schon Augenblicke später stieg ihr leichte Röte ins Gesicht, das Buch verlieh ihr neue Kraft. »Danke«, flüsterte sie und gab ihm einen heftigen Kuss, bemüht, nicht die verbrannte Wange zu berühren.

Als sie losliefen, war sie ganz steif von der Fesselung.

»Wir müssen hoch aufs Dach«, sagte er.

Tempest blickte ihn fragend an.

»Fiona fliegt. Also, nicht sie, aber dieser Ballon … ihr Luftschiff … Egal, du wirst es gleich sehen.«

Die Flure waren menschenleer. Offenbar waren alle Milizionäre, die sich noch in Chagford House aufgehalten hatten, in den Kampf gegen Fiona verwickelt.

»Wir müssen ihr helfen«, sagte Tempest, als er sie zum Zugang des Treppenhauses führte.

Er dachte dasselbe, aber im Augenblick war es ihm wichtiger, Tempest aus der Schusslinie zu bringen.

Sie riss sich los. »Mir geht's gut. Wir müssen zu ihr und –«

»Wo bleibt ihr denn?«, rief eine Stimme vom nächsthöheren Treppenabsatz. Fionas Gesicht erschien über dem Geländer. Zugleich erklang im Erdgeschoss ein berstender Laut, dann ein Schrei.

In Tempests Blick las Philander dieselbe Frage, die auch ihm durch den Kopf raste: Wer kämpfte da unten, wenn Fiona hier oben war?

Bevor er etwas sagen konnte, stürmte Fiona schon weiter, ein heller Schemen in der Dunkelheit des Treppenhauses. »Kommt!«, rief sie. »Hier dürfte jeden Moment die Polizei auftauchen! Oder noch mehr Milizionäre!«

Sie rannten hinter ihr die Treppe hinauf, während es tief unter ihnen abermals schepperte. Diesmal brach Glas, offenbar eine ganze Reihe von Scheiben, die nacheinander zerplatzten. Spätestens jetzt musste halb Bloomsbury auf den Beinen sein.

Sie erreichten die Tür zum Dach und liefen hinaus in die Eiseskälte und das Schneegestöber. Zwischen den angrenzenden Giebeln waren die benachbarten Häuser nicht zu sehen, aber Philander meinte, Rufe zu hören, dann das Bimmeln einer Feuerglocke.

Fiona stand inmitten der quadratischen Fläche, hatte die Arme gespreizt, in einer Hand ihr aufgeschlagenes Seelenbuch, und rief etwas zum Himmel empor. Nur Augenblicke später schien sich die Nacht selbst auf Chagford House herabzusenken, als sich die *Cascabel* über das Flachdach schob, viel tiefer als vorhin, nicht länger auf ihre Tarnung in der Dunkelheit bedacht. In einem weiten Radius hörte es auf zu schneien, weil das Luftschiff den halben Himmel einnahm.

Fiona stieg vom Dach in gerader Linie nach oben auf und verschwand in der offenen Luke. Wenig später wurde die Strickleiter aus der Kabine geworfen. Ihr Ende schleifte auf den letzten paar Yards durch den Schnee, ehe es genau vor Philander und Tempest liegen blieb.

»Rauf mit euch! Nun beeilt euch schon!«

»Was genau geschieht hier gerade?«, fragte Tempest leise.

»Sie ist verrückt. Also, auf eine gute Art, glaube ich. Aber besser ist, man tut, was sie sagt.« Er packte die Strickleiter und reichte sie ihr. »Du zuerst!«

Wortlos machte sie sich an den Aufstieg. Die Leiter tanzte und zappelte vor Philander, ehe er sie mit beiden Händen packte und Tempest nach oben folgte. Der Schnee fiel in dichten Flocken rund um den Umriss des Luftschiffs. Aber nicht einmal der schneidende Eiswind konnte sie bis zu ihnen tragen.

Fiona half Tempest beim Einstieg, dann reichte sie Philander die Hand.

»Heilige Jungfrau!«, entfuhr es Tempest, als sie sich in Fionas Salon umschaute. Nie zuvor hatte Philander sie im Namen der Muttergottes fluchen hören.

Fiona kniete am Rand der Luke und warf einen Blick über die Schulter. »Gefällt dir die Einrichtung?«

»Was ist das hier?«

»Ein Luftschiff«, sagte Philander. »Der Ballon ist nur eine Illusion, aber das hier ist echt.«

Fiona winkte jemandem zu, der sich unter ihnen auf dem Dach befinden musste. Philander und Tempest sahen einander besorgt an, dann hielten sie sich an den Seiten der Luke fest und riskierten einen Blick nach draußen.

Eine Gestalt war zwischen den verschneiten Schrägen aufgetaucht.

»Ist das Cedric?«, fragte Tempest verblüfft.

»Ich glaube schon«, sagte Philander.

»Ihr kennt ihn?« Sie konnten Fionas Gesicht nicht sehen, aber sie klang, als lächelte sie. »Er ist plötzlich im Korridor aufgetaucht. Ich habe ihm versprochen, dass wir ihn mitnehmen, wenn er uns genügend Zeit verschafft, die *Cascabel* zu erreichen.«

»*Das* hast du ihm erklärt, während ihr gegen die Milizionäre gekämpft habt?«

»Nicht in allen Details.«

Cedric blickte zu ihnen herauf. Hinter ihm in der Tür zum Treppenhaus tauchten zwei seiner Gegner auf.

»Erst hatte ich es nur mit ein paar zu tun«, sagte Fiona, »aber dann kamen immer mehr dazu. Er war ziemlich hilfreich.«

»Das müssen meine Bewacher gewesen sein«, sagte Tempest. »Der da mit dem Bart hat mich gefesselt.«

Cedric schleuderte einen mächtigen Druckstoß auf die Tür in der Giebelwand. Mit lautstarkem Grollen barst die Mauer nach innen und warf die Milizionäre zurück in den Treppenschacht. Eine Staubwolke schoss empor, dann stürzte der halbe Giebel zusammen und begrub den Zugang zum Dach und die Männer unter sich.

Cedric schwebte im Schein eines Seitenherzens zur *Cascabel* herauf. Die drei machten Platz, damit er einen Schritt ins Innere des Luftschiffs machen konnte.

»Du liebe Güte«, sagte er, als er sich im Salon umschaute.

Hinter ihm schloss Fiona das Schott.

Er drehte sich zu ihr um und verbeugte sich. »Cedric de Astarac. Und Sie sind?«

»Fiona.« Ihren Nachnamen nannte sie nicht. Philander erinnerte sich beunruhigt, dass es Cedrics Nachforschungen gewesen waren, die dazu geführt hatten, dass Fionas Bruder Percival zum Mörder geworden war.

»Können wir jetzt verschwinden?«, fragte Tempest ungeduldig.

»Sind schon unterwegs«, sagte Fiona, ohne den neuen Gast aus den Augen zu lassen.

Philander eilte an eines der Fenster. Tatsächlich entfernten sie sich von Chagford House, das im Schnee und in der Dunkelheit kaum noch zu erahnen war. Lichter bewegten sich auf der Straße vor dem Anwesen, wahrscheinlich traf gerade die Polizei ein.

»Ich hoffe, sie finden ihn und nehmen ihn mit«, sagte Tempest, die lautlos an seine Seite getreten war. »Arthur, meine ich.«

Philander nickte. »Sonst holen wir ihn da raus, sobald es irgendwie möglich ist.« Die Vorstellung, zurückzukehren, kam ihm im Moment völlig irreal vor, aber er meinte, was er sagte. Schon um Tempests willen würde er dafür sorgen, dass Gilchrist ein anständiges Begräbnis bekam.

Als er sie in den Arm nahm, sah er über ihren Kopf hinweg, dass Fiona und Cedric sich noch immer gegenüberstanden. Ihr höflicher Umgang täuschte kaum darüber hinweg, dass sie einander argwöhnisch abschätzten.

»Sie sind ein Agent der Akademie«, stellte sie fest.

»Die längste Zeit gewesen, fürchte ich. Können Sie mich absetzen?«

»Wo wollen Sie hin?«

»Kennen Sie die Brücke nach Nimmermarkt?«

»Nimmermarkt? Kein Mensch kann da rein.«

»Lassen Sie mich einfach dort aussteigen.«

»Finden Sie nicht, dass Sie mir eine Antwort schulden?«

»Nein. Wir sind quitt. Ohne mich hätten die Sie fertiggemacht.«

Fiona lachte hell auf. »Sie haben sich vorgedrängelt, mein Lieber! Aber ich muss zugeben, Sie haben die Sache beschleunigt. Und womöglich wäre es ohne Sie mühsamer geworden.«

Philander sah Tempest an. »Mein Lieber?«
»Sie mag ihn.«
Er seufzte. »Wie Mercy.«
Tempest riss die Augen auf. »Wo *ist* Mercy?«

DRITTER TEIL

Die Knotige Letternkarnivore · Tor zum Chaos · Das Vermächtnis des Barrabas de Barrabas · Der Fremde im Käfig · Absolons Abschrift · Eine Unterwanderung des geschriebenen Wortes · Cutters Geheimnis

30

Die Kutsche umrundete einen zugefrorenen See, als Mercy durch das eisgetrübte Seitenfenster erstmals einen Blick auf das Ziel ihrer Reise warf.

Cloisterham schälte sich am gegenüberliegenden Ufer aus der Dunkelheit, ein Gebirge aus Giebeln unter einer Krone aus Kaminen. Das Gemäuer war von wilden Hecken umgeben, so dass die untere Etage nicht einzusehen war. Anbauten oder Gesindehäuser schien es keine zu geben.

Um den See und das Anwesen erstreckte sich meilenweit dunkles Waldland, Wälle aus knorrigen Bäumen, die im Nachtwind unter ihrer Last ächzten und mit dürren Zweigen an der Kutsche kratzten.

Mercy hatte sich in zwei Wolldecken gewickelt und sie bis zum Kinn hochgezogen. Noch eine Stunde länger, und Sharpin hätte sie bei der Ankunft steif gefroren ins Haus tragen müssen. Mehr als einmal hatte sie sich gefragt, ob das womöglich seine Absicht war – sie so lange durch die nächtliche Winterlandschaft zu kutschieren, bis sie nicht mehr in der Lage war, Schwierigkeiten zu machen. Sedgwick hatte ihn einmal einen »überaus praktischen Menschen« genannt, und das glaubte sie aufs Wort. Sharpin besaß weder Raffinesse noch Fingerspitzengefühl, aber sie hielt sich lieber von seinen riesigen Schaufelhänden fern und unterstellte ihm eine durchtriebene Bauernschläue.

Schließlich zügelte er die Pferde. Sie hörte ihn absteigen und durch den Schnee zur Seitentür stapfen. Als er sie öffnete und hereinblickte, hingen kleine Eiszapfen in seinem Bart und vom Rand seiner Mütze.

»Wir sind da.«

Sie brachte ein Nicken zustande, das sich anfühlte, als läge ein Eisenring um ihren Hals.

»Die Kutsche kann nicht näher ans Haus fahren. Ich muss die Pferde zum Stall an der Rückseite bringen.«

Sie wickelte sich aus den steifen Decken, ballte ein paar Mal die Hände, bewegte die Finger und griff dann nach ihrem Koffer. Sharpin bot nicht an, ihn ihr zur Tür zu tragen. Sie hätte es ohnehin abgelehnt.

Der erste Schritt hinaus in den Schnee fühlte sich furchtbar an, danach begann ihr die Bewegung gutzutun. Vor ihr lag ein schmaler Fußweg, der durch den Wall aus Büschen zu einem Tor führte. Die hohe Mauer, die das Haus umgab, war hinter der Hecke nahezu unsichtbar. Mercy witterte Bibliomantik und war nicht sicher, ob sie vom Haus ausging oder ob da noch etwas anderes war, das ihre Sinne alarmierte.

»Am Tor hängt ein Bronzeklopfer. Schlagen Sie ein paar Mal heftig zu, dann wird Mister Sedgwick Sie hören. Er öffnet Ihnen persönlich.«

»Es gibt nicht mal einen Butler?«

»Ich sagte doch: keine Angestellten in Cloisterham.« Er erklomm den Kutschbock, fuhr in einem weiten Bogen um die Hecke und war bald außer Sicht.

Mercy packte den Koffergriff fester und blickte über die Büsche und die Mauerkrone hinweg zur Hausfront. Cloisterham war ein Gebäude im Tudorstil, mit spitzen Fachwerkgiebeln und einem gemauerten Zinnenkranz. Es gab Erker und schlanke Steinkreuzfenster mit verspielten Spitzbogen. Nirgends in den oberen Stockwerken war Licht zu sehen, nur über dem rechten Torpfosten flackerte eine Öllampe. Der Weg dorthin war frisch zugeschneit und führte auf den letzten Schritten durch hohe Sträucher. Trotz der Jahreszeit sah Mercy zahlreiche Blätter, paarweise angeordnet und mit wächserner Oberfläche; als Stadtkind hatte sie keine Ahnung, um welche Pflanze es sich handelte.

Das Klappern der Kutsche war nicht mehr zu hören, als sie dem Weg zum Tor folgte. Der Wind fuhr in die Büsche und schüttelte Schnee von den oberen Zweigen. Tief in der Hecke raschelte es. Im Schein der einsamen Lampe auf dem gemauerten Pfosten bewegten sich die Äste, als wollten sie sich von beiden Seiten zu Mercy herüberbeugen.

Der Bronzeklopfer hatte die Form eines Löwenschädels. Sie streckte gerade die Hand danach aus, als die Äste links von ihr wie ein Vorhang auseinanderglitten. Dahinter kam ein weiterer Strauch zum Vorschein, dichter gewachsen, mit den gleichen fleischigen Blätterpaaren und einer einzelnen, faustgroßen Blüte. Sie rotierte auf ihrem Stengel, hielt abrupt inne und öffnete sich zu einem Raubtierrachen mit fingerlangen Fangzähnen. Schnappend reckte er sich Mercy entgegen.

Als sie panisch zurückwich, stieß sie gegen die Zweige auf der anderen Seite des Weges und spürte, wie sie unter der Berührung erzitterten. Im nächsten Moment klafften auch sie auseinander. Stärkere Äste streckten sich aus den Tiefen des Buschwerks nach ihr aus, berührten ihre Schultern, glitten an ihrem Arm hinab zum Koffer, in dem noch immer ihr Seelenbuch steckte. Auch das Blendbuch unter ihrem Mantel wurde zielsicher von Astfingern ertastet. Mercy riss den Koffer herum und schlug damit nach dem Blütenmaul, das auf seinem peitschenden Stengel zurückwich, um gleich darauf erneut vorzustoßen.

Im selben Augenblick wurde das Tor in der Mauer aufgerissen, das Licht eines Seitenherzens erstrahlte, und eine Männerstimme rief einen Befehl. In Windeseile zogen sich die Zweige zurück, das Buschwerk schloss sich wieder.

»Was zum Teufel ...«, schrie sie Sedgwick an, der mit leichtem Hinken auf sie zutrat und ihr eine Hand reichte. Er trug eine lange schwarze Robe mit goldener Paspel an Saum und Kragen. Damit ähnelte er einem Lordrichter im Oberhaus – oder dem Zeremonienmeister einer schwarzen Messe.

»Verzeihen Sie«, sagte er. »Meine Wächter waren wohl übereifrig. Die Knotige Letternkarnivore wird in einem der tiefen Refugien gezüchtet, und außerhalb der bibliomantischen Welt entwickelt sie einen gewissen Eigensinn.«

»Eigensinn? Dieses Ding hat versucht, mich zu fressen!«

»Nicht Sie«, wiegelte er ab. »Nur die Bücher, die Sie bei sich tragen.«

»Warum um alles in der Welt verschanzen Sie sich hinter bücherfressenden Pflanzen?«

»Weil die einzigen Menschen, von denen ich etwas zu befürchten habe, Bibliomanten sind.« Er trat zur Seite und machte den Weg durch das Tor frei. »Willkommen in Cloisterham, Miss Amberdale.«

Mit zusammengepressten Lippen passierte sie die Lampe auf

dem Pfosten und blieb erst wieder stehen, als die Mauer drei Schritte hinter ihr lag. Von hier aus bis zum Portal waren es gut zehn Yards durch wadenhohen Schnee. Mit einem Quietschen schloss Sedgwick das Tor und führte sie humpelnd zum Haus.

Im Näherkommen fiel ihr auf, dass der filigrane Steinschmuck der Spitzbogenfenster aus lateinischen Buchstaben bestand, so verspielt und verschnörkelt, dass sie fast wie arabische Schriftzeichen aussahen. Weniger kunstvoll waren die martialischen Gitter, die man nachträglich vor den Fenstern im Erdgeschoss angebracht hatte.

Sie zog den Mantel unter ihrem Kinn enger. »Wann ist das Haus gebaut worden?«

»Im fünfzehnten Jahrhundert. Es war schon immer im Besitz von Bibliomanten. Aber als ich es gekauft habe, trug es einen anderen Namen.«

»Coldrick Manor.«

»Sie haben den Besserwisser befragt.« Das schien ihn zu amüsieren. »Dann wissen Sie Bescheid über den Namen Cloisterham und die Geschichte dahinter?«

»Das Geheimnis des Edwin Drood.«

Sedgwick nickte.

»Es geht also wirklich darum?«, fragte sie. »Sie wollen herausfinden, was mit Drood geschehen wäre, wenn Dickens das Buch vollendet hätte?«

»Oh, was mit ihm geschehen *ist*. Droods Verschwinden wird im Manuskript erwähnt, demnach muss es auch eine Erklärung dafür geben.«

»Vielleicht hätte Dickens sie sich erst später für das Finale ausgedacht.«

»Das spielt keine Rolle. In der Chronologie des Romans ist das Ereignis eingetreten, ganz gleich, ob er sich bereits eine Auflösung zurechtgelegt hatte oder nicht. Edwin Drood ist ermordet worden, daran zweifeln nur jene, die nichts von der Natur des Verbrechens verstehen. Und mindestens eine Figur im Buch weiß auch, von wem.«

»John Jasper«, sagte sie.

Sedgwick öffnete die Haustür und bat Mercy in eine eindrucksvolle Eingangshalle. In einem Gebäude wie diesem hatte sie mit Rotwildgeweihen und Ritterrüstungen gerechnet, stattdessen erwarteten sie Bücherregale und ein halbes Dutzend Ölgemälde. Alle zeigten denselben Mann mit hoher Stirn, dunkel gelocktem Haarkranz, Augenringen und zerzaustem Bart. Charles Dickens' Blicke schienen ihr bei jedem Schritt zu folgen, während sie langsam durch die Halle ging.

»Sie wissen jedenfalls, was Ihnen gefällt«, sagte sie, als sie sich einmal im Kreis drehte, um den Raum in seiner Gänze zu betrachten.

»Dickens war ein Genie.« Sedgwick klang, als wäre es ihm unangenehm, eine solche Selbstverständlichkeit aussprechen zu müssen.

Sie widerstand dem Drang, sich die Bücherregale genauer anzusehen, und hockte sich fröstelnd vor den offenen Kamin. Das Feuer brannte hinter einem engmaschigen Gitter.

»Ich weiß«, sagte Sedgwick, »um diese Jahreszeit sind Kutschfahrten über Land keine große Freude.«

Ihre Arme kribbelten, während sie sich die Hände rieb und spürte, wie die Wärme über ihren Körper kroch.

»Alte Häuser wie dieses hier sind im Winter eine Zumutung«, sagte er. »Zumindest den Teil, den ich nutze, heize ich so gut wie nur möglich. Schon damit die Bücher nicht feucht werden.«

»Diese … Knotige Letternkarnivore und die Gitter vor den Fenstern … Man muss kein Polizist sein, um zu erkennen, dass Sie hier etwas vor der Welt verstecken.«

»Nun, jedenfalls werde ich das sehr *bald* tun, hoffe ich. Darf ich Ihnen Ihren Mantel abnehmen?«

Sie schüttelte den Kopf. »Ich muss erst mal warm werden.«

»Natürlich.« Er hob ihren Koffer auf. Mercy spürte dabei einen leichten Stich, so als fürchtete ihr Seelenbuch tatsächlich, dass sie dem Lesegift im Mantel den Vorzug geben könnte.

»Das ist sehr aufregend, Mister Sedgwick.« Sie dehnte ihren Rücken vor dem Feuer und begegnete wieder seinem Blick. »Ich bin äußerst gespannt.«

Er stellte den Koffer am Fuß einer dunklen Eichenholztreppe ab, die in die oberen Etagen führte. »Sharpin wird ihn später auf Ihr Zimmer bringen.« Er wies auf eine angelehnte Doppeltür, durch deren Spalt intensiver Buchgeruch drang. »Hier vorne steht nur ein kleiner Teil meiner Sammlung, vor allem Übersetzungen. Dort geht es ins Allerheiligste.«

Sie zog den Mantel enger um ihren Oberkörper und wartete, bis Sedgwick vorausging und ihr die Tür aufhielt.

»Bitte, Miss Amberdale, treten Sie ein.«

31

Verdammt, was kann wichtiger sein, als Mercy zu helfen?«, brüllte Philander gegen den Lärm des Windes an, der an der offenen Luke der *Cascabel* vorüberpeitschte.

»Absolons Vernichtung.« Cedric hielt sich mit einer Hand am Rand der Öffnung fest und blickte abwärts in das Schneetreiben. »Fliegt ihr drei nach Cloisterham. Ich muss das hier zu Ende bringen.«

Tempest stand neben ihm und rang mit einer Entscheidung, über die sie bislang kein Wort verloren hatte. Fiona würde abraten und Philander alles tun, um sie aufzuhalten.

»Sind Sie sicher, dass Sie ihn da unten auf der Brücke finden werden?«, fragte Fiona.

Cedric zögerte kurz, dann wandte er sich zu ihr um. »Sie meinen nicht, ob ich ihn in dem Turm finde, oder? Sondern ob man Absolon überhaupt irgendwo finden kann.«

»Ich habe die Gerüchte gehört«, rief Fiona gegen das Sturmtosen an. »Es heißt, dass Sie Absolon schon vor ein paar Jahren getötet haben. Wenn das stimmt, wen zum Teufel suchen Sie dann wirklich?«

Sekundenlang starrten die beiden einander an, dann schüttelte Cedric den Kopf. »Ich kann das jetzt nicht erklären.«

Absolon ist tot?, durchfuhr es Tempest. Philander warf ihr einen irritierten Seitenblick zu, aber sie wich ihm rasch aus, weil sie fürchtete, er könnte in ihren Augen lesen, was sie vorhatte. Erleichtert sah sie, dass er sich in seiner Wut wieder Cedric zuwandte.

»Ich dachte, dass dir was an Mercy liegt!«, sagte er. »Du solltest also besser einen guten Grund haben, warum du sie mit Sedgwick alleine lässt.«

Für einen Augenblick wirkte Cedric fast verunsichert. Dann hatte er sich wieder im Griff. »Ihr werdet ihr helfen. Miss Faerfax sollte stark genug sein, um es mit Sedgwick aufzunehmen.« Demnach wusste er, wer Fiona war. Vermutlich kannte er sogar das Geheimnis der Faerfax.

»Sedgwick ist nicht allein«, sagte Fiona. »Und wir wissen beide, dass Egyptienne früher oder später in Cloisterham auftauchen wird.«

Cedrics Miene verriet seine Zerrissenheit. Tempest konnte nachfühlen, was er empfand, weil es ihr selbst genauso erging.

»Ist Absolon nun tot oder nicht?«, fragte sie. »Und wenn er nicht mehr lebt, wer war dann der Mann, der Arthur ermordet hat?«

Noch einmal blickte Cedric in die Tiefe. Die *Cascabel* hing still in der Luft. Durch die wirbelnden Schneemassen war unter ihnen das schwarze Band der Themse zu erkennen, daneben ein paar vereinzelte Lichter am Ufer.

»Ich habe Absolon getötet«, sagte er. »Und trotzdem lebt er.« Mit erneutem Kopfschütteln stellte er seinen Kragen auf. »Fliegt nach Cloisterham, und helft Mercy. Und sagt ihr, sie möge mir verzeihen.«

Er machte einen Schritt über die Schwelle und sank abwärts in die Winternacht.

Philander schnaubte erbost. »Er lässt sie im Stich!«

»Philander«, sagte Tempest sanft, »ich glaube, Cedric hat recht. Mercy weiß, was sie tut, und ihr habt die *Cascabel.*«

Fiona hob eine Augenbraue. »Ihr?«

Philander starrte sie entgeistert an.

»Es tut mir leid«, sagte Tempest. »Aber ich hab zusehen müssen, wie dieses Schwein Arthur getötet hat. Wer auch immer das war, Absolon oder sonst wer, ich will, dass er dafür bezahlt.«

Philanders Hand schoss vor, um sie festzuhalten, und er rief ihren Namen, doch Tempest war schneller. Mit einem weiten Satz und einer Hand am Seelenbuch folgte sie Cedric hinaus in die Leere. Philander schrie verzweifelt auf, dann ging seine Stimme im Brüllen des Windes unter.

Die Kälte so hoch über dem Fluss war zehnmal schlimmer, als sie erwartet hatte. Instinktiv hielt sie die Luft an, damit nichts davon in ihre Lunge drang. Panik überkam sie, weil sie mehr fiel, als dass sie schwebte. Sie konnte den Boden nicht sehen und war viel zu schnell. Schneeflocken schlugen ihr wie Sand in die Augen, innerhalb zweier Herzschläge war sie so gut wie blind.

»Närrin!« Cedric packte sie von hinten an der Taille. Mit einem Ruck wurde sie nach oben gerissen, realisierte aber dann, dass sie nur langsamer sank als zuvor.

Sie wollte ihm etwas zurufen, doch er zischte nur: »Still!«, und da schwieg sie.

Einen Moment später landete Cedric. Tempest hatte noch immer keinen Boden unter den Füßen. Sie brauchte zwei, drei Sekunden, ehe sie erkannte, dass Cedric auf der Spitze einer Gaslaterne zum Stehen gekommen war. Dort stand er mühelos auf einem Bein, hielt zugleich Tempest fest, und schwankte dabei nicht einmal. Sie selbst hing wie schwerelos in seinem Griff, weil es ihr irgendwie gelang, ihr Schweben aufrechtzuerhalten, trotz ihrer absurden Lage, und wohl auch, weil er ihr dabei half.

Unter ihnen saß eine abgerissene Gestalt im Schnee am Fuß der Laterne. Auf ihrer Schulter kauerte eine Taube mit nur einem Flügel.

Cedric drehte sein aufgeschlagenes Seelenbuch um. Glühende Buchstaben rieselten aus den Seiten in die Tiefe. Weder die Frau noch der Vogel sahen die Glitterwolke kommen. Als sie davon berührt wurden, begannen sie zu flackern und zu flirren, dann lösten sich beide in Luft auf.

Cedric stieß sich federnd von der Laterne ab, schwebte mit Tempest im Arm langsam abwärts und ließ sie sicher zu Boden.

Sie schüttelte ihn ab und stolperte auf wackligen Beinen zwei Schritte von ihm fort. »War es wirklich nötig, sie umzubringen?«

»Sie war kein Mensch«, sagte er. »Nur eine Illusion, die für Absolon das Ufer bewacht hat. Sie war schon da, als ich mich hier mit Mercy getroffen habe, aber da dachte ich, Egyptienne habe sie hier platziert, um mich zu überwachen. Erst jetzt hab ich's begriffen. Kein Mensch kann tagelang bei diesen Temperaturen im Schnee sitzen und überleben. Absolon mag zu der Zeit in einem seiner anderen Verstecke oder bei Egyptienne gewesen sein, aber ich bin sicher, später hat er erfahren, wie nah ich ihm gekommen bin, ohne es zu ahnen.«

Wehmütig blickte Tempest zum Himmel. Die *Cascabel* hatte Fahrt aufgenommen, nahezu unsichtbar als schwarzer

Fleck jenseits des Schneefalls. Tempest hoffte inständig, dass Philander ihr verzeihen konnte. Und dass Fiona und er in der Lage sein würden, Mercy beizustehen. Wenn er den Mord an Gilchrist miterlebt hätte – die Brutalität des Druckstoßes auf den alten Mann, die Gleichgültigkeit angesichts seines Todes –, dann hätte Philander vielleicht verstanden, dass sie keine andere Wahl hatte, als ihren Teil beizutragen, um das hier zu beenden.

Der Weg über dem Ufer war frisch verschneit, es gab keine Fußabdrücke außer ihren eigenen. Cedric und sie waren die einzigen Menschen weit und breit, kaum verwunderlich um diese Uhrzeit und bei solch einem Wetter.

»Ich verstehe, warum du hier bist«, sagte Cedric, »aber es ist keine gute Idee.«

»Bringen wir es einfach hinter uns.«

»Einfach? Absolon ist nicht irgendein Verbrecher. Es geht ihm nicht darum, Dinge zu erbeuten. Er hat nicht einmal ein nachvollziehbares Ziel. Zumindest nicht *dieser* Absolon.«

»Was heißt das? Und warum ist er noch hier, wenn du ihn getötet hast?«

Er sah an ihr vorbei zu einem Punkt am verlassenen Ufer, und ihr wurde klar, dass genau da die Stelle sein musste: Von dort aus führte die unsichtbare Brücke hinüber nach Nimmermarkt. Als Cedric tief ein- und ausatmete, schien sein Atem im Schein der Gaslaterne Gestalten zu bilden, zwei grobgeformte Figuren, die miteinander rangen. Tempest blinzelte einige Male, dann war die Illusion verschwunden.

»Lenk nicht ab!«, sagte sie.

»Was?« Er schien ehrlich verblüfft, bis ihm klarwurde,

dass sie etwas gesehen hatte, das er nicht beabsichtigt hatte. Er packte sie an den Schultern. »Das hier ist keines von euren Einbrecherspielchen, Tempest. Hier geht es nicht darum, irgendein Buch zu stehlen und damit zu verschwinden.«

»Mein Bruder ist bei einem dieser *Spielchen* ums Leben gekommen«, erwiderte sie kühl. »Du brauchst mir nicht zu erklären, wie ernst es ist. Ich will es nur verstehen.«

Vielleicht war da ein Hauch von Schuldbewusstsein, der ihn nachgeben ließ, oder schlichtweg die Einsicht, dass sie sonst keine Ruhe geben würde. Jedenfalls sagte er: »Ich habe Absolon nicht nur einmal getötet, sondern siebenmal. Zweimal habe ich der Akademie darüber Bericht erstattet, dann habe ich es aufgegeben, weil sie schon damals anfingen, mich nicht mehr ernst zu nehmen.«

»Sieben Mal«, wiederholte sie tonlos.

»Und ich kann ihn heute oder morgen oder nächste Woche ein achtes Mal töten, und es wird nichts ändern. Ich werde ihn weiterjagen, immer weiter, bis ich das Original gefunden habe.«

»Das heißt, es gibt –«

»Abschriften. So nennt er selbst es. Seine Abschriften. Manche von ihnen wissen, was sie sind, aber nicht alle. Einige hatten Fehler, große und kleine Unzulänglichkeiten, andere waren nahezu perfekt. Der Absolon, mit dem wir es hier in London zu tun haben, muss den Verstand verloren haben. Vielleicht war er schon wahnsinnig, als er erschaffen wurde, aber ich glaube eher, dass es im Laufe der Zeit schlimmer geworden ist. Ich bin ihm von Frankreich aus hierher gefolgt. Er ist besessen vom Nötigen Übel und vom Untergang Nimmermarkts. Nicht er ist dafür verantwortlich, sondern das Original, aber jeder einzelne Absolon reklamiert alle Verbrechen, alle Morde, alle Untaten seiner Duplikate für sich.«

»Wieso nennt er sie Abschriften?«

»Oh, sie sind pure Bibliomantik! Als Absolon das Nötige Übel in Nimmermarkt entfesselt hat, da hat er das nicht aus Willkür getan. Die Drei Häuser mögen das glauben, auch viele andere aus den Reihen der Akademie, aber ich bin überzeugt, dass er bessere Gründe hatte. Die Wahrheit ist, dass er bis zum Kern eines Refugiums vorgedrungen ist, zu dessen Urtext, um herauszufinden, wie es erschaffen wurde und was es am Leben hält. Niemand weiß genau, wie die Refugienschmiede vorgehen, wenn sie ein neues Refugium wahr schreiben. Nur *dass* sie es schreiben, scheint festzustehen. Sie arbeiten im Auftrag der Drei Häuser, aber nicht einmal die Cantos, Himmels und Lohenmuts wissen im Detail, was die Refugienschmiede tun und wie sie es tun. Absolon wollte herausfinden, wie man Ideen zu Stein, Fleisch und Blut werden lässt. In Nimmermarkt ist er der Methode auf die Spur gekommen, aber dafür musste er tief in den Urtext des Refugiums eingreifen. Er hat Änderungen darin vorgenommen, hat eine Mutation des Refugiums riskiert. So ist das Nötige Übel entstanden – schon der Name, den er ihm gegeben hat, lässt darauf schließen, dass eine ganz bestimmte Absicht dahintersteckte. Es begann zunächst mit harmlosem zivilem Ungehorsam der Bewohner, steigerte sich zu Anarchie und Blutvergießen und gipfelte schließlich in der Selbstzerstörung des gesamten Refugiums. Vielleicht wollte er nur seine Spuren verwischen. Vielleicht war es auch ein Experiment, um herauszufinden, was passiert, wenn man den Urtext einer bibliomantischen Schöpfung verändert. Möglicherweise glaubt er, jeder hier, die ganze Welt, alles sei einst durch Bibliomantik erschaffen worden – dann gäbe es im Kern von *allem* einen solchen Urtext, der sich manipulieren ließe.«

Trotz der nasskalten Dunkelheit am Themseufer und des pfeifenden Windes konzentrierte Tempest sich so gut es ging auf seine Worte.

»Absolon ist brillant«, fuhr er fort, »und so setzte er sein neues Wissen ein, um seine erste Abschrift zu erschaffen. Er schuf ein Duplikat seiner selbst, indem er es wahr schrieb – so wie es die Refugienschmiede mit den Refugien tun. Das Resultat war erstaunlich, eine denkende, fühlende, selbstständige Kopie. Soweit ich das nachvollziehen konnte, ist er von da an selbst nicht mehr in Erscheinung getreten. Die Verbrechen werden von seinen Abschriften begangen. Ich habe eine nach der anderen ausgeschaltet, in der Hoffnung, dem Original näher zu kommen, aber nach jedem Absolon, den ich vernichtet habe, tauchte schon bald ein neuer auf. Die Arbeit an den Abschriften scheint langwierig zu sein, und er nimmt an jeder Veränderungen vor, in der Hoffnung, sie zu verbessern – manchmal gelingt es, manchmal ist es ein Fehlschlag. So wie im Fall des Absolons, mit dem wir es heute zu tun haben. Ich bin ihm einmal begegnet, nur ganz kurz vor ein paar Monaten, und ich bin sicher, dass er nicht bei Verstand ist. Ihm geht es darum, Zustände wie in Nimmermarkt zu schaffen, erst Aufruhr, dann Anarchie, schließlich die völlige Auslöschung. Deshalb hat er sich mit Egyptienne zusammengetan. Er nutzt sie aus, während sie glaubt, dass er ihr gehorcht. Ich bin sicher, insgeheim lacht er über sie und ihre kleingeistigen Machtphantasien. Er selbst will so viel mehr, wahrscheinlich die Zerstörung von London, des Britischen Empires, der ganzen Welt. Und während wir ihn jagen und vielleicht besiegen, schreibt der wahre Absolon bereits an der nächsten Kopie und wird sie bald Wirklichkeit werden lassen.« Cedric hielt kurz inne, blickte über den Fluss und fuhr fort: »Mein Vater war in Nimmermarkt, als dort alles zusammenbrach. Er war ein treuer Anhänger der Akademie, ein hochrangiger Ambassador, und weil die Drei Häuser ihm vertrauten, schickten sie ihn nach Nimmermarkt, um die Dinge in den Griff zu bekommen. Er hatte nie eine Chance. Mit dem Eingriff in den Urtext hatte Absolon das Schicksal des Refugiums besiegelt. Mein Vater starb, als Nimmermarkt im Chaos versank.«

»Dann geht es dir um Rache?« Sie dachte an Gilchrist und fand, dass Vergeltung ein akzeptables Motiv war.

Doch Cedric schüttelte den Kopf. »Rache stand nur am Anfang. Nach allem, was ich gesehen habe, will ich ihn finden, um ihn ein für alle Mal aufzuhalten.«

Er blickte erneut dorthin, wo sich die Brücke nach Nimmermarkt befinden musste, und Tempest fragte sich, ob er sie womöglich schon sehen konnte. Vielleicht war es lächerlich, dass sie darauf bestand, mit ihm zu gehen; vielleicht würde sie ihm nur im Weg stehen. Er sah es ganz bestimmt so. Trotzdem bot sie nicht an, zurückzubleiben.

Cedric musterte sie und schien zu erkennen, wie ernst es ihr war. »Gehen wir«, sagte er schließlich, zog den Passierschein aus der Tasche, legte ihn zwischen die Handflächen und schloss einen Atemzug lang die Augen. »Wenn du das hier wirklich willst, dann bleib jetzt ganz nah bei mir.«

Der diesseitige Torturm materialisierte sich wie aus dem Nichts, ein dreistöckiger Koloss mit Zinnenkranz. Dahinter wölbte sich die uralte Steinbrücke über den Fluss und verlor sich schon nach zwanzig Yards in der Dunkelheit. Die Lichter des Londoner Südufers waren verschwunden, auch das Wabern des verlorenen Refugiums war von hier aus nicht zu sehen. Tempest kannte die Brücke nur aus Mercys Erzählung, aber sie hatte das Gefühl, schon hier gewesen zu sein.

Sie stapften durch den Schnee zum Turm und hindurch auf die Brücke. Niemand hielt sie auf. In den Refugien herrschten eigene Wetterverhältnisse, doch auf der Brücke hatte es ebenso heftig geschneit wie im Rest von London.

»Keine Fußspuren«, stellte sie fest. »Vielleicht ist er geschwebt. Bist du sicher, dass er hier ist?«

»Nein«, sagte Cedric. »Aber es würde mich wundern, wenn er mit Egyptienne nach Cloisterham aufgebrochen wäre. Er dürfte kein echtes Interesse an Sedgwick und dem Flaschenpostbuch haben. Vielleicht ahnt er, welches Chaos sie damit stiften kann, und hat ihr deshalb geholfen, aber das ist für ihn höchstens ein Teil des großen Ganzen. Seit Jahren will er das Nötige Übel in der Welt außerhalb der Refugien entfesseln, und ich glaube, dass er deshalb nach London zurückgekehrt ist. In Frankreich hat er es schon versucht und ist gescheitert. Jetzt ist er hier, direkt an der Quelle. Wenn er herausfindet, inwieweit sich der Urtext eines Refugiums mit dem der wirklichen Welt deckt, hat er einen Ansatzpunkt.«

»Ist das nun der Plan des Originals oder seines verrückten Doppelgängers?«, fragte Tempest.

»Der wahre Absolon sitzt in seinem Unterschlupf und

schreibt sich die Finger wund, um die Welt hier draußen ins Chaos zu stürzen. Wie seine Abschriften dabei vorgehen, dürfte ihm gleichgültig sein. Für ihn zählt allein die Wirkung, die sie erzielen.«

»Klingt ziemlich feige, sich irgendwo zu verkriechen, jedermann zu hassen und zu hoffen, dass Dinge wahr werden, nur weil man sie aufschreibt.«

Cedric lächelte trotz des frostigen Windes, der ihnen von der Brücke entgegenschlug. »Genau das ist die Natur des Feindes, mit dem wir es zu tun haben. Wir können seine Lügen und seine kranken Phantasien auslöschen, sooft wir nur wollen, aber wenn ich ihn nicht selbst in seinem Loch aufstöbere, werde ich ihn niemals endgültig besiegen.«

Tempest wollte losgehen, der Finsternis jenseits der Brückenwölbung entgegen. Cedric hielt sie an der Schulter zurück. »Nicht dort entlang. Wenn wir über den offenen Schnee laufen, sind wir bald in Sichtweite. Aber hier vorne kann er uns vom Südturm aus noch nicht sehen.«

Er wandte sich nach links und ging zur Brüstung hinüber. Mit einem letzten Blick zur Wand aus Dunkelheit folgte sie ihm.

Cedric beugte sich über die schneebedeckte Mauer und sah hinab zu den treibenden Eisschollen auf dem Wasser, dann an der Seite der Brücke entlang nach Süden.

»Schaffst du das allein?«, fragte er.

Es war ihr unangenehm, dass er sie vorhin hatte auffangen und halten müssen, und sie wollte es diesmal besser machen. Sie war nicht sicher, wie – nur unbedingt besser.

»Natürlich«, sagte sie.

»Wenn du abstürzt, erfrierst du im Wasser.«

»Ich krieg das schon hin.«

Cedric schlug sein Seelenbuch auf, spaltete ein Seitenherz, schwebte aus dem Stand über die Brüstung und verschwand in der Tiefe. Sekunden später tauchte sein Kopf hinter der Mauerkrone auf und wippte sanft auf und ab, so als stünde er auf Wasser, nicht in der Luft.

»Kommst du?«, fragte er ungeduldig, doch da hatten sich ihre Füße schon vom Schnee gelöst, sie stieg höher und höher, erst viel zu schnell, dann ruhiger und beherrschter.

Cedric nickte zufrieden, während Tempests Herzschlag vor Aufregung raste. Die Bibliomantik ihres Seelenbuchs, nein *ihre* Bibliomantik trug sie aufrecht über die Mauer, dann hinab in die Leere jenseits der Brüstung. Dort sank sie so weit abwärts, bis sie von der Brücke aus nicht mehr zu sehen war.

Im Schein ihrer Seitenherzen schwebten die beiden entlang der mächtigen Steinbögen südwärts. Unter ihnen rauschte der Fluss, um sie tanzten Schneeflocken und vor ihnen schälte sich das wirbelnde Chaos von Nimmermarkt aus der Finsternis.

32

Vor Mercy öffnete sich Sedgwicks Heiligtum, das bibliomantische Herz von Cloisterham.

Dutzende Regale bedeckten die hohen Wände des Saals, vor den Fenstern waren rote Samtvorhänge zugezogen. Treppen führten auf Galerien, eine schmale Brücke wölbte sich über das Zentrum des Raumes von einer Balustrade zur anderen. In den meisten Fächern standen Bücher, in lichtgeschützten Nischen aber auch die großformatigen Hefte, in denen Charles Dickens seine Romane erstveröffentlicht hatte. Außerdem gab es Schaukästen mit Alltagsgegenständen wie Tintenfässern und Schreibfedern, Kerzenleuchtern und Öllampen, Teetassen und Hüten – ehrfürchtig aufgereiht wie Fundstücke einer antiken Grabungsstätte.

Rechts stand ein hölzerner Globus, von dem die Farben der Kontinente abblätterten und neue Küstenlinien bildeten. Eine gesichtslose Puppe neben dem Eingang war vollständig in den Anputz eines städtischen Gentlemans gekleidet, mit Gehrock und Zylinder, gebügelten Hosen und feinen Lederschuhen. Es roch nach staubigen Teppichen und verwelkten Blumen, obwohl nirgends welche zu sehen waren. Vielleicht nur eine Sinnestäuschung, weil Mercy bei diesem Anblick eher an eine Grabkammer als an eine Bibliothek denken musste.

Es war nicht nötig, dass Sedgwick ihr erklärte, wem all diese Dinge einmal gehört hatten, aber er tat es trotzdem. Weitschweifig begann er einen Vortrag darüber, wie es ihm gelungen war, Teile von Charles Dickens' Nachlass aufzukaufen, manches gleich nach seinem Tod vor zehn Jahren, anderes erst später, nachdem Familienangehörige entschieden hatten, sich von ihren Erbstücken zu trennen.

Mercy hörte kaum zu, während sie wie hypnotisiert auf einen rechteckigen Käfig starrte, der in der Mitte des Saals unterhalb der schmalen Brücke errichtet worden war. Eine Art Raubtierzwinger, halb so groß wie der Verkaufsraum des *Liber Mundi.* In einer Ecke befand sich ein großer Eimer, der durch eine Klappe auf Bodenhöhe ausgetauscht werden konnte, in einer anderen lagen eine Matratze und ein paar gefaltete Decken.

Vor dem Käfig stand ein länglicher Tisch mit Metalloberfläche. Er ähnelte jenen, die sie im Leichenhaus der Metropolitan Police gesehen hatte – nur dass sich an diesem hier Ledergurte befanden, um die Arme und Beine eines Menschen zu fixieren.

Während Sedgwick weiter über seine Sammlung und ihre Herkunft referierte, ging sie langsam auf den Tisch zu und entdeckte darauf ein Tablett mit blitzenden Stahlinstrumenten. Die meisten hatten scharfe Klingen, einige gezahnte Sägeblätter und Haken.

Langsam drehte sie sich zu Sedgwick um. »Sie wollen ihn foltern.«

»Von wollen kann keine Rede sein.« Mit ruhigen Schritten kam er auf sie zu. »Es steht John Jasper offen, freiwillig zu kooperieren und ein Geständnis abzulegen. Wenn unser Vorhaben gelingt, und daran habe ich keinen Zweifel, wird er sich selbst entscheiden können zwischen respektvoller Zusammenarbeit und schmerzhafter Verschwiegenheit.«

Sie schluckte ihren Widerspruch herunter und drehte sich wieder zum Käfig um, damit Sedgwick ihr nicht ansehen konnte, was sie dachte. Die Last des Blendbuchs unter ihrem Mantel wog noch schwerer als zuvor. Selbst jetzt, da sie die Folterinstrumente und den Käfig gesehen hatte, weigerte sich ein Teil von ihr, das Lesegift gegen Sedgwick einzusetzen.

Durch die Gitterstäbe fiel ihr Blick auf etwas, das sich hinter dem Käfig befand, an der Stirnseite dieser Wunderkammer aus Dickens'schen Reliquien und Memorabilien. Sedgwick folgte ihr schweigend, als sie in einem Bogen um Tisch und Käfig herumging und schließlich vor einem Pult stehen blieb, auf dem ein dünnes Buch lag. Es war in dunkles Leder gebunden, der Deckel zugeklappt. »Ist es das?«, fragte sie.

»Das Flaschenpostbuch«, bestätigte Sedgwick. »Ich habe die acht Kapitel eigenhändig gebunden. Zum ersten Mal seit Jahrhunderten sind sie wieder vereint, so wie Barrabas de Barrabas sie geschrieben hat.«

»Sie glauben, er hätte das gewollt? War es nicht er selbst, der das Buch in Stücke gerissen und im Meer versenkt hat?«

»Er hat es nicht versenkt«, widersprach Sedgwick mit mildem Lächeln. »Wenn er es ernsthaft hätte zerstören wollen, dann hätte er es verbrannt. Stattdessen hat er sich dazu entschlossen, die Kapitel in acht Flaschen zu versiegeln und ins Meer zu werfen. So als hätte er gehofft, dass sie eines Tages gefunden und wieder zusammenfügt würden. Bei allen Zweifeln konnte er sich nicht gänzlich davon lossagen. Dieses Buch war nicht weniger als sein Lebenswerk.«

»Und das hier ist Ihres?« Sie deutete auf die Sammlung in den Regalen.

»All diese Dinge sind nichts im Vergleich zu dem Triumph, eine lebende, atmende Figur aus einem Dickens-Roman zu besitzen. So nah ist nicht einmal er selbst den Gestalten seiner Bücher gekommen. Er mag sie erfunden haben, er wusste, was sie dachten und wie sie handelten, aber er war nie in der Lage, eine seiner Figuren zu berühren. Mit ihr zu sprechen. Stellen Sie sich vor, wie viel ihm das bedeutet hätte.«

»Was macht Sie da so sicher? Schriftsteller sind Diktatoren. Sie sind nicht interessiert an einem gleichberechtigten Austausch mit ihren Schöpfungen. Am Ende des Tages hat das gemeine Volk zu gehorchen.«

Sedgwick sah sie einen Moment lang verwundert an, dann lachte er. »Da mag etwas dran sein.«

»Vielleicht war er froh, seine Figuren loszuwerden, sobald er ein Buch beendet hatte. Wie nach einem Fest, wenn alle nach Hause gehen und man erst mal tief durchatmet.«

»Man könnte meinen, Sie kennen sich aus mit dem Bücherschreiben.«

»Wenn es einen Ort in London gibt, den alle Autoren besuchen, dann ist es der Cecil Court. Und manche sind ganz froh, mit jemandem reden zu können, wenn sie den ganzen Tag allein mit Feder und Tinte verbracht haben.«

Sie wollte hinter das Pult treten, als Sedgwick rief: »Nicht berühren! Bitte.«

Abwehrend hob sie beide Hände. »Ich habe noch nie ein Buch mit einer solchen Aura gesehen.«

»Glauben Sie jetzt, dass unser Experiment gelingen kann?«

»Ich wäre nicht hergekommen, wenn ich nicht daran glauben würde. So amüsant war die Fahrt mit Mister Sharpin nun auch wieder nicht.« Sie hatte den Hünen lautlos eintreten sehen.

Sharpin war wohl derjenige, der die Marterinstrumente bei Jasper einsetzen würde. Stumm stand er wenige Yards hinter Sedgwick und beobachtete sie. Auch er hatte seinen Mantel nicht abgelegt. Es war kalt im Saal. Im offenen Kamin brannte ein Feuer, doch es reichte nicht aus, um den riesigen Raum zu erwärmen.

Trotzdem rührte Mercys Gänsehaut nicht von der Kälte, sondern von der intensiven Aura des Flaschenpostbuchs. Sedgwick hatte zweifellos recht, gebunden steckte darin eine bibliomantische Macht, die weit über die Summe der einzelnen Kapitel hinausging. Der halbe Saal schien davon erfüllt zu sein, sie spürte es, seit sie hinter den Käfig getreten war.

Erst jetzt entdeckte sie, dass in einem offenen Fach an der Rückseite des Pults ein weiteres Buch lag, *Das Geheimnis des Edwin Drood*. Sie kannte diese Ausgabe, die erste gebundene nach Dickens' Tod, ein kostbarer Privatdruck, dessen Preis sich jährlich verdoppelte. *Longford & Tackleton* hatten einmal ein Exemplar vorrätig gehabt.

»Ich wünschte, es trüge eine Widmung«, sagte Sedgwick, als er ihren Blick bemerkte. Er trat neben sie, zog den ledernen Band hervor und öffnete ihn. Sharpins Blick blieb dabei auf Mercy gerichtet, als befürchtete er, sie könnte das Buch ins Kaminfeuer werfen. »Aber um *Edwin Drood* zu signieren, hätte der gute Dickens wohl von den Toten auferstehen müssen.«

»Gibt es keinen Roman, in dem er selbst als Figur auftritt? Dann könnten sie versuchen, ihn mit dem Flaschenpostbuch herüberzuholen.« Der Gedanke war naheliegend, fand sie, auch wenn Sedgwick sie musterte, als müsste er erst herausfinden, ob sie ihn verspotten wollte.

»Das wäre nicht der echte Dickens«, sagte er. »Nur die erfundene Figur eines anderen Autors. Wahrscheinlich sähe er nicht mal aus wie das Original. Es wäre, als spräche man mit einem Schauspieler, der sich auf der Bühne als Dickens ausgibt.«

Gegen ihren Willen verspürte Mercy allmählich dieselbe Faszination, der auch Sedgwick erlegen war. Sie lehnte seine Mittel ab, seine Skrupellosigkeit und besonders seinen grobschlächtigen Folterknecht, doch sein Ziel gewann mit jeder Minute an Reiz. Obwohl es ihr nicht gefiel, war sie mehr als nur neugierig, ob es gelingen würde, John Jasper aus dem Buch in die Wirklichkeit zu rufen.

Trotzdem sagte sie: »Vielleicht gibt es noch eine andere Möglichkeit, herauszufinden, warum Edwin Drood verschwunden ist.«

»Was meinen Sie?«

»Ich habe ein Schlüssellochglas. Ich könnte einen Blick auf das Buch werfen. Vielleicht verrät es mir die Auflösung, die Dickens geplant hatte.«

»Sie können es gern versuchen.«

»Das Glas liegt in meinem Koffer.«

Sedgwick gab Sharpin einen Wink. Der Koloss verließ den Saal, kehrte kurz darauf mit dem Koffer zurück und trug ihn zu Mercy.

»Sie werden damit keinen Erfolg haben«, sagte Sedgwick.

Sie entfernte sich ein paar Schritte von den beiden Männern, legte den Koffer flach auf den Boden und klappte den Deckel hoch. Ihr Seelenbuch lag obenauf und jagte ein stummes

Jauchzen durch ihre Finger, als sie es wie beiläufig berührte. Zwischen den gefalteten Kleidungsstücken zog sie das Schlüssellochglas hervor.

Sie ließ den Koffer geöffnet liegen – scheinbar achtlos, in Wahrheit jedoch, um möglichst schnell an ihr Seelenbuch heranzukommen – und ging mit der Lupe zu den beiden Männern am Pult zurück. Sharpin trat lautlos beiseite, während Sedgwick das Buch wieder in beide Hände nahm.

Sie hob das Schlüssellochglas, um *Das Geheimnis des Edwin Drood* damit zu betrachten. »Darf ich?«

»Gewiss.«

Während er den Band hielt, schlug sie mit links den Text an einer beliebigen Stelle auf. Mit der rechten Hand hielt sie das Glas darüber. Sie sah die Buchstaben leicht verzerrt, das war alles. Erst nach einigen Augenblicken überkam sie ein Gefühl von Schwäche und Unwohlsein, und daraus resultierte der verwirrende Drang, etwas zu beenden, ehe es zu spät war. Dickens musste gewusst haben, dass sein Tod kurz bevorstand. Im Bemühen, den Roman fertigzustellen, war er an die Grenzen seiner Kraft gestoßen. Zugleich spürte Mercy, dass er etwas hatte beweisen wollen, sich selbst und mehr noch der Öffentlichkeit. In den Jahren vor seinem Tod war Kritik an seinen letzten Werken laut geworden, manche meinten, ihm sei die Lust am Schreiben vergangen, andere wünschten sich modernere Elemente wie in den erfolgreichen Kriminalromanen. Morde und die Jagd nach dem Täter. Vordergründige Spannung statt raffiniertem Sittengemälde. Eben die hatte Dickens mit *Edwin Drood* liefern wollen, und das Schlüssellochglas gab Mercy eine Ahnung seiner Leidenschaft.

Worauf sie nicht stieß, war ein Plan für das Ende. Es gab keinen Hinweis, dass Dickens eine Idee gehabt haben könnte, wie er die Geschichte auflösen würde. Möglicherweise hatte er tatsächlich bis zu seinem Tod keine klare Vorstellung davon gehabt, ob Drood noch lebte oder ermordet worden war.

Mit einem Zittern in den Fingern nahm sie das Glas herunter.

»Er wusste es nicht«, sagte sie, benommen von den fremden Empfindungen. »Er hatte nicht den leisesten Schimmer.«

»So ist es.« Lächelnd schlug Sedgwick das Buch zu, legte es zurück ins Fach und deutete auf das Schlüssellochglas. »Glauben Sie nicht, ich hätte das längst versucht?«

»Sie haben auch eines?«

»Würde ich mir sonst nicht Ihres nehmen?«

Möglicherweise war das der Versuch, einen Scherz zu machen, doch als sie Sharpins Grinsen sah, war sie nicht sicher. Ein wenig zu schnell ließ sie das Schlüssellochglas in ihrer Manteltasche verschwinden.

Sedgwick fuhr fort: »Die Geschichte existiert auch ohne ihren Autor. Dass Dickens den Mörder nicht kannte, bedeutet nicht, dass es keinen gibt. Im Roman *ist* Drood etwas zugestoßen, auch wenn es nicht beschrieben wird. Darum werden wir denjenigen fragen, der die Antwort kennen sollte.«

Ein nervöses Kribbeln breitete sich in Mercys Brust aus. »Jetzt gleich?«

»Warum länger warten? Alles ist vorbereitet. Barrabas' Buch ist gebunden, die Instrumente der Wahrheitsfindung liegen bereit, der Käfig wartet auf unseren Gast.« Mit wallender Robe trat er ans Pult, schlug das Flaschenpostbuch auf und warf einen letzten Blick herüber zu Mercy. »Und Sie, meine Liebe, sind hier, um mit anzusehen, wie ich das größte aller bibliomantischen Wunder wirke.«

Sharpins Anwesenheit dräute wie ein nahes Unwetter am Rand ihres Blickfelds, doch zumindest nach außen hin ließ sie sich davon nicht beeindrucken. »Und Sie beide glauben, Folter sei das richtige Mittel?«

Sharpin verzog keine Miene.

»Ich bin seit Jahrzehnten Polizist«, sagte Sedgwick, »und, mit Verlaub, ich bin es leid, immer den umständlichsten Weg zu gehen. Ermüdende Befragungen, die ewige Suche nach Indizien, endlose Beweisführungen, uneinsichtige Richter … Nichts davon wäre nötig, wenn man konsequent vorginge. In *diesen* Fall redet mir niemand herein. Ich stelle den Täter, ich befrage ihn auf meine Weise, und ich fälle das Urteil.« Wieder dieses freundliche, gefährliche Lächeln. »In Wahrheit geht es nie um das Gleichgewicht zwischen Richtig und Falsch, zwischen Gut und Böse, Ordnung und Chaos. Am Ende zählt nur, wer versteht und wer nicht. Wollen Sie nicht lieber auf der Seite derjenigen sein, die verstehen, Miss Amberdale?«

33

Der zweite Torturm am Ende der Brücke war eine zinnenbewehrte Silhouette vor dem Nichts des zerstörten Refugiums.

Tempest und Cedric schwebten außen an der Brüstung entlang, bis die Mauer neben ihnen zur Seitenwand des Turms emporwuchs.

»Er ist hier«, sagte Cedric.

Tempest versuchte, Absolons Aura aufzufangen, aber die Nähe des Nötigen Übels überdeckte jede andere Präsenz. Sie spürte nicht einmal Cedric, der unmittelbar neben ihr in der Luft stand. Ihre bibliomantischen Sinne waren überreizt von dem, was sich jenseits des Turms befand. Auf den ersten Blick sah sie nur undurchdringliche Dunkelheit, doch allmählich wurde daraus ein Wall wie aus strudelndem, kochendem Teer.

»Ist es noch da?«, flüsterte sie. »Das Refugium, meine ich.«

»*Etwas* ist noch da«, gab er leise zurück. »Stell es dir vor wie ein Stück Land, das gründlich vergiftet wurde. Irgendwann wird man einen Weg finden, es wieder bewohnbar zu machen, aber das kann Jahrzehnte dauern.«

Unterschwellig nahm sie noch etwas anderes wahr, wie Schmerzensschreie, die man nicht hören, wohl aber fühlen konnte. Als wären die Menschen von Nimmermarkt nicht tot, sondern litten auch heute noch im Inneren der wirbelnden Finsternis.

»Das ist nur ein Echo des Untergangs«, sagte er, als sie ihn danach fragte. Es klang, als spräche er lediglich seine Hoffnung laut aus.

»Weiß Absolon, dass wir kommen?«

»Hängt davon ab, wie laut wir reden.«

Sie senkte ihre Stimme, bis sie kaum noch zu hören war. »Tut mir leid.«

»Wenn ich ihn spüren kann, ist es umgekehrt wahrscheinlich genauso – falls er mit uns rechnet.« Er blickte hinauf zu den Zinnen des Torturms. »Wir gehen von oben rein.«

Zügig schwebten sie an der Mauer empor. Dabei hielten sie sich fern von den handbreiten Fenstern in den beiden oberen Stockwerken, ehemalige Schießscharten, in die Glas eingesetzt worden war. Aus keinem fiel Licht in die Nacht hinaus.

Sie erreichten den Zinnenkranz, schwebten darüber hinweg und landeten auf der Plattform. Irgendwo unter der Schneedecke musste eine Bodenluke sein. Cedric stapfte in die Mitte der Fläche, bückte sich und schob vorsichtig mit der Fingerspitze ein wenig Schnee beiseite. Darunter war Stein. Er trat einen Schritt zur Seite und wiederholte die Prozedur, dann wieder, bis er endlich auf Holz stieß. Behutsam ertastete er den Umriss der Luke und fand einen Eisenring.

Abrupt hielt er inne. »Es wäre vielleicht klüger, wenn wir von zwei Seiten kommen.«

»Ich kann den Eingang unten auf der Brücke nehmen.«

»Traust du dir das zu?«

»Sicher.« Sie huschte hinüber zur Brückenseite. »Ich geb dir ein Zeichen, wenn ich an der Tür bin.« Damit federte sie leicht in den Knien und schwebte aufrecht über die Zinnen hinweg.

Es war nicht perfekt, aber viel besser als beim Sprung aus der *Cascabel.* Langsam sank sie an der Außenwand abwärts und behielt dabei die Brücke und den Fuß des Turms im Blick. Soweit sie sehen konnte, rührte sich nichts auf dem langgestreckten Schneefeld.

Ein wenig zu hart kam sie am Boden auf, unmittelbar vor dem halbrunden Tortunnel. Darin war es stockdunkel, die Finsternis am anderen Ende schluckte sogar die fahlen Reflexionen des Schnees. Absolon hätte sie drei Schritt entfernt erwarten können, sie hätte ihn nicht einmal bemerkt.

Rasch ließ sie eine Lichtkugel aus ihrem Seelenbuch aufsteigen und atmete erleichtert auf, als der Tunnel verlassen vor ihr lag. Der Eingang zum Turm befand sich in der linken Seitenwand. Sie lief unter dem Torbogen hindurch und wurde nach wenigen Schritten von der irrationalen Angst gepackt, dass etwas unter der Decke des Tunnels hängen und sich auf sie stürzen könnte. Als sie hinaufsah, war das Gewölbe leer. Nur die Mauerfugen warfen zitternde Schatten, während die Lichtkugel zur Tür schwebte.

Die Klinke war so groß wie ihr Unterarm und so kalt, dass ihre Haut daran klebte. Ganz vorsichtig schob Tempest sie nach unten. Sie gab mit einem leisen Krächzen nach, die Tür öffnete sich einen Spaltbreit. Tempest hielt inne und gab der Kugel in Gedanken einen Befehl. Blitzschnell schoss der weiße Glutball hinaus auf die Brücke und an der Wand nach oben. Wenige Sekunden später kehrte er zurück, gefolgt von einem zweiten Licht, das Cedric ihr als Signal gesandt hatte.

Sie atmete tief durch und betrat den Turm. Die Lichtkugel hüpfte zurück ins Seitenherz. Der Raum im Erdgeschoss war kaum größer als das Ende der Treppe, die ohne Geländer nach oben führte. Hier unten war es dunkel, nur um die höheren Stufen lag ein matter Goldschimmer. Im ersten Stock brannte Licht.

Sie hatte kaum den Fuß auf die Treppe gesetzt, als von oben lautes Bersten und Brechen ertönte. Eine Männerstimme brüllte etwas. Im nächsten Moment erbebte der Turm unter einer heftigen Erschütterung. Staub rieselte aus den Fugen auf Tempest herab, zugleich schien am Ende der Treppe eine Sonne aufzugehen. Das Licht, das durch die Öffnung in der Decke fiel, war so grell, dass sie schützend den Arm hob. Es stach sie wie mit tausend kleinen Nadeln. Halbblind hielt sie trotz der Schmerzen dagegen, wütend auf Cedric, der sie hereingelegt hatte, um sich Absolon allein zu stellen. Zugleich war sie entschlossener denn je. Der Zorn über Arthurs Tod trieb sie weiter, erst recht, als ihr klarwurde, dass die Stiche zwar weh taten, aber keine Spuren hinterließen. Nur eine schmerzhafte Illusion.

Sie hatte es bis zur Hälfte geschafft, als das Licht schlagartig verblasste. Die unsichtbaren Nadelspitzen zogen sich zurück, der Weg nach oben war frei. Noch immer erklang Getöse in den oberen Stockwerken. Irgendwo barst Gestein, und wieder zitterte die Treppe. Tempest sank vorwärts auf alle viere und hielt sich an den Stufen fest, um nicht abgeschüttelt zu werden.

Das magische Beben dauerte nur wenige Atemzüge, dann konnte sie ihren Aufstieg fortsetzen. Keuchend erreichte sie die Öffnung und blickte über die Bodenkante in ein geräumiges Turmzimmer.

In der Decke klaffte ein gezacktes Loch. Kopfgroße Steine

waren herausgebrochen und auf den Boden gestürzt. Eine Staubwolke hing im Zimmer. Als Tempest sich umdrehte, entdeckte sie, dass die zum Refugium gewandte Seite des Zimmers nicht mehr existierte. Nur wenige Yards entfernt stand ein Wall aus brodelndem Schwarz, wogend und prasselnd wie ein Wasserfall. Das Nötige Übel schien sich von außen an den Turm zu schmiegen, unfähig, die Schwelle zum Inneren zu passieren.

Nachdem sie den ersten Schrecken überwunden hatte, erkannte sie, dass ihre Vermutung, die Wand sei zusammen mit der Decke eingestürzt, falsch war. Im hinteren Teil des Raumes lagen keine losen Steine, auch waberte dort kein Mörtelstaub. Zudem bildete die Öffnung ein perfektes Rechteck, das von einer Wand zur anderen und vom Boden bis zur Decke reichte.

Absolon hatte ein Tor zum Nötigen Übel geöffnet, vielleicht um wie ein Wissenschaftler Proben davon zu nehmen; womöglich war er sogar in das wirbelnde Chaos vorgedrungen. Doch hätte er das nicht einfacher am Ende des Tortunnels tun können? Es gab nicht einmal Wachen auf der Brücke, die ihn behelligt hätten, weil Egyptienne sie abgezogen hatte oder der Zugang als sicher galt.

Tempest blieb keine Zeit, darüber nachzudenken, denn erneut erstrahlte alles in bernsteingelbem Licht, das aus der Öffnung zum zweiten Stock fiel. Cedric schrie auf, gefolgt von der Stimme eines anderen Mannes. Bibliomantische Entladungen knisterten in der Luft, vor Tempests Augen explodierten glühende Buchstabenschwärme. Sie stand noch immer halb auf der Treppe und wäre beinahe hinabgestürzt, schleppte sich schließlich die letzten Stufen in den ersten Stock hinauf und über die Trümmer der eingestürzten Decke hinweg. Erst jetzt erkannte sie umgefallene Büchertürme an den Wänden, viele Bände waren unter Schutt begraben. Auch ein Schreibtisch an einer der Schießscharten war zusammengebrochen.

Die flirrenden Buchstaben verpufften, doch die Spannung in der Luft blieb. Tempest rief Cedrics Namen, als er abermals aufschrie. Sie taumelte auf die nächste Treppe zu, schmaler als die untere und an eine der Seitenwände gemauert. Auch der zweite Mann brüllte wieder, nicht mehr so triumphierend wie zuvor. Es klang, als brächten die beiden sich gegenseitig um.

Tempest setzte einen Fuß auf die unterste Stufe, als die Schwärze an der Rückseite des Raumes von der Decke bis zum Boden aufriss und sich teilte wie ein Samtvorhang. Trübe Helligkeit wie von Kerzenschein fiel in das Turmzimmer.

In dem Spalt stand ein Mann. Der Schein einer Lichtentladung zuckte über sein Gesicht.

Gilchrists Mörder. Oder sein Ebenbild.

Mit einem Wutschrei umklammerte Tempest ihr Seelenbuch, stieß sich von der Treppe ab, setzte blitzschnell über die Trümmer hinweg und stürzte sich durch den Spalt.

34

Seit einer Viertelstunde stand Sedgwick fast reglos hinter dem Pult im Saal von Cloisterham, hielt das aufgeschlagene Flaschenpostbuch mit beiden Händen vor seine geröteten Augen und las stumm darin.

Zuvor hatte Sharpin die Ausgabe des Dickens-Romans in die Mitte des Käfigs gelegt und die Gittertür von außen verschlossen. Seitdem hielt er sich abseits und lehnte mit verschränkten Armen an einem Schaukasten, in dem eine Totenmaske aus grauem Gips inmitten von alten Photographien ausgestellt war.

Mercy zog das Blendbuch aus ihrem Mantel, streifte ihn ab und legte ihn neben ihrem Koffer auf den Boden. Niemand kümmerte sich darum. Den Band hielt sie mit beiden Händen fest, als könnte sie sich nicht von ihm trennen. Unter anderen Umständen hätte Sedgwick anhand der bibliomantischen Aura bemerken können, welches ihr echtes Seelenbuch war, doch er war viel zu beschäftigt mit seiner Beschwörung.

Mercy bewegte sich langsam auf ihn zu und erwartete bei jedem Schritt Einspruch, doch Sedgwick ließ sie gewähren. Die brennende Neugier, die sie gepackt hatte, brauchte sie ihm nicht vorzuspielen. Als sie neben ihn trat, bemerkte sie aus dem Augenwinkel, dass Sharpin sich anspannte. Sie ignorierte ihn, so gut das bei seiner Körpermasse möglich war, und sah an Sedgwick vorbei in das aufgeschlagene Flaschenpostbuch.

Wahrscheinlich hätte sie in diesem Moment das offene

Blendbuch daraufwerfen und ihn zu einem Blick hinein verleiten können. Dagegen sträubte sich nicht nur ihr Gewissen. Sie wollte sehen, was geschehen würde, wollte dabei sein, falls es ihm tatsächlich als erstem Bibliomanten gelang, eine Figur aus einem Roman herüber in die reale Welt zu holen.

Die handgeschriebenen Zeilen im Buch des Barrabas de Barrabas waren sehr blass, die Tinte zu einem hellen Braun verblichen. Der Text war in einer Geheimsprache verfasst, augenscheinlich eine Abwandlung des Lateinischen. Sedgwick hatte die Übersetzung mit feiner Feder zwischen die Zeilen geschrieben, so klein, dass Mercy mit ihren schlechten Augen nichts davon entziffern konnte. Es hatte immer geheißen, man müsse alle acht Kapitel beisammenhaben, um den Code zu knacken, doch Sedgwick musste schon vorher weite Teile übertragen haben. Da waren zahlreiche durchgestrichene Wörter, und als er umblätterte, um seine stumme Lesung auf der nächsten Seite fortzusetzen, sah es dort nicht anders aus. Offenbar hatte er nachträglich Änderungen an der Übersetzung der vorderen Kapitel vorgenommen.

Die letzten Seiten musste er innerhalb eines Tages bearbeitet haben. Es war kein umfangreiches Buch, gewiss unter hundert Seiten, pro Kapitel kaum mehr als zehn. Ein Dutzend davon innerhalb weniger Stunden zu übersetzen und die Fehler im vorderen Teil zu korrigieren, schien machbar. Dennoch wunderte sie sich, wie sicher er sich seiner Sache war. All die Jahre, die er sich mit den Theorien von Barrabas de Barrabas beschäftigt hatte, kulminierten in diesen Minuten.

Dass er ihr gestattete, daran teilzuhaben, rührte sie auf verstörende Weise an. Sie hatte Sedgwick stets gefürchtet, hatte etwas Diabolisches und Unberechenbares in ihm gesehen. Heute Nacht aber war es, als habe ein Teil seiner Besessenheit auch sie ergriffen, und er erschien ihr in anderem Licht. Nun machte er auf sie den Eindruck eines Archäologen, der nach jahrzehntelanger Arbeit endlich das fehlende Stück eines antiken Mosaiks einsetzte, um das Werk verzückt in seiner Gesamtheit zu betrachten.

Sie hatte so viele Fragen – zu diesem Buch, zu Sedgwicks Forschungen, nicht zuletzt zu seinen Überzeugungen –, aber sie stand nur da und beobachtete ihn, gepackt von einer Ehrfurcht, die nicht seiner Person galt, sondern dem geheimnisvollen Schatz, den er vor ihren Augen hob.

Die Veränderung in der Atmosphäre des Saals war so subtil, dass Mercy sie anfangs nicht bemerkte. Erst als sich die Härchen auf ihren Unterarmen aufstellten, sie ein Ziehen im Bauch und eine heftige Beschleunigung ihres Herzschlags verspürte, wurde ihr klar, dass es bereits begonnen hatte. Was auch immer Barrabas de Barrabas vor Jahrhunderten entdeckt und derart gefürchtet hatte, es wurde in dieser Nacht zu neuem Leben erweckt.

Egyptienne war einem Irrtum erlegen, als sie angenommen hatte, Mercy könnte den Vorgang beobachten und ihr helfen, ihn zu wiederholen. Es gab keine komplizierten Rituale, keine Zauberworte, keine archaischen Symbole, die sie hätte auswendig lernen oder nachahmen können. Da waren nur Sedgwick und die beiden Bücher – der vollständige Text des Barrabas de Barrabas und Charles Dickens' Roman, der aufgeschlagen in der Mitte des Käfigs lag. Sedgwicks stille Lesung führte zu etwas, das sich am ehesten mit einer chemischen Verbindung zweier Stoffe vergleichen ließ, die einzig miteinander reagierten.

Das hier war Bibliomantik in Vollendung, und zugleich war es Alchimie. Barrabas de Barrabas hatte die beiden Disziplinen miteinander verschmolzen, und zum ersten Mal glaubte Mercy mit absoluter Sicherheit daran, dass das Experiment gelingen würde. Sie fühlte es mit jeder Faser ihres Körpers und schmeckte es in der Luft, als violette Lichter aus dem offenen Buch im Käfig stoben. Zugleich stieg ein Schwarm leuchtender Lettern aus dem Flaschenpostbuch auf und wehte wie von Wind getragen zum Gitter hinüber.

Sharpin stieß sich vom Schaukasten ab und machte mit offenem Mund einen Schritt nach vorn auf den Käfig zu. Mercy fiel wieder das Lesegift in ihren Händen ein; undenkbar, es jetzt noch einzusetzen. Nicht, während vor ihr genau jenes Wunder geschah, das Sedgwick vorausgesagt hatte.

Die Lichter aus den beiden Büchern umkreisten einander wie bei einer Balz, bildeten leuchtende Schlieren in der Luft. Mercy lief eine Träne über die Wange, aber sie konnte nicht anders, als zu lächeln. Ein Licht überstrahlte schlagartig alle anderen, ein Rauschen und Tosen erklang, und sie fragte sich, ob das nicht nur Bilder waren, die ihr Gehirn ihr vorgaukelte, um das Unbegreifliche sichtbar zu machen.

Das Gleißen wurde so hell, dass Sharpin sich den Arm vors Gesicht hielt. Mercy schloss die Augen. Instinktiv stieß ihre Hand vor, tastete nach etwas, um sich festzuhalten und nicht vom Sog der tobenden Energien gepackt und ihrerseits in das Buch gerissen zu werden – denn auch das schien mit einem Mal denkbar. Ihre Finger bekamen Sedgwicks Robe zu fassen, die sie vorhin noch lächerlich gefunden hatte und die ihr nun in all ihrem hohepriesterlichen Pomp völlig angemessen erschien.

Zum ersten Mal überhaupt sah Mercy sich selbst als vollkommene Bibliomantin. Ihr letzter Widerstand gegen das, was sie von Geburt an war, schwand endgültig, und sie akzeptierte, dass sie durch und durch Teil der bibliomantischen Welt war, endlos fasziniert und staunend vom Ausmaß der Möglichkeiten.

Mit geschlossenen Augen spürte sie, wie sich Sedgwicks Hand besänftigend auf ihre legte. Sie hatten einen Pakt geschlossen, schon vor Monaten, und nun war er besiegelt. Das Gefühl, dass sie hier richtig war, überwog ihre Zweifel. Dann verblasste das grelle Licht, sie schlug die Augen auf, und Sedgwick ließ ihre Hand los.

Im Käfig lag ein Mann.

Die Wunde in der Wirklichkeit war nicht mehr zu sehen, aber Mercy spürte sie trotzdem. Es kam ihr vor, als stünde außerhalb ihres Blickfelds eine Tür offen, durch die ein Hauch von Buchduft wehte, die Gewissheit, dass da noch etwas war jenseits der Realität von Cloisterham. Das Gefühl war das gleiche wie in ihrer Kindheit, als sie so tief in den Büchern versunken war, dass die Außenwelt um sie herum verblasste. Jener Moment, wenn die erfundene Welt eines Romans so greifbar wurde, dass sie sich nicht mehr von der Wirklichkeit unterscheiden ließ.

Der Mann lag auf dem Bauch, sein Gesicht war von ihnen abgewendet. Sein wirres, dunkles Haar reichte bis auf die Schultern. Er trug einen Gehrock, enge Hosen und Schuhe mit abgelaufenen Sohlen. Violette Lichtpunkte krochen unter seiner Kleidung hervor wie Aschepartikel und trudelten langsam zur Decke empor, wo sie ein letztes Mal aufblitzten und verpufften.

Sharpin lief zum Käfig, umklammerte zwei Gitterstäbe und starrte hinein.

Sedgwick stützte sich derweil mit beiden Händen am Pult ab und wirkte völlig entkräftet. »Ist er am Leben?«

»Er atmet«, bestätigte Sharpin.

Mercy dachte, dass sie Sedgwicks Benommenheit hätte ausnutzen können, um ihm das Blendbuch unterzuschieben, aber sie verdrängte den Gedanken sofort. Es musste einen anderen Weg geben, um Tempest zu befreien.

»Kommen Sie«, sagte er zu ihr und reichte ihr seine Hand.

Nach kurzem Zögern ließ sie sich von ihm zum Käfig führen wie eine Braut zum Altar. Das Lesegift hielt sie in der anderen Hand. Am liebsten hätte sie es fortgeworfen, aber das hätte nur Aufmerksamkeit erregt, da die Männer es doch für ihr Seelenbuch hielten.

Sharpin trat einen Schritt zurück, während sie sich näherten. Er behielt den Fremden im Auge, warf jedoch immer wieder Blicke zu Mercy herüber. Er traute ihr nicht über den Weg. Verübeln konnte sie es ihm nicht.

»Soll ich reingehen?«, fragte er.

»Warten Sie noch.« Sedgwick schwankte. Sie griff fester zu und hielt ihn aufrecht, spürte für einen Moment sein gesamtes Gewicht an ihrem Arm. Dann fing er sich wieder, dankte ihr mit einem Nicken und schritt weiter auf den Käfig zu. Sie hatte geglaubt, dass er so langsam ging, um seinen Triumph auszukosten, doch die Wahrheit war wohl, dass er vor Entschöpfung nicht anders konnte. Und dass eigentlich sie ihn führte, nicht umgekehrt.

Er schien erleichtert, als sie endlich den Käfig erreichten und er sich mit einer Hand an einer Stange neben der Gittertür festhalten konnte. Auch Sharpin bemerkte den Zustand seines Herrn und kam besorgt näher.

»Mister Jasper?«, fragte Sedgwick. »John Jasper?«

Der Mann am Boden rührte sich nicht.

Langsam bewegte Sedgwick sich an den Stäben entlang zur Seitenwand des Käfigs. »Sie sind zu schwach«, warnte Mercy ihn. »Warten Sie noch. Er kann Ihnen nicht weglaufen.«

»Ich will sein Gesicht sehen.«

»Sie wollen wissen, ob er aussieht, wie Sie ihn sich vorgestellt haben.«

Er nickte. »Ob es einen Unterschied macht, wer eine Figur aus einem Buch herbeiruft. Hätte er anders ausgesehen, wenn Sie die Beschwörung durchgeführt hätten? Oder irgendwer sonst, der das Buch so oft gelesen hat wie ich?«

Sie verstand seine Neugier, musste ihn aber erneut am Arm packen, als er zu straucheln drohte. »Ich helfe Ihnen.«

Zu ihrer Überraschung ließ er es zu. Sie hakte sich links bei ihm unter, während er sich mit rechts an den Stäben festhielt. Sharpin folgte ihnen. Sie spürte seine Nähe im Rücken, konnte ihn aber nicht sehen, ohne sich den Hals zu verrenken.

Während sie am Seitengitter entlanggingen, fiel ihr Blick wieder auf den Tisch mit den Folterinstrumenten. Die blitzenden Klingen und Nadeln brachten ihr schmerzlich in Erinnerung, woran sie hier teilnahm. Ihr Widerwille rang mit ihrer Wissbegierde, und sie schämte sich dafür.

»Da!«, rief Sedgwick.

Der Mann am Boden bewegte seine rechte Hand, einen Finger nach dem anderen. Er versuchte, den Kopf zu heben, und stieß ein langes Stöhnen aus.

»Mister Jasper?« Sedgwicks Stimme bebte vor Erregung. Zu Mercy sagte er: »Weiter!«

Plötzlich war Sharpin neben ihr. »Lassen Sie mich das machen.«

Sie wollte ihm gerade Sedgwicks Arm überlassen, als der den Kopf schüttelte. »Nein, sie bleibt bei mir.«

Sie sah dem großen Mann an, wie wenig ihm das passte, doch er fügte sich. Dabei hätte sie Sedgwick gern an ihn abgetreten. Im Augenblick blieb ihr keine andere Wahl, als ihn auch auf dem Rest des Weges zu stützen.

Sie bogen um die Ecke zur Vorderseite des Käfigs, als der Gefangene erneut den Versuch machte, zu ihnen aufzublicken. Sein schwarzes Haar war ihm strähnig ins Gesicht gefallen, so dass sie erst nur seine Mundpartie sah, blutleere Lippen, fest aufeinandergepresst, vielleicht weil er Schmerzen hatte. Oder sehr zornig war. Er hatte sich mehrere Tage lang nicht rasiert, ungewöhnlich für den Chormeister einer Kathedrale.

»Er ist es«, flüsterte Sedgwick. »Großer Gott, ich erkenne ihn wieder.«

Sie blieben an der Vorderseite stehen, nur wenige Schritte von den Folterinstrumenten entfernt.

»Sind Sie John Jasper?«

»Wo bin ich hier?«

»In Sicherheit«, entgegnete Sedgwick. »Nennen Sie mir Ihren Namen, Sir.«

»Sie kennen ihn bereits.«

Sedgwicks Arm erzitterte, sie spürte es deutlich. Verstohlen warf sie einen Blick auf Sharpin, der sie genau im Auge behielt.

»Sieht er aus, wie Sie ihn sich vorgestellt haben?«, fragte sie.

»Genau so«, bestätigte Sedgwick.

»Warum bin ich eingesperrt?«, fragte Jasper.

Sedgwick ging nicht darauf ein. »Was ist das Letzte, an das Sie sich erinnern?«

Der Fremde schaute sich im Saal um. »Das hier ist kein Gefängnis. Wo –«

»Es ist auch kein Traum, das kann ich Ihnen versichern«, unterbrach ihn Sedgwick. »Falls das Ihre nächste Vermutung gewesen wäre.«

Jasper versuchte, aufzustehen. Es gelang ihm nicht, er sank zurück auf die Knie. Fahrig strich er sich das ungepflegte Haar zurück. Mercy konnte erstmals seine Augen sehen, tiefliegend unter buschigen Brauen. Seine Wangenknochen stachen hart hervor, die Haut war grau. Vom Besserwisser wusste sie, dass John Jasper in höchstem Grade opiumsüchtig war; er war nicht der erste Mann mit dieser Angewohnheit, dem sie begegnete. Ab einem gewissen Stadium waren solche Menschen kaum voneinander zu unterscheiden. Als Commissioner hatte Sedgwick wahrscheinlich Dutzende, wenn nicht Hunderte dieser armen Seelen gesehen, und sein Bild von Jasper war von dieser Erfahrung geprägt.

Weil sie nur die Zusammenfassung des Veterators kannte und den Roman nicht gelesen hatte, hatte sie selbst keine detaillierte Vorstellung von dem Mann, nur das vage Bild eines Figurentypus. Zu ihrem Erstaunen entsprach dieser Jasper, den

Sedgwick heraufbeschworen hatte, auch ihrem eigenen Bild. Als wäre der Gefangene im Käfig eine Art Konsenskreatur aus ihrer beider Einbildungskraft.

Plötzlich geriet Sedgwick wieder ins Taumeln. Mercy schob sich das Blendbuch unter den Arm und hielt ihn mit beiden Händen aufrecht. Zugleich eilte Sharpin herbei; sie glaubte, er wolle ihr helfen. Stattdessen aber zog er mit einer raschen Bewegung das Buch unter ihrer Achsel hervor. Es musste ihm schon die ganze Zeit über ein Dorn im Auge gewesen sein.

»Das ist mein Seelenbuch!«, rief sie.

»Sharpin wird gut darauf aufpassen«, sagte Sedgwick sanft.

Sie wollte protestieren, als sein Blick zum ersten Mal bewusst auf das Blendbuch in Sharpins Hand fiel. Zuvor hatte er es kaum beachtet. Nun legte sich seine Stirn in Falten. »Was ist das?«

Mercy hielt den Atem an. Sharpin versteifte sich.

»Dieses Buch«, sagte Sedgwick, »ist nicht Ihr Seelenbuch.«

»Doch, natürlich«, widersprach sie, ließ ihn los und wollte es aus der Hand des Kutschers reißen. Der aber stieß ihr brutal die Faust gegen die Schulter. Mit einem wütenden Schrei taumelte sie mehrere Schritte zurück.

Im Käfig richtete Jasper sich langsam auf.

Sedgwick starrte das Blendbuch an, das Sharpin ihm nun reichte. Langsam streckte er die Hand danach aus, während er sich mit der anderen am Käfig festhielt.

Als er es berührte, rief Mercy: »Schlagen Sie es um Himmels willen nicht auf!«

Sedgwick nahm es ungerührt an sich. Ohne es zu öffnen, sah er Mercy an. »Was haben Sie mir da ins Haus gebracht?«

Sie war drauf und dran, ihm alles zu erzählen, weil sie sich tatsächlich schuldig fühlte. Er hatte ihr vertraut, und sie hatte eine Waffe mitgebracht, eine der schlimmsten überhaupt für einen Bibliomanten.

Zugleich waren da ihr Stolz und die Sorge um Tempest. »Sehen Sie nicht hinein«, sagte sie. »Wenn ich das wirklich gewollt hätte, hätte ich Sie längst dazu bringen können.«

Im Hintergrund wankte Jasper benommen auf die Gitterwand zu.

»Ich schnapp sie mir, Sir!« Sharpin kam auf Mercy zu.

Sie wich ein Stück zurück und stieß gegen den Instrumententisch. Die Messer und Sägen klirrten metallisch aneinander. Sie tastete mit einer Hand hinter sich und bekam etwas zu packen. Es war eine Art Beil, nicht größer als ihre Hand. Blatt und Griff waren aus einem einzigen Stück Metall geschmiedet. Es fühlte sich eiskalt an. »Bleiben Sie, wo Sie sind, Sharpin!«

Er ging weiter.

Fluchend rannte sie um den Tisch, bis der sich zwischen ihnen befand. Dummerweise offerierte sie Sharpin damit eine ganze Menge Werkzeuge, um sie zu töten. Er grinste, als er den Tisch erreichte und die Hand nach einem riesigen Messer ausstreckte.

Sie schlug zu und durchtrennte seinen Daumen oberhalb des Gelenks.

Brüllend riss Sharpin den Arm zurück und damit auch das Beil aus ihrer Hand. Sein Daumen lag wie eine Nacktschnecke zwischen den blitzenden Klingen. Mercy wollte nach einem der Messer greifen, doch da warf er sich vorwärts über den

Tisch. Alles schepperte durcheinander, der Finger wurde am Boden unter Metall begraben.

Mercy rannte in die Richtung ihres Koffers mit dem Seelenbuch, vorbei an der Seitenwand des Käfigs. Sharpin taumelte herum und setzte trotz seiner Verstümmelung zur Verfolgung an.

»Schluss jetzt!«, schrie Sedgwick. »Hören Sie sofort damit auf, alle beide!«

Aber Sharpin war außer sich vor Zorn. Mercy sah ihn um den Käfig biegen, schon viel zu nah.

Und sie entdeckte noch etwas.

Der Mann aus dem Buch, John Jasper, auf den niemand mehr geachtet hatte, erreichte das Gitter. Wortlos streckte er die Hände zwischen den Stangen hindurch und packte Sedgwicks Arm.

Der Commissioner brüllte auf. »Sharpin!«

Der aber hatte nur Augen für Mercy und glaubte wohl, er werde ein weiteres Mal zurückgepfiffen. Unbeirrt setzte er die Verfolgung fort.

Mercy war noch zehn Schritt von ihrem Seelenbuch entfernt, als Sedgwick abermals aufschrie. Diesmal reagierte Sharpin und blickte irritiert zurück zu seinem Herrn.

Jasper riss mit aller Gewalt an Sedgwicks Arm und bog ihn um die Gitterstange, bis der alte Mann fast in die Knie sank. Dabei brüllte er: »Ich werde ihn brechen, wenn Sie nicht sofort die Tür aufschließen!«

Sedgwick ließ das Blendbuch fallen. Beim Aufschlag öffnete es sich und blieb mit den Seiten nach unten am Boden liegen.

Sharpin blickte von seinem Meister zu Mercy und wieder

zurück, dann traf er eine Entscheidung. Mit einem zornigen Grunzen machte er sich auf den Weg zu Sedgwick. Der brüllte wie am Spieß, vor Schmerzen nicht in der Lage, sich durch einen Druckstoß von Jasper zu befreien. Sein Seelenbuch musste unter der langen Robe stecken.

Jasper bog den Arm weiter um die Stange. »Sie!«, rief er Sharpin zu. »Keinen Schritt weiter!«

Tatsächlich kam der Koloss zum Stehen.

»Haben Sie die Schlüssel?«, fragte Jasper.

Sharpin gab keine Antwort.

Währenddessen lief Mercy weiter. Sie konnte ihr Seelenbuch schon spüren, es brannte darauf, von ihr aufgeschlagen zu werden.

»Wo ist der verdammte Schlüssel?«, schrie Jasper und bog Sedgwicks Arm herum, bis das Gelenk lautstark knackte und sogar den Schrei des Commissioners übertönte.

Sharpin zog einen Schlüsselbund aus seiner Jacke.

»Zu mir werfen!«, befahl Jasper. »Und zielen Sie gut. Wenn er nicht direkt vor meinen Füßen landet, ergeht es Ihrem Herrn schlecht!«

Mercy blickte über die Schulter und sah, wie der Schlüsselbund durch die Gitterstäbe flog und neben dem Gefangenen am Boden aufkam.

Trotzdem riss Jasper Sedgwicks Arm herum und brach ihn mit einem entsetzlichen Laut. Der Commissioner sank schreiend am Gitter hinab, Jasper bückte sich nach den Schlüsseln und Sharpin rannte abermals los.

Mercy erreichte den Koffer, packte ihr Seelenbuch und taumelte herum.

Einen Augenblick lang war es, als erstarrten alle Bewegungen. Sie sah den zusammengesunkenen Sedgwick, der von Jasper durch das Gitter an den Haaren gepackt wurde. Sie sah, dass der Fremde in der anderen Hand den Schlüsselbund hielt, und sie fragte sich, was er nun damit anfangen wollte, so ganz ohne Waffe, um Sharpin außerhalb des Käfigs von sich fernzuhalten. Und sie sah, wie der Leibwächter um die Ecke des Käfigs bog, um seinem Meister beizustehen.

In diesem Augenblick achtete niemand mehr auf sie. Gehetzt lief sie zu einem der samtroten Vorhänge, hinter denen sich die hohen Fenster des Saals befinden mussten.

Mit dem Geschrei der anderen in den Ohren packte sie den Stoff, riss ihn beiseite und sah ihr Spiegelbild in der Glasscheibe dahinter.

Vor dem Fenster erstreckte sich ein breiter Streifen Schnee bis zu der Mauer, die Cloisterham umgab. Dahinter hätten die Zweige der bücherfressenden Hecke emporragen müssen.

Stattdessen leckte smaragdfarbenes Feuer über die gesamte Breite der Mauerkrone, ein Wall aus grüner Glut.

Die Knotige Letternkarnivore stand lichterloh in Flammen.

35

Tempest hatte sich geirrt. Der schwarze Wall, der die Rückwand der Turmkammer einnahm, war nicht die Grenze des Nötigen Übels.

Sie erkannte die Wahrheit, als sie durch den leuchtenden Riss sprang. Im selben Augenblick, da sie ihn passierte, spürte sie einen heftigen Sog, als wäre ihr Körper aus Metall und würde von mächtigen Magneten angezogen. Sie hatte davon gehört, dass sich der Weg durch ein bibliomantisches Portal nie genau gleich anfühlte. Beim Betreten der Brücke, dem Portal nach Nimmermarkt, hatte sie gar nichts gespürt, weil sich der Übergang über dreihundert Yards erstreckte. Wenn ihr aber die nötige Energie während eines einzigen Schritts entzogen wurde, konnte die Strapaze für den Körper erheblich sein.

Ihre Sicht verwischte, ihre Ohren waren sekundenlang wie mit Wachs versiegelt. Ein Gefühl wie ein Sturz im Traum, kurz und abrupt, brachte sie aus dem Gleichgewicht, dann fiel sie tatsächlich und prallte hart auf die Knie. Um sie flackerte der Schein einer Öllampe. Es roch intensiv nach Papier, wobei sie im ersten Moment nicht feststellen konnte, ob der Geruch von Büchern oder einem Bibliomanten ausging. Hier war lange nicht gelüftet worden.

Wo genau sie sich befand, konnte sie nicht erkennen. Ein holzgetäfelter Raum, vielleicht acht Schritt im Quadrat, mehrere Bücherregale, nur eine Tür und kein Fenster. Je besser ihre

Sicht wurde, desto deutlicher erkannte sie einen ledernen Lesesessel und einen großen Schreibtisch voller Papier, beschienen von einer einzelnen Lampe. Die Atmosphäre war angenehm, fast heimelig. So stellte sie sich das Arbeitszimmer eines Gelehrten vor, vielleicht das Büro eines Oxfordprofessors.

Zugleich jedoch spürte sie, dass dies kein gewöhnlicher Raum in einem gewöhnlichen Haus war. Er war von Bibliomantik umschlossen wie eine Wasserblase vom Ozean. Die Buchmagie drang als hauchfeines Glühen durch die Fugen und Maserungen der Wandtäfelung, so dass sie erst beim dritten oder vierten Hinsehen sichtbar wurde. Es mochte sich um ein privates Refugium handeln – man munkelte, dass welche existierten, kleine, gut geschützte Verstecke zwischen den Seiten der Welt, die nur den Mitgliedern der Drei Häuser offenstanden. Oder jemandem, der mächtig genug war, eigenhändig eines zu erschaffen.

Der Mann, den Tempest im Spalt des schwarzen Walls erblickt hatte, war hinter den Schreibtisch getreten, hatte beide Hände aufgestützt und musterte sie. Sein Gesicht war schmal, beinahe asketisch, mit scharfen Zügen, eingesunkenen Wangen und umschatteten Augen. Es war das Gesicht von Gilchrists Mörder, dessen war sie sicher. Allerdings schien es, als wären seither Monate vergangen, in denen er kaum gegessen und geschlafen hatte.

Sie wollte aufstehen, fürchtete jedoch, dass sie zu geschwächt war und gleich wieder umfallen würde. Sofort pumpte ihr Seelenbuch neue Kraft durch ihren Arm, heiße, kribbelnde Schübe, die in ihrer Brust explodierten.

»Sie sind Alexandre Absolon«, sagte sie. »Der echte Absolon. Keine Abschrift wie dieser andere Kerl drüben in London.«

Er stand über Stapel von losem Papier gebeugt, obenauf lag ein aufgeschlagenes Buch. Aus seiner Mitte fiel der Schein eines Seitenherzens auf seine Züge. Das goldene Licht hätte ihm schmeicheln müssen, stattdessen ließ es ihn nur noch ausgezehrter aussehen.

»Wer bist du?«, fragte er. »Wie ist dein Name?«

»Tempest.«

»Deine Eltern mochten Shakespeare?«

»Bestimmt nicht.«

»Dann hatten sie ein Faible für ausgefallene Namen.«

»Meine Eltern hatten für nichts irgendein … Faible.« Sie kannte die Bedeutung des Wortes, hatte es aber noch nie benutzt. »Und Ihres ist es, Leute umzubringen?«

»Schickt Cedric de Astarac neuerdings Kinder, statt mir selbst auf die Pelle zu rücken?«

»Wer?«

»Der Marquis Cedric de Astarac. Oder wie er sich sonst gerade nennen mag. Ich weiß, dass er drüben im Turm ist. Du kennst ihn, mach mir nichts vor.«

Das glühende Seitenherz schien nur darauf zu warten, dass Absolon einen Befehl gab. Ebenso gut hätte er eine Kanone mit brennender Lunte auf Tempest richten können. Sie war sich der Gefahr bewusst, und dennoch verspürte sie kaum Angst. Etwas an der Umgebung, die Holz und Papier gewordene Illusion dieses gemütlichen Studierzimmers, wirkte auf verführerische Weise beruhigend.

Ganz langsam erhob sie sich. Die Bewegung geriet weniger selbstsicher als erhofft. Hinter ihr hatte sich das Portal geschlossen, statt einer vierten Wand war da dieselbe lautlos fließende Schwärze wie im Turmzimmer.

»Und darauf schauen Sie den ganzen Tag?«, fragte sie. »Da hätte ich auch schlechte Laune.«

Er machte eine Handbewegung, und die Finsternis gerann zu einer Wand mit Eichenregalen und ledernen Buchrücken. Tempest streckte die linke Hand danach aus, in der rechten hielt sie noch immer ihr Seelenbuch. Die Bände fühlten sich massiv an. Als sie an einem zog, glitt er mühelos aus der Reihe.

»Tempest«, sagte er.

Sie schob das Buch zurück und drehte sich zu ihm um.

»Was willst du hier?«

Sie sah keine Veranlassung, ihn anzulügen. »Sie haben einen Freund von mir ermordet. Arthur Gilchrist. Ein Buchhändler.«

»Das war nicht ich, sondern meine Abschrift.«

»Sie meinen, Sie tragen dafür keine Verantwortung?«

»Nun, ich habe sie erschaffen. Man könnte also sagen, dass ich eine gewisse Mitschuld trage. Aber die Abschriften handeln selbständig und nach eigenem Ermessen.«

»Gut für Ihr Gewissen.«

Absolon schüttelte den Kopf. Sein schwarzes Haar war dünner und strähniger als das des Mannes, der Egyptienne begleitet hatte. Entweder war er eitel genug, seine Doppelgänger zu perfektionieren, oder aber er hatte seit der Schöpfung der letzten Abschrift körperlich stark abgebaut. »Mein Gewissen hat mit alledem nichts zu tun. Wahrscheinlich würde es mir Kummer bereiten, wenn echte Menschen zu Schaden kämen. Aber so, wie die Dinge liegen, ist das nicht der Fall.«

Falls er den Verstand verloren hatte, war er keiner dieser kichernden Irren, die oft am Ende der Penny-Dreadful-Geschichten aus den Schatten sprangen und größenwahnsinnige Monologe hielten. Absolon sprach ruhig und sachlich.

»Sie wollen behaupten, Arthur sei kein Mensch gewesen?«, fragte sie mit kaum unterdrücktem Zorn. »Deshalb zählt es nicht, dass er tot ist?«

»Oh, für dich hat sein Tod gewiss eine Bedeutung. Aber auch du bist kein Mensch. Ich ebenso wenig. Wir sind Worte auf Papier, sonst nichts.«

Sie hätte überlegen müssen, wie sie am besten an ihn herankam, aber etwas an seinem eindringlichen Tonfall ließ sie innehalten. »Worte auf Papier?«

Wieder nickte er bedächtig. »Paradox, nicht wahr? Zosia von Lohenmut und dieser Sedgwick geben sich alle Mühe, Figuren aus Büchern in ihre Welt zu holen, die sie für real halten. Eine meiner Abschriften hat sie dabei eine Weile lang unterstützt, weil es meinen Zielen entgegenkommt, wenn sie größtmögliche Unruhe stiften. Aber die Wahrheit ist, dass beide einem großen Irrtum erlegen sind. Niemand, den sie mit Hilfe des Flaschenpostbuchs aus einem Buch ziehen, landet in der wirklichen Welt. Er wechselt nur von einem Buch in ein anderes. In *dieses*. Die Welt, die du kennst, Tempest, ist eine Fiktion. Dieser Ort hier ist ebenfalls ein Teil davon, wenn auch in gewissem Maß autark. Du, ich, deine Freunde, der redlich bemühte Marquis de Astarac – wir alle sind nur Wörter im selben Buch.«

Spätestens jetzt war sie der Überzeugung, dass er sehr viel gestörter war, als sie angenommen hatte. »Wenn Sie das sagen, wird es stimmen.«

Lächelnd blickte er hinab in das glühende Seitenherz und schien das Licht auf seinen Zügen zu genießen, so wie sie selbst es an manchen Sommertagen tat, wenn unverhofft ein warmer Sonnenstrahl durch Londons Nebelglocke brach und ihr Gesicht wärmte. Absolon schloss die Augen und wog langsam den Kopf hin und her, bis Tempest sich anspannte und einen Schritt nach vorn machte. Sogleich hob er das Gesicht und sah sie an. »Du solltest nicht hier sein«, sagte er. »Das ist einer seiner Tricks, um mich endgültig loszuwerden.«

»Cedric hat mich nicht hergeschickt«, widersprach sie.

Absolon winkte ab. »Nicht Cedric.«

Das verwirrte sie mehr als sein Gerede von Menschen in Büchern, die keine Menschen waren. »Ich hab keinen blassen Schimmer, von wem Sie sprechen.«

Er seufzte, wirkte aber zugleich amüsiert, als wäre dies alles nur ein Katz-und-Maus-Spiel. »Derjenige, der dich durch dieses Portal geworfen hat, ist –«

»Ich bin gesprungen«, unterbrach sie ihn.

»Das glaubst du. Du hast Cedric und meine Abschrift kämpfen gehört, genau wie ich, und dann hast du mich bemerkt und bist mir durch das Portal gefolgt. Ohne eine Ahnung, was dich hier erwarten würde. Erscheint dir das vernünftig?«

Vernunft war keine ihrer Stärken. Philander hielt sie für übermütig und aufbrausend. Trotzdem war da ein Korn Wahrheit in dem, was Absolon sagte. Sie hatte sich durch das Portal gestürzt, nur weil es offen stand. Weil sie es *konnte*. Es war aus freien Stücken geschehen, daran hatte sie keinen Zweifel, und doch war es eine ziemlich dumme Idee gewesen. Niemandem war mit ihrem Tod gedient.

»Er hat dich hierherbewegt wie eine Spielfigur auf einem Schachbrett«, fuhr Absolon fort. »Ich bin der Einzige, den er nicht vollends kontrollieren kann, deshalb versucht er es auf diese Weise. Reizt mich, fordert mich heraus, wirft mir Steine in den Weg.«

»Wen meinen Sie?«

»Derjenige, der uns alle erschaffen hat. Der *Verfasser* dieses Buchs. Der dich und mich und jeden anderen, der uns im Leben begegnet ist, erfunden hat. Er weiß, was ich vorhabe. Dass ich sein Werk von hier aus unterwandere. Dass ich ausschere aus seinen Plänen. Dass ich dabei bin, seinen Korridor des Fabulariums ins Chaos zu stürzen.«

Tempest hatte diesen Begriff noch nie gehört, doch im Augenblick blieb ihr nichts anderes übrig, als auf Zeit zu spielen. Absolon schien, entgegen ihres vorherigen Eindrucks, dem Monologisieren keineswegs abgeneigt. Folgte sie seiner verqueren Logik, dann griff der ominöse Verfasser womöglich gerade ein, um ihr eine Chance zu geben.

Und wenn sie das *ernsthaft* in Erwägung zog, war sie ebenso übergeschnappt wie Absolon.

»In Mythen und Legenden hat es immer Außenseiter gegeben, die sich gegen die Götter stellen«, sagte er. »Männer und Frauen, die die Regeln brechen und den Kampf gegen ihre Schöpfer aufnehmen.«

»Und so einer sind Sie.« Natürlich, dachte sie. Drunter geht's nicht. Cedric hatte recht gehabt, als er Absolon als Wahnsinnigen beschrieben hatte, der in eitler Selbstüberschätzung allem und jedem den Krieg erklärt hatte.

Ein Lächeln spielte um seine schmalen Lippen. »Das bin ich

wohl. Mit dem Unterschied, dass unser Schöpfer kein Gott ist, sondern nur jemand, der Wörter aneinanderreiht und dabei Gott *spielt.*«

»So wie Sie mit Ihren Abschriften.«

»Ich habe gelernt, ihn mit seinen eigenen Waffen zu schlagen. Ich kann nicht die Geschichte umschreiben, so wie er es könnte. Aber ich kann sie sabotieren, indem ich seine Ordnung in Chaos verwandele. Indem ich an so vielen Stellen wie möglich das Gewebe seiner Geschichte auftrenne. Irgendwann wird das Ganze auseinanderfallen wie eine verfaulte Vogelscheuche.«

»Sie lassen Ihre Doppelgänger da draußen Verbrechen begehen, weil sie glauben, dass das die Geschichte verändert? Unser aller Geschichte?«

»Nicht Geschichte im Sinne von Historie – sondern unser Buch. Eine Geschichte ist nur ein Konstrukt. Schlag ein paar Bolzen heraus, säg ein paar Stützen an, und alles bricht ganz von selbst in sich zusammen.«

Tempest blickte von ihm auf das offene Buch mit der gespaltenen Seite. »Warum sollte jemand das wollen? Einfach nur Zerstörung um der Zerstörung willen?«

Absolon nahm die Hände vom Schreibtisch, stellte sich aufrecht und breite die Arme aus. Dabei wisperte er unverständliche Worte, die das Seitenherz hell aufglühen ließen. Ohne einen Laut glitten alle vier Wände des Raumes mehrere Schritte zurück, zugleich wurden sie breiter. Weitere Bücherregale und Täfelungen erschienen, sogar neue Bilder an den Tapeten. Innerhalb weniger Herzschläge war das Zimmer dreimal so groß.

»Ich fand's vorher gemütlicher«, sagte Tempest.

Er kam um den Tisch auf sie zu, und sie fragte sich ernsthaft, ob er den Raum vergrößert hatte, damit er länger bis zu ihr brauchte. Logisch betrachtet ergab das keinen Sinn. Es sei denn, jemand *ließ* ihn diese Dinge tun – die ausschweifenden Erklärungen, die Ausdehnung der Entfernung zwischen ihnen –, ohne dass Absolon sich dagegen wehren konnte. War sie deshalb hier? Um ihn abzulenken und die kleinen Brüche in seiner Aufmerksamkeit auszunutzen, damit er manipuliert werden konnte? War die Konfrontation zwischen ihm und dem Verfasser bereits in vollem Gange?

Und was wurde dann von ihr erwartet? Sollte sie sich zur Wehr setzen? Oder genügte allein ihre Anwesenheit?

»Warum kämpfen Sie gegen den Verfasser?«, fragte sie, während er langsam näher kam. Sein Buch mit dem geöffneten Seitenherz hatte er auf dem Schreibtisch zurückgelassen, oben auf den Papierstapeln, auf denen er zweifellos seine nächste Abschrift erschuf. »Was hat er Ihnen getan?«

»Du wirfst mir vor, dass ich Menschenleben nehme. Aber wie viele hat er getötet? Er nimmt Leben, ohne mit der Wimper zu zucken. Er beschreibt den Untergang ganzer Refugien in einem Satz, ohne Gnade, ohne Mitgefühl.«

»*Sie* haben Nimmermarkt mit dem Nötigen Übel zerstört, nicht er.«

»Das ist wahr. Der Untergang von Nimmermarkt war ein früher Akt meines Ungehorsams, einer meiner ersten Triumphe. Der Verfasser konnte ihn nicht hinnehmen, deshalb sorgte er dafür, dass der Vater eines Akademieagenten dabei ums Leben kam. Seither verfolgt Cedric de Astarac mich auf Schritt und Tritt und lebt dafür, mich zu vernichten. Er glaubt, er sei ein

Agent der Akademie, doch in Wirklichkeit war er immer ein Agent des Verfassers. Er handelt in seinem Auftrag, jagt mich, weil der es so will.« Absolon hatte Tempest fast erreicht. »Was der Marquis nicht ahnt, ist, dass wir beide auf dieselbe Weise manipuliert wurden. Auch mir wurde der Vater genommen, von einem Agenten wie ihm. Ist das nicht die abgedroschenste, die einfallsloseste Motivation überhaupt? Ich war eine Witzfigur, ein Erzschurke, ein wandelndes Klischee, eingeführt, um den Agenten der Akademie in einer früheren Version dieser Geschichte das Leben schwerzumachen. Doch im Gegensatz zu Cedric de Astarac habe ich durchschaut, was da mit mir getrieben wurde. Ich lehnte mich auf, und während das Auge des Verfassers auf andere Aspekte seiner Geschichte gerichtet war, schuf ich mir diesen Ort, auf den er keinen Zugriff hat.«

Zumindest nicht, bis ich hier aufgetaucht bin, dachte Tempest und fragte sich zugleich, ob das wirklich *ihr* Gedanke war oder ob er ihr eingegeben wurde. War jetzt *sie* die Agentin des Verfassers? Sollte sie vollenden, woran Cedric gescheitert war? Ihre Zweifel verblassten zusehends, je länger sie sich hier aufhielt, und an deren Stelle trat eine Überzeugung, die sich immer weniger fremd anfühlte. Sie selbst war wie ein Krankheitserreger, der die sterile Sicherheit von Absolons Versteck unterwandert hatte und dem Verfasser erstmals Zugriff darauf gab.

Da wusste sie, dass mehr von ihr erwartet wurde, als Absolon abzulenken.

»Sie haben es das Nötige Übel genannt, weil es das tatsächlich war, richtig?«, fragte sie, als er eine Armlänge vor ihr stehen blieb. »Die Zerstörung von Nimmermarkt war in Ihren Augen nötig, um ihn herauszufordern. Um das Chaos zu stiften, das nach und nach die gesamte Geschichte verschlingen soll.«

»Und auch alle anderen Geschichten, die er je geschrieben hat«, sagte Absolon. »Sie bilden seinen Korridor durch das Fabularium, eine Kette von Geschichten, die immer enger miteinander verwoben sind, je länger man dem Korridor folgt. Es sind diese Stränge zwischen den Geschichten, an denen entlang das Chaos sich seinen Weg suchen wird. Nach und nach wird es sie alle infizieren und verschlingen.«

Tempest funkelte ihn herausfordernd an. »Ich muss das nicht verstehen, weil Sie mich ohnehin töten werden, oder?«

Einige Herzschläge lang blieb seine Miene fast freundlich, doch dann geschah etwas mit seinen Zügen, das sie instinktiv einen Schritt zurücktreten ließ. Etwas in Absolon befreite sich von dem fremden Zugriff, der ihn hatte reden und zögern lassen, suchte sich einen Weg an die Oberfläche und durchschaute, was geschah. Dass man versucht hatte, ihn zu überlisten. Und dass Tempest der Fuß in der Tür war, der es dem Verfasser ermöglicht hatte, unbemerkt hereinzuschlüpfen.

Sie spürte, wie Absolon zu einem vernichtenden Schlag ausholte.

Sie war schneller.

Mit geschlossenem Seelenbuch schleuderte sie einen Druckstoß zum Schreibtisch, der sein Buch mitsamt den Papierstapeln zu Boden fegte. Die Öllampe fiel herab und zerbrach. Innerhalb von Sekunden tanzte Glut über die unvollendete

Abschrift, verbrannte die oberen Blätter, griff auf weitere Seiten über. Der Feuerglanz auf den Regalen wurde heller. Dann loderten die ersten Flammen hinter der Tischplatte empor.

»Was hast du getan?«, flüsterte er, rammte sie mit einem Druckstoß von den Füßen und rannte zurück zum Tisch, um sein Seelenbuch zu retten.

Der Angriff hatte sie töten sollen, und das wäre wohl gelungen, wenn sie nicht kurz zuvor einen Schild heraufbeschworen hätte. Trotzdem war der Aufprall brutal. Ihr Brustkorb knackte, wahrscheinlich waren Rippen geborsten, und in ihrem Nacken loderte ein Schmerz, der ihr klarmachte, dass sie sich um ein Haar das Genick gebrochen hätte. Ihre Hand tastete vergeblich nach ihrem Seelenbuch. Im Flammenschein entdeckte sie es ein Stück weit entfernt. Stöhnend rollte sie sich auf den Bauch und robbte darauf zu.

Hinter ihr brüllte Absolon auf, als er erkannte, dass das Chaos, das er hatte säen wollen, zu ihm gekommen war. Tempest war die eine unverhoffte Planänderung des Verfassers, die er nicht hatte kommen sehen.

Als sie sich aufrichtete, sah sie ihn mit brennendem Seelenbuch hinter dem Tisch stehen. Die Flammen leckten über seine Hände, züngelten an seinen Armen hinauf. Tempest entfesselte einen Druckstoß, der das Buch zerfetzte und Absolon wie einen lodernden Kometen gegen die Bücherwand schleuderte. Das geheime Refugium, dieses Versteck vor der Hand seines Schöpfers, war bereits in Auflösung begriffen. Durch neu entstandene Spalten drang goldene Glut, ein Kaleidoskop von Illusionen verschmolz und verblasste, während Absolon lichterloh in Flammen stand.

Über Tempests Schultern wehte ein eiskalter Wind, und mit ihm traf sie etwas anderes. Sie wollte sich umdrehen, wollte sich wehren, als zwei Hände sie packten und durch das aufgerissene Portal zurück in ihre eigene Welt rissen.

36

In Cloisterham wurde die Doppeltür des Saals aufgestoßen, so heftig, dass einer der beiden Flügel aus seiner Aufhängung brach und auf das Parkett krachte. Egyptienne schritt mit wallendem Mantel durch die Öffnung, gefolgt von vier ihrer Milizionäre. Weit im Hintergrund, am anderen Ende der Eingangshalle, stand die Haustür offen. Jenseits davon loderten die grünen Flammen, die die Knotige Letternkarnivore verzehrten.

Mercy hörte Sharpin wutentbrannt aufbrüllen. Ungeachtet seines blutenden Fingerstumpfs rannte er noch schneller auf Sedgwick zu, der am vorderen Gitter des Käfigs kauerte. Zwischen den Stäben hindurch hatte John Jasper seinen Unterarm um Sedgwicks Kehle gelegt und hielt ihn im Würgegriff. Der Commissioner war zu geschwächt, um sich zu wehren, sein gebrochener Arm hing wie abgestorben von der Schulter herab.

»Sieh sich das einer an.« Egyptienne gab ihren vier Begleitern mit einer Handbewegung das Zeichen zum Stehenbleiben. »Mir scheint, die Dinge sind ein wenig aus dem Ruder gelaufen.«

Mercy, die im hinteren Teil des Saals am weitesten von ihr entfernt war, verließ ihren Platz am Fenster und bewegte sich zum Pult hinüber, auf dem das aufgeschlagene Flaschenpostbuch lag. Durch den Käfig im Zentrum des Saals musste Egyptienne sie sehen können, allerdings schienen die drei Männer im Augenblick ihre ganze Aufmerksamkeit auf sich zu ziehen.

Die Situation war unübersichtlich, und am meisten verwirrte das den Gefangenen im Käfig. »Lassen Sie mich gehen«, schrie Jasper, »oder, bei Gott, ich breche ihm das Genick!«

Egyptienne musterte ihn aus der Distanz mit unverhohlener Faszination, wurde dann jedoch von Sharpins stampfenden Schritten abgelenkt.

»Tötet ihn!«, sagte sie ruhig zu einem ihrer Leute.

Ehe der Milizionär handeln konnte, warf Sharpin sich aus dem Lauf nach vorn in Sedgwicks Richtung. Der brachte keinen Ton heraus, während Jasper ihn hinterrücks durch die Stäbe im Würgegriff hielt. Sharpin landete auf dem Bauch am Boden, was die Milizionäre irritierte – bis ihnen klar wurde, was er vorhatte.

Während Mercy im hinteren Teil der Halle das Pult erreichte und das Flaschenpostbuch an sich nahm, sah sie, wie Sharpin sich herumrollte und das aufgeschlagene Blendbuch in beiden Händen hielt. Er holte aus und schleuderte es flach über den Boden auf die Neuankömmlinge zu. Mit flatternden Seiten schlitterte es mitten unter die Milizionäre.

Egyptienne schrie eine Warnung und wandte sich ab, aber die vier Männer reagierten zu spät. Instinktiv blickten alle auf das Buch, als es zwischen ihnen zum Liegen kam. Zwei von ihnen waren ihm nah genug, um Bruchstücke des Textes zu sehen. Kreischend rissen sie ihre Hände vor die Augen und krümmten sich. Schwarzer Rauch kräuselte sich zwischen ihren Fingern hervor.

Mercy presste das Flaschenpostbuch an sich und rannte zurück zum Fenster. Noch im Laufen jagte sie einen Druckstoß gegen die hohe Scheibe. Mit ohrenbetäubendem Klirren explodierte das Glas, Scherben prasselten auf den verharschten Schnee. Sogleich heulte der scharfe Winterwind herein und trieb eine Wolke aus weißen Flocken in den Saal.

Egyptienne schwebte mit wehendem Mantel durch den Saal, um Mercy den Weg abzuschneiden. Einer der Milizionäre folgte ihr, während der zweite versuchte, seinen geblendeten Gefährten zu helfen. Ohne hinzusehen stieß er das offene Buch mit dem Fuß beiseite.

Derweil rammte Sharpin seine Faust durch das Gitter, verfehlte Jasper, brachte ihn aber dazu, Sedgwick loszulassen, der stöhnend nach vorn fiel. Mit dem Schlüsselbund in der Hand wich der Gefangene mehrere Schritte zurück, bis niemand mehr an ihn herankam. Sharpin wollte seinem Herrn auf die Beine helfen, doch da traf ihn ein Druckstoß des Milizionärs. Offenbar hatte der Mann eingesehen, dass seine Kameraden nicht mehr zu retten waren. Mit brachialer Wucht wurde Sharpin gegen das Gitter gerammt. Im Inneren des scheppernden Käfigs zog Jasper sich noch weiter zurück.

Mercy erreichte das geborstene Fenster, sah Egyptienne von der Seite heranrasen und warf das Flaschenpostbuch kurzerhand ins Freie. Sie wollte durch den Rahmen schweben, aber ihr blieb keine Zeit, um ein Seitenherz zu spalten. In der linken Hand hielt sie ihr Seelenbuch, mit der anderen zog sie sich durch den Rahmen. Sie griff in zerbrochenes Glas, ignorierte den Schmerz und kam mit einem Ächzen draußen am Boden auf. Splitter klirrten unter ihren Stiefeln, als sie knöchelhoch im Schnee einsanken.

»Wo wollen Sie denn hin?« Egyptienne blieb auf der anderen Seite des Fensters stehen. »Da draußen ist nichts als Kälte und Dunkelheit.«

Die grünen Flammen, die die Knotige Letternkarnivore verzehrten, loderten als Feuerkranz über der Mauerkrone, ihr Schein lag flackernd auf dem Schnee und der Fassade. Hitze war keine zu spüren, obwohl der Wind in Richtung Hauswand wehte und dabei das Feuer streifte.

Mercy hob das Flaschenpostbuch auf, ließ mit der anderen Hand ihr Seelenbuch aufklappen und erhob sich vom Boden. Egyptienne erkannte, dass ihr Innehalten ein Fehler gewesen war. Gefolgt von dem Milizionär schwebte sie ins Freie. Mercy stand aufrecht in der Luft und bewegte sich rückwärts Richtung Mauer. Das Licht aus ihrem Seitenherz strahlte die wirbelnden Schneeflocken an und behinderte die Sicht auf ihre beiden Verfolger.

»Geben Sie auf!«, rief Egyptienne. »Sie können nicht davonlaufen.«

»Vielleicht will ich das gar nicht.« Mercy überquerte die Mauerkrone und hielt über den prasselnden Flammen inne. Sie hatte sich nicht getäuscht, auch hier war so gut wie keine Wärme zu spüren. Die Letternkarnivore peitschte und schrie aus schnappenden Blütenkelchen, während das bibliomantische Feuer sie verbrannte. Sterbend ließ sie unter Mercy einen lodernden Zweig emporschießen, der es wohl auf die beiden Bücher in ihren Händen abgesehen hatte. Die Pflanze besaß keine Intelligenz, wohl aber Widerstandskraft und unstillbaren Hunger. Mercy stieg eine Armlänge höher, wo der Ast sie nicht mehr erreichen konnte.

Egyptienne und der Milizionär schwebten vor ihr, keine zwei Mannslängen entfernt.

»Nicht näher kommen«, sagte Mercy mit jagendem Atem. Blut tropfte von ihrer zerschnittenen Handfläche hinab in die Flammen. »Sonst werfe ich das Buch ins Feuer.«

»Was hätten Sie davon, etwas so Kostbares zu zerstören?«

»Möglicherweise bin ich ja schon zufrieden, wenn Sie es nicht mehr in die Finger bekommen.«

»Und für diesen lächerlichen Triumph nehmen Sie Ihren eigenen Tod und den Ihrer Freundin in Kauf?«

Der Milizionär glitt ein Stück zur Seite. Sie wollten Mercy in die Zange nehmen. »Nicht bewegen«, warnte sie ihn.

Er warf einen Blick zu Egyptienne hinüber, die kurz nickte.

»Ich gehe wohl recht in der Annahme, dass der Mann im Käfig das Resultat von Sedgwicks Experiment ist?« Die Augen der Agentin glänzten fiebrig, auch wenn sie sich bemühte, ihrer Stimme einen gelassenen Klang zu geben.

Mercy überlegte verzweifelt, was sie tun sollte. Sie hätte versuchen können, die beiden abzuhängen. Aber ihr Mantel lag im Saal, und selbst mit ihm würde sie hier draußen erfrieren. Ihr blieb keine andere Wahl, als ins Haus zurückzukehren.

»Sie bekommen das Buch«, sagte sie, um Zeit zu gewinnen. »Aber erst, wenn Sie Tempest freigelassen haben.«

»Ich gebe Ihnen mein Wort darauf.«

»Das genügt nicht.«

»Ich kann das Mädchen nicht herbeizaubern.«

»Lassen Sie sie holen. Wir warten im Haus, bis sie hier ist. Dann jagen Sie Ihre Leute zum Teufel, und wir beide bringen unser Geschäft zu Ende.«

»Sie haben doch nicht ernsthaft vor, gegen mich zu kämpfen.«

»Ich gebe Ihnen das Buch«, behauptete Mercy, »wenn Sie mir Tempest bringen.« Sie deutete hinaus in die verschneite Landschaft jenseits der brennenden Hecke. »Ich bin sicher, Sie haben irgendwo da draußen einen Vorrat an Sprungbüchern deponiert. Sie sind doch nicht in einer Kutsche hier rausgekommen. Es sollte nicht lange dauern, Tempest damit herzuholen.«

Egyptienne wollte etwas erwidern, als durch das geborstene Fenster ein gellender Schrei ertönte. Wind und Flammenprasseln machten es unmöglich, zu erkennen, wer ihn ausgestoßen hatte. Die Agentin gab dem Milizionär einen Wink, der sofort umdrehte und zurück zum Haus schwebte.

Ihr Instinkt riet Mercy, den Augenblick der Ablenkung zu nutzen und hinaus in die Nacht zu fliehen. Nur ihre Vernunft hielt sie davon ab. Selbst wenn es ihr gelänge, sich eine Weile mit Hilfe ihrer Bibliomantik zu wärmen, würde das nicht genügen, um sich in Sicherheit zu bringen. Auf dem Hinweg hatte sie rund um Cloisterham nichts als Wald und verlassene Hügel gesehen. Und bis London würde sie es zu Fuß nicht schaffen, auch wenn sie einen Teil des Weges schwebend zurücklegte.

Egyptiennes Blick folgte dem Milizionär, dann wandte sie sich wieder Mercy zu. »Wir sollten das hier nicht zu lange hinziehen. Es ist kalt und dieser verdammte Schnee … Gehen wir rein und reden wir am Kaminfeuer.«

»Sie müssen mich wirklich für dumm halten.« Unter Mercy zerfiel der hochgereckte Zweig der Letternkarnivore, das Geschrei der gefräßigen Blüten war bereits verstummt. Erschrocken bemerkte sie, dass die Flammen bereits sehr viel niedriger brannten. Sobald sie erloschen, war Mercys Drohung nicht mehr wert als die Asche dort unten.

»Ganz im Gegenteil«, begann Egyptienne. »Ich halte Sie für klug genug, um –«

Ein Schuss peitschte durch die Nacht.

Egyptienne wirbelte herum, einen Augenblick zu spät.

Der Milizionär hatte sich vorsichtig zum Fenster hinabgesenkt und gerade durch den Rahmen schweben wollen, als im Inneren eine breitschultrige Gestalt aufgetaucht war. Sharpin hielt eine doppelläufige Schrotflinte in den Händen. Sein erster Schuss hatte den schwebenden Milizionär in die Brust getroffen. Mit ungeheurer Wucht wurde der Mann nach hinten geschleudert, überschlug sich in der Luft und stürzte in den Schnee.

Sharpin machte sich nicht die Mühe, ihm mit dem zweiten Schuss den Rest zu geben. Stattdessen zielte er auf Egyptienne und Mercy.

Die Agentin schleuderte ihm einen Duckstoß entgegen. Sharpin schoss, doch die Schrotkugeln spritzten in alle Richtungen, als sie auf halbem Weg mit der Wucht des Stoßes kollidierten. Eine unsichtbare Riesenfaust rammte gegen die Fassade, brach den schweren Fensterrahmen aus dem Mauerwerk und schleuderte ihn samt Sharpin ins Innere.

Wütend wandte Egyptienne sich wieder um – und entdeckte, dass Mercy nicht mehr vor ihr schwebte.

Stattdessen raste sie in schrägem Winkel auf eines der Fenster im ersten Stock zu, zerbrach die Scheibe mit einem Druckstoß, geriet ins Trudeln und wäre beinahe mit der Schulter gegen den Rahmen geprallt. Sie verfehlte ihn nur um eine Fingerbreite, hörte Egyptienne hinter sich ihren Namen brüllen und kam polternd inmitten eines stockdunklen Zimmers auf.

37

Tempest spürte jede ihrer gebrochenen Rippen, als Cedric sie mit beiden Händen durch das Portal zerrte, rückwärts in die Turmkammer. Kaum hatte sie ihre Füße herüber in die Wirklichkeit gezogen, begann die wabernde Schwärze zu verblassen und mit ihr der schmale Spalt aus loderndem Feuer. Es war das Letzte, was sie von Absolons Studierzimmer sah, eine Wand aus Flammen und davor ein menschlicher Umriss, heller lodernd als seine Umgebung.

Dann schloss sich das Portal endgültig, die Schwärze wurde zu dunklem Nebel und verblasste. Ehe Tempest vollends begriff, was mit ihr geschehen war, blickte sie nur noch auf das grobe Mauerwerk des Turmzimmers.

In einem Anflug von Panik riss sie sich von Cedric los, kroch strampelnd rückwärts und brachte einen möglichst großen Abstand zwischen sich und ihn. Ohne ihn aus den Augen zu lassen, stieß sie mit dem Rücken gegen die Überreste der eingestürzten Decke.

Eine leblose Hand fiel auf ihren Arm.

Sie schrie auf, warf sich herum und sah Absolons Doppelgänger leblos auf dem Trümmerberg liegen. Er glich dem Original wie ein Zwillingsbruder, wirkte aber selbst im Tod weniger ausgezehrt. Seine Augen waren weit aufgerissen, sein Mund stand einen Fingerbreit offen, und sein Brustkorb war so tief eingedrückt, dass kein Platz mehr war für Lunge und Herz.

Sofort meldeten sich die Schmerzen in ihrer eigenen Brust zurück. Sie konnte frei atmen, das war gut, aber sobald sie die Rippen auf der rechten Seite berührte, tanzten Lichter vor ihren Augen.

»Du bist verletzt.« Cedrics Blick verriet tiefe Besorgnis. Er hatte hässliche Schürfwunden im Gesicht und Blutflecken auf seinem Mantel. Als er sich näherte, konnte er kaum aufrecht gehen.

»Was in aller Welt!«, schrie sie ihn an, während sie seitlich entlang des Schutthaufens davonkroch. Die Leichenhand hatte sie abgeschüttelt, aber sie meinte ihr Gewicht noch immer zu spüren.

»Was ist passiert?«, fragte Cedric. Er verharrte auf halber Strecke und hielt ihr seine Handflächen entgegen, um zu zeigen, dass er nicht vorhatte, ihr gegen ihren Willen zu nahe zu kommen.

»Ich war … bei ihm. Bei Absolon. Dem … dem echten, glaube ich.«

»Bist du sicher?«

»Wie, verdammt, soll ich denn sicher sein?« Sie gestikulierte hektisch in die Richtung des Leichnams. »Er sah aus wie der … nur dünner, irgendwie krank … und er hat gesagt, dass er das Original ist!« Aber hatte er das wirklich gesagt? Oder hatte sie das nur angenommen? Sie konnte es nicht mit Gewissheit sagen.

»Ich hab einen Menschen brennen sehen, ganz kurz nur, als ich dich zurückgezogen habe.«

Sie nickte stockend. »Das war er. Er hat geredet, immer weiter, und dann kam er auf mich zu, und dann hab ich … Die

Öllampe ist umgefallen, auf das Papier auf dem Schreibtisch, und er ist hingelaufen, um das Feuer zu löschen, aber stattdessen …« Sie hielt inne, weil sie merkte, wie wirr die Worte aus ihr hervorbrachen. »Er hat gesagt, das alles hier sei nur ein Buch, und dass er dafür sorgen will, dass die Geschichte im Chaos versinkt. *Unsere* Geschichte. Und dass es einen Verfasser gibt … so hat er ihn genannt …«

»Ich weiß«, sagte Cedric. »Ich hab diesen Vortrag auch schon gehört.«

»Dann bist du ihm begegnet? Dem echten?«

Er schüttelte den Kopf. »Nur seinen Abschriften. Einige von ihnen haben behauptet, sie seien das Original, aber bald tauchten neue auf, und alles entpuppte sich wieder nur als eine seiner Lügen.«

Sie hatte das absurde Gefühl, dass er versuchte, ihr etwas wegzunehmen. So als bliebe alles, was sie gerade erlebt hatte, folgenlos. Ihr Widerspruch war deshalb nichts als ein Reflex. »Ich glaube nicht, dass er eine Abschrift war. Warum hätte er sich dann an diesem Ort versteckt … da drüben …« Hilflos deutete sie auf die Mauer, als wäre das Portal noch immer zu sehen. »Das ergibt doch keinen Sinn.«

»Absolon sät Chaos.« Cedric sprach noch immer in diesem Tonfall, der sie beruhigen sollte, aber nur das Gegenteil bewirkte. Sie wollte nicht beruhigt werden. »Nichts, was er tut, scheint für uns einen Sinn zu ergeben. Das einzige Muster hinter seinen Taten ist, dass es kein Muster gibt.«

»Er klang … überzeugend«, sagte sie.

»Möglich, dass es wirklich der echte war. Ich bin noch nie zweien von ihnen zugleich begegnet.« Er nickte in die Richtung des Toten. »Das spräche dafür. Vielleicht *war* er es. Ich würde es mir wünschen.«

Ihr aber fiel noch etwas ein. »Wenn er es nicht war, müsste er sogar den Verfasser getäuscht haben. Ist das überhaupt möglich?«

Cedric hob die Schultern. »Und wenn der Verfasser nur eine weitere seiner Lügen ist?«

Vor Erschöpfung schloss sie die Augen, sah aber sogleich den brennenden Mann hinter ihren Lidern und riss sie wieder auf. Tränen liefen ihr über die Wangen.

Cedric rappelte sich hoch, kam humpelnd auf sie zu und streckte ihr seine Hand entgegen. »Ich bringe dich nach Hause«, sagte er. »Um das hier kann ich mich später kümmern.«

Sie dachte, dass er sie auf die Beine ziehen wollte, doch stattdessen ließ er sich neben ihr nieder, ohne ihre Hand loszulassen.

»Was ist mit Philander und Mercy?«, fragte sie.

»Du bist verletzt. Für heute Nacht hast du genug getan.«

»Ich muss aber zu –«

»Nein«, unterbrach er sie. »Du bleibst im *Liber Mundi.* Ich rufe jemanden, der sich um deine Verletzung kümmert.«

Sie wollte widersprechen, als er unter seinem Mantel ein Buch hervorzog, das ihr bekannt vorkam. Ein Gedichtband mit auffälligem Muster auf dem Deckel. Das gleiche Buch hatte sie kürzlich im Laden gesehen und sich gefragt, wie es dort hingekommen war. Sie hatte angenommen, Mercy oder Philander hätten es im Keller gefunden.

»Du hast Sprungbücher bei uns deponiert!«

»Und das solltet ihr auch tun. Falls ihr es einmal eilig habt.«

Sie hatte keine Kraft mehr, um sich zu empören, als er den Sprung in die Wege leitete. Augenblicke später zerfloss die Umgebung zu gleißendem Gold. Ihr wurde schlecht, als sie unter sich einen bodenlosen Abgrund sah, ein leuchtendes Nichts, das sie vollständig umfing. Immer wieder fielen ihr die Augen zu, das alles hätte ebenso gut ein Traum sein können. Cedric blieb nahe bei ihr und hielt sie fest. Als sie wieder festen Grund unter sich spürte, fragte sie sich, ob sie für kurze Zeit das Bewusstsein verloren hatte.

Um sie waren die vertrauten Bücherregale. Durch das Schaufenster fiel der schwache Schein der einsamen Gaslaterne auf der anderen Seite der Gasse. Obwohl Tempest protestierte, legte Cedric sie sanft auf den Boden. Er flüsterte etwas, das sie beruhigen sollte, aber sie hörte ihn kaum. Dann stand er auf und ging, und ihr wurde abermals schwarz vor Augen. Das Glöckchen über der Tür schlug an, einmal und irgendwann wieder, dann blickte sie in zwei besorgte Gesichter, die sich über sie beugten.

Maggie Gride trug trotz der Kälte unter ihrem Wollmantel nur ein Nachthemd, ihr rotes Haar steckte unter einer Schlafmütze. Der Mann neben ihr war Montague Slammer, der Professor; auch er hatte sich offenbar nur das Nötigste übergeworfen. Leicester Brass rufe gerade den Doktor, sagte Maggie, ihr werde geholfen, sie solle sich jetzt ausruhen, solle sich keine Sorgen mehr machen und alles, wirklich alles werde bald wieder gut.

38

Das grüne Glimmen der brennenden Hecke fiel schwach durch das zerstörte Fenster. Alle Möbel im Zimmer waren mit Laken abgedeckt. In den Schatten flatterte etwas auf. Origamis, dachte Mercy, aber dann waren es doch nur riesige Motten.

Als sie stolpernd am Boden aufgekommen war, hatte sie das Flaschenpostbuch verloren, nicht aber ihr Seelenbuch. Hastig blickte sie sich in dem düsteren Salon um, entdeckte den Band ein gutes Stück weiter Richtung Ausgang und lief schwankend darauf zu. Ihre linke Hand blutete noch immer. Sie packte damit das Flaschenpostbuch, erreichte die Tür und hoffte inständig, dass sie nicht abgeschlossen war. Mit einem Knirschen ließ sie sich nach innen aufziehen.

Ein Schatten floss über den Boden auf sie zu und wuchs an der Wand rund um den Türrahmen empor. Mercy musste sich nicht umschauen, um zu wissen, dass Egyptienne im Fenster schwebte. Sie rannte hinaus und riss die Tür hinter sich zu. Instinktiv bog sie zur Seite ab, gerade noch rechtzeitig, bevor ein Druckstoß das gesamte Türblatt hinter ihr aus dem Rahmen fegte und unter Getöse gegen die gegenüberliegende Wand des Korridors schleuerte. Mehrere Bilder fielen herab, klirrend zersprang ein großer Spiegel.

Das gesamte Anwesen war erfüllt von Bibliomantik, spätestens seit Sedgwick im Erdgeschoss seine Beschwörung durchgeführt hatte. In einem Versteck mochte ihr das nützen, weil ihre Aura davon überlagert wurde. Andererseits konnte sie sich nicht ewig verkriechen. Ebenso gut mochte sie sich der Agentin hier und jetzt stellen.

Das Seelenbuch machte keinen Hehl daraus, dass es dies für die beste Lösung hielt. Es jagte einen Kraftschub nach dem anderen durch Mercys Arm. *Mother Damnables Geschenk an das junge Frauenzimmer* konnte ein sehr zorniges kleines Buch sein.

Trotzdem lief Mercy weiter den Gang hinunter, vorbei an den gestrengen Blicken in Öl erstarrter Landadeliger und ihrer Familien. Cloisterham war weitläufig, die Flure verwinkelt. Immer wieder wölkte Staub empor, seit Jahren war hier nicht mehr saubergemacht worden. Vermutlich nutzte Sedgwick lediglich das Erdgeschoss für seine Sammlung und ein Schlafzimmer in einem anderen Flügel.

»Mercy Amberdale!«

Egyptiennes Ruf rollte wie Donner durch die hohen Korridore. Mercy spürte sie hinter der letzten Ecke näher kommen, riss eine Tür auf, schlüpfte hindurch und schloss sie hinter sich. Auch dieses Zimmer wurde von buckligen Lakengespenstern bevölkert, die sich als Silhouetten von den Wänden abhoben. Durch die geschlossenen Vorhänge fiel das grüne Glosen.

Mercy huschte hinter ein abgedecktes Sofa. Unter dem Rand des Lakens konnte sie geschnitzte Löwenpranken erkennen, die im Halbdunkel täuschend echt aussahen.

Sie schob das Flaschenpostbuch unter Kleid und Pullover, um eine Hand frei zu haben. Angestrengt lauschte sie auf Geräusche draußen auf dem Gang, irgendein Anzeichen dafür, dass Egyptienne die Tür passierte. Oder davor stehen blieb. Doch sie hörte nur ein gedämpftes Quietschen, das aus dem Erdgeschoss heraufdrang. Wie das Öffnen einer Käfigtür.

Die Klinke bewegte sich.

Mercy tauchte hinter dem Sofa ab und hielt den Atem an.

Egyptienne musste noch immer schweben, denn als sie hereinkam, waren keine Schritte zu hören.

Ein neues Seitenherz zu spalten, schien Mercy zu riskant, solange die Agentin ins Zimmer blickte. Das Licht hätte sie sofort verraten.

In der Ferne erklang ein wütender Aufschrei.

Sedgwick.

Behutsam hob Mercy den Kopf, bis sie haarscharf über das Laken hinwegsehen konnte. Egyptienne stand im Türrahmen und hatte sich alarmiert zum Korridor umgewandt.

Mercy nutzte die Chance. Helligkeit erstrahlte aus ihrem Seelenbuch, als sie blitzschnell ein Seitenherz spaltete. Egyptienne wirbelte herum. Mercys Druckstoß traf sie gezielt und mit größter Wucht, rammte sie über den Flur hinweg und durch die Tür des gegenüberliegenden Zimmers. Mercy schnappte sich das Flaschenpostbuch und rannte hinaus, sah im anderen Raum ein Durcheinander aus umgestoßenen Möbeln und wehenden Laken.

Sie stürmte nach links den Gang hinunter, tastete sich durch fensterlose Flure und kam schließlich in ein breites Treppenhaus. Von unten drang Helligkeit herauf: Flammenschein, und diesmal kein grüner.

Als sie den Fuß auf die oberste Stufe setzte, meinte sie, hinter sich Schritte zu hören. Egyptienne hatte wieder die Verfolgung aufgenommen, diesmal zu Fuß. Offenbar wollte sie ihre Kräfte schonen.

Der Teppich auf den Stufen war dick, aber das Holz darunter knarrte erbärmlich. Von unten drang Mercy Wärme entgegen. Jemand hatte Feuer gelegt.

Am Fuß der Treppe lief sie durch einen offenen Durchgang und fand sich in der Eingangshalle wieder. Charles Dickens starrte sie aus allen Richtungen an wie bei einem Kreuzverhör. Die Haustür stand noch immer offen, Schneeflocken wehten herein. Ihr gegenüber lag der Eingang zum Saal, und hier fand Mercy ihre Befürchtung bestätigt. Hitze und Rauch drangen durch die Doppeltür, Regale mit kostbaren Dickens-Reliquien standen in Flammen, und Teile des Parketts brannten.

Eine Gestalt bewegte sich rückwärts durch den Saal. Mit nur einer Hand zog Sedgwick den reglosen Sharpin über das Parkett zum Ausgang, der gebrochene Arm hing nutzlos herab. Immer wieder drohte er, über den Saum seiner schwarzen Robe zu stolpern. Mercy stand inmitten des Foyers und blickte von Sedgwick hinüber zur Haustür. Sie hätte die Möglichkeit nutzen und fliehen können, und als sie erneut in den Saal schaute, erkannte sie durch die Rauchschwaden, dass Jasper genau das getan hatte: Die Gittertür stand weit offen, der Käfig war leer.

Im Durchgang zum Treppenhaus war noch niemand zu sehen, aber Egyptienne würde in wenigen Augenblicken dort auftauchen. Trotzdem fasste Mercy sich ein Herz und lief zu Sedgwick, packte Sharpins anderen Arm und half wortlos dabei, ihn aus dem Saal hinaus in die Eingangshalle zu ziehen. Er war noch schwerer, als sie befürchtet hatte, und sie wunderte sich, dass Sedgwick die Kraft aufgebracht hatte, den Koloss trotz seiner Verletzung auch nur einen Fuß weit zu bewegen.

Als der Commissioner sich zu ihr umwandte, erkannte sie, dass er kaum noch bei Sinnen war. Auf der linken Seite hatte sein Haar gebrannt, die Kopfhaut war von furchtbaren Blasen bedeckt, das eine Auge zerstört. An seinem Hals prangten dunkle Male von Jaspers Würgegriff. Trotz des Anflugs von Wahn, der im Blick seines unversehrten Auges tanzte, meinte sie, auch einen Vorwurf darin zu erkennen. »Helfen Sie ihm! Er ist wie ein großes Kind, das immer nur mein Bestes wollte.« Damit ließ er Sharpin los und lief zurück in den Saal.

»Sedgwick!«, rief sie ihm hinterher, doch er hörte nicht auf sie.

Es hätte ihr egal sein müssen, was aus Sharpin wurde, dennoch bückte sie sich widerwillig zu ihm herab und suchte nach seiner Halsschlagader. Sie fand keinen Puls. Sein Gesicht war zu einer Grimasse erstarrt, und da begriff sie, dass er tot war und dass Sedgwick sein Leben für eine Leiche aufs Spiel gesetzt hatte.

Jemand betrat die Eingangshalle, völlig lautlos, doch ihre mächtige Aura verriet sie. Mercy fuhr herum.

»Hier und jetzt wird es enden.« Egyptiennes braunes Haar war zerzaust, auf ihrer Stirn klaffte eine Platzwunde. »Geben Sie mir das Buch!«

Mercy erwiderte ihren Blick durch den Lichtfächer, der aus dem Seitenherz ihres Seelenbuchs aufstieg. »Holen Sie es sich!«

Egyptienne kam näher, auch sie hatte ihr Seelenbuch aufgeschlagen. Womöglich war sie ernsthaft geschwächt, noch griff sie nicht an.

In diesem Moment erschien Sedgwick in der Tür des Saals, hinter sich eine Schleppe aus Rauch. Dort drinnen brannten jetzt Bücher, und da erkannte Mercy, was der Agentin zu schaffen machte. Sie selbst spürte es ebenfalls. Die Vernichtung so vieler Bände raubte jedem Bibliomanten Kraft. Und ständig fingen weitere Regale Feuer.

Sedgwick hatte nur ein einziges Stück seiner Sammlung gerettet. In seiner unversehrten Hand hielt er Dickens' Totenmaske, ein graues Oval, dessen Rand gebrannt hatte und noch immer schwelte.

»Sie!«, entfuhr es ihm, als er Egyptienne entdeckte. »Sie tragen die Schuld an all dem hier!«

»Wenn ich mich recht erinnere, stand es um Sie nicht gerade zum Besten, als meine Leute und ich eintrafen.« Ihr Blick streifte Sharpins Leichnam, dann sah sie an Sedgwick vorbei zum Käfig. »Sie haben es tatsächlich geschafft. Ich habe jahrelang vergeblich nach einem Weg gesucht. Aber Ihnen ist es gelungen. Ich gratuliere Ihnen. Wo ist der Mann jetzt?«

Sedgwick gab keine Antwort, starrte sie nur hasserfüllt mit seinem einen Auge an.

»Geflohen«, sagte Mercy. »Kann man ihm nicht verübeln. In ein paar Minuten brennt hier alles lichterloh.« Sie hatte bereits Mühe zu atmen, der Rauch brannte immer schärfer in ihrer Kehle. Sie wollte noch etwas hinzufügen, aber da ließ Sedgwick die Totenmaske fallen und hielt im nächsten Moment sein Seelenbuch in der Hand.

Ehe Sedgwick sie attackieren konnte, schleuderte Egyptienne einen Druckstoß in seine Richtung. Mercy baute einen Schild vor ihm auf, der ihn vorübergehend schützte. Zugleich ging er selbst zum Angriff über. Auf halber Strecke prallten seine und Egyptiennes Bibliomantik aufeinander.

Eine Detonation riss die Porträts von den Wänden, fegte ganze Bücherreihen aus den Regalen und schleuderte die drei Bibliomanten zu Boden. Mercy fiel unweit der Haustür auf den Rücken, schlug mit dem Hinterkopf auf und spürte, wie das Flaschenpostbuch unter ihrem Kleid verrutschte und sie behinderte. Sie zog es hervor und hätte es am liebsten durch die offene Saaltür in die Flammen geworfen. Das aber hätte sie nur noch mehr geschwächt, darum ließ sie es liegen und stemmte sich hoch. Ihr Seelenbuch tat sein Bestes, ihr neue Kraft zu spenden, und es machte seine Sache nicht schlecht. Immerhin stand sie nun wieder aufrecht, während um sie glühende Buchstabenkaskaden von der Stuckdecke regneten wie goldene Girlanden.

Egyptienne hatte sich ebenfalls aufgerichtet. Ihr Blick fiel auf das Flaschenpostbuch am Boden, ihre Miene verriet krankhaftes Begehren. Zugleich kam auch Sedgwick wieder auf die Beine. Zielstrebig eilte Egyptienne auf ihn zu und machte sich bereit zum nächsten Schlag.

Mercys Druckstoß traf sie von der Seite und hätte sie fast in den brennenden Saal geworfen. Es war keine starke Attacke, nur die beste, die Mercy unter diesen Umständen zustande brachte – und vorerst wohl auch ihre letzte –, aber sie genügte, um Egyptienne von den Füßen zu reißen. Die Agentin kam vor der offenen Doppeltür auf, schlitterte noch ein paar Fuß weiter, fand dann wieder Halt. Hinter ihr stand eine Wand aus Feuer. Die Flammen fraßen sich längst durch die Decke hinauf in den ersten Stock.

Sie wandte sich Mercy zu, öffnete die Lippen – und wurde von einem zweiten Stoß getroffen, diesmal von Sedgwick, der heftig aus dem Mund und dem unverbrannten Augen blutete. Er fiel zurück auf die Knie, während Egyptienne im Feuer verschwand. Gleich darauf tauchte sie kreischend wieder auf, mit loderndem Kleid und qualmendem Haar, doch sie kam nur wenige Schritte weit. Ihr Seelenbuch stand in Flammen, sie hielt es mit brennenden Fingern. Noch einmal bewegte sie sich wie eine Marionette vorwärts, als würde sie von Kräften außerhalb ihres Körpers gelenkt, dann schloss sich das Feuer um sie wie ein Vorhang. Die ersten Flammen leckten aus dem Saal in die Eingangshalle. Eine Rauchwolke quoll durch die Tür und vernebelte kurz den Raum.

Mercy hielt die Luft an und machte sich auf den Weg zu Sedgwick, der vornübergebeugt am Boden hockte und einen Blutschwall auf den Teppich spie. Aus der Nähe sahen seine Verbrennungen noch verheerender aus. Zitternd hob er eine Hand, um sie fernzuhalten.

»Nein«, brachte er heiser hervor. »Es reicht, wenn einer von uns beiden hier stirbt.«

Sie packte ihn unter der Achsel seines unversehrten Arms und zog ihn unter Aufbietung aller Kräfte auf die Beine. Tatsächlich folgte er ihr einige Schritte weit, doch als sie die Haustür erreichten, riss er sich los. Mercy schnappte nach Luft, atmete Rauch ein und war drauf und dran, das Bewusstsein zu verlieren.

Sedgwick hielt sich mit der einen Hand an der Tür fest und gab Mercy mit letzter Anstrengung einen Stoß, der sie hinaus ins Freie taumeln ließ. Dann bückte er sich und warf das Flaschenpostbuch hinter ihr her in den Schnee. Durch den Qualm fing sie einen Blick von ihm auf und sah sein trauriges Kopfschütteln, bevor er endgültig die Tür zuschlug.

Sie wollte seinen Namen rufen, aber ihre Stimme versagte. Als sie die Faust gegen das Holz hieb, verließen sie ihre Kräfte. Rechts und links der Tür zerplatzten die Fenster, mannshohe Flammen leckten in die Nacht.

Mercy packte das Flaschenpostbuch und wankte rückwärts vom Haus fort. Das Feuer suchte sich bereits einen Weg unter der Tür hindurch und loderte im nächsten Moment am lackierten Holz empor. Drinnen schrie Sedgwick auf, dann spürte sie, wie seine Aura erlosch.

Weitere Fenster zersplitterten. Die Winternacht war längst nicht mehr kalt. Rauch brannte in Mercys Lunge, und das Schicksal all der brennenden Bücher tat seine Wirkung. Sie konnte sich kaum noch auf den Beinen halten, musste schnell von hier weg.

Stolpernd erreichte sie den Durchgang in der Außenmauer. Die grünen Flammen waren erloschen. Über die Asche der Letternkarnivore lief sie weiter zum Waldrand.

Die Schwärze zwischen den Bäumen nahm Gestalt an. Ein menschlicher Umriss löste sich aus der Dunkelheit, fast wie ein Schatten.

Etwas traf sie an der Stirn – ein Hieb mit etwas Schwerem, oder aber eine Pistolenkugel – und riss sie von den Füßen. Der Flammenschein verblasste, der goldene Schnee vor den Bäumen verglühte, und die Welt versank in Finsternis.

Als sie die Augen wieder öffnete, war das Flaschenpostbuch verschwunden. Das Feuer hatte auf die Dächer von Cloisterham übergegriffen. Lodernde Balken standen über Kreuz, einer knickte ab und stürzte in die Tiefe. Aus allen Fensteröffnungen schlugen Flammen. Rauchschwaden schlängelten sich zum Himmel empor und vereinten sich zu einer mächtigen Wolke, deren Unterseite im Feuerschein waberte.

Und da war noch etwas, das über den kahlen Wipfeln schwebte, gefährlich nah an den Flammen. Eine Luke öffnete sich gleißend wie ein Zyklopenauge. Darin erschien eine Silhouette und verschwand wieder.

Abermals wurde Mercy bewusstlos, und auch diesmal kam das Erwachen ganz unverhofft. Eine Hand packte sie und hob sie wie schwerelos vom Boden, jemand sprach leise auf sie ein und trug sie wie ein Nachtvogel hinauf in sein Nest.

NACHSPIEL

39

Grauer Schnee fiel wie Ascheflocken eines fernen Feuers aus den Wolken über London. Die klirrende Kälte hatte sich längst in den Gebäuden eingenistet, vielen Familien drohten Brennholz und Kohle auszugehen. Spätestens dann würde es auch in den Häusern Erfrorene geben, nicht nur unter den Heerscharen der Obdachlosen draußen auf den Straßen. Man erzählte sich, Königin Victoria wäre persönlich in der St Paul's Cathedral erschienen, um für die frierenden Armen und ein Ende des Winters zu beten. Allerdings zeigte sich der Himmel davon wenig beeindruckt. Tag für Tag fiel neuer Schnee und trug das Gift aus den Wolken zurück zum Boden.

Als Mercy an einem Montagnachmittag das British Museum verließ, hielt sie zwischen den Säulen des Vordachs inne und blickte hinab auf die breiten Stufen zum Vorplatz. Ihre Augen tränten noch vom Bücherstaub im Lesesaal. Obwohl sie Sharpins Leichnam gesehen und berührt hatte, wurde sie von der Vorstellung verfolgt, dass er sie erneut hier erwarten könnte. Manchmal meinte sie, ihn auf den Stufen sitzen zu sehen, umgeben von zerbrochenen Nussschalen, ein breitschultriger Umriss, aus dessen Fingerstumpf Blut auf die Stufen tropfte.

Natürlich war er nicht da. Aber ihre Einbildung erschien ihr seit jeher so real wie die Wirklichkeit. Darum spielte es kaum eine Rolle, dass sie es besser wusste. Allein der Gedanke reichte aus, um ihr das Leben ein bisschen schwerer zu machen.

Cedric de Astarac trat zwischen den Säulen hervor. Mit ihren weißen Oberflächen sahen sie aus, als hätten Kinder sie aus Schnee geformt. Echtem Schnee, nicht diesem gefrorenen Schmutz, der in London vom Himmel fiel. »Bitte verzeihen Sie«, sagte er. »Das muss für Sie aussehen, als wollte ich Ihnen auflauern.«

Während sie sich ihm langsam zuwandte, atmete sie tief die frostige Luft ein. »Ich weiß doch, wie viel Ihnen an solchen Auftritten liegt.«

Auch bei Tageslicht sah er aus, als folgte ihm stets ein Rest der Nacht. Eine Ahnung von Dunkelheit hing an ihm wie die Spinnweben, die einem an Haar und Schultern haften, wenn man aus einem alten Keller heraufsteigt. »Ich war im *Liber Mundi.* Tempest und Philander meinten, dass Sie hier sind. Ich wollte nicht warten, deshalb bin ich hergekommen.« Er machte eine kurze Pause. »Um mich zu verabschieden.«

Sie nickte bedächtig. »Warum überrascht mich das nicht?«

»Weil Sie glauben, mich zu kennen. Aber ich versichere Ihnen, dass dem nicht so ist.«

»Es hätte mich überrascht, wenn der Fall Absolon für Sie abgeschlossen wäre.«

»Ich brauche Gewissheit, dass der Mann, dem Tempest begegnet ist, wirklich das Original war. Ich jage ihn schon zu lange.«

»Möglicherweise können Sie nur nicht damit aufhören, weil es sich falsch anfühlen würde. Es ist schwer, liebgewonnene Gewohnheiten aufzugeben.«

»Absolon ist keine –«

»Ich weiß«, unterbrach sie ihn. »Keine Gewohnheit. Manche sind süchtig nach Opium, andere nach Feindschaft. Weil sie sich nicht vorstellen können, wie ihre Welt aussähe, wenn da niemand wäre, der sie hasst und vernichten will.«

Damit gab sie ihm die Möglichkeit, das Thema zu wechseln, und er ergriff sie mit sichtlicher Erleichterung. »Apropos Opium. Falls dieser John Jasper nicht in den Wäldern erfroren ist, wird er nicht lange ohne auskommen. Selbst wenn ich noch die Unterstützung der Drei Häuser hätte, wäre ich nicht in der Lage, alle Opiumhöhlen in und um London überwachen zu lassen. Trotzdem könnte das ein Ansatz sein, um ihn aufzuspüren.«

Mercy schüttelte den Kopf. »Jasper ist nicht mein Problem. Soll sich die Akademie um ihn kümmern. Oder eben nicht. Was kann jemand wie er schon mit dem Flaschenpostbuch anstellen? Er ist kein Bibliomant. Glauben Sie, er könnte die Beschwörung durchführen? Die Grenze zwischen Literatur und Wirklichkeit niederreißen? Warum sollte ihm daran überhaupt etwas liegen?«

»Vielleicht will er zurück in sein Buch.«

»Oder aber es gefällt ihm hier viel besser. Seinem Leben im Roman kann er kaum eine Träne nachweinen. Und falls er jemals *Das Geheimnis des Edwin Drood* liest, wird ihm klarwerden, dass die Chancen, seine restlichen Jahre mit der fabelhaften Rosa Bud zu verbringen, nicht gut standen. Ich an seiner Stelle würde hierbleiben und die Gelegenheit beim Schopf packen, um etwas Neues zu beginnen.«

Cedric lächelte. »Sie unterschätzen vielleicht, wie weit manch einer für die Liebe gehen würde.«

»Ich gehe nur logisch an die Sache heran.«

»An die Liebe?«

»An den Fall John Jasper.«

»Gesprochen wie eine echte Detektivin. Sie sollten erwägen, Ihr Betätigungsfeld in diese Richtung zu verlagern und das Besorgen von seltenen Büchern an den Nagel zu hängen.«

»Ich denke darüber nach.«

»Und der Laden?«

»Der bleibt meine Priorität. Das *Liber Mundi* ist Valentines Vermächtnis. Falls mir nicht gerade jemand droht, die ganze Straße abzureißen, kann ich –«

»Wie oft soll ich mich noch dafür entschuldigen?«

Sie senkte die Stimme ein wenig. »Sie haben getan, was Sie für das Richtige hielten. Das tun Sie auch jetzt wieder und werden es immer tun. Suchen Sie weiter nach Absolon. Sie haben es selbst gesagt, er ist Ihre Nemesis. Das wird er bleiben, ob er lebendig ist oder tot.«

Er deutete durch die Säulen zum Eingang des Museums. »Ich denke, ich weiß, warum sie so oft herkommen.«

»Haben Sie wieder Nachforschungen angestellt?«

»Tempest hat etwas angedeutet. Fällt das unter Nachforschungen?«

»Kommt darauf an, ob Sie ihr Fragen gestellt haben.«

Er lächelte. »Sie unterschätzen, wie subtil wir Agenten ein Gespräch steuern können.«

»Sie scheinen mir vieles zu sein, Cedric, aber subtil ist nicht das Wort, das sich mir aufdrängt.«

Er nickte zum Eingang hinüber. »Sie kommen her, weil Ihre Mutter oft hier war. Annabelle Antiqua.«

»Tempest hat diesen Namen erwähnt?«

»Natürlich nicht. Den kenne ich seit Monaten, und ich glaube, dass Sie das wissen.«

»Nur weiter. Ich brenne darauf, dass Sie mir meinen Gemütszustand erklären.«

»Annabelle Antiqua hat viel Zeit im Lesesaal des Museums verbracht. Und Sie haben die Hoffnung nicht aufgegeben, ihr eines Tages dort zu begegnen.«

Da täuschen Sie sich, wollte sie erwidern. Doch dann sah sie ihn nur eine Weile lang wortlos an, löste ihren Blick von ihm und schaute hinaus in die wirbelnden Schneeschleier. Die gegenüberliegende Häuserzeile an der Great Russell Street war kaum zu erkennen.

»Vielleicht ging es mir wie Ihnen«, sagte sie schließlich. »Es fühlte sich … richtig an, meine eigene Nemesis zu haben. Meine ganz persönliche Widersacherin. Ich bin eine Antiqua wie meine Mutter. Vielleicht liegt der Hang zum Hassen in der Familie, wenn man bedenkt, wie es meinen Vorfahren ergangen ist. Und was meine Mutter getan hat. Der Mord an Valentine, der Versuch, Philander und Tempest zu töten, Gott weiß was noch alles …«

Eine Kutsche hielt am Tor zum Vorplatz und fuhr nach wenigen Augenblicken wieder los, ohne jemanden abzusetzen. Derartige Dinge bemerkte sie ständig, und sie wollte, dass das aufhörte.

»Ich werde nicht länger herkommen«, sagte sie. »Es genügt, wenn einer von uns einem Gespenst nachjagt.«

»Wenn Sie so einfach loslassen können, sind Sie stärker als ich.«

Sie schenkte ihm ein Lächeln und suchte nach den richtigen

Worten. Mehr als *Leben Sie wohl* wollte ihr nicht einfallen, und es fühlte sich zu schal an nach allem, was geschehen war. *Nach allem* war wohl der Ballast, den sie fortan beide mit sich herumtragen mussten.

Er legte einen Finger an seine Lippen, weil er wusste, was in ihr vorging. Noch immer war sie unsicher, ob er nicht ihre Gedanken las, ohne dass sie es bemerkte. Ebenso gut mochte er ihre Miene durchschauen. Er kannte sie längst viel besser, als sie wahrhaben wollte.

Wortlos nickte er ihr zu und stieg die Stufen hinab, überquerte den verlassenen Vorplatz und erreichte die Straße gerade in jenem Moment, als abermals die Kutsche auftauchte. Es war seine, und sie war hier, um ihn abzuholen.

Bevor er einstieg, hob er eine Hand zum Abschied. Damit hatte Mercy nicht gerechnet. Auch sie winkte ihm zu.

Sie wartete, bis das Gefährt vom Schneetreiben verschluckt worden war, dann ging auch sie, sorgsam darauf bedacht, in keine seiner Spuren zu treten.

40

Immer noch Schnee, so viel davon. Draußen auf den Hügeln war er weiß und seidig und schien Teil eines anderen Winters zu sein, einer anderen Welt.

Viele hatten den Weg von London hierher auf sich genommen, um Arthur Gilchrist die letzte Ehre zu erweisen. Alle Buchhändler vom Cecil Court waren da. Maggie Gride trug das gute schwarze Kleid, das sie für die Beerdigung ihres Mannes gekauft hatte, obwohl man es unter dem alten Wollmantel gar nicht sehen konnte. Der Professor hatte eine Offiziersmütze aus den indischen Kolonien aufgesetzt, und auch alle Übrigen waren so fein herausgeputzt, wie es ihre Möglichkeiten erlaubten.

Mercy stand mit Tempest und Philander ganz vorn am Grab. Es war unweit von Jezebels letzter Ruhestätte ausgehoben worden. Tempests Oberkörper war unter ihrer Kleidung straff bandagiert, trotzdem musste Philander sie im Laden ständig davon abhalten, Bücherkisten zu heben. Oft versuchte sie es mit Bibliomantik, aber in der Enge waren ihre Manöver mit schwebenden Büchertürmen meist zum Scheitern verurteilt.

Sogar Fiona Faerfax war zum Begräbnis gekommen. Sie stand ganz hinten, um nicht mehr Aufmerksamkeit als nötig zu erregen. Die *Cascabel* war auf einem Feld am Fuß des Hügels vertäut, für aller Augen ein Fesselballon – ungewöhnlich genug, aber doch längst nicht so aufregend, wie es das Luftschiff in seiner ganzen Pracht gewesen wäre. Fiona hatte einen mürrischen Schafzüchter großzügig für den Landeplatz entlohnt und seine Knechte beauftragt, die neugierigen Kinder aus dem Dorf von der Gondel fernzuhalten.

Die Totengräber hatten dem gefrorenen Boden mit Spitzhacken zu Leibe rücken müssen und einen ganzen Tag geschuftet, bis die Grube tief genug gewesen war. Nun ruhte Gilchrists Sarg dort unten, bedeckt von frischem Schnee, der unablässig auf die weite Hügellandschaft und die Dächer des Dorfes drüben im Tal fiel.

Einige der Anwesenden hielten kurze Reden, in denen sie Gilchrist dafür dankten, dass er sich jahrzehntelang für die Belange des Cecil Court eingesetzt hatte. Andere erzählten amüsante Anekdoten, und zum guten Schluss wurde mehr gelacht als geweint, so wie es Gilchrist gefallen hätte.

Schließlich wanderten die Buchhändler in einer langen Prozession den Weg hinunter zur Bahnstation und nahmen den Nachmittagszug zurück nach London. Alle Läden hatten den Tag über geschlossen, aber einige würden wohl am Abend noch für zwei, drei Stunden öffnen. Auch das hätte Gilchrists Wunsch entsprochen, denn er hätte gewiss nicht gewollt, dass aus Anlass seines Todes nur ein einziges Buch weniger verkauft wurde.

Zuletzt blieben Mercy, Tempest, Philander und Fiona allein am Grab zurück. Mercy erzählte Tempest, wie sie Gilchrist während ihrer Kindheit im *Liber Mundi* erlebt hatte, und Philander merkte an, dass es trotz allem wohl der Besserwisser war, der ihn am meisten vermissen würde. Gilchrist war fast täglich in den Laden gekommen und hatte dem Veterator im

Hinterzimmer Fragen nach obskuren Figuren in halbvergessenen Büchern gestellt. Nicht selten waren die beiden uneins gewesen, und dann hatten sie sich hochgebildete Wortgefechte geliefert, die der Besserwisser meist für sich entschieden hatte. Manchmal hatte Mercy Gilchrist auch vorher aus dem Laden komplimentiert, weil sie so viel Neunmalklugheit nicht an jedem Tag ertragen konnte. Heute jedoch wünschte sie sich, er käme auch morgen wieder und übermorgen, und sie würde sich einmal mehr Gedanken darüber machen können, ob er den Besserwisser nun aus ehrlichem Interesse mit seinen Fragen löcherte oder nur, weil es ihm eine diebische Freude bereitete, Mercys Nervenkostüm zu strapazieren.

Als es dämmerte, kam der Zeitpunkt zum Aufbruch. Sie verabschiedeten sich von dem Verstorbenen, dann auch von Jezebel, und versprachen beiden, dass sie ihnen bald wieder einen Besuch abstatten würden. Mercy suchte den Priester in seiner Kirche auf, zahlte den vereinbarten Betrag, für den alle am Cecil Court zusammengelegt hatten, und schloss sich den anderen auf dem Weg zum Luftschiff an.

Die *Cascabel* stieg in den Himmel auf und schwebte durch Schneegestöber zurück in die Stadt. Sie flogen über Deptford und Southwark, überquerten die Themse nahe der Blackfriars Bridge und erreichten schließlich Soho. Es wurde bereits dunkel, als die Gondel über dem Cecil Court innehielt und Tempest Philander wie schwerelos hinab in den Hinterhof trug. Beide winkten zum Abschied, während Mercy neben Fiona am Ausstieg stand und fasziniert beobachtete, wie die Schneeflocken unweit der Öffnung von einer unsichtbaren Barriere abprallten.

»Werden Sie mich irgendwann wissen lassen, ob Sie das Fabularium gefunden haben?«, fragte sie.

Fionas Blick verriet einen Anflug von Belustigung. »Ich werde mir die allergrößte Mühe geben.«

Mercy musterte sie mit einer Mischung aus Argwohn und Traurigkeit. »Sie haben gar nicht vor, zurückzukehren, nicht wahr?«

»Das hängt davon ab, was mich erwartet. Ich werde Wege finden müssen, die nicht viele vor mir gegangen sind, vielleicht überhaupt noch niemand.«

»Siebenstern hat darüber geschrieben, sagten Sie doch.«

»Aber er selbst ist nie dort gewesen. Seine Notizen sind seltsame Niederschriften von Theorien und Träumen, manchmal nur Stichworte, dann Skizzen, hier ein Satz, dort eine Seite. Sie ähneln den Ideensammlungen für seine Romane.«

»Und wenn sie genau das sind? Einfach nur Erfindungen?«

Fionas Gesicht war so weiß wie der Schnee auf den Hügeln, was das beunruhigende Rot ihrer Augen betonte. Trotzdem lag Wärme in ihrem Blick. »Siebenstern hat sich seine eigene Wirklichkeit erschaffen, das betont er in seinen Aufzeichnungen immer wieder. Und ich glaube, damit hat er nicht seine Geschichten gemeint, *Fantastico Fantasticelli* und all die anderen. Es steckt mehr dahinter, und irgendwann wird jemand herausfinden, was genau das ist.«

»Wäre nicht das *Liber Mundi*, ich hätte große Lust, Sie zu begleiten.«

Da umarmte Fiona sie, was so überraschend kam, dass Mercy sich eine Sekunde lang versteifte, die Geste dann aber umso herzlicher erwiderte.

Als sie sich voneinander lösten, sagte Fiona: »Eines Tages komme ich wirklich zurück und erzähle Ihnen alles.«

»Bis dahin lese ich noch ein paar Bücher Ihres Großonkels«, sagte Mercy, »und werde wohl überall versteckte Hinweise vermuten und Gespenster sehen.«

»Damit liegen Sie bei Siebenstern nie falsch.«

Mercy blickte aus der Luke hinab auf das Dach des *Liber Mundi* und fragte sich, ob auch ihr die überschaubare Welt des Cecil Court irgendwann zu klein werden würde. Selbst dann hätte sie immer noch die Bücher mit all ihren ungezählten Welten. Nicht jeder brauchte einen Siebenstern in der Ahnenreihe, um auf Abenteuerfahrt zu gehen. Manchmal genügten ein Lesesessel, eine Lampe und eine packende Geschichte.

»Passen Sie auf sich auf«, bat sie.

Ein letztes Mal umarmten sie sich, dann spaltete Mercy ein Seitenherz, trat aus der Luke und schwebte mit den Schneeflocken abwärts. Aus der Hintertür des Ladens fiel ein Streifen warmen Lichts auf den Hof, und sie hörte im Inneren die Stimme des Besserwissers. Tempest musste ihn geweckt haben, um ihm von Gilchrists Beerdigung zu erzählen, und natürlich kannte er jede Menge hilfreiche Ratschläge zum Graben in gefrorener Erde und lebensnotwendige Informationen über die Bestattungstraditionen der britischen Landbevölkerung.

Mercy kam mit den Stiefeln im Schnee auf und blickte hinauf zur *Cascabel.* Von hier unten aus war gerade mal die Gondel zu erkennen, darin das helle Rechteck der Luke. Einen Augenblick später erlosch das Licht, und das Luftschiff schwebte aufwärts, bis es endgültig außer Sicht war.

Auch sie hätte das Fabularium gern mit eigenen Augen gesehen. Fiona ging es vor allem um die Reise, den längstmöglichen Weg durch alle Regionen der bibliomantischen Welt. Aber vielleicht war gar nicht mehr nötig als ein Schritt über die Schwelle des *Liber Mundi*. Vielleicht erwartete sie das Fabularium bereits hier im Laden, auf Tausenden und Abertausenden von Seiten.

Sie ging hinein zu den anderen, freute sich auf die Wärme, auf einen heißen Tee und, wie immer, auf die Bücher.

41

Das Lager, das Florence' Vater vor Jahren für Benjamin Cutter angemietet hatte, befand sich in einer düsteren Ziegelhalle hinter den Docks von Wapping. Der schmutzige Kerl, der auf Mercys Klopfen hin das Hallentor öffnete, warf einen flüchtigen Blick auf den Mietvertrag, dann ließ er sie ein.

»Hab Sie noch nie hier gesehen.« Seine Zähne waren so braun wie Themsewasser. »Hab überhaupt noch niemanden gesehen, der sich für das Zeug in der Siebzehn interessiert. Dachte, der Kram verrottet hier bis zum Sankt-Nimmerleins-Tag.«

»Vor mir war noch keiner hier? In all den Jahren nicht?«

»Doch«, erwiderte er. »Zweimal. Hab aber nicht gesehen, wer's war. Ist nachts eingebrochen und hat die Tür demoliert. Drinnen sah's aber nicht so aus, als wäre rumgewühlt worden. Alles ganz ordentlich. Ich hab dann die Tür repariert, einen neuen Riegel angebracht – und eine Woche später dasselbe Spiel. Seitdem is' Ruhe.«

»Wie lange ist das her?«

»Ungefähr sechs Jahre, würde ich sagen. Hab's jetzt nicht als Feiertag in den Kalender eingetragen, wenn Sie wissen, was ich meine.« In seinen Augen blitzte es gierig auf. »Hat mich 'ne Stange Geld gekostet, all die Repariererei. Eigentlich müsste ich das wem in Rechnung stellen.«

»Sie vermieten bewachte Lagerräume«, sagte sie. »Also geben Sie sich mehr Mühe beim Bewachen.«

Er zog abfällig die Nase hoch, spuckte einen Batzen auf den Boden und ging unter leisem Murmeln voraus.

Die Halle war gut dreißig Fuß hoch, in den dunklen Winkeln des Deckengebälks gurrten Tauben. In der Mitte verlief ein Gang, breit genug für Fuhrwerke, rechts und links befanden sich zwei Dutzend Bretterverschläge, über denen eine provisorische Zwischendecke eingezogen worden war. An den Türen der Lager hingen Vorhängeschlösser, doch die Riegel, die sie sicherten, wirkten wenig vertrauenerweckend.

Eine verlaufene Siebzehn war mit schwarzer Farbe an den Verschlag gepinselt worden, vor dem der Mann schließlich stehen blieb. Er trug sämtliche Schlüssel an einem großen Metallring bei sich und ließ sich alle Zeit der Welt, während er den richtigen aussuchte. Schließlich öffnete er das Schloss und ließ es außen am Riegel hängen.

»Drücken Sie's wieder zu, wenn Sie gehen«, sagte er und schlurfte zurück zu seiner Kammer neben dem Hallentor.

Mercy sah ihm kurz nach, dann atmete sie tief durch und hakte das Schloss aus. Der Riegel schwang mit einem Knirschen herum, die Tür öffnete sich. Dahinter war es dunkel. Der Wachmann hatte ihr keine Lampe dagelassen, offenbar wurde erwartet, dass man eigenes Licht mitbrachte.

Sie trat in die Finsternis, öffnete ihr Seelenbuch und ließ eine Lichtkugel aufsteigen. Dann erst zog sie die Tür hinter sich zu.

Sie hatte zahlreiche Kisten erwartet, die von Büchern überquollen, eine eingelagerte Bibliothek, die eines Bibliomanten würdig war.

Stattdessen stand in der Mitte des Verschlags nur ein rechteckiger Korb mit Tragegriffen. Daneben lag ein zerknülltes Wachstuch, mit dem er wohl einmal abgedeckt gewesen war. Der Rest des Verschlags war leer.

Langsam ging sie auf den Korb zu, hockte sich davor und legte ihr Seelenbuch aufgeschlagen am Boden ab. Die Lichtkugel schwebte unter der Decke. Mercy ließ sie ein wenig herabsinken, um den Inhalt des Korbes besser betrachten zu können.

Acht Exemplare desselben Buchs, nebeneinander aufgereiht mit dem bedruckten Rücken nach oben. *Gewehre des Grenzlands* von Benjamin Cutter.

Sie hatte nicht gewusst, dass es eine gebundene Ausgabe seiner Texte gab. Zögernd streckte sie die Hand aus und zog ein Exemplar hervor. Der Band war 1861 erschienen, im Jahr nach ihrer Geburt. Der Verlag existierte schon lange nicht mehr.

Laut Inhaltsverzeichnis waren in dem Buch zehn von Cutters frühen Geschichten gesammelt, Nachdrucke aus Penny Dreadfuls. Mit bebenden Fingern blätterte sie zur nächsten Seite um.

Für meine Tochter stand da als gedruckte Widmung.

Mit einem Knall schlug sie das Buch zu und schloss für einen Augenblick die Augen. Kein Name. Seine Tochter mochte irgendjemand sein, lebendig oder tot, in London oder anderswo.

Minutenlang kniete sie reglos am Boden und hielt das Buch in der linken Hand. Schließlich zog sie mit der anderen den Mietvertrag aus der Manteltasche, drehte ihn um und betrachtete die beiden Adressen, die dort angegeben waren. Die eine war die von Oakenhurst Publishing an der Fleet Street, die andere befand sich in San Francisco. Mercy hätte den Ort auf einem Stadtplan finden können, das reichte aus, um sich ein Bild davon zu machen. Falls dort identische Ausgaben existierten, hätte sie einen Buchsprung wagen können.

Sprünge bargen die wenigsten Gefahren, wenn der Bibliomant das Ziel bereits mit eigenen Augen gesehen hatte. Notfalls genügten eine Adresse oder eine Abbildung; dann aber war der Sprung mit unkalkulierbaren Risiken verbunden.

Zwei, drei Minuten lang ließ sie das Dokument auf dem Buch liegen und betrachtete nachdenklich die Anschrift. Dann steckte sie den Vertrag in ihren Mantel und stellte das Buch zurück in den Korb. Langsam erhob sie sich.

Beim letzten Besuch im British Museum hatte sie ein für alle Mal mit ihrer Mutter gebrochen. Seither, so kam es ihr vor, ging sie aufrechter, als hätte man ihr eine Last von den Schultern genommen.

Nun war es an der Zeit, sich von der Vorstellung zu lösen, dass sie irgendwo auf der Welt einen Vater hatte. Dass Cutter ein Konto auf ihren Namen eingerichtet hatte, machte ihn nicht zu einem Menschen, den sie brauchte. Als er vor sechs Jahren in London gewesen war – der Verschlag war erst von innen aufgebrochen worden und dann, als er nach einer Woche zurückgekehrt war, von außen –, hatte er sich nicht mal bei ihr gemeldet.

Sie brauchte ihn nicht, sie hatte längst ihre eigene Familie. Tempest und Philander. Das *Liber Mundi* und den Cecil Court. Die Erinnerung an Valentine.

Sie machte ein paar Schritte rückwärts Richtung Tür und riss ihren Blick von dem Korb los. Die Lichtkugel sauste zurück ins Seitenherz, das Seelenbuch verschwand in ihrem Mantel.

Dann trat sie hinaus auf den Gang, sicherte den Riegel mit dem Vorhängeschloss und verließ die Lagerhalle.

Draußen am Dock stand Florence und blickte hinaus auf den Fluss. Sie hielt ihren Hut in der Hand, Strähnen ihres langen blonden Haars hatten sich aus dem Knoten gelöst und tanzten im Wind. Als sie Mercys Schritte hinter sich hörte, drehte sie sich mit leuchtenden Augen um.

»Also waren es keine Sprungbücher.«

Mercy trat neben ihr an die Steinkante über dem Wasser. »Doch, aber ich hab nie vorgehabt, sie zu benutzen.«

Lastenkähne zogen auf der Themse vorüber. Stimmen hallten herüber, eine Schiffsglocke schlug an. Kreischend stoben Möwen von einer Reling auf.

Florence deutete stromabwärts. »Und nun reisen wir ans Meer?«

Mercy drehte sich zur Fassade der Lagerhalle um und sah, dass der Wachmann sein Gesicht gegen ein winziges Fenster presste und zu ihnen herausstarrte. Ganz blass, fast konturlos, wie ein Geist.

Eine Spur zu schnell wandte sie sich wieder der Themse zu. Dort unten hat es einmal sprechende Fische gegeben, dachte sie. Und Ungeheuer. Sie lebten wohl noch immer tief im Wasser und verbargen sich zusammen mit den Wundern aus den alten Geschichten, von denen der Strom manchmal flüsterte.

Sie schenkte Florence ein Lächeln, dann nickte sie und nahm ihre Hand. Der Geist blieb zurück, als sie gingen.

Die Möwen schrien lauter und flogen höher.

Der Fluss führte sie alle zur See.

fi 666 094 / 1

Tomi Adeyemi
Children of Blood and Bone
Goldener Zorn

Zélies Welt war einst voller Magie. Flammentänzer spielten mit dem Feuer, Geistwandler schufen schillernde Träume, und Seelenfänger wie Zélies Mutter hatten die Macht über Leben und Tod. Bis zu der Nacht, als ihre Kräfte versiegten und der machthungrige König von Orïsha alle Magier töten ließ. Die Blutnacht beraubte Zélie ihrer Mutter und nahm einem ganzen Volk die Hoffnung.

Jetzt hat Zélie die Chance, die Magie zurückzuholen. Doch der Feind ist ihr immer auf den Fersen: Der Kronprinz von Orïsha wird alles daran setzen zu verhindern, dass die Magie je wiederkehrt.

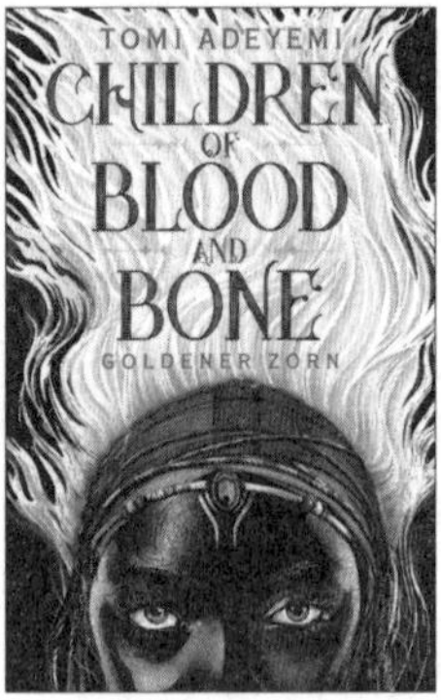

Aus dem Amerikanischen
von Andrea Fischer
624 Seiten, gebunden

Weitere Informationen finden Sie auf
www.fischerverlage.de

AZ 8414-4029/1